莫砺锋诗话

第三版

莫砺锋 著

北京大学出版社
PEKING UNIVERSITY PRESS

图书在版编目（CIP）数据

莫砺锋诗话 / 莫砺锋著．—3版．—北京：北京大学出版社，2021.11
ISBN 978-7-301-32591-9

Ⅰ．①莫…　Ⅱ．①莫…　Ⅲ．①古典诗歌—诗歌研究—中国　Ⅳ．①I207.2

中国版本图书馆CIP数据核字（2021）第196450号

书　　名	莫砺锋诗话（第三版） MO LIFENG SHIHUA（DI-SAN BAN）
著作责任者	莫砺锋　著
责任编辑	徐　迈
标准书号	ISBN 978-7-301-32591-9
出版发行	北京大学出版社
地　　址	北京市海淀区成府路205号　100871
网　　址	http://www.pup.cn　　新浪微博：@北京大学出版社
电子信箱	pkuwsz@126.com
电　　话	邮购部 010-62752015　发行部 010-62750672　编辑部 010-62752022
印 刷 者	北京中科印刷有限公司
经 销 者	新华书店 720毫米×1020毫米　32开本　15印张　318千字 2006年2月第1版　2012年2月第2版 2021年11月第3版　2021年11月第1次印刷
定　　价	89.00元

目次

序

我最早读到的古诗是写在一把芭蕉扇上的。那时中国的家用空调好像还没有出现，电扇也尚未走进寻常百姓家，每逢挥汗如雨的季节，芭蕉扇便是人们唯一的消暑用品。我家虽穷，也配备了好几把芭蕉扇，夏夜乘凉时人手一把，既用它扇风，也用它打蚊子。为了让扇子更耐用一些，母亲用碎布把扇子沿上一道边，以防它开裂。于是我家的芭蕉扇镶着各种颜色的布边，物各有主，很容易辨认。父亲的那把扇子更是与众不同，它的边上镶着蓝布，中间还熏着几行字。那些字是父亲的手迹，他先用毛笔蘸了浓墨在扇面上写字，然后把扇面凑近煤油灯的火苗把它熏黑，最后用抹布蘸了水一擦，一块黑底白字的镶嵌物便出现在扇面上，样子很像我们临摹用的小楷碑帖。扇面上的那几行字是：

> 月落乌啼霜满天，江枫渔火对愁眠。
>
> 姑苏城外寒山寺，夜半钟声到客船。

当时我不大明白那些句子是什么意思，更不知它们就是一首“唐诗”。我和弟妹们渐渐长大了，便羡慕起父亲手里的扇子来，纷纷央求父亲在我们的扇面上也熏上字。再往后，我便与父亲合作，他题字，我配画。后来我家的芭蕉扇上总题着几句诗，背景则是一座亭子或一株垂柳，再加上一钩月亮。于是我又读到了“但得暑光如寇退，不辞老景似潮来”“天阶夜色凉如水，卧看牵牛织女星”等诗句，但我不知道它们的作者是谁，也不知道父亲为什么欣赏它们。

我与古诗相识虽早，却多年未能发展为深交。一来我家根本没有多少藏书，而且只有《红楼梦》里有几首诗词，其余的书都与古诗无关。二来我在中学里一直迷恋数学和物理，对诗歌则敬而远之。然而，在我高中毕业的那年，一场突如其来的风暴彻底改变了我的人生轨迹，我心中珍藏了多年的关于清华园的梦想破灭了。两年以后，我来到长江岸边的赵浜村插队务农。又过了一年，我把所有与数理化有关的书本一股脑儿卖给了废品收购站，从此一心只读文科书了。插队十年，生活相当艰苦，最苦恼的是没有书读。那年头图书馆根本不对我们开放，书店里也买不到我想读的书，我千方百计从朋友或朋友的朋友处借点书来读，但是杯水车薪，根本不能解我的饥渴。就在此时，我渐渐地迷上了古典诗歌。

我爱上读诗的表面原因是诗很耐读，好诗更是百读不厌。一册薄薄的《唐诗三百首》，就伴随我度过了无数个霜晨月夕。还有，诗易于背诵，我虽然并不想做诗人，也不相信“熟读唐诗三百首，不会吟诗也会吟”的说法，但翻来覆去地把手头所有的几本诗选、词选读了又读，也就把它们全都背诵出来了。苏东坡说：“暂借好诗消永夜，每逢佳处辄参禅。”他那是在玉堂值夜，明灯高照，持卷而读。我没有足够的煤油来点灯，有时甚至摸黑吃晚饭，这时背诗的好处便凸显出来了。记不清有多少个风雨凄凄的夜晚，我躺在床上默默地背诗，再细细地回味，几十首背下来，寂寞的长夜便熬过大半了。

我爱上读诗的深层原因是诗歌使我感动，给我安慰。我通过读诗先后结识了屈原、陶渊明、李白、杜甫、苏轼、陆游、辛弃疾等人，他们可都是才华横溢、品德高尚的杰出人物。他们屈尊走进我的茅屋，与我朝夕相伴，还敞开心扉向我细诉衷肠。相处久了，我惊讶地发现原来那些伟人都是与我同样的普通人，他们的生活中有同样的坎坷挫折，他们的心中也有同样的喜怒哀乐。甚至那位亡国之君李后主也不是属于另一个世界的异类，我曾在雨声淅沥的春夜默诵他的词句：“帘外雨潺潺，春意阑珊。罗衾不耐五更寒。梦里不知身是客，一晌贪欢。”尽管我知道他那天潢贵胄的身份与我这个插队知青有着天壤之别，我还是被深深地感动了。“文革”前的学者们曾为李后主词有无“人民性”争得不可开交，在我看来，只要能感动普通的读者，那就是人民性。正如金圣叹所说：“诗非异物，只是人人心头舌尖所万不获已，必欲说出之一句说话耳。”凡是好诗，一定是人人心头都有的某种情思的自然流露，诗人的本领在于把它说得细致入微、回肠荡气。当我读诗时，往往觉得诗人就是我的代言人，他的作品就是为我而写的，那样的诗当然会感人肺腑。

也许是我在茅檐底下与诗人们结下的因缘在冥冥之中引导着我，十多年后，当我以安徽大学外语系二年级学生的身份报考研究生时，南京大学中文系程千帆教授的“唐宋诗歌”方向竟成了我的首选志愿。考进南大后，读诗成了我的专业，后来又成了我的本职工作的重要组成部分，我决心把毕生精力贡献给古典诗歌研究，来报答诗人们对我的恩情。

专业的读诗者其实是很辛苦的，他再也不能随心所欲地只读自己喜爱的作品，也不能任意停留在欣赏、玩味的阅读阶段，他必须服从现行体制的规定，从古诗中读出一篇又一篇的论文来。于是我耐着性子逐字逐句地读完了《全唐诗》，其中有不少“恶诗”我再也不想读第二遍，怪不得孟郊曾抱怨唐人“恶诗皆得官”。于是我从《唐诗三百首》中读出了一首混进去的宋诗，我考证出嫁名张旭的《桃花溪》其实是北宋蔡襄写的《度南涧》，这项“研究成果”实在有点煞风景。当我从事这些工作的时候，心里一直有点遗憾，又有几分歉疚。遗憾的是我在论文中无法充分表达我读诗时所受到的感动，因为那是不符合“学术规范”的。歉疚的是我写的文字尽管浅薄，却都是象牙塔里的东西，它们与大学围墙外面的人们毫无关系。我很想与所有喜爱古典诗歌的朋友（不限于学术圈子）谈谈我最爱读哪些诗，说说我读诗的感想。当上海古籍出版社来约我编选一本中型的《宋诗选》时，我不假思索便把它看作实现上述想法的一个机会，当即与出版社签了合同。没想到杂事猬集，一年过去，我才读到第五册《全宋诗》，而尚未读过的《全宋诗》还有六十多册！这样下去，再过十年也完成不了《宋诗选》，我怕耽误出版社的规划，便提议撤销了那份合同。

诗选一时难以完成，我便产生了写一本诗话的念头。诗话的性质是什么？人们并没有统一的看法。宋人许顗说：“诗话者，辨句法，备古今，纪盛德，录异事，正讹误也。”清人沈懋德说：“诗话有两种。一是论作诗之法，引经据典，求是去非，开后学之法门，如《一瓢诗话》是也。一是述作诗之人，彼短此长，花红玉白，为近来之谈薮，如《莲坡诗话》是也。”他们对诗话的定义过于严格，而且陈义过高，我要是那样写诗话，结果恐怕与论文差不了多少。其实最早的诗话原是欧阳修“退居汝阴而集以资闲谈”的随笔，不过内容与诗有关而已。清人章学诚对诗话大加挞伐：“以不能名家之学，入趋风好名之习；挟人尽可能之笔，著惟意所欲之言。”这倒从反面说出了我所认可的诗话的某些性质，即浅易、随意、轻松。我想写的诗话便是这种关于诗的随笔，是我读诗的零星感想。这些文字里没有考据、论证，也没有注释、参考书目，一句话，它们在内容和形式上都不符合“学术规范”，它们发表以后绝对不能算作我的“学术成果”。我写这些文字不是因为我对某首诗、某位诗人或某个诗学问题有了新颖的观点，恰恰相反，我想说的都是一些老生常谈，即使有些读后感是我独有的，我也相信在相同的阅读背景下多半会人同此心。虽说“诗无达诂”，但一首好诗所蕴含的情感倾向却是清晰可感的，我想谈的正是后者而不是前者。

作诗是高度个性化的行为，黄巢落第后咏菊说“待到秋来九月八，我花开后百花杀”，那种激越的豪情是专属于革命领袖的。但是优秀的诗人都是普通人，他们的喜怒哀乐是与千千万万的读者相通的，这正是他们的作品家喻户晓的原因。读诗也是高度个性化的行为，郭沫若从杜甫的《茅屋为秋风所破歌》中读出了“赤裸裸地表示着诗人的阶级立场和阶级情感”，那种如炬的目光是专属于红色学者的。但是多数的读者都是普通人，他们对诗歌的理解平实、正常，他们对诗歌中的喜怒哀乐的感受不会有太大的出入。金圣叹说：“作诗须说其心中之所诚然者，须说其心中之所同然者。说心中之所诚然，故能应笔滴泪；说心中之所同然，故能使读我诗者应声滴泪也。”在优秀的诗人与广大的读者之间，确实存在着“心中之所同然者”，他们的心是相通的。鉴于以上看法，我相信我读诗的感受是与其他读者大同小异的，我完全可以敞开心扉与大家交流读诗感想，不必担心别人嘲笑我的浅薄。“嘤其鸣矣，求其友声。”这本是古代诗人的心声，作为古诗的读者的我也有同样的希望。

《列子·杨朱》中讲过两个笨人的故事，一个是“献曝”，另一个是“献芹”，后者的结果是：“众哂而怨之，其人大惭。”我从阅读古诗中获益匪浅，很想向大家“献曝”“献芹”，为了避免“众哂而怨之”的结果，让我先把读诗的好处稍作介绍。

首先，诗歌能感动读者、安慰读者。汉人何休认为，诗歌缘起于“饥者歌其食，劳者歌其事”。南朝的锺嵘更具体地指出：“嘉会寄诗以亲，离群托诗以怨。至于楚臣去境，汉妾辞宫；或骨横朔野，魂逐飞蓬；或负戈外戍，杀气雄边；塞客衣单，孀闺泪尽；或士有解佩出朝，一去忘返；女有扬蛾入宠，再盼倾国。凡斯种种，感荡心灵，非陈诗何以展其义，非长歌何以骋其情？”既然诗歌的核心内蕴是“感荡心灵”的感情，它就必然具有感荡读者心灵的强大功能。宋人严羽读《离骚》，“歌之抑扬，涕泪满襟”。清人卢世漼读杜诗，“肝肠如火，涕泪横流”。古人如此，今人何必不然？更令人欣慰的是，正如韩愈所说：“夫和平之音淡薄，而愁思之声要妙。欢愉之辞难工，而穷苦之言易好也。”真正的好诗都是抒发胸中牢骚的不平之鸣，自古以来，由“欢愉之辞”组成的好诗寥若晨星。既然读诗的最高境界是读者与诗人之间达成心灵上的共鸣，那么好诗最能感动的读者理应是心多“愁思”的普通人。韩愈嘲笑富儿说：“不解文字饮，惟能醉红裙。”如今的富豪日夜沉溺在灯红酒绿的豪华场所，也没有什么心情来读诗。只有我辈平头百姓才是最合格的读诗之人，我们才会在月白风清的良夜，对着一盏青灯摊开诗卷。读诗是我们的专利，不能轻易放弃。

其次，读诗是最易于操作的行为。古诗的篇幅都很短，诗选大多是薄薄的小册子，很少有豪华包装的大部头。这有两个好处：一是价格低廉，无须太大的财力即能购置。二是携带方便，无论出差还是旅游，在行囊中放进一册诗集不会增加多少重量。诗选中的作品都是互相独立的，它们颠倒次序也没有关系，每次读多少首，从哪里开始，都可以随心所欲。我有时用诗选下酒，随意翻到一页，便从那儿开始读。一不小心把书合上了，也不必费心寻找刚才读到的地方，只管任意翻开一页就行了。读完一首，不妨眯起眼睛回味一番，就像嘴里抿了一口好酒一样，那真是别有滋味。一旦你熟读成诵，能背个几百首，那就等于在腹中贮存了一册诗选，即使在灯光昏暗、人声嘈杂的火车上，你都可以继续读诗。这种唾手可得的精神享受，我们何乐而不为呢？

既然读诗有这么多好处，我便要放心地向大家“献曝”“献芹”了。收入本书的四十篇诗话，是我多年来读诗的感想，它们没有什么高深的意思，也没有什么新颖的观点，但都是我的肺腑之言，希望它们能在同样爱好读诗的朋友那儿得到共鸣，也希望它们能在暂时还没有这种爱好的读者那儿起到推荐古诗的作用。天下之宝，当与天下共之。古典诗歌是所有说汉语、写汉字的人们的共同财富，大家千万不要放弃对这份珍贵遗产的继承权。

2005年8月11日于南京大学南秀村寓所

明·戴进·溪堂诗思图

长歌行

汉 · 无名氏

青青园中葵，朝露待日晞。
阳春布德泽，万物生光辉。
常恐秋节至，焜黄华叶衰。
百川东到海，何时复西归？
少壮不努力，老大徒伤悲。

金缕衣

唐 · 杜秋娘

劝君莫惜金缕衣，劝君惜取少年时。
花开堪折直须折，莫待无花空折枝。

古往今来，最使人们感到神奇莫测的客观存在就是时间了。尽管在物理学家和哲学家那里，空间也是一个缠夹不清的概念，但对于普通人来说，空间毕竟是容易感觉和理解的。时间则不同了，它究竟是什么东西呀？圣·奥古斯丁是以研究时间问题而著称的古代哲人，但是他在《忏悔录》中说：“时间究竟是什么，没有人问我，我倒清楚。有人问我，我想给他解释，却茫然不解了。”时间看不见，摸不着，却又无处不在。它不值一钱，却又千金难买。伏尔泰在哲理小说《查第格》中编了一个谜语：“世界上哪样东西是最长的又是最短的，最快的又是最慢的，最能分割的又是最广大的，最不受重视的又是最受惋惜的；没有它，什么事都做不成，它使一切渺小的东西归于消灭，使一切伟大的东西生命不绝？”谜底就是“时间”。在时间的各项性质中，最使人们感到切肤之痛却又无能为力的就是它的飞速流逝且永不复返。孔子在河边叹息说：“逝者如斯夫，不舍昼夜！”后代的诗人也不约而同地用滔滔东流的河水来比喻时间，汉乐府中的这首《长歌行》就是最早的名篇。唐代的韩琮甚至认为只要听听流水的声音就能感受到时间的消逝："行人莫听宫前水，流尽年光是此声！"

我自幼生长在长江边上，看惯了茫无边际的浩荡江水。早在小学里我就从老师嘴里反复听到"少壮不努力，老大徒伤悲"的训诫（当时只知道那是一句成语而不知其出处），稍后又读到了那首《金缕衣》。我从小就知道应该珍惜宝贵的时间，尤其应该珍惜宝贵的少年时光。可惜世间的事情往往是不由自主的，命运会无情地戏弄你、折磨你，强迫你与自己的信念背道而驰，我在生命历程中竟然接连虚度了十二年的年华，而且正是发生在从十七岁到二十九岁的青春时期。

"文革"的狂风从北京刮来了，苏州高级中学的校园也未能幸免于难。经过一番短暂的喧嚣和骚乱之后，我成了无所事事的"逍遥派"。高考已被党中央明令废除了，对我这个出身于"反革命分子"家庭的人来说，大学校园已经与我绝缘。既然如此，一切功课当然都成了明日黄花。于是我每天的事就是漫不经心地在校园里闲逛，有时也到离学校不远的苏州市委大院去溜达，浏览浏览大字报，看看群情激愤、唇枪舌剑的大辩论。不久我连这些事也懒得做了，就终日龟缩在校园角落的一间小屋里，百无聊赖地翻翻好不容易弄来的几本闲书，或干脆蒙着被子睡大觉。同学陈本业用毛笔在墙上题了两句诗："洋河大曲二两半，但愿长醉不愿醒！""二两半"是当时流行的小型瓶装白酒，俗称"手榴弹"。其实我们根本没钱买"手榴弹"来喝，他这样说不过是发泄一下胸中的怨气而已。后来这两句题壁诗惹得军宣队的政委大发雷霆，实在是无妄之灾。

如此混了两年，我们就纷纷下乡插队去了。我来到长江边上一个名叫“赵浜”的小村庄，“接受贫下中农的再教育”。所谓“接受再教育”，其实就是学习种地，挣工分。用赵浜的贫下中农的说法，就是“在他们的饭锅里分一口饭吃”。赵浜村人均一亩来地，即使像绣花一样地精耕细作，也只嫌人多地少，哪里用得着我和另外三个知青去凑热闹？经过贫下中农的一番“再教育”，我对自己来分吃他们本来就不宽裕的一锅饭觉得十分内疚，在地里劳作时丝毫没有“扎根农村干革命”或“改天斗地”的自豪感，只把那看作以每天六毛钱的单价出售青春而已。日出而作，日落而息，时光一天天地流淌过去了。我从十九岁变成二十岁，然后是二十一岁、二十二岁、二十三岁……社员们起先叫我“小莫”，随后改叫“阿莫”，不久就升格为“老莫”。虽然地里的活是一年忙到头，有一年甚至连大年初一也得扛着锄头到地里站着，“过一个革命化的春节”，但是心里却是茫茫然的一片空虚。时间，“一寸光阴一寸金”的时间，你的价值在哪儿呢？青春，据说比“金缕衣”更加珍贵的“少年时”，你的价值又在何方呢？

赵浜是典型的江南水乡，弯弯曲曲的河浜水清如镜，河边散布着几个村落，从茂密的竹林里露出茅屋或瓦屋的屋顶，石板铺成的水桥从竹林里伸向河边。竹林之外的河边长着一些杨柳和桃树，在蒙蒙的春雨中，鹅黄色的柳丝袅袅地下垂着，时常引得鱼儿跃出水面。盛开的桃花缀满枝头，像是含笑的少女，叫人格外佩服古人用“花枝招展”来形容美女，真是绝妙好词。雨中的炊烟也婀娜多姿，灰白色的一缕，缓缓地从竹林后面漂浮出来，凝重而不失轻盈，像是水墨在宣纸上慢慢地晕开却又轮廓分明，然后渐渐地融入雨幕中去。我站在窗前，久久地凝视着赵浜的雨景，涌现在心头的却不是美感，而是时光消逝、韶华难留的莫名惆怅。

最难忘下面的一幕：一个隆冬的下午，天色阴霾，北风呼啸，我与一群社员在地里拔棉花萁。此时已是农闲季节，小麦、油菜都已种好，剩下的农活像拔棉花萁之类都是不急之务，早几天晚几天都没关系，完全可以等到较暖和的晴天再干。然而当时的上级领导要求我们必须每天都出工，否则就要追究生产队长破坏“抓革命、促生产”的责任，我们就冒着刺骨的寒风下地了。到了三点多钟，队长大喝一声：“吃烟！”“吃烟”就是下午的工间休息，顷刻之间大家便如鸟兽散，纷纷钻到河边供打鱼人待的草棚里躲避寒风。草棚太小，只挤进几个捷足先登者，其余的人便被挤溢出来，沿着草棚南边的芦席墙蹲成一排。大家都拼命地往中间挤，因为最靠边的人便有一个肩膀或整个脊背暴露在北风中，破旧的棉袄是挡不住凛冽寒风的。那天我还算幸运，挤在人堆中间，两个肩膀都感觉到别人的体温。我们袖着双手，缩着脑袋，鸦雀无声。天色越发阴晦了，寒风中似乎夹杂着几点小雪花。队长骂了一声老天爷的娘，说：“干脆下雨就可以歇手了，这不死不活的狗天！”队长既不发令“动手”，又不发令“歇手”，大家便久久地在草棚前赖着。暮色渐渐地降临了，但谁也不敢起身回家去，因为那样的话你就要少挣四分之一天的工分了。我呆呆地望着河里的流水，知道这河水正是朝东流向长江的，不由得想起了“百川东到海，何时复西归”的诗句，心里便一阵痛楚。时间啊时间，你就这样毫无价值地流逝了吗？

奇怪的是，人们有时也嫌时间流逝得太慢，这多半是他们满腹忧愁、度日如年的时候。比如客居异乡的杜甫就嫌秋夜太长：“客睡何曾着？秋天不肯明！”再如唐诗中的怨妇常常埋怨长夜漫漫，李益的宫怨诗说：“似将海水添宫漏，共滴长门一夜长！”那位失宠的宫女“寂寞恨更长”，竟埋怨漏壶中的水好像是深不见底的海水，永远也滴不完！即使是诗人自己，有时也希望时间流逝得更快一些，最著名的便是清人黄仲则《绮怀》诗中的两句：“茫茫来日愁如海，寄语羲和快着鞭！”黄氏家境贫寒，身体羸弱，本是一个多愁善感的伤心人，再加上情场失意、仕途坎坷，难怪他痛不欲生，只恨时光流逝得太迟缓了。由此可见，希望时间加快脚步无非因为目前的处境太痛苦，但愿早点得到解脱。人生不如意事，十常八九。除了少数命运的宠儿外，谁能在一生中不经历一点痛苦呢？所以黄仲则的诗句会在许多读者的心中引起共鸣，我就曾有过痛切的体会。那年冬天，我到江南探视母亲后返回淮北的栖身之地泗县。火车在凌晨三点到达中转站固镇，我随着一伙旅客从火车站奔到汽车站，大家都知道长途汽车票很难买，去晚了也许今天就走不成了。到了汽车站一看，人倒还不太多，汽车站的大门却紧紧地关闭着，门前挂着一块告示牌，说是早晨六点钟才开门。人们三三两两地散落在站前的广场上，议论纷纷。我没有旅伴，便形单影只地站在一边。明月当空，清冷的月光水一样地洒在广场上，使几盏路灯显得暗淡失色。空气中没有一丝风，但是寒气逼人，一直沁入骨髓和内脏，身上穿的棉衣活像是用纸糊的。人们纷纷跺脚、搓手，或原地跑步，一边咒骂这该死的天气，一边咒骂时间过去得太慢。我没有手表，过一阵便问旁边的人现在几点了，那人没好声气地回答："才四点！""才四点一刻！""还不到四点半！"……天哪，今天的时间怎么走得这么慢啊？也许是这个人的手表失灵了？大家都快被冻僵了，时间却依然不慌不忙地向前爬行。我当时没有想起黄仲则的诗句，但我是多么急迫地希望身旁旅客的手表上的时针转动得快一点啊！

真正使我反复想起黄仲则诗句的经历发生在 1974 年。那年 4 月，我的父亲自杀了。虽然自"文革"爆发以来受尽折磨的父亲早已萌生去意，但他的突然离去仍然使我如五雷轰顶。生我养我的父亲突然变成了一捧寒灰！父亲的突然去世几乎摧毁了我对人生的全部信念，一连数月我都沉浸在悲痛之中。我知道时间会抚平人们心头的创伤，汉代杨恽在《报孙会宗书》中说："君父至尊亲，送其终也，有时而既。"即使一条缓慢地流淌的河水也终究会冲走河底的砂石，会刷平河岸的凹凸曲埼，时间的流淌也终究会逐渐消减心头的痛楚，就像鲁迅所说的，"时光流驶，洗成绯红，也会在微漠的悲哀中永存微笑的和蔼的旧影"，长逝者的音容笑貌虽会永存心间，但是悲哀之情是会逐渐变得微漠的。我多么希望时间之河变成一条湍猛奔腾的急流，让飞泻而下的河水早日冲走积压在我心头的沉重砂石。我回到赵浜边上，在地里拼命地干活，想让劳累疲乏来麻木心头的痛感，可是没用。我取出英语书本，拼命地记单词、背课文，想让枯燥的文字记忆来取代对父亲的思念，也没有用。我不知道何年何月才能从悲痛的泥潭里自拔出来，我反复地诵读黄仲则的诗句："茫茫来日愁如海，寄语羲和快着鞭！"时光啊，请你更迅速地流逝吧！就像韩愈所说的，让"日月如跳丸"吧！就像杜甫所说的，"飞腾暮景斜"吧！……

中国的河水大多是东流入海的，当诗人偶然发现一条西向而流的水流时，就会产生时光倒流的奇思妙想。苏轼被贬黄州时，偶然在蕲水看到了西向而流的兰溪，大感兴奋，作《浣溪沙》说："谁道人生无再少？门前流水尚能西！休将白发唱黄鸡。"白居易《醉歌》说："黄鸡催晓丑时鸣，白日催年酉时没。腰间红绶系未稳，镜里朱颜看已失。"苏词反用其意，说既然流水都有向西而流的，安知时间不会逆向而走？人生老而复少是完全可能的！这虽然只是诗人的一时兴至之言，但句中所包含的乐观旷达、积极有为的人生观却极为可贵。是啊，与其悲叹时间的迅速流逝而悲观失望，何如以乐观的精神来对待人生，让有限的时间变得更加充实，更有价值？

如今的我一事无成，却已年过半百。对我来说，"花开堪折直须折"的"少年时"早已一去不复返了，"老大徒伤悲"的时刻确凿无疑地已经来临了。东汉末年孔融给曹操写信说："五十之年，忽焉已至。公为始满，融又过二。"我最初读到这些句子时，觉得

“五十之年”是多么遥远的将来啊！没想到“忽焉”一下我已经比孔融的年龄“又过三”了。对于我辈决不奢望“万寿无疆”或“永远健康”的普通人来说，年过半百后该如何看待时间呢？曹操说：“老骥伏枥，志在千里。烈士暮年，壮心不已。”那当然是鼓舞人心的人生格言，但我经常想到的却是春秋时烛之武的人生慨叹：“臣之壮也，犹不如人。今老矣，无能为也已！”我在青壮年时代都无所作为，现在更不会有任何不切实际的幻想。我并不自暴自弃，我仍然会认认真真地教我的书，也会一如既往地珍惜余下的有限时光，好好地活着。但此时此刻，我愿意用作座右铭的有关时间的格言已不是那首《长歌行》，而是几句陶诗：“纵浪大化中，不喜亦不惧。应尽便须尽，无复独多虑！”

尽管如此，我还是要向读者，尤其是向青年读者，郑重推荐《长歌行》，因为他们正处于“花开堪折直须折”的时候，他们不会再有躲在草棚前面消磨时间的经历，他们理应让耳边不时响起“百川东到海，何时复西归？少壮不努力，老大徒伤悲”的人生格言。

（2004 年 8 月 29 日）

书双竹湛师房

宋 · 苏轼

暮鼓朝钟自击撞，闭门孤枕对残釭。

白灰旋拨通红火，卧听萧萧雨打窗。

丑奴儿近

博山道中效李易安体

宋 · 辛弃疾

千峰云起，骤雨一霎儿价。更远树斜阳，风景怎生图画？青旗卖酒，山那畔、别有人家。只消山水光中，无事过这一夏。　　午醉醒时，松窗竹户，万千潇洒。野鸟飞来，又是一般闲暇。却怪白鸥，觑着人、欲下未下。旧盟都在，新来莫是、别有说话？

如果真像牛顿所说，地球是被上帝踢了一脚才开始转动的，那么上帝堪称盖世球王。要不是他起脚的角度如此巧妙，让地球自转的轴线与公转轨道平面有 66°34′ 的夹角，而是像水星那样站直了自转，地球上的一年中就没有四季之分了。生活在华夏大地上的中国人非常幸福，他们大多数人正巧居住在四季分明的温带。试想如果一年中没有四个不同的季节，不必说终年炎热的赤道和始终严寒的极地，即使是四季如春的地方，也会使人觉得单调乏味的。正因为有了春夏秋冬的变化，大自然才千姿百态，我们的生活也才丰富多彩。万紫千红的春季和风清月朗的秋季是诗人笔下最常见的题材，有关春秋的名篇美不胜收，我另有专文来谈它们，本文单说相形见绌的冬夏两季。

我幼年时常听母亲说：“三百日好过，六十日难熬。”她的意思是江南地区盛夏的酷热和隆冬的严寒各有一个月之久，那是穷人最难过的时候。我对此深有会心，因为我家居住的房子有一个最大的特点，便是夏暖冬凉。我们在夏天唯一的消暑用具便是一柄芭蕉扇，夏夜睡觉常在席子上汪着一摊汗水。冬天则必须在千疮百孔的棉花胎下铺一层厚厚的稻草，才不至于在半夜里被冻醒。当然，我深知我们并不是世上最穷苦的人，我们并没有露宿街头无家可归，但我毕竟早就熟谙酷热和严寒的滋味，我读到诗人们描写穷人饱受寒暑之苦的诗歌时，总会感到切肤之痛。

杜甫是北方人，他虽然瘦骨伶仃的，却十分怕热，曾多次作诗咏“热”。758 年，杜甫刚到华州司功参军任上，天气炎热，公务又繁忙，诗人极感烦恼，作《早秋苦热堆案相仍》:“七月六日苦炎热，对食暂餐还不能。每愁夜中自足蝎，况乃秋后转多蝇。束带发狂欲大叫，簿书何急来相仍？南望青松架短壑，安得赤脚踏层冰！”清人纪昀批评说:“此杜极粗鄙之作。”我觉得官高禄厚的纪文达公不喜此诗是合情合理的，他的日子过得相当阔绰，审美心理也颇有点“小资”情调。李白曾在梁园参加高档宴会，少见多怪地说:“平头奴子摇大扇，五月不热疑清秋。”纪昀家的消暑手段大概不止于此，假如他一边就着冰镇的果子饮酒，一边手执杜诗读之，身后还站着几位丫鬟为他打扇，当然会嫌杜诗太“粗鄙”。至于现代的“司功参军”或更大的官员，坐在装着空调的房间里用电脑办公，肯定也不会产生“安得赤脚踏层冰”的古怪念头。然而如果你曾经遭受，或正在经受酷暑的煎熬，就会觉得此诗对“苦热”的形容真是入木三分。766 年，杜甫漂泊到长江边的夔州。盛夏来临，南方的溽暑简直使年迈的诗人如坐针毡，他挥笔写诗三首，题目就叫作《热》。试问在杜甫之前，有谁曾写诗命题为“热”？他还写了一首《火》，结尾说："流汗卧江亭，更深气如缕。"要是让纪昀来评论，又该说它"粗鄙"了。

苏轼曾戏评孟郊的诗风为"郊寒"，名实相符，孟郊确实是最善于描写苦寒的诗人。试看其《寒地百姓吟》："无火炙地眠，半夜皆立号。冷箭何处来，棘针风骚劳。霜吹破四壁，苦痛不可逃。高堂搥钟饮，到晓闻烹炮。寒者愿为蛾，烧死彼华膏。华膏隔仙罗，虚绕千万遭。到头落地死，踏地为游遨。游遨者是谁，君子为郁陶。"这首诗是在 806 年写给河南尹郑馀庆的，当时诗人正在郑馀庆幕中做官，此诗就是为河南百姓的呼吁。孟郊所以能这样做，除了他富有同情心之外，另一个重要原因是他自己对苦寒有切身的体会。他在《秋怀》中自称："冷露滴梦破，峭风梳骨寒。"又说："一片月落床，四壁风入衣。"他还描写得到友人雪中送炭后的情状说："暖得曲身成直身。"欧阳修评曰："人谓非其身备尝之，不能道此句也。"

盛夏的酷热和隆冬的严寒本是自然形成的，寒往暑来，遂成四季。天行有常，亘古如斯。然而人间贫富不均，贵贱有别，人们对寒暑的感觉也就天差地别。春秋时代，身穿狐白裘的齐景公对晏婴说："怪哉，雨雪三日而天不寒！"南宋刘克庄的《苦寒行》中也有类似的描写："十月边头风色恶，官军身上衣裘薄。押衣敕使来不来，夜长甲冷睡难着。长安城中多热官，朱门日高未启关。重重帏箔施屏山，中酒不知屏外寒。"唐文宗夏日与诸学士联句，文宗说："人皆苦炎热，我爱夏日长。"柳公权续道："薰风自南来，殿阁生微凉。”后来苏轼认为柳公权“有美而无箴”，吕希哲则认为柳句“已含规讽”，议论纷纷。但无论柳公权的联句中有无讽谏之意，唐文宗所云显然是身居深宫而不知民间酷热之苦，与齐景公诧异雪天不寒的事例相映成趣。对于那些高高在上的达官贵人，我们不敢奢望他们“先天下之忧而忧，后天下之乐而乐”，只希望他们稍微了解一些民生疾苦，稍微关心一下人间冷暖，在发令施政时不要以为百姓与他们同样住着冬暖夏凉的巍峨深宫就算不错了。

杜甫、孟郊等人咏及严寒、酷热的诗篇是对民间疾苦的真切揭示，即使诗中仅仅写了自身的感受，也仍然是直陈民瘼的好诗，因为当诗人亲身经受寒暑之苦的时候，他本人已经成为百姓中的一员，从而有资格充当其代言人了。况且古代的优秀诗人都有推己及人的情怀，人间冷暖、万家忧乐，都是他们笔下常见的主题。杜甫在萧瑟秋风中吟出“寒衣处处催刀尺，白帝城高急暮砧”，白居易在严冬时节发愿“安得万里裘，盖裹周四垠。稳暖皆如我，天下无寒人”。北宋的王令在暑旱苦热时慨叹说：“昆仑之高有积雪，蓬莱之远常遗寒。不能手提天下往，何忍身去游其间！”古诗中当然也不乏“心画心声总失真”的虚情假意，但我深信大多数诗人没有必要在作品中口是心非，像杜甫那样人品高尚的诗人更不会用谎言来伪饰自己。

然而，我想向读者重点介绍的并不是描写“六十日难熬”的诗歌，而是那些抒写一年四季中不同的生活情趣的作品。事实上，即使是冬、夏两季，只要你不是处于无家可归或衣不蔽体的极端窘境的话，生活还是很有情趣的。诗人们对此有细致入微的观察，他们的此类作品中充满了盎然生机。

曾幾在夏日乘舟溪行：“梅子黄时日日晴，小溪泛尽却山行。绿阴不减来时路，添得黄鹂四五声。”孟浩然在夏夜闲卧水轩：“山光忽西落，池月渐东上。散发乘夕凉，开轩卧闲敞。荷风送香气，竹露滴清响。”两首诗一写日，一写夜；一写动，一写静。其环境是同样的美好，其情趣也是同样的浓郁。夏季最大的烦恼当是炎热，但在大汗淋漓之际得遇阴凉，却有难以言传的快感，许多咏夏诗便不约而同地写到暑热中的一丝凉意。陶渊明是最能知足常乐的诗人，夏日的一片清阴、一阵清风都使他欢然有喜：“蔼蔼堂前林，中夏贮清阴。凯风因时来，回飙开我襟。”周邦彦虽然多愁善感，却也对溧水无想山中清凉的夏日颇有好感：“风老莺雏，雨肥梅子，午阴嘉树清圆。地卑山近，衣润费炉烟。人静乌鸢自乐，小桥外、新绿溅溅。”

苏轼最善于无中生有，他的《洞仙歌》展现了一个盛夏中的清凉世界：“冰肌玉骨，自清凉无汗。水殿风来暗香满。绣帘开、一点明月窥人，人未寝、欹枕钗横鬓乱。　起来携素手，庭户无声，时见疏星渡河汉。试问夜如何，夜已三更，金波淡、玉绳低转。但屈指、西风几时来，又不道、流年暗中偷换。”苏轼在词序中交代他作词的缘由：“仆七岁时，见眉山老尼，姓朱，忘其名，年九十余。自言：尝随其师入蜀主孟昶宫中。一日大热，蜀主与花蕊夫人夜起避暑摩诃池上，作一词。朱具能记之。今四十年，朱已死。人无知此词者。但记其首两句。暇日寻味，岂《洞仙歌令》乎？乃为足之云。”可见此词本是写“大热”天的纳凉活动的，然而全词中竟无丝毫的炎热之意，读来只觉清凉如秋。可惜正如清人尤侗所说：“此天上事，吾何望哉！”对于普通人来说，那种清凉世界实在是远不可及。我辈皮肤粗糙，手上长满了老茧，哪来的“冰肌玉骨”？又哪有福分置身于“水殿风来暗香满”的人间仙境？我对那个清凉世界只能敬而远之。

我最有切身体会的倒是范成大诗中的另一类清凉世界：“黄尘行客汗如浆，少住侬家漱井香。借与门前磐石坐，柳阴亭午正风凉。”我插队的赵浜边上有许多大柳树，还有成片的竹林。盛夏时节，除了侍弄双季稻的“双抢”之外，我们虽然也要冒着炎炎赤日下地耘稻或给棉花打枝，但队长总是开恩让大家在中午休息两个小时。一旦听到队长粗犷的吼声：“歇手！”我们立刻跑到水桥上洗净身上的汗浆（顺便说一句，范诗中的“浆”字真是用得好！满身汗水混杂着尘土，的确会浓稠如浆），再打上一桶井水，把冷饭一淘，便捧着饭碗坐在竹林里慢慢地享用。虽然是正午，阳光透过浓密的枝叶，在地上洒下一些金色的圆形光斑，就像孟郊所说的“竹影金琐碎”，但竹林里凉风习习，连满耳的蝉鸣也变得悦耳起来。

我也喜欢苏轼写午睡的一首诗：“食罢茶瓯未要深，清风一榻抵千金。腹摇鼻息庭花落，还尽平生未足心。”王文诰说此诗是立秋后二日写于杭州的，此时的江南正是最炎热的时节，与盛夏无异。我在淮北的小农具厂栖身的时候，夏日的中午常爬上厂里尚未出售的白木棺材上睡午觉。棺材被木工师傅刨得光可鉴人，又高高地架在有穿堂风经过的过道里，我一躺到上面就想起“清风一榻抵千金”这句诗，只恨限于平仄或字义，不能把“榻”字改成“棺”或“柩”。

冬日的严寒天气逼得人们躲在家里，况且冬季树木凋零，景物萧瑟，不易引起诗人的诗兴。陆游虽曾在《冬夜吟》中声称“造物有意娱诗人，供与诗材次第新”，但诗中所写之景也不过是“昨夜凝霜皎如月，碧瓦鳞鳞冻将裂。今夜明月却如霜，竹影横窗更清绝”，这样的诗材比起春花秋月逊色多了。范成大作《四时田园杂兴》六十首，其中“春日”“晚春”“夏日”“秋日”四类都有不少趣味盎然的好诗，唯独“冬日”类中好诗最少，我几经爬罗，也只勉强找出两首，诗也写得不算太好，但所写的生活内容较有情趣。

前一首说：“屋上添高一把茅，密泥房壁似僧寮。从教屋外阴风吼，卧听篱头响玉箫。”这是写农家未雨绸缪，事先把茅屋修葺一番，等到阴风怒号的时刻，就可以安稳地卧在屋内听听竹篱上的风声了。冬季来临前修整房屋，本是自古相沿的习俗，早在《诗·豳风·七月》中就有“穹窒熏鼠，塞向墐户”的句子。我幼时所住的房屋虽然是瓦屋，但是门窗的缝隙很大，每年寒冬来临以前，父亲都要率领我们用纸把窗子糊上，并用纸条塞住门缝，不让寒风吹进来。等到我在赵浜边上有了自己的一间茅屋，也常要为添葺茅草而烦恼，我对“塞向墐户”非常熟悉。

后一首说：“榾柮无烟雪夜长，地炉煨酒暖如汤。莫嗔老妇无盘饤，笑指灰中芋栗香。”这是写冬夜农家的生活场面：室内烧着木柴，地炉上煨着酒壶，炉灰里煨熟的芋头、栗子散发出香气。其实这种清福并不为农家所独占，据何光远《鉴戒录》记载，前蜀国主王建曾在冬夜命宫女烧栗，有几颗栗子从炉中爆出，烧破了绣毡，王建因此想起诗人卢延让的“栗爆烧毡破，猫跳触鼎翻”之句。北宋的杨亿也深爱这两句，金人王若虚揣测其原因说：“予谓此语固无甚佳，然读之可以想见明窗温炉间闲坐之适。杨公所爱，盖其境趣也耶？”可见即使是君主和士大夫，也喜欢在冬夜炉火煨栗。我插队在江南的平原上，那儿不产栗子，农民在冬夜也很少烤火取暖，他们喜欢在灶膛的余烬里埋上几个山芋或芋头。烤熟后拍去灰尘，再剥去焦黑的皮，喷香扑鼻。当然，这种乐趣如果与家人分享，就格外显得暖意融融。至于分享的食物是不是炉火所煨的芋栗，倒并不重要。

类似的诗还有陆游的《雪夜》：“病卧湖边五亩园，雪风一夜坼芦藩。燎炉薪炭衣篝暖，围坐儿孙笑语温。菜乞邻家作菹美，酒赊近市带醅浑。平居自是无来客，明日冲泥谁叩门。”试想在风雪弥漫之夜，炉膛里有红红的炭火，合家围坐笑语喧哗，共享简单而美味的酒菜，一任窗外的狂风摇晃着篱笆。天伦之乐，使人心醉。就像巢居的动物在冬季需要挤作一堆以抗严寒，风雪之夜既使我们与外人隔绝（陆诗的尾联即申此意），也使我们与家人之间更加亲密无间，从而凸显了天伦的温暖。

事实上冬、夏两季的生活中还有不少其他的乐趣，我早就深知其味。比如夏日的游泳，尤其是在像赵浜那样清澈的河浜里戏水，一大片宽阔的水面都归我一个人享用，不像城里的游泳池那样挤得像沙丁鱼罐头。我从阳光下游进柳荫下面，水温顿时变得清凉宜人。盛夏乐事，孰愈于此！即使在严寒的冬季，只要是晴天，我们可以跑到后门外的荒场上，挤在墙根下晒太阳。和煦的阳光是多么温暖可亲！难怪那位宋国的农夫想把“负日之暄”献给国君。可惜古代的诗人对这些乐事很少咏及，以至于我选中的歌咏冬夏的好诗中没有这些内容。

1073 年冬，正在杭州通判任上的苏轼来到双竹寺（一名广严寺）访问住持湛师，夜宿方丈室，作诗题壁。此诗写得情趣盎然，黄庭坚说：“天下清景初不择贤愚而与之遇，然吾特疑端为我辈设。”即举此诗作为例证。寒夜孤灯，冷雨敲窗，本会给人带来凄凉之感，晨钟暮鼓之声更增添几分寂寥。然而诗人拨开白色的残灰，让炉火重新烧得通红。在窗外的潇潇雨声的衬托下，室内的氛围显得格外地温暖、安宁。这是多么可爱的冬夜小景！

在 1182 年到 1192 年的十年间，辛弃疾在上饶带湖闲居，写了不少描摹农村生活的词，《丑奴儿近》就是其中之一。此词既描写了清幽的夏景，又展示了潇洒的消夏生活，是我读过的最为优美的咏夏之作。江南夏日的阵雨，来去只在一瞬间。满天的乌云如奇峰突起，霎时便大雨倾盆。及至雨霁云散，斜阳复出，绿树青山，彩笔难画。虽然壮志未酬的词人在此闲居消夏实出无奈，但他笔下的夏日山村的风景和生活却十分动人。能够置身于如此“万千潇洒”的“山水光中”，即使是炎炎夏日也会变得可喜可亲的。

现代人的生活日益依赖人造的物质设备而远离自然，有些人甚至一年到头躲在恒温的空调房间里，对于“四时行焉，百物生焉”的美好自然不闻不问，这简直是“自绝于自然”。我深信，如果你还没有完全丧失对美好事物的判断力，那么只要你读一读古人歌颂冬、夏的好诗，就一定会冲出牢笼般的空调房间，径直向千姿百态的大自然奔去。你在那儿才能观察到上帝的杰出作品，那就是气象万千的自然。你在那儿才能感受到天地运行的节奏，那就是周而复始的四季。

（2005 年 6 月 3 日）

清平乐

宋·黄庭坚

春归何处，寂寞无行路。若有人知春去处，唤取归来同住。　春无踪迹谁知？除非问取黄鹂。百啭无人能解，因风飞过蔷薇。

摸鱼儿

淳熙己亥自湖北漕移湖南，同官王正之置酒小山亭，为赋

宋·辛弃疾

更能消几番风雨，匆匆春又归去。惜春长怕花开早，何况落红无数。春且住。见说道天涯芳草无归路。怨春不语。算只有殷勤，画檐蛛网，尽日惹飞絮。　长门事，准拟佳期又误。蛾眉曾有人妒。千金纵买相如赋，脉脉此情谁诉。君莫舞。君不见玉环飞燕皆尘土。闲愁最苦。休去倚危栏，斜阳正在，烟柳断肠处。

题目是“春”，我为何只选了两首写“送春”的词？原因就在古今咏春的诗词虽然佳作如林，但数量最多的名篇是写“送春”或“惜春”的。甚至在古代小说中也透露出这种倾向，试看宋人话本《碾玉观音》的开篇，先引了一首写“孟春景致”的《鹧鸪天》，然后说：“原来又不如《仲春词》做得好。”再引一首“说仲春景致”的词，又说：“原来又不如黄夫人做着《季春词》又好。”然后又说这三首词都不如诗人们写送春的作品好，接着举王安石、苏轼、秦观、邵雍等人的八首“春归”诗词，分别说春“是东风断送的”“是春雨断送春归去”“是柳絮飘将春色去”“是蝴蝶采将春色去”“是黄莺啼得春归去”“是杜鹃啼得春归去”“是燕子衔将春色去”，最后由北宋诗人王岩叟做总结说：“也不干风事，也不干雨事，也不干柳絮事，也不干蝴蝶事，也不干黄莺事，也不干杜鹃事，也不干燕子事，是九十日春光已过，春归去。”如此说来，咏春的诗词竟是初春不如仲春，仲春不如晚春，晚春又不如春归！《红楼梦》里贾府的四位姑娘，分别取名为元春、迎春、探春、惜春。既

宋·马远·山径春行图

迎之，又探之，可见春尚未至，可是紧接着就来了惜春！为什么会有这样的情形呢？我想原因就是人们太喜爱春天了，唯独爱之深，所以嫌其短，就像俗谚所说“欢娱嫌夜短”一样。诗人本来多愁善感，他们对春天的短促易逝极为敏感，才写出了那么多的惜春、送春之作。当然，多愁善感的诗人甚至在春光尚浓时也会心生烦恼。杜牧生性豪爽，李商隐却说他：“刻意伤春复伤别，人间唯有杜司勋。”李商隐本人则声称：“天荒地变心虽折，若比伤春意未多！”

春无疑是一年中最美好的季节，此时严寒渐消，万物复萌，天地间洋溢着欣欣向荣的生机。正因如此，人们对人生中最美好的生活内容都名以“春”字。青年时代刚脱离童年的幼稚，尚未沾染中年的烦恼，人们称之为“青春”，连严肃的学者颜之推都有诗云："红颜恃容色，青春矜盛年。"少男少女情窦初开，憧憬着爱情的甘露，人们称之为"春情""春心"，早在《诗经》中就有"有女怀春"的句子。唐代贤相宋璟爱民恤物，时人誉之为"有脚阳春"。唐代的酒徒把他们珍爱的杯中物也称之为"春"，仅见载于李肇《唐国史补》的名酒就有"土窟春""石冻春""烧春"等，连穷酸的杜甫都曾心生歆羡："闻道云安曲米春，才倾一盏即醺人。"苏轼写过一篇《洞庭春色赋》，他歌咏的"洞庭春色"就是一种以黄柑酿造的名酒！清代的康熙帝把太湖洞庭东山所产的茶叶取名为"碧螺春"，堪称成功的品牌创意。

春天鸟语花香，自然界的一切景物都和蔼可亲。同样是萋萋的青草，若在秋日便有凄凉之意，正如王维所云"宫殿生秋草"；若在春日便呈蓬勃之态，正如谢灵运所云"池塘生春草"。同样是皎皎的明月，若在秋日便易使人伤感，故杜甫说"秋月解伤神"；若在春日便使人欣喜，故唐人鲍溶说"喜去春月满"。1092 年春，苏轼在颍州赏月。夫人王闰之说："春月可喜，秋月使人愁耳。"苏轼闻之大喜，作词咏春月说："不似秋光，只与离人照断肠。"春天的梦境也是愉快的，苏轼晚年谪居海南，遇一老妇，对他说："内翰昔日富贵，一场春梦！"即使是发生在春日的离别也显得格外美丽、缠绵，请看江淹《别赋》中的描写："春草碧色，春水渌波。送君南浦，伤如之何！"

孔子一生栖栖遑遑，席不暇暖，从未见过他老人家有什么郊游的记录。然而弟子曾点汇报其春游经历说："莫春者，春服既成，冠者五六人，童子六七人，浴乎沂，风乎舞雩，咏而归。”孔子不但听得津津有味，还赞赏说：“吾与点也！”可见浩荡春色的吸引力连圣人也难免动心。宋代的理学家都是正襟危坐、非礼勿视的君子，可是程颢曾写过《春日偶成》，说：“云淡风轻近午天，傍花随柳过前川。”朱熹的同题诗篇更说：“闻道西园春色深，急穿芒履去登临。”1151 年春，朱熹在湖州游览霅溪（又名四水），作诗说：“胜日寻芳泗水滨，无边光景一时新。等闲识得东风面，万紫千红总是春。”春光简直具有勾魂摄魄的魅力，试读宋祁的《玉楼春》：“东城渐觉风光好，縠皱波纹迎客棹。绿杨烟外晓寒轻，红杏枝头春意闹。”即使没有下阕的“浮生长恨欢娱少，肯爱千金轻一笑”之句，单就“春意闹”三字，便可看出这位风流文士在明媚的春光中已经心旌摇荡，难以自持了。

春天既然如此美好，人们便希望它早日降临。性急的英国诗人雪莱甚至在冬天刚到时便自我安慰说：“哦，风啊，如果冬天来了，那春天还会远吗？”中国的诗人比较务实，他们总是在残冬将尽时才开始寻觅春的踪迹。杨万里说“春归小雪中”，陆游说“早春风力已轻柔，瓦雪消残玉半沟”，白居易则说：“柳无气力枝先动，池有波文冰尽开。今日不知谁计会，春风春水一时来。”待到冰雪消融以后，各种动植物就争先恐后地报告春的消息。张耒侧耳倾听报春的鸟鸣：“春向鸟声新。”苏轼注视着戏水的鸭子：“竹外桃花三两枝，春江水暖鸭先知。”黄庭坚则注意悄然变绿的野草：“年华已伴梅梢晚，春色先从草际归。”韩愈甚至认为“最是一年春好处”的景色就是“草色遥看近却无”。更多的诗人关注着杨柳和花卉，贺知章咏春说：“碧玉妆成一树高，万条垂下绿丝绦。不知细叶谁裁出，二月春风似剪刀。”南宋的一位尼姑有诗云：“尽日寻春不见春，芒鞋踏遍陇头云。归来笑捻梅花嗅，春在枝头已十分。”词人周密因此发问：“问东风，先到垂杨，后到梅花？”

当诗人到了春季却不见杨柳和花卉时，他们就焦急地探问春风的踪迹。王之涣在玉门关外听到《折杨柳》的笛曲，却不见柳色，叹息说：“羌笛何须怨杨柳，春风不度玉门关。”欧阳修贬谪到荒寒的山城夷陵，及春而未见花，抱怨说：“春风疑不到天涯，二月山城未见花。”由此看来，多数的诗人不约而同地把春的降临归因于春风，王安石的观察最称细致。1075年，王安石离开江宁前往汴京，泊船瓜洲，作诗说：“春风又绿江南岸，明月何时照我还？”1082年初春，王安石到江边送人，遇到微雨，作诗寄给女儿：“荒烟凉雨助人悲，泪染衣巾不自知。除却春风沙际绿，一如看汝过江时。”前者说春风具有染绿草木的功能，后者则说春风自身就是绿色的，所到之处遂留下一痕微绿。程千帆先生说后一首是“诗人功参造化处”，意即诗人的创造力与造物相侔。的确，春风一到，草木变绿，这是何等惊人的魔力！难怪辛弃疾因此想入非非，竟然诘责说：“春风不染白髭须！”

春风终于吹来了，即使是寺院、宫殿的高墙，也挡不住它的脚步。然而正如辛弃疾所说：“城中桃李愁风雨，春在溪头荠菜花。”最美好的春光都在郊野乡村，凡是稍有审美能力的人都不会到城中的深宅大院去寻春，尽管那里也有一片花木葱茏。请看宋人张耒的《感春》：“春郊草木明，秀色如可揽。雨余尘埃少，信马不知远。黄乱高柳轻，绿铺新麦短。南山逼人来，涨洛清漫漫。人家寒食近，桃李暖将绽。年丰妇子乐，日出牛羊散。携酒莫辞贫，东风花欲烂。”此诗平淡无奇，但是描写郊外寻春的过程非常生动，定能唤起读者对自身游春经历的回忆。把乡村春景写得最美的则推黄庭坚的外甥徐俯的《春游湖》：“双飞燕子几时回？夹岸桃花蘸水开。春雨断桥人不渡，小舟撑出柳阴来。”比徐俯稍晚的赵鼎臣赞扬此诗说：“解道春江断桥句，旧时闻说徐师川。”我曾在赵浜边上目睹过这幅美景，当时只联想到元人虞集的“杏花春雨江南”一句。十年后读到徐诗，恍如重临蒙蒙春雨中的赵浜，不由得对诗人“状难写之景，如在目前”的本领佩服得五体投地。

正如韩愈所说：“欢愉之辞难工，而穷苦之言易好也。”最好的诗歌总是与忧愁苦闷形影相随，咏春诗词也不例外。春季并不是十全十美的，我幼时最怕刚过完年就从母亲口中听到“荒春三月”这个词，因为春天正是青黄不接的时节，在食不果腹的人的眼中，再美的春色也会暗淡无光的。况且春天并不总是风和日丽，春寒料峭的风雨天气也极为常见。试读陆游的《鹊桥仙·夜闻杜鹃》：“茅檐人静，蓬窗灯暗，春晚连江风雨。林莺巢燕总无声，但月夜常啼杜宇。　　催成清泪，惊残孤梦，又拣深枝飞去。故山犹自不堪听，况半世飘然羁旅！”这样的春夜，凄寒孤寂，与秋夜又有什么两样！再读陈师道的《春怀示邻里》：“断墙着雨蜗成字，老屋无僧燕作家。剩欲出门追语笑，却嫌归鬓着尘沙。风翻蛛网开三面，雷动蜂窠趁两衙。屡失南邻春事约，只今容有未开花。”这样的“春怀”诗，情怀凄绝，与“秋怀”又有什么不同！也许是我在琼溪镇上的老屋里见惯了“断墙着雨蜗成字”，又在赵浜边上的茅屋中听惯了“春晚连江风雨”，我读这两首咏春诗词时感同身受，故十分喜爱。没有类似经历的读者多半不会同意我的看法，但是他们也难免要被春天的雨丝风片勾起几缕春愁，谓予不信，请读南宋词人蒋捷的《一剪梅》：“一片春愁待酒浇，江上舟摇，楼上帘招。秋娘渡与泰娘桥，风又飘飘，雨又萧萧。　何日归家洗客袍，银字笙调，心字香烧。流光容易把人抛，红了樱桃，绿了芭蕉！”

人们对春天的短促易逝都会感到怅惋。晏幾道落魄潦倒，心理脆弱，他对春天的易逝极其敏感：“试把花期数，便早有感春情绪。看即梅花吐。愿花更不谢，春且长住，只恐花飞又春去。”钱惟演官高名重，生活优裕，竟也在春光正浓时心生惆怅：“城上风光莺语乱，城下烟波春拍岸。绿杨芳草几时休，泪眼愁肠先已断。”甚至在春末开放的花卉也受到人们的无理责怪，陆龟蒙咏蔷薇说：“秾花自古不得久，况是倚春春已空。”张炎也说：“东风且伴蔷薇住，到蔷薇，春已堪怜。”宋人管鉴又咏酴醾说：“一年春事到酴醾，何处更花开？”宋人王琪也说：“开到酴醾花事了！”唐人杜荀鹤指出春季只有短短的三个月：“每岁春光九十日，一生年少几多时。”晏殊则进而说：“绿树归莺，雕梁别燕，春光一去如流电。”南宋词人高观国把人们既盼春来，又恐春去的复杂心情压缩成两句话：“屈指数春来，弹指惊春去。”辛弃疾进而压缩成一句话：“惜春长怕花开早！”既然人们在整个春季始终忧心忡忡，还有什么心情从容欣赏春光！

世间万物，盛极即衰，春天也是如此。鸟语花香、春光正浓的时刻，也就是春天逐渐消减的开端。杜甫在曲江头看到繁花似锦的枝头忽有一片花瓣飘然落下，不禁惊呼：“一片花飞减却春！”及至风雨交加，落红成阵，敏感的诗人又当如何感慨？欧阳修（一说冯延巳）的《蝶恋花》说：“雨横风狂三月暮，门掩黄昏，无计留春住。泪眼问花花不语，乱红飞过秋千去。”王沂孙的《摸鱼儿》则说：“洗芳林夜来风雨，匆匆还送春去。”待至花落已尽，柳絮飞舞，苏轼仍作词叹之：“不恨此花飞尽，恨西园、落红难缀。晓来雨过，遗踪何在，一池萍碎。春色三分，二分尘土，一分流水。细看来，不是杨花，点点是离人泪。”无论诗人如何留恋，春天依然会无情地离去。只活了二十八岁的北宋诗人王令对春天的消逝尤其感到痛惜，他在《春晚》诗中写道：“三月残花落更开，小檐日日燕飞来。子规夜半犹啼血，不信东风唤不回。”可是事实上即使子规啼到嘴角流血，也难以阻挡春去的脚步，正如辛弃疾所说：“绿树听鹈鴂，更那堪、鹧鸪声住，杜鹃声切！啼到春归无寻处，苦恨芳菲都歇。”于是诗人只好接受这个无情的事实，即李煜所说的“流水落花春去也”！

那么，春究竟到何处去了呢？宋末遭遇了国破家亡的词人刘辰翁最关心这个问题，清人厉鹗因此称他为“送春苦调刘须溪”。刘辰翁在《沁园春·送春》中问道:“春汝归欤?风雨蔽江,烟尘暗天。”又在《摸鱼儿》中问道:“怎知他,春归何处?”又在《兰陵王·丙子送春》中再次询问:“送春去,春去人间无路。秋千外,芳草连天,谁遣风沙暗南浦?”他还关心着春的重来:“春去,尚来否?”其实北宋的张先早已问过同样的问题:“送春春去几时回?”是啊,美好的春天匆匆离去,怎能不让诗人黯然销魂呢?

在古代诗词的送春、伤春之作中,我最喜爱的便是黄庭坚的《清平乐》和辛弃疾的《摸鱼儿》。黄庭坚写诗,务去陈言,力撰硬语。其晚年诗风虽有复归平淡质朴的倾向,但也少有自然流畅的作品。其词风却与诗风大异其趣,此词便是显例。全词既无典故,也无奇字,句子则流畅平易如同口语,意思也晓畅明白,几乎无须解说。上阕先说春天悄然归去,全无踪迹可寻。然后诗人忽发奇想:假如有人得知春的去处,就可唤春归来与之同住。意即从此可以与春天长相厮守,那该多么美好!下阕叹息无人知道春之行踪,只能询问黄鹂。黄鹂常在春夏之交啭鸣,它应该知道春之行踪。可惜黄鹂虽然啭鸣不已,却无人能听懂它在说些什么,它自觉无趣,便乘风飞过蔷薇花丛。蕴藏在黄鹂鸣声中的关于春之行踪的秘密,也就无人得知了!

1179年,辛弃疾从湖北转运副使改任湖南转运副使,在友人为他饯别的宴席上作《摸鱼儿》以抒怀。词人此时年届不惑,却难酬抗金复国的壮志,以备受猜忌的“归正人”身份在流宦生涯中消磨岁月。正值暮春时节,又在离筵之上,抚今追昔,词人怎能不百感交集!惆怅、抑郁、痛苦、牢骚,都被纳入“闲愁最苦”四个字,意境沉郁，笔力千钧。撇开浸透了全词的政治情绪和身世之感不说，即使只把上阕看作一般的伤春之作，它也是同类作品中最为感人的一首。风雨无情，落红成阵，词人不禁为春的命运担忧：春天即将匆匆逝去，它还能经得起几番风雨呢？早在开花之前，词人就因爱惜春天而害怕花开太早，如今无数落花飞过眼前，更让人何以为怀？为了挽留春天，词人便设法劝阻它：听说芳草长满了天涯，当然也遮断了道路，你又如何觅得归路呢？尽管词人情意殷殷，春却寂然无语。只有布满画檐的蛛网殷勤地黏住了许多飞絮，似乎是在努力挽留春的脚步。这几层意思环环相扣，层层深入，循环往复，百折千回，难怪梁启超赞美说："回肠荡气，至于此极！"况且词人情极深而语甚痴，竟如热恋中的情人在离别之际的絮絮话语。鲁迅说"无情未必真豪杰"，其实更准确的说法应是"有情方是真豪杰"。辛弃疾无疑是一位盖世豪杰，但只要读一读这首风光旖旎、深情缱绻的《摸鱼儿》，谁能说这位"醉里挑灯看剑，梦回吹角连营"的英雄不是深于情者？此词在无意中透露了一个秘密：古今诗人多喜写惜春、伤春之作，实乃爱之深也。读者喜爱这些作品，也是因为他们对春天爱得特别深挚。

最后，我想借用刘辰翁的词句为春送行："春去，尚来否？"

（2005 年 6 月 30 日）

杂诗

晋·张协

秋夜凉风起，清气荡暄浊。
蜻蛚吟阶下，飞蛾拂明烛。
君子从远役，佳人守茕独。
离居几何时，钻燧忽改木。
房栊无行迹，庭草萋以绿。
青苔依空墙，蜘蛛网四屋。
感物多所怀，沉忧结心曲。

秋词

唐·刘禹锡

自古逢秋悲寂寥，我言秋日胜春朝。
晴空一鹤排云上，便引诗情到碧霄。

水龙吟

登建康赏心亭

宋·辛弃疾

楚天千里清秋，水随天去秋无际。遥岑远目，献愁供恨，玉簪螺髻。落日楼头，断鸿声里，江南游子。把吴钩看了，栏干拍遍，无人会，登临意。

休说鲈鱼堪脍，尽西风，季鹰归未？求田问舍，怕应羞见，刘郎才气。可惜流年，忧愁风雨，树犹如此。倩何人唤取，红巾翠袖，揾英雄泪。

声声慢

秋声

宋·蒋捷

黄花深巷，红叶低窗，凄凉一片秋声。豆雨声来，中间夹带风声。疏疏二十五点，丽谯门、不锁更声。故人远，问谁摇玉佩，檐底铃声。

彩角声吹月堕，渐连营马动，四起笳声。闪烁邻灯，灯前尚有砧声。知他诉愁到晓，碎哝哝多少蛩声。诉未了，把一半分与雁声。

二千三百年前，宋玉就奠定了悲秋主题的基调：“悲哉秋之为气也，萧瑟兮草木摇落而变衰。”为什么秋天会引起如此的悲伤呢？时隔千载之后，欧阳修在《秋声赋》中对此做了解答：“夫秋，刑官也，于时为阴。又兵象也，于行为金。是谓天地之义气，常以肃杀而为心。天之于物，春生秋实。故其在乐也，商声主西方之音，夷则为七月之律。商，伤也，物既老而悲伤。夷，戮也，物过盛而当杀。嗟夫，草木无情，有时飘零。人为动物，惟物之灵。百忧感其心，万事劳其形，有动于中，必摇其精。……”欧公的话有点故作高深，其实人们悲秋的主要原因无非两点：一是秋天草木摇落，不免使人触景伤情。二是秋乃一年四季中的第三季，又是草木由盛转衰的时节，容易使人联想到人生的中年阶段，而中年正是最使人伤感的年纪。正如蒋捷在《贺新郎·秋晓》中所说：“被西风翻催鬓鬒，与秋俱老。旧院隔霜帘不卷，金粉屏边醉倒。计无此中年怀抱。”最后一句显然是用谢安之语：“中年以来，伤于哀乐，与亲友别，辄作数日恶。”据说人的一生中自杀频率最高的年龄段是中年，节令则是秋天，可见两者有内在的一致性。秋瑾烈士在就义之前的绝命词只有一句话："秋风秋雨愁煞人！"堪称对悲秋主题最精练的概括。

秋季并非只有使人悲伤的一面，对于生性豪迈的诗人尤其如此。李白就宣称："我觉秋兴逸，谁云秋兴悲？"人称"诗豪"的刘禹锡说得更为明确："自古逢秋悲寂寥，我言秋日胜春朝。"他还选取了一幅特别爽朗明净的秋景：秋高气爽，晴空万里，一只仙鹤振翅高举，直上云霄。背景如此空旷辽阔，翱翔其中的仙鹤如此矫健凌厉，这当然会使人精神抖擞，意气风发，诗人的诗情也被仙鹤引导到九霄之上。此诗寥寥四句，便把秋天在外形与精神两方面胜于春季的特征说得淋漓尽致，可称言简意赅的秋之颂歌。

诗人咏秋，大多着眼于声色两个方面。杜甫说："万籁真笙竽，秋色正萧洒。"陆游说："乌桕微丹菊渐开，天高风送雁声哀。诗情也似并刀快，剪得秋光入卷来。"让我们先看秋色：在一年四季的风物中，只有秋景称得上"萧洒"二字。秋天的色彩十分丰富，但不像春季那样万紫千红。秋色比较明净单纯，但不像冬季那般暗淡无光。杜牧诗云："停车坐爱枫林晚，霜叶红于二月花。"但即使是红叶如火的满山枫林，其色泽毕竟与"春红"不同，借用李贺的词汇，可称为"老红"，呈现出一种成熟、含蓄、不事张扬的老成境界。北宋韩琦诗云："虽惭老圃秋容淡，且看寒花晚节香。"秋季凌霜怒放的菊花虽然也有暗红、深紫等颜色，但总以黄、白二色为主，"秋容淡"三字真是准确无比。蒋捷在《贺新郎·秋晓》中描绘秋色说："月有微黄篱无影，挂牵牛、数朵青花小。秋太淡，添红枣。”在微黄的月光下，竹篱上挂着几朵青色的牵牛花，这样的秋色当然是太淡了，即使添上几颗红枣，也仍嫌光彩不足。最美的秋色要算是山间颜色各异的树叶，我曾在深秋时节乘缆车从泰山背后的桃花峪登山，一路上仰眺群峰，俯瞰山谷，满山遍谷的树叶或红，或黄，或紫，或绿，秋色斑斓，美不胜收。南宋诗人罗与之有一首《看叶》：“红紫飘零草不芳，始宜携杖向池塘。看花应不如看叶，绿影扶疏意味长。”我很欣赏“看花应不如看叶”一句，可惜他关注的仅是暮春时节的秾密绿叶而不是斑驳陆离的秋叶。我也不满诗人笔下的秋景总是清一色的红叶，崔莺莺送别张生，正是暮秋时分，他们眼中的秋色在董解元笔下是：“君不见满川红叶，尽是离人眼中血。”在王实甫笔下是：“晓来谁染霜林醉？总是离人泪。”这似乎不符合大自然中的真实情形，也许董、王二人都是为了形容张生和莺莺双眼流血、流泪才那样写的？

秋声也是诗人爱写的主题。对于秋声，人们的感受各不相同。陆游有诗云：“人言悲秋难为情，我喜枕上闻秋声。”他这样说是有特殊原因的：“快鹰下鞲爪觜健，壮士抚剑精神生。我亦奋迅起衰病，唾手便有擒胡兴。”对于一般人来说，秋声会带来惆怅、伤感，不一定是他们喜闻的声音，正如唐人苏颋所说：“心绪逢摇落，秋声不可闻。”但是对诗家而言，秋声毕竟是充满诗意的题材，试看欧阳修的《秋声赋》，其诗意是何等浓郁，连童子出户观察后向欧公的汇报也像一首四言诗：“星月皎洁，明河在天。四无人声，声在树间。”与童子的观察结果一样，张炎也认为秋声是从树间发出的：

"只有一枝梧叶，不知多少秋声。"其实秋、冬两季都有大风，不过冬天树叶落尽，大风吹过光秃秃的枝丫，只会发出尖锐的呼啸声，听来过于萧瑟。而秋风则会摇动树头的叶片，还会吹得落叶纷飞，其声响相当动听，韩愈就曾听到这种美妙的声响："霜风侵梧桐，众叶着树干。空阶一片下，琤若摧琅玕。"唐代诗僧无可听了一夜的落叶之声，写出了传世名句："听雨寒更尽，开门落叶深。"当然秋声并不都在树间，《秋声赋》中写到的"虫声唧唧"、杜甫诗中"哀多如更闻"的雁唳、王沂孙词中"余音更苦"的蝉鸣，凡此等等，组成了丰富复杂的秋声。

蒋捷的《声声慢》径以"秋声"为题，对秋季的各种声响进行描写。此词从词牌名"声声慢"开始，句句有声，堪称绘声名篇。首句先以黄花、红叶对秋色稍做点染，作为全词的铺垫，然后就点明主旨"一片秋声"。从第二句开始，逐句描写了雨声、风声、更声、铃声、笳声、砧声、蛩声、雁声。其中风声、雨声、蛩声、雁声四种属于自然中的天籁，更声、铃声、笳声、砧声则属于人类活动的声响，充分展示了秋声内涵之丰富多彩。若从季节的属性而言，则雨声、风声、更声、铃声四种并非专属于秋季，然而秋风萧萧，秋雨淅淅，其声响格外使人惊心动魄。汉乐府中那位伤心的女子满耳是"秋风肃肃晨风飔"，连一代雄主汉武帝也慨叹说："秋风起兮白云飞，草木黄落兮雁南归。"如果在黄景仁那样的寒士耳中，秋风就更加使人忧心忡忡："全家都在风声里，九月衣裳未剪裁。"杜甫在秋日的夔州看到"白帝城下雨翻盆"，心中充满了哀伤愤怨。李商隐得到刘蕡的死讯，正值“湓浦书来秋雨翻”的季节。若是春风春雨，就不会如此使人伤感。同样的道理，秋夕漫漫，秋夜难彻，正如杜甫所说：“客睡何曾着，秋天不肯明。”在秋夜传到愁人枕边的更声、铃声，就格外的凄凉感人。周邦彦在“马滑霜浓”的秋夜与情人话别，忽闻更声，乃惊呼道：“城上已三更！”（此词中说到“新橙”，当在秋日）唐玄宗在奔蜀道中“夜雨闻铃肠断声”，事在756年秋季，洪昇《长生殿》的《闻铃》一出中描写其情况是：“无边落木响秋声，长空孤雁添悲哽……铃声相应，阁道崚嶒，似我回肠恨怎平！”至于后四种声响，则是典型的秋声。秋高马肥，边情紧急，此时最易听到胡笳，正如李陵《答苏武书》中所云：“凉秋九月，塞外草衰，夜不能寐。侧耳远听，胡笳互动，牧马悲鸣，吟啸成群，边声四起。”759年秋天，杜甫在秦州曾多次咏及笳声：“城上胡笳发，山边汉节归。”“胡笳楼上发，一雁入高空。”秋风既起，寒衣待制，此时最多砧声，正如沈佺期所说“九月寒砧催木叶”。李白诗中的砧声充满了柔情：“长安一片月，万户捣衣声。秋风吹不尽，总是玉关情。”杜诗中的砧声则传达了对民生的关切：“寒衣处处催刀尺，白帝城高急暮砧。”韩愈《送孟东野序》中说“以虫鸣秋”，深中物理，秦观词中即有“虫声泣露惊秋枕”之句。秋雁南飞，长空悲鸣，是诗人笔下常见的意象，温庭筠把它写得十分优美：“冰簟银床梦不成，碧天如水夜云轻。雁声远过潇湘去，十二楼中月自明。”若是孤雁，则更会博得诗人的万般同情，杜甫诗云：“谁怜一片影，相失万重云？望尽似犹见，哀多如更闻。”崔涂诗云：“几行归塞尽，念尔独何之？暮雨相呼失，寒塘欲下迟。”这两首同样题作《孤雁》的诗都堪称绝唱，诗中对孤雁哀鸣的描写形神俱备。由此可见，蒋捷词中对秋声的描述既面面俱到，又抓住了典型。全词八个韵脚都押“声”字，读起来贯若连珠，恍然满耳秋声！

秋季还有更重要的优点：它是一个丰收的季节。大自然中多数植物的果实成熟于秋季，动物到了秋季就羽毛丰满、膘肥体壮，对于农人或牧人来说，只要是正常的年景，秋季应是一年中最令人向往的季节。我曾度过十年陇亩生涯，农民对秋季的喜爱深深地感染了我。稻谷金黄，棉花雪白，那是多么赏心悦目的景象！虽然秋收秋种的劳累使人精疲力竭，但满眼的丰收果实却给人带来由衷的喜悦。江南的农谚，多与节气及水稻有关，例如：“白露白迷迷，秋分稻秀齐。”又如：“寒露无青稻，霜降齐割倒。”在寒露与霜降之间的某个清晨，我手握镰刀走出村头，看到远处的竹树浮现在雾气的上方，昨日割倒的稻子一排排地躺在地里，上面蒙着一层薄霜，心里便充满了诗意。等到稻子运到打谷场堆成巨大的稻垛，铺在芦席上翻晒的棉花在阳光下闪着银光，我心里更洋溢着对自己的劳动成果的骄傲。如今我撰写的论文也被称作“成果”，但即使在散发着油墨清香的期刊上看到自己的名字，也不再有当年的那种喜悦心情了。

古代的诗人大多未曾亲事稼穑，他们的笔下很少写到秋季的丰收。陶渊明是田园诗人之宗，可是陶诗中写收稻说：“山中饶霜露，风气亦先寒。田家岂不苦，弗获辞此难。”竟不见有多少喜悦的心情。杜甫在夔州经营过一块稻田，其时他年老力衰，已不能亲自下地，他咏收稻的诗中只关注稻米的美味：“红鲜终日有，玉粒未吾悭。”一副“杜陵饥客眼长寒”的馋痨模样，难称佳作。只有宋人陆游和范成大对农家生活体会得比较真切，前者有《秋获歌》：“墙头累累柿子黄，人家秋获争登场。长碓捣珠照地光，大甑炊玉连村香。万人墙进输官仓，仓吏炙冷不暇尝。讫事散去喜若狂，醉卧相枕官道傍。……”写丰年光景和秋收后农人的活动都较生动。后者有《秋日田园杂兴》：“垂成穑事苦艰难，忌雨嫌风更怯寒。笺诉天公休掠剩，半偿私债半输官。”“新筑场泥镜面平，家家打稻趁霜晴。笑歌声里轻雷动，一夜连枷响到明。”两诗一苦一乐，分别描写农家盼望丰收的心情，以及丰收后农人喜形于色的表现，是古诗中写秋收最为出色的作品。总而言之，古代的诗人对秋季的丰收这个主题关注太少，是咏秋诗的一大缺陷。

在现有的古典诗词中，悲秋堪称是咏秋题材中的第一主题。悲秋诗词佳作如林，我最喜爱的是张协的《杂诗》与辛弃疾的《水龙吟》。张诗写的是秋夜，主人公则是一位思妇。秋夜漫长而又凄清，最能触动离人的愁肠。曹丕的《燕歌行》把思妇置于“星汉西流夜未央”的漫漫秋夕，实非偶然。李白的《三五七言》说：“秋风清，秋月明。落叶聚还散，寒鸦栖复惊。相思相见知何日，此时此夜难为情。”也指出了秋夜具备宜于相思的氛围。曹、李二诗都是写秋夜的好诗，可是前者的主要篇幅用于抒写思妇的心理活动，对秋夜自身着墨不多；后者的相思之情比较抽象，诗中甚至没有出现抒情主人公的身影，秋夜的意象也有点单薄。张诗则感觉细腻，造语精警，且情景交融，意境浑成。此诗最见功力之处是对秋夜凄清萧瑟的景色的描绘，锺嵘说张协“巧构形似之言”，确非虚语。首联似非写景，但对秋夜清气的刻画，使读者如临其境，是对无形之物的出色描写。次联写了两种秋虫，蟋蟀但闻其鸣声，飞蛾则睹其行迹，它们分别触动着思妇的听觉和视觉。第五联写居室内外寂无人迹，故杂草茂密，一片碧绿。第六联写苔色上墙，蛛网挂壁，可见人去室空。诗中展示了如此丰富的物象，“感物多所怀”一句便非空言。通过思妇眼中的种种物象及其细微变化，她因离居多时而变得敏感、脆弱的心灵便得到了凸显，她的孤寂之感和相思之情也得到了烘托。张协笔下的秋夜，是多么让人伤感啊！

辛弃疾的《水龙吟》写的是秋日，主人公则是一位壮志难酬的志士。此词作于1168年至1170年间，其时距离他铁骑渡江已有七八年了。可惜他南归后一直沉沦下僚，不但抗金复国的理想无法实现，甚至在仕途中也备受猜忌和排挤，心情抑郁悲愤。一个天高气爽的秋日，正任建康府通判的词人登上建康西面城楼的赏心亭，举目远眺，思绪泉涌。水天空阔，秋色无际，这是多么赏心悦目的风光！此亭取名“赏心”，真是实至名归。可是在词人眼中，那远处的山峰尽管秀丽得像美人头上的玉簪螺髻，但它们向词人献上的却只有愁和恨。夕阳西下，长空雁唳，词人猛然想起自己本是客居江南的游子，顿生漂泊之感。词人的家乡远在山东，如今那里已沦陷为敌国的领土，要想回乡，除非挥师北伐，收复故土。词人低头细看腰间佩带的宝刀，又激烈地拍打栏杆，可是南宋小朝廷正奉行屈膝求和的国策，文恬武嬉，又有谁能领会他登临北望的一番心意？亭上秋风萧瑟，词人不由得想起了晋人张翰见秋风起，因思吴中的莼羹鲈脍，便辞官归里的故事。如今故乡沦陷，纵使西风吹尽，自己又如何回乡，因此不必再说什么家乡风物之美了。词人又想到小朝廷中的君臣，只顾在江南添置田产、营造宫室，一意苟安于半壁江山。如此行径，就像汉末只知求田问舍的许汜，当年曾受到胸怀大志的刘备的蔑视，词人当然不愿与之为伍。他又想起晋人桓温见到早年手种的柳树已树径十围，乃叹息道："木犹如此，人何以堪？"是啊，岁月无情，人生短促，又怎么禁得起风雨的摧残？辛弃疾作此词时年近而立，正当盛年，只是他对建功立业怀有强烈的希望，故而痛感时光流逝的迅速。思念及此，词人终于潸然泪下，这是男儿的不屈之泪，也是志士的悲秋之泪，而《水龙吟》一词也就成为抒写志士悲秋主题的杰作。早在宋玉的《九辩》中，就推出了"坎廪兮贫士失职而志不平"的主题，然而在《九辩》中，悲秋与贫士失职两层意思之间的联系尚不够紧密。辛词则不同，其中的悲秋与志士不遇已融合成一个内涵丰富、意境浑成的新主题，那便是志士悲秋。凡是胸怀大志而遭遇坎坷的诗人，常会在萧瑟的秋风中触绪无端，兴感无由。763 年秋，杜甫在阆州江边感慨说："秋天正摇落，回首大江滨。"1177 年秋，陆游在成都登上城楼，长吟道："幅巾藜杖北城头，卷地西风满眼愁。"可见志士悲秋，千古一慨！

显然，张协诗所描写的思妇悲秋与辛词抒发的志士悲秋有着不同的思想内蕴和风格倾向，前者展示的景物细微纤巧，后者则阔大雄壮；前者的意境低沉婉转，后者却沉郁苍凉；前者抒发的是弱女子的哀怨，后者却是英雄的悲怆。但是它们也有内在的一致性，那就是失意之人在秋季的伤感。无论是离愁、漂泊感，还是迟暮感、孤独感，都会在萧瑟的秋风中变得更加浓重。然而这又何尝不会带来浓郁的诗意？贾岛诗云：“秋风吹渭水，落叶满长安。”那是多么令人销魂的诗歌意境！难怪周邦彦不胜仰慕地说：“渭水西风，长安乱叶，空忆诗情宛转。”正因如此，读者既爱读刘禹锡、陆游抒写秋日豪情的诗篇，也爱读张协、辛弃疾的悲秋诗词。当然，假如你人到中年，心境欠佳，则最好改读杜甫的《九日蓝田崔氏庄》：“老去悲秋强自宽，兴来今日尽君欢。羞将短发还吹帽，笑倩旁人为正冠。蓝水远从千涧落，玉山高并两峰寒。明年此会知谁健，醉把茱萸仔细看。”明人董益评曰：“欲悲而喜，才喜而悲，曲尽怀抱。”清人朱瀚评曰：“通篇伤离、悲秋、叹老，尽欢至醉，特寄托耳！”的确，杜诗心绪曲折，感情复杂，但基调则是伤感。诗人强颜欢笑，沉饮至醉，只是无可奈何的自我排遣而已。然而人生本是一杯苦酒，我们又何必再往杯中滴入悲秋的泪水呢？忧能伤人，强自排遣也远胜向隅而泣。人到中年的读者朋友，假如你在秋天心有感触，不妨像杜甫一样强自宽慰，且在醉眼朦胧中细看那斑斓的秋色。

（2005 年 7 月 6 日）

正月十五日夜

唐 · 苏味道

火树银花合，星桥铁锁开。
暗尘随马去，明月逐人来。
游妓皆秾李，行歌尽落梅。
金吾不禁夜，玉漏莫相催。

寒食

唐 · 韩翃

春城无处不飞花，寒食东风御柳斜。
日暮汉宫传蜡烛，轻烟散入五侯家。

寒食雨

宋·苏轼

春江欲入户，雨势来不已。
小屋如渔舟，蒙蒙水云里。
空庖煮寒菜，破灶烧湿苇。
那知是寒食，但见乌衔纸。
君门深九重，坟墓在万里。
也拟哭途穷，死灰吹不起。

九月九日忆山东兄弟

唐·王维

独在异乡为异客，每逢佳节倍思亲。
遥知兄弟登高处，遍插茱萸少一人。

在我的青少年时代，除了春节之外，所有的节日都涂着浓厚的政治色彩，那些节日的内容不是合家团聚，而是到广场上去集会、游行。曾几何时，人们又热衷于舶来品的节日了。在一些白领或候补白领的心目中，圣诞节的重要性已经超过了春节，尽管他们对基督降生的事迹毫无感触，却并不妨碍他们在圣诞前夕彻夜狂欢。处于热恋中的痴男怨女也不再在七夕之夜仰望星空寻觅银河上的鹊桥，或是朝着织女星焚香祈祷，反倒一心盼望着在公历二月十四日得到情人的一束玫瑰。其实我们的祖先曾经创造了许多美好的节日：春节、立春、人日、元宵、上巳、寒食、清明、端午、夏至、七夕、中秋、重阳、冬至、腊日、除夕……一年三百六十五日，节日多得应接不暇，内容则应有尽有，哪里还需要到大洋彼岸去引进一大堆洋节？可惜我们的传统节日中的绝大部分已经与我们越来越疏远了。杜牧有一句诗：“千秋佳节名空在。”其本意是说开元年间唐玄宗把自己的生日定为“千秋节”，及至晚唐，这个节日徒剩空名。我觉得如果把此句中的“千秋”误读成“千年”之意，那么这句诗倒可用来形容当今的情形：流行千年的佳节已经徒剩空名了！

古人把节日统称为“佳节”，即使是以哀悼死者为主要内容的清明节，也兼有游戏欢乐的性质，例如杜甫在《清明》诗中所说的“十年蹴鞠将雏远，万里秋千习俗同”，更不用说合家团聚的中秋、除夕了。为什么所有的节日都是佳节呢？我觉得这是由节日的内容所决定的。一年中的某一天被定为节日，不外有四点原因：一是气候宜人，风物堪赏，例如被韩翃称为“春城无处不飞花”的寒食，以及被韩愈称为“一年明月今宵多”的中秋。二是与农业丰收或其吉兆有关，例如晚唐诗人王驾笔下的春社：“桑柘影斜春社散，家家扶得醉人归。”又如苏轼笔下的人日：“何人聚众称道人，遮道卖符色怒嗔。宜蚕使汝茧如瓮，宜畜使汝羊如麇。路人未必信此语，强为买服禳新春。”三是合家团聚，共庆天伦之乐，最典型的就是春节，试读王安石的《元日》：“爆竹声中一岁除，春风送暖入屠苏。千门万户曈曈日，总把新桃换旧符。”只觉一片喜气洋洋，使人欢欣鼓舞。毫无疑问，这三类节日必然会使人们感到喜悦，称它们为佳节可谓实至名归。

第四类节日的情况较为特殊，它们的主要内容是追思家族中的前辈，或是纪念古人，前者如清明，后者如端午。照理说纪念死者的节日应该引起人们的哀思，正如白居易《寒食野望吟》所描写的：“丘墟郭门外，寒食谁家哭？风吹旷野纸钱飞，古墓累累春草绿。棠梨花映白杨树，尽是死生离别处。冥寞重泉哭不闻，萧萧暮雨人归去。”然而只要不是去祭奠逝世不久的亲人，在寒食、清明时到野外去扫墓仅是对已逝的前辈表示追思，一般不会引起如此深切的悲痛，有时甚至兼有踏青赏春的性质。清明前后大地春归，草绿花红（白诗中也写到了“春草绿”和“棠梨花”），正是赏春的好时候。黄庭坚说“佳节清明桃李笑”，是对自然节物的如实描写。至于端午，其起因当然是为了纪念屈原，龙舟竞渡象征着楚人抢救自沉于汨罗江的诗人，包粽子则是为了投于江中祭奠诗人（一说是让蛟龙吞食以免它们侵扰诗人）。然而到了后代，人们参加这些活动时却兴高采烈，晚唐诗人徐夤在岳州所见到的端午景象即是：“竞渡岸旁人挂锦，采芳城上女遗簪。”我们不能责备后人淡忘了对屈原的崇敬，人们欢度端午这件事自身就已包含着纪念屈原的意义。况且屈原生前一向“哀民生之多艰”，如果他看到人们生活得如此美好，肯定会含笑九泉。由此可见，包括清明、端午在内的所有节日，在古人眼中都是佳节。古人对这些佳节十分喜爱，甚至过完节后意犹未尽，李白的《九月十日即事》说：“昨日登高罢，今朝更举觞。菊花何太苦，遭此两重阳？”就是指九月十日被称为“小重阳”而言。杜甫有一首诗的题目叫《小寒食舟中作》，“小寒食”指的是寒食节后的一日。这简直有点像儿童的心理：希望天天都过节。

在我的少年时代，传统的佳节几乎被“革命”扫荡一空。当时有一句十分流行的口号：“过一个革命化的春节！”什么叫“革命化的春节”呢？大意是说凡是传统的内容，诸如拜年、守岁、发压岁钱等，统统都要除去。于是春节的内容就只剩下吃喝这一项了，当然，在当时，这也确是春节最重要的内容，至少在孩子心目中是

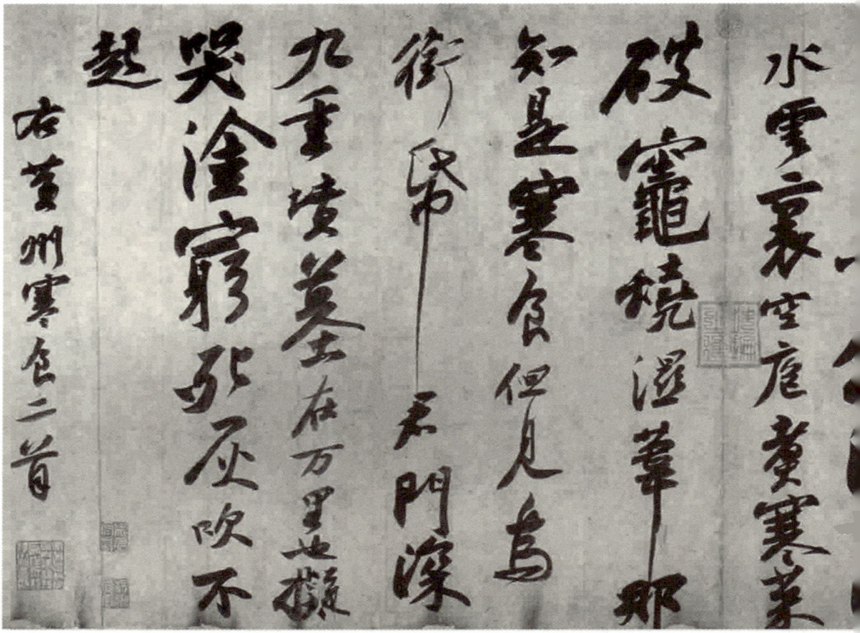

宋·苏轼·黄州寒食诗帖

如此。当时的琼溪公社有一个新华大队，是全县闻名的革命化的大队。在那位到过北京、见过毛主席的大队书记的带领下，新华大队的社员们大年初一就敲锣打鼓地下地干活，地头插满了红旗，真刀真枪地“过革命化的春节”。春节尚且如此，其他节日就更难逃被革命的命了。元宵、清明、端午、中秋、重阳这些重要节日一概不放假，至于人日、寒食、七夕之类，则连它们的名字都无人提起了。“革命”的结果是，人们一年到头抓革命、促生产，社会变成一所大军营，生活变得死气沉沉、了无趣味。

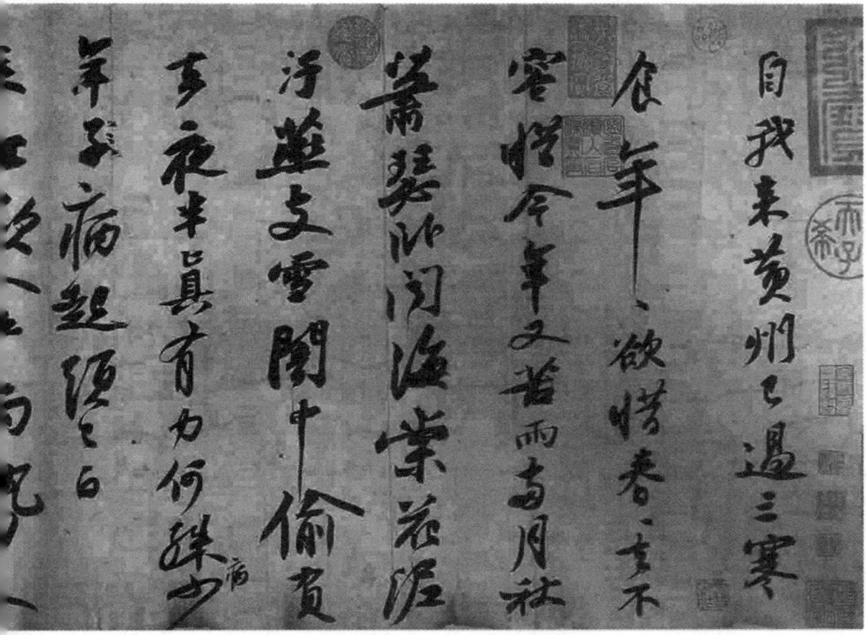

民间的习俗自有顽强的生命力，人们不敢公然过节，就悄悄地过。元宵节的舞龙灯、端午节的赛龙舟都已销声匿迹，以至于我至今尚未目睹过那种热闹场面。然而端午节吃粽子、中秋节吃月饼的习俗却在绝大多数的家庭里保存下来了。对于始终与饥饿感相伴的我们来说，能吃到一种平时绝对吃不到的美味食品就是过节的主要内容，甚至是全部内容。月饼的生产工艺比较复杂，原料也难以配齐，绝对无法在家里制作。琼溪镇上有一家独一无二的糕饼店，我幼年时吃到的月饼都是那家店里烘制的。糕饼店的大师傅只有一位，他的技艺又一成不变，每年中秋供应的月饼都是老面孔：苏式的油酥包皮，豆沙或五仁的馅。我们每人每年能吃到的月饼的极大值是一个，有的年头只能吃到半个或四分之一个，大家都把月饼看得像龙肝凤髓一样珍贵，小口小口地咬，细细地咀嚼，尽量让它的美味在齿牙之间多停留一会。如今每当我看到人们对各种精美的月饼不屑一顾，就不由得慨叹这世道真是变得太快了。

我记得更真切的是端午节吃粽子的情形。那年头琼溪镇上没有粽子出售，即使有也不会有人去买。端午节一到，家家户户都自己动手包粽子。我母亲就是一位包粽子的能手，除了她心灵手巧的因素外，其奥秘在于她拥有一根奇特的铜针，那是她从外婆家里带来的嫁妆。那根铜针足足有半尺长，扁扁的尾部有一个大孔，可以穿进粽叶的末梢，然后像缝针线一样把最后一张粽叶穿过整个粽子再收紧。琼溪镇上的人们包粽子时都需要用稻草来捆扎，那样不容易捆得很紧，有时粽子还没煮熟就散开来了，变成一锅粥。而母亲用铜针包的粽子则非常结实，露出粽子表面的那根粽叶末梢还可以让小孩子提在手里玩。母亲包的粽子被我的同学们称为“手枪粽”，他们对这种形状奇特的粽子非常羡慕，有时竟情愿用两个普通粽子来换我手中的一把“手枪”。

我们包粽子用的“粽叶”是芦苇叶，每到端午节前后，农民满街叫卖粽叶，五分钱一大把，我家过一个端午节需要买三把。其实芦苇到处都有，在琼溪镇东头的河边就长着青青的一片。不过从镇边上采来的芦叶只有一寸来宽，包一个粽子需要五六片，还容易漏出米来。而农民叫卖的芦叶足足有两寸宽，包一个粽子只要三片叶子就够了。我上初中以后，每年端午节前都亲自到长江边的芦苇荡去采粽叶。芦苇荡无边无际，沿着江边绵延十多里。那儿的芦苇粗壮无比，我采回的芦叶都有两三寸宽，让母亲十分满意。用新采来的芦叶包的粽子煮熟后香气扑鼻，在糯米的甜香中混杂着芦叶的清香，这是城市里买来的现成粽子绝对比不上的。一年一度的端午节，过节的气氛全是围绕着粽子的香气弥漫开来的。母亲提前一天就淘好了糯米，有时还掺入一些赤豆，盛在竹匾里“阴干”，到端午那天才动手包。包粽子是技术活，全家就母亲一人会干，父亲和我们兄妹只能围在周围观看。包好后立即下锅煮，需要用猛火煮一个多小时，直到香气四溢才停火。整个过程中大家说说笑笑，十分愉快。当然，高潮仍是全家一齐享用刚出锅的粽子。那是多么欢乐的时刻啊！

过节时讲究吃一些特别的食品，当然是节日的重要内容。可是古代的诗人大多是高雅之士，他们作诗歌咏节日时很少写到食品。重阳节吃糕，是自古相传的习俗。唐人刘禹锡在重阳日作诗，本想写糕，但他一想到“六经中无糕字”，就不敢下笔了。宋人作诗不避俚语俗字，宋祁才能在《九日食糕》中嘲笑刘禹锡说：“刘郎不敢题糕字，虚负诗中一世豪。”只有杜甫一生穷饿，特别关注食物，才写过“春日春盘细生菜”，据说是指立春那天吃韭菜做的春饼。古诗中描写得淋漓尽致的是每个节日特有的风俗，初唐苏味道的《正月十五日夜》就是描写元宵节的名篇。元宵节最有趣的内容是放花灯，《大唐新语》《两京新记》等书对唐代元宵节长安城大放花灯的盛况有生动的记载，其实洛阳、成都、扬州等城市的元宵灯市也毫不逊色。宋代也是一样，且看辛弃疾词中的“元夕”之景：“东风夜放花千树，更吹落、星如雨。宝马雕车香满路。凤箫声动，玉壶光转，一夜鱼龙舞。”参看周密《武林旧事》卷二的“元夕”一则，可知辛词所写确是实录。即使在远离都市的乡镇，元宵节也有一番热闹景象。《水浒传》“宋江夜看小鳌山”一回，描写宋江在清风寨镇上元夜赏灯的情景。这清风寨又不是什么通都大邑，但元宵灯市也颇可观：“土地大王庙前扎缚起一座小鳌山，上面结采悬花，张挂五七百碗花灯。土地大王庙内，逞应诸般社火。家家门前，扎起灯棚，赛悬灯火。……灯上画着许多故事，也有剪采飞白牡丹花灯，并荷花芙蓉异样灯火。”我幼时读《水浒传》至此，只恨“予生也晚”，没福到宋代的清风寨去看看花灯。那时的琼溪镇上，元宵之夜与其他夜晚一样，街灯昏黄，一到九点半便熄灭了，全镇沉没在一片黑暗之中，哪来的什么“火树银花合”？对于我们这些没福消受古代佳节的欢乐的今人来说，读读苏味道的诗，闭目想象古代元宵之夜的热闹景象，倒也可以发思古之幽情，画饼充饥，聊胜于无。

同理，我也爱读韩翃的《寒食》。寒食节在现代生活中早已不见踪影，但它曾是古人非常重视的一个节日，宋人邵雍甚至说：“人间佳节唯寒食。”寒食节的由来，相传是为了纪念春秋时晋国被烧死在绵山的介子推，但也有人认为寒食节的真正起源，是古人钻木取火，在不同的季节用不同的树木钻火，故有换季改火之俗。在改火之际有一个禁火的过程，《周礼·秋官·司烜氏》记载：“中春以木铎修火禁于国中。”这司烜氏，就是专管取火的小官。他摇着木铎，宣布禁火，其用意可能是演习消防。在禁火之时，人们就准备一些冷食，以供食用，渐渐地就成为固定的风俗了。无论寒食节的真正起源是什么，吃冷食、取新火的习俗确是十分有趣的。《唐六典》中还记载说所谓的“寒食”就是麦粥，唐人柳中庸说的“杏花香麦粥”，曹松说的“杏子粥香如冷饧”，都是指此而言。宋人则在寒食前一天蒸好枣糕，用柳条串起，插在门楣上，称为“子推燕”。寒食的日期定于冬至后一百零五日，此日开始禁火，一两天后即是清明，人们重新生火，宫中则赐新火给宠臣、贵戚，韩翃诗中所写的就是这种习俗。其实钻木取火并不困难，民间没有宫中赐火，自然也会自己动手钻取新火，“赐火”不过是权势的一种炫耀而已，韩诗中的讥讽之意昭然若揭。然而这种习俗自身却是相当有趣，试想在日暮时分，从皇宫里传出点燃了新火的蜡烛，用快马传入权贵之家，一路上留下了缕缕轻烟。这是一幅多么生动的风俗画！ 此诗前两句写寒食时节的风光也极可爱，春风杨柳，花飞四处，真是游赏的好时候。无怪唐、宋两代明令规定寒食、清明接连放假四日，那真是名副其实的佳节啊！

当然，并不是所有的节日都恰逢良辰美景、赏心乐事。如果你正漂泊异乡、穷愁潦倒，节日反而会使你格外伤心。年辈比韩翃稍早的孟云卿也有《寒食》一诗：“二月江南花满枝，他乡寒食远堪悲。贫居往往无烟火，不独明朝为子推。”同样是繁花似锦的季节，又在江南佳丽之地，孟云卿眼中的寒食却是一片凄凉。在一贫如洗、经常断炊的诗人眼里，“寒食”禁火还有什么意味可言！苏轼的《寒食雨》堪称写佳节凄凉的名篇。此诗原有二首，此为其二。当时东坡已在黄州贬所度过了三个寒食，此年寒食适逢寒雨霏霏，诗人的心情更为抑郁悲凉。连绵不断的春雨使得江水大涨，滔滔江水好像就要漫进门来。风雨飘摇，水气蒙蒙，小屋竟像在波涛中上下漂浮的一叶扁舟。诗人的生活非常艰苦，他把潮湿的芦苇塞进破灶，煮一点蔬菜来充饥。突然，诗人看到几只乌鸦衔着纸钱飞过去，方想起今天原来是寒食。宋代有寒食节到城外去祭奠先人的习俗，人们把纸钱挂在墓旁的树枝上，客居他乡的人则撕碎纸钱朝着坟墓所在的方向抛往空中。诗人看到乌鸦衔着纸钱，就想起了远在万里之外的先人坟茔。……这一切，哪里有丝毫佳节的影子？恰恰相反，这种境遇中的佳节更增添了人们心头的愁苦。

佳节本该是合家欢聚的时刻，最常见的关于佳节的遗憾便是此时偏偏与家人天各一方。诗本是“穷而后工”的，古代的诗人咏及佳节的名篇也往往写于离乡背井之时。苏轼曾在中秋佳节责问天上的一轮满月：“不应有恨，何事长向别时圆？”是啊，造物与人们素无仇怨，为何偏偏在家人离散的时候让佳节来临呢？

“独在异乡为异客，每逢佳节倍思亲。”这两句诗说出了多少客居他乡的游子在佳节来临时的惆怅和愁怨！王维一生写过无数好诗，这首写于十七岁的少作无疑是传诵最广的一首。后人评说此诗，往往着眼于后两句构思之妙，例如清人张谦宜说：“不说我想他，却说他想我，加一倍凄凉。”李也说：“不言如何忆兄弟，而但言兄弟之忆己，沈归愚谓即《陟岵》诗意。”但是我以为前面两句更妙，其妙处就在于它们说出了人人心中所有，却又人人口头所无的真情实感，同时又写得如此平淡无奇、质朴无华，以至于读者不再觉得它们是警句了。苏轼曾经书写杜甫的两首《屏迹》诗，然后加上一段风趣的跋语：“子瞻云：‘此东坡居士之诗也。’或者曰：‘此杜子美《屏迹》诗也，居士安得窃之？’居士曰：‘夫禾麻谷麦，起于神农、后稷。今家有仓廪，不予而取辄为盗，被盗者为失主。若必从其初，则农、稷之物也。今考其诗，字字皆居士实录，是则居士诗也，子美安得禁吾有哉！’”这段话的意思是说杜诗所写的生活、情感仿佛就是为苏轼而写的，是苏轼生活的“实录”，作为读者的苏轼对它也拥有“知识产权”。王维的这两句诗也一样，它们堪称是所有漂泊异乡的人们在佳节来临时的内心情思的“实录”。无论你是新婚不久就离开了温暖的小家庭而在外地工作，或远离父母膝下在异国他乡读书，还是像王维一样与兄弟姐妹天各一方，只要你人在天涯，那么，每当佳节来临之际，王维的诗句就会不由自主地涌现在你心头，仿佛它们就是从你的内心深处自然产生出来的。我一向坚信真正的好诗都来源于普通人的日常生活，都与普通人的内心息息相通，都能获得普通人的理解和欣赏，王维的《九月九日忆山东兄弟》就是一个明证。现在有些诗人日益远离普通人的日常生活，还为普通读者读不懂他们的诗作而沾沾自喜，甚至宣称他们的诗本来就不是为当代的普通读者而写的，我们当然只好对他们敬而远之。

读着古人歌咏佳节的好诗，越发使我怀念那些已经消失或正在消失的传统节日。环观世界，似乎没有哪个民族会轻易地抛弃本民族的传统节日，反倒对舶来品的外国节日趋之若鹜。难道我们的传统节日不如外国节日丰富多彩？七夕在秦少游的笔下是如此美丽："纤云弄巧，飞星传恨，银汉迢迢暗度。金风玉露一相逢，便胜却人间无数。"这何尝比西方情人节的一枝玫瑰逊色，即使你联想到苏格兰诗人彭斯的名句"我的爱人是一朵红红的玫瑰"？美国人对感恩节的烤火鸡津津乐道，但只要翻开《东京梦华录》一类的书，就可知道我们的祖先过节时真是"食不厌精"，只以点心为例，就有重阳节吃的掺以石榴子、栗黄、银杏、松子肉的"粉面蒸糕"，腊月八日吃的"七宝五味粥"（即"腊八粥"）等，难道不比一味烤火鸡更为丰盛？至于元宵节的舞龙灯，端午节的赛龙舟，更是万众欢腾的节庆活动，其热闹、有趣的程度不会输给任何外国节日。既然如此，我们有什么理由要忽略自己的传统节日呢？今人常说要继承中华传统文化的精神，其实传统文化的精神在很大程度上是体现于百姓的日用人伦的，为历代人民喜闻乐见的佳节就是其重要载体。希望有朝一日我们能恢复大部分传统节日，让那些美好的佳节从古诗中重返人间，让人们在那些佳节里合家团聚、游乐休憩，让一年四季中联翩而至的佳节把我们的生活装点得更加有趣、更加美好。

（2004 年 12 月 28 日）

念奴娇

过洞庭

宋·张孝祥

洞庭青草，近中秋，更无一点风色。玉鉴琼田三万顷，着我扁舟一叶。素月分辉，明河共影，表里俱澄澈。悠然心会，妙处难与君说。　应念岭表经年，孤光自照，肝胆皆冰雪。短发萧骚襟袖冷，稳泛沧溟空阔。尽挹西江，细斟北斗，万象为宾客。扣舷独啸，不知今夕何夕！

阳关词

中秋月

宋·苏轼

暮云收尽溢清寒，银汉无声转玉盘。

此生此夜不长好，明月明年何处看？

水调歌头

丙辰中秋，欢饮达旦，大醉，作此篇，兼怀子由

宋·苏轼

明月几时有，把酒问青天。不知天上宫阙，今夕是何年。我欲乘风归去，又恐琼楼玉宇，高处不胜寒。起舞弄清影，何似在人间。　　转朱阁，低绮户，照无眠。不应有恨，何事长向别时圆？人有悲欢离合，月有阴晴圆缺，此事古难全。但愿人长久，千里共婵娟。

如果兼顾良辰、美景两个因素的话，中秋堪称是佳节中的佳节。农历八月十五日，正是九十个秋日的中点。此时秋高气爽，已凉未寒，桂子飘香，稻熟蟹肥。更值得赞美的是中秋之夜的一轮明月，它皎洁无瑕、圆满无缺，把清辉洒满碧空，也洒满大地山河。据说中秋的月亮是一年中最明亮的，白居易在《八月十五日夜同诸客玩月》中说“月好共传唯此夜”，韩愈则在《八月十五夜赠张功曹》中果断地说“一年明月今宵多！”读者也许已注意到，唐诗中用“八月十五日”这个名称比“中秋”更多，有的诗则两名共享，例如晚唐诗僧栖白的《八月十五夜玩月》：“寻常三五夜，不是不婵娟。及至中秋满，还胜别夜圆。清光凝有露，皓魄爽无烟。自古人皆望，年来又一年。”可见作为节日的“中秋”在唐代还不算最重要的佳节，这可能是宋代咏中秋的好诗远多于唐代的原因。中唐王建有一首名篇题为《十五夜望月》（一作《十五夜望月寄杜郎中》）：“中庭地白树栖鸦，冷露无声湿桂花。今夜月明人尽望，不知秋思落谁家？”后人常把此诗看作中秋诗，例如刘永济在《唐人绝句精华》中评论说：“三、四见同一中秋月夜，人之苦乐各别。”然而此诗虽是作于秋夜，但既可能是八月十五，也可能是九月十五（此时桂花尚存枝头），我不敢贸然把它列于本文之首。

中秋夜的一轮皓月，多么迷人！假如此时你置身于空旷的野外，最好是面对着一片开阔的水面，那么你好像进入了一个澄澈透明的玻璃世界。1045年的中秋之夜，苏舜钦登上吴江亭望月，看到的就是这么神奇的景色：“长空无瑕露表里，拂拂渐上寒光流。江平万顷正碧色，上下清澈双璧浮。自视直欲见筋脉，无所逃遁鱼龙忧。不疑身世在地上，只恐槎去触斗牛。”月光是如此澄澈，连身上的血脉筋络也纤毫毕现，水底的鱼龙也彻底现形、无处藏身。苏舜钦对中秋月光的形容极见功力，可惜措辞不够含蓄，意境也不够浑融，稍逊于张孝祥的《念奴娇》一词。

1166年中秋将近之时，张孝祥路经洞庭。诗人驾着一叶扁舟漂浮在湖面上，觉得月光下的洞庭湖如同一面广阔无垠的玉镜。皎洁的月光洒满了天空，也洒满了湖面，银河与洞庭湖在月光中融成一片，里里外外，上上下下，都是一般澄澈透明。诗人用生花妙笔为我们勾画出一个晶莹剔透的月光世界，却谦称“妙处难与君说”，可见真实的洞庭月色更加美好，妙不可言。在这种澄澈明净、一尘不染的境界中，诗人回首平生，觉得自己的肝胆都像冰雪般的莹洁、光明。我每次读到“表里俱澄澈”一句，觉得它也可用来形容诗人的内心世界与湖光月色的和谐。中秋之夜，月光如水一样明净，水一样清冽。这万千斛的清水洒向我们，浸透我们的衣衫，沁入我们的肌肤，洗净我们的五脏六肺，难道还有什么尘虑俗念不能涤除干净？当我们仰望那轮皎洁的明月时，心中自会涌起圆满美好、纯洁无瑕的情感，难道还有什么名缰利锁不能彻底摆脱？无怪当张孝祥在洞庭湖上“叩舷独啸”时，会慨叹说：“不知今夕何夕！”注家或引《诗·唐风·绸缪》中“今夕何夕，见此良人”句为注，意谓今夕是一个良夜。我觉得不如仅取其字面意思更佳。词人置身于如此明净澄澈的境界之中，他的整个身心都已融入美好的自然，从而获得了永恒的生命。此时此刻，尘世的一切烦恼都烟消云散，世俗的一切思虑都毫无意义，难怪他要忘记今夕到底是何夕了！

苏轼的《阳关词》作于1077年的中秋，其时他正在徐州。苏轼晚年南迁途中曾重书此作，跋云：“余十八年前中秋夜，与子由观月彭城，作此诗，以《阳关》歌之。”所以此词也被后人视为诗而收入其诗集，但是既然词人曾以《阳关曲》的调子来歌唱（事实上苏轼是借用《小秦王》的曲谱），我们还是把它看作词更为合理一些。前两句写中秋之夜浮云散尽、明月东升的情景。银河本来是无声的，可是古人常常幻想它会发出流水之声，比如杜甫说“河汉声西流”，李贺也说“银浦流云学水声”。苏轼则幻中生幻，说今夜是如此安静，以至于银河的流水也寂静无声，只见白玉盘般的一轮明月从皎洁银河的背景中转将出来。“此生此夜不长好”一句的意思与《水调歌头》中的“人有悲欢离合，月有阴晴圆缺”非常相似，不过后者是诗人在望月怀弟时的遗憾，前者却是他与弟弟一起望月时对眼前的幸福不能长久的忧虑，它们正好可以对照着读。是啊，当我们与亲爱的人一起享受良辰美景时，心中肯定充满了幸福、美满的感受，从而希望这种幸福与良辰美景同样天长地久。可是世间所有的良辰美景都会时过境迁，所有的幸福也都会随风而逝，晚唐吴融有一句非常煞风景的诗："月不长圆花易落！"苏轼此句也是此意，不过较为含蓄而已。苏轼与弟弟苏辙（字子由）的手足之情非常深挚，两人出仕之初就相约将来及早退休，同回故乡隐居。可是事实上他俩长期天各一方，别多会少。此年中秋兄弟欢聚徐州，同赏明月，实在是非常难得的机会，无怪苏轼在高兴之余，又敏感地担心好景不长。当然，"此生此夜不长好"的含意十分丰富，除了苏轼担心的人事多变、居无定所以外，天气的阴晴也是变化莫测的。中秋虽然处于秋高气爽的季节，但也难免会风雨凄凄，那就难称佳节了。

我幼时见过一本木刻本的《碧葡萄馆诗集》，是曾在琼溪中学任教的一位老师的遗著。作者的姓名和书中的内容都已忘却，只记得两句写中秋夜雨的诗："嫦娥亦知恨，掩袂助凄凉。"连嫦娥都掩袂而泣，哪里还有什么佳节的气氛？亲爱的读者，当你在中秋之夜面对着一轮明月的时候，千万要珍惜这难得的良辰美景，因为明年中秋你在何处看月，甚至有无明月可看，都是不可预测的事。苏轼有两句诗："惆怅东栏一株雪，人生看得几清明？"我们不妨把它们改写成："惆怅中天一轮月，人生看得几中秋？"

就在苏轼写《阳关曲》的前一年（1076），他写下了名传千古的中秋词《水调歌头》。当时苏轼正在山东密州，苏辙则在齐州，故苏轼于中秋夜饮酒赏月之际，怀念其弟，发出“但愿人长久，千里共婵娟”之叹。南宋的胡仔说：“中秋词自东坡《水调歌头》一出，余词尽废。”我觉得即使在古今所有的咏中秋的诗词中，此篇也是独占鳌头。关于《水调歌头》的佳处，后人已有无数的评说，单是曾枣庄先生在《苏词汇评》中所辑录的评语即有三十六则，但我不想引用那些评语，我更欣赏金圣叹批点《水浒传》的一段话。《水浒传》写武松在孟州张都监家里过中秋，侍女玉兰唱了苏学士的《水调歌头》，金批说：“樽前月下，忽闻此言，令人陡然念阳谷县紫石街，不知在何处。”又批：“绝妙好辞。令人想到亡兄，想到宋江，想到张青夫妻，想到管营父子，洒泪不止。”金圣叹的批语常常不顾小说的情节而阑入正文，此处就是如此。《水浒传》仅写武松“只顾痛饮”，一字未及其心事，金圣叹何以知之？但是金批却又说得合情合理，当然与其说是武松听《水调歌头》后的思绪，倒不如说是金圣叹代替武松听此词后的感想。我对这两则金批深有同感，它们勾起了我对往事的回忆。

1975 年，我刚到淮北的汴河农具厂里栖身，中秋来临了。中秋是当地人心目中的大节日，全厂的工人都回家去了，我与上海知青小黄也被厂长老段拉到他家去过节。傍晚时分，老段家门前的空场上放了一张矮桌子，我们三人坐在小板凳上喝酒。不久，一轮明月从村子东头的树梢上升起，银辉洒满了空场，也洒在小桌和我们身上。突然，村头村尾响起一片鞭炮声，此起彼伏，老段家的狗也跑出来狂吠不已。原来此地的风俗，中秋节月出时是要放鞭炮的，这个奇特的风俗顿时使我产生身处异乡的感觉。过了一会，鞭炮声沉寂下来，我们也停止说话，抬头望着月亮。万籁俱寂，月光像水银一样倾泻下来，给整个村子披上了一层薄薄的银纱。突然，我想起了幼时与弟妹随着父母亲在中秋夜到户外去赏月的情景。我家在琼溪镇上住过的几所屋子都没有朝南的窗户，我们必须到户外才能看到月亮。幸好离我家不远有一座八字桥，是由两座拱桥组成的，其中一座的桥面相当高，视野也相当开阔，是赏月的好地方。我们常常走到桥上去望月，父亲告诉我们月亮里的阴影是一株桂树和嫦娥居住的广寒宫，引得我们遐想不已。有时我们也低头观看桥下，潺潺流水在月光下泛起一道道银色的波纹。我又想起了赵浜边上的那座茅屋，那里埋葬着我的六年青春。有一年的中秋夜，我独自坐在茅屋前面赏月，看到月影浸在清澈如镜的水中，顿时想起范仲淹的名句“静影沉璧”。如今的我独自流落他乡，回想起从前中秋赏月的情景，恍如隔世。月光下的一切都有点朦胧，我极目远眺也无法看清天边的景物，不知八字桥与赵浜竟在何处？也不知远在江南的母亲和弟妹们今夜是否也在望月怀远？至于父亲，他已经不在人世，“但愿人长久，千里共婵娟”的愿望永远无法实现了。

1986 年中秋，我刚来到美国东北的小镇坎布里奇（其实应译作剑桥）不久。是夜，我走出寓所，看到碧空如洗，一轮明月从哈佛大学教堂的尖顶后面缓缓升起。杜甫说“月是故乡明”，但此时我不得不承认美国的月亮与中国的月亮一样明亮。我久久地凝望着那轮明月，一股强烈的思家情结占据了整个心灵。我的母亲、我的妻子、我的女儿都在遥远的南京，我的弟妹则在同样遥远的苏州。我明知此时的中国正是旭日东升的清晨，却仍然愿意想象亲人们正在与我一样望月怀远。在我家窄窄的阳台上，年方三岁的小女儿正依偎在她奶奶的怀里撒娇吗？也许妻子正在给女儿讲关于嫦娥或吴刚的故事，母亲也坐在一边静静地听？美中不足的是，她们身边少了一个我！要是我在家的话，我会搀着女儿，妻子则会扶着母亲，一起到月光下的校园里去散步。苏轼的话当然没错："人有悲欢离合，月有阴晴圆缺，此事古难全。"我本人也早已经历过许多次的"月有阴晴圆缺"，还经历过无数的"悲欢离合"，但我还是忍不住要像苏轼一样责问天上的明月："不应有恨，何事长向别时圆？"要是今夜凄风苦雨，不见月亮，我反而会感到一丝安慰。当然，那个念头也许是太自私了。

1996年中秋，我独自居住在韩国全南大学的外教公寓里。韩国人非常重视中秋，他们把中秋叫作"秋夕"，全国放假三天，人们纷纷赶回家乡与家人共度佳节。中文系的秘书事先向我通报了"秋夕"的有关情况，劝我事先多准备一些食物，说过节时食堂也许会停火。学生们送给我许多"松饼"，是一种饺子状的米粉饼，包着豆沙的馅，是"秋夕"的特制食品，意义相当于中国的月饼，只是不知为什么要做成半月形。到了中秋那天，平时熙熙攘攘的校园一下子安静下来，外教公寓简直是门可罗雀。校园里有一座树木葱茏的小山，我白天常从山下走过，却从未登上去过。当夜万籁俱寂，月光如水，我便信步登上了小山。山上长着许多松树，月光从树隙散落下来，在地上洒下许多银色的光斑。我走到山顶，发现树丛里有一座古墓，月光照在墓碑上，碑上的汉字铭文清晰可辨。我坐在墓前的石阶上，抬头望着那轮明月。心想这位不知名的古人长眠在这里，夜夜与清风明月相伴，可谓得其所哉。我又想起长眠在南京紫金山南麓树林中的父母亲，今夜那儿也该是月光如水吧。我又想到韩国人把“秋夕”定为全国性的节日，真是十分合理。“一年明月今宵多”，今夜的月亮圆满无缺，正是人间美满生活的象征，理应让人们合家团聚共度良宵。要是我的妻子和女儿此时与我一起坐在这儿赏月，那该有多好！那夜我在小山顶上停留了很久，心里涌起强烈的愿望，要想写诗抒怀，可是左思右想，觉得自己的万千心事都已由东坡老人代我倾吐殆尽。我高声朗诵《水调歌头》：“明月几时有，把酒问青天。……”此时山上山下寂无人声，只有草间虫声唧唧，更添几分寂寥。

由此可见，苏轼的《水调歌头》所以会使得“余词尽废”，其奥秘在于它说出了人们在中秋之夜面对一轮圆月时的共同感受，也表达了人们此时此刻的共同心愿。中秋是无与伦比的良辰美景，苏轼的《水调歌头》是无与伦比的绝妙好词。让我们在中秋之夜齐声朗诵《水调歌头》，对着明月向人间致以最美好的祝愿！

（2005 年 1 月 4 日）

除夕

元日

宋·王安石

爆竹声中一岁除，春风送暖入屠苏。

千门万户曈曈日，总把新桃换旧符。

除夜作

唐·高适

旅馆寒灯独不眠，客心何事转凄然。

故乡今夜思千里，霜鬓明朝又一年。

除夜宿石头驿

唐·戴叔伦

旅馆谁相问，寒灯独可亲。

一年将尽夜，万里未归人。

寥落悲前事，支离笑此身。

愁颜与衰鬓，明日又逢春。

守岁

宋·苏轼

欲知垂尽岁，有似赴壑蛇。修鳞半已没，去意谁能遮。
况欲系其尾，虽勤知奈何。儿童强不睡，相守夜喧哗。
晨鸡且勿唱，更鼓畏添挝。坐久灯烬落，起看北斗斜。
明年岂无年，心事恐蹉跎。努力尽今夕，少年犹可夸。

除夜对酒赠少章

宋·陈师道

岁晚身何托，灯前客未空。
半生忧患里，一梦有无中。
发短愁催白，颜衰酒借红。
我歌君起舞，潦倒略相同。

除夜

宋·文天祥

乾坤空落落，岁月去堂堂。
末路惊风雨，穷边饱雪霜。
命随年欲尽，身与世俱忘。
无复屠苏梦，挑灯夜未央。

除夕是旧年的结束，元日是新年的开始，除夕与元日的交接意味着地球绕着太阳转完了一圈，它自然而然会被看作人生的一个里程碑。况且此时正是寒冬将尽、春气初萌的关键时刻，人们一年的劳作已告一段落，正应自我犒劳一番，并借以养精蓄锐，准备来年的春耕。以农业为本而且宗教意识比较淡薄的中华民族把除夕与元日看作最重要的节日，实在是必然的选择。

民间把欢度春节称作“过年”，其时间长度当然包括除夕和元日。在我幼时生活的琼溪镇上，人们从来不说“除夕”，而是叫它“大年夜”，除夕的前一天则叫“小年夜”。由于这两个称呼都与“年夜饭”密切相关，孩子们又无师自通地把“年夜”的名称再往前延伸，发明了“小小年夜”“小小小年夜”的叫法。那时“过年”的内容都与吃喝有关，母亲从腊月二十以后就开始为过年做准备了。在腊月二十七八日，也就是除夕前两三天，家里开始蒸糕、蒸包子、蒸糯米团子。年景稍好时，母亲会主动把刚出笼的包子、团子让我们每人尝一个，甚至萝卜丝馅的尝一个，豆沙馅的又尝一个……可惜我家的景况颇像“王小二过年，一年不如一年”，后来母亲就舍不得让我们多尝了。每当此时，我们就会咕哝说：“今天是‘小小年夜’么！”意思是说今天已经进入“过年”的程序，理应多吃一点。当然，正规的节日仍应是除夕那天，家家户户欢聚一堂吃一顿丰盛的晚餐，也就是我们一年到头朝思暮想的“年夜饭”。

古代的诗人大概都没有经历过“三年自然灾害”，他们咏除夕的诗很少写到年夜饭，最多只写所饮的酒。杜甫流落长安时，曾到堂弟杜位家过年，诗中也只写到“椒盘已颂花”，指的是用椒浸泡的酒，专供除夕饮用的。古代更常见的是一种用药草泡制的“屠苏酒”，过年时合家相聚共饮此酒，次序则是从最年幼者开始。苏辙《除日》诗说：“年年最后饮屠苏，不觉年来七十余。”意谓他已是家中最年长之人。王安石说“春风送暖入屠苏”，明指春气已动、暖意已萌，暗指合家欢聚时的温馨氛围，可称意在言外的佳句。古人在除夜要守岁，而一过半夜也就到了元日，写除夜的诗很难不涉及元日，反之亦然。王诗中写到“爆竹声中一岁除”，虽然说的是旧岁已除，但众所周知，除夜的爆竹早在半夜之前就开始响起来了，而合家共饮屠苏酒的活动也是从除夜开始的（苏辙的《除日》诗就是明证），王诗如果题作《除夜》也未尝不可。我认为王安石把此诗题作《元日》而不是《除夜》，自有深意。古人咏除夜的名篇多含悲凉之意，此诗却营构了欢快的氛围，从而蕴含着除旧布新、展望将来的意味。

到了现代，“总把新桃换旧符”的习俗早已不存，但新年来临时家家户户都在门楣上贴上红纸的春联，仍有“千门万户曈曈日”的喜庆色彩。更何况从半夜到天明爆竹声此起彼伏，更会提醒你新春的来临。我幼时家里穷，父母亲恨不得把每个硬币都掰成两半来花，过年时从来不买爆竹。父亲还说：“听听别人家放的爆竹也是一样的。”除夕之夜，我们就躺在床上听着时远时近、此起彼伏的爆竹声。我家没有钟表，爆竹声还能起报时的作用。只要听到爆竹声越来越密集，最后响成一片，我们就知道凌晨到了，也就是新年到了。儿时过年的情景，如今回想起来是多么有趣啊！

除夕虽然是“千门万户曈曈日”，但是世上总有“几家欢乐几家愁”的缺憾。如果你正流落他乡，或处境潦倒，那么除夕带给你的也许不是欢乐，而是忧伤。韩愈有言：“欢愉之辞难工，而穷苦之言易好。”脾气古怪的诗神总是偏爱缺憾和痛苦，古人咏除夕的佳作竟大多是抒写孤独凄凉之情的。高适和戴叔伦的两首诗，虽然诗体不同，但主题完全一样，水准也在伯仲之间（戴诗稍胜一筹），我只好将它们一起抄录在这里。除夕之夜，诗人流落他乡，在旅馆里独自对着一盏寒灯，形影相吊。本应是与家人团聚的佳节，偏偏“独在异乡为异客”，此时此刻，纵然是铁石心肠的硬汉，也难免要伤感忧愁。更何况诗人年已老大，两鬓如霜，想到年华又逝，而事业无成，又怎能不伤心欲绝呢？“一年将尽夜，万里未归人”一联，堪称写除夕客况的名句。即使这首诗没有完整地保存下来，仅存此联，也足以流传千古，这正是戴诗比高诗稍胜一筹的原因，高适诗中没有这样的警句。

我平生曾多次经历“一年将尽夜，万里未归人”的处境，印象最深刻的是八年前在韩国光州的那个除夕，当时我正在全南大学当客座教授。韩国大学的寒假长达两个月，刚进腊月就放假了。本来我可以回南京与家人一起过年，然后再返回光州，可是就在学期将终之时，我偶然读到了元好问的两句诗：“千里关河高骨马，四更风雪短檠灯。”非常感动，就决定寒假不回中国，留在光州安安静静地读点书。说实话，自从博士毕业留校任教以来，已经许久没有认认真真地读书了。如今有两个月的时间完全属于我自己，何不好好地利用起来呢？我把这个决定写信告诉妻子和女儿，并从图书馆里抱回来一大堆书，埋头读起书来。妻子和女儿听说我不回家过年，十分失望，两人合作写了一封回信，密密麻麻地写满了几张信笺。寒假开始了，外教公寓门外路上的积雪已被压成了坚冰，终日静悄悄地不见人影。中文系的教授们平时常拉我去聚饮，放假后就很少来找我了。我的生活和心情都十分宁静，读书的进度也相当令我满意。

除夕那天，系主任金在乘教授让秘书送来了“牛酒”：一大块像阮小二请吴用吃的“花糕也相似”的牛肉和一瓶庆州清酒，我自己也买了几样菜肴，草草地做了一顿年夜饭。当晚，我正在自斟自酌，突然从楼上的邻居家里传来一阵笑语喧哗，原来二楼的那位美国女教师正和她的韩籍丈夫以及一大群孩子在过年呢。我的心猛然受到一击，我想起妻子和女儿来了。她们正在南京家中，与我相隔东海的万顷波涛。此时此刻，她们一定正在思念着我，谈论着我，可是我却没有一人可以交谈。我吟着“一年将尽夜，万里未归人”的诗句，浓重的孤独感涌上心头。我从抽屉里取出妻女的来信细细地读，又取出她们的照片翻来覆去地看，孤独感依然排解不去。我平日很少写诗，此时却不由自主地铺开稿纸，写道：“天涯岁暮多霜雪，山色何时白转苍？岂有三冬文史足，漫经半载稻粱忙。朋交馈食粗成馔，妻女来书细作行。独听邻家喧笑语，兹辰倍觉在他乡。”诗写得不好，但情感是真挚的。当然，其实我根本不用自己动手写诗，只要吟诵戴叔伦或高适的除夜诗就行了。我想说的话，他们已经替我说了，而且比我本人说得更好。古代的优秀诗人真的能“先得我心”！

除夕在孩子们的心目中当然只有快乐甚至兴奋，但对于成年人来说，除夕会带来时光流逝、韶华难留的惆怅和伤感。据说印度某些地区每逢“元旦”，家家户户哭声震天，人人脸上涕泪横流。人们觉得岁月易逝、人生苦短，就用痛哭来送别旧年，以至于传出了“痛哭元旦”的名称。中国人没有这种风俗，但是敏感的诗人对于除夕也是感慨万千的。杜甫四十岁那年在杜位家守岁，感叹说：“四十明朝过，飞腾暮景斜。”仇兆鳌引《礼记·曲礼》中“四十曰强，而仕”作注，意谓此时杜甫年已四十，理应出仕而未入仕途，故而感慨。我觉得不如引《论语》中孔子的话更为贴切：“四十、五十而无闻焉，斯亦不足畏也已。”杜甫即将年逾四十，自觉老之将至，却尚未闻达，所以感叹时光如此迅速。是啊，除夕既然是一年的最后一日，当然就是人们生命过程的里程碑。人们赶路时每经过一个里程碑，就会产生“还有几里路在前头”的想法。他们在除夕之夜对年华消逝的感觉也与此类似：人生七十古来稀，生命的长度是个定数，过一年就少一年。苏轼在《守岁》诗中淋漓尽致地表达了他对一年将尽的感受：儿童虽在欢天喜地地喧哗，诗人却害怕听到一次又一次的更鼓。他知道即将消逝的一年就像一条钻进山洞的长蛇，“修鳞半已没，去意谁能遮？况欲系其尾，虽勤知奈何！”面对着无情地消逝的年华，人们是多么可怜，多么无助！我觉得对于成年人来说，不妨从印度引进“痛哭元旦”的风俗，大家在除夕之夜一起放声大哭，来宣泄韶华难留的悲哀。

陈师道和文天祥的两首除夜诗也值得一读，它们都融入了诗人的身世之感，感人至深。陈师道此诗当作于1086年，时年三十四岁。诗人穷愁潦倒，连一家老小的生计都难以维持，更不用说实现自己的抱负了。除夕之夜，诗人与友人聚饮，酒酣耳热之际，衰老的面容增添了几分红晕，随意的歌舞产生了几分豪气。可是在座的都是潦倒之人，即使彼此同病相怜，相濡以沫，又怎奈那早被忧患愁苦催白的一头短发！这样的除夕，我平生也曾经历过几回，最难忘的一次发生在淮北的那个小农具厂里。厂里的工人都是本地的农民，一到小除夕就全跑回家去了。偌大的院子顿时变得静悄悄的，只剩下我与三四个上海的知识青年留在厂里过年。我们七拼八凑地准备了几样菜肴，又买上几斤山芋干白酒，关上房门吃年夜饭。门外大雪纷飞，雪花不断地从门缝里钻进来。我们一边喝酒一边说笑，渐渐地大家脸上都出现了酒红。那时我的头发还没变白，额上却已刻上几条深深的皱纹，不知酒红有没有使我显得年轻一些？忽然，有人站起来引吭高歌，大家齐声附和。我们唱的都是流行的革命歌曲，但不知为何，歌声却充满了悲凉。我那时年近三十，已在农村插队九年。其他人都比我略小几岁，但也已在乡下度过七八个年头了。经过几年来的招生、招工，凡是有点门路的知青都已走了，只剩下少数倒霉鬼还留在这儿。年复一年，单调的生活毫无变化，青春却一年年地消逝了。那一夜，大家都醉得东倒西歪。当远近响起一片鞭炮声时，小张打开房门去放鞭炮，手里的香烟颤抖了半天就是对不准鞭炮的引火线。可惜当时我还没有读过陈师道的除夜诗，要不肯定会反复狂吟。

文天祥的除夜诗是英雄末路的内心独白，我们虽然没有机会体验那种经历，但不妨借读诗的机会向诗人献上一瓣心香。南宋灭亡两年之后至元十八年（1281）的除夕，文天祥在燕京狱中写下此诗。此时宋朝已经灭亡，但诗人坚决拒降，决意殉国。国破家亡，自己的人生道路也即将走到尽头。就在这种情境下，诗人迎来了一生中最后一个除夕。诗人身陷穷北之地的敌国牢狱已经两年多，除夕之夜不过是又一个寂寞的长夜而已。诗人独挑寒灯，知道合家欢聚、共饮屠苏的往事即使在梦中也不会重现了。他只觉得宇宙是如此空旷，岁月又是如此匆忙，自己的生命即将随着旧年一起消逝，世上的一切都不再值得留恋。除夜应有的欢乐在此诗中无影无踪，除夜常有的惆怅在此诗中若有若无。平淡的字句，平静的心情，不像他半年前所写的《正气歌》那样慷慨激昂，但我们不难从字里行间感受到诗人的坚强意志和浩然正气，这就是一位即将从容就义的民族英雄所写的除夜诗！亲爱的读者，如果你在除夕之夜阅读这首独特的除夜诗，你的心灵一定会受到震撼和淘洗。谓予不信，就请试一试吧！

（2004 年 12 月 30 日）

宿建德江

唐·孟浩然

移舟泊烟渚，日暮客愁新。
野旷天低树，江清月近人。

渭川田家

唐·王维

斜光照墟落，穷巷牛羊归。
野老念牧童，倚杖候荆扉。
雉雊麦苗秀，蚕眠桑叶稀。
田夫荷锄至，相见语依依。
即此羡闲逸，怅然吟式微。

菩萨蛮

唐·李白

平林漠漠烟如织，寒山一带伤心碧。暝色入高楼，有人楼上愁。　玉阶空伫立，宿鸟归飞急。何处是归程，长亭更短亭。

秋怀诗

唐·韩愈

卷卷落地叶，随风走前轩。鸣声若有意，颠倒相追奔。
空堂黄昏暮，我坐默不言。童子自外至，吹灯当我前。
问我我不应，馈我我不餐。退坐西壁下，读诗尽数编。
作者非今士，相去时已千。其言有感触，使我复凄酸。
顾谓汝童子，置书且安眠。丈夫属有念，事业无穷年。

登乐游原

唐·李商隐

向晚意不适，驱车登古原。
夕阳无限好，只是近黄昏。

天净沙

秋思

元·马致远

枯藤老树昏鸦，小桥流水人家。古道西风瘦马。夕阳西下，断肠人在天涯。

在照明工具还没有发明的时代，人们一定很厌恶黄昏的来临，因为那意味着持续了整个白天的活动即将被迫停止。我的看法绝非随意猜测，而是有亲身经历作为根据。我上小学的时候，琼溪镇上还没有供电，人们都用煤油灯照明。家里为了节省灯油，不到天色断黑是不会点灯的。有时我在黄昏时分正好有一本有趣的书捧在手头，随着暮色越来越浓重，手中的书也越来越近地凑到眼前。母亲看到了，就会大声喝止。更急人的是在黄昏时打乒乓球。学校里只有一张乒乓球桌，白天总是人满为患，球艺欠精、武艺也不高的我几乎轮不到上场。只有到了黄昏，围着乒乓桌的孩子逐渐稀少了，我才有机会站到桌前试试身手。可惜暮色很快就浓重起来了，渐渐地站在桌子对面的对手变得面目模糊起来，再后来他变成一个手舞足蹈的黑影。那个乒乓球也越来越模糊，只看见一小团白乎乎的东西飞来飞去。最后我们要靠听觉的协助才能辨清乒乓球落点的位置，终于恋恋不舍地收兵回家。我简直像大禹一样珍惜光阴，可是从未得到过父母的表扬，每次回到家里都要挨一顿骂，他们知道学校里早就放学了。所以我对黄昏向无好感，当然那时我还没有读过关于黄昏的诗歌，否则的话一定会很欣赏孟浩然的诗句："愁因薄暮起！"

那么，如果不考虑照明的问题，人们对黄昏又是什么态度呢？诗人们好像挺喜爱写黄昏，但他们很少在诗中表示喜爱黄昏，他们对黄昏的态度相当暧昧。

最早的黄昏诗是与农事有关的，黄昏是农人结束一天劳作的天然终点，"挑灯大战"的农业劳动要到20世纪的"大跃进"年代才有，古人还没有这种"革命浪漫主义"精神。相传尧时有老人击壤而歌："日出而作，日入而息。"《诗·王风·君子于役》篇里说："鸡栖于埘，日之夕矣，羊牛下来。"陶渊明虽然说过"晨兴理荒秽，带月荷锄归"，仿佛他乘着月色还锄了一会地，但他接下去便说"道狭草木长，夕露沾我衣"，可见他还是遵从"日入而息"的古训的，不过回家的路较长，走着走着月亮便升上来了，黄昏的露水打湿了他的衣裳。南朝的江淹模仿陶诗写道："种苗在东皋，苗生满阡陌。虽有荷锄倦，浊酒聊自适。日暮巾柴车，路暗光已夕。归人望烟火，稚子候檐隙。"此诗风格确实近于陶诗，后来还混入陶集，被题作《归园田居（其六）》，甚至苏东坡也被瞒过了，他作《和陶诗》时把此诗也和了一遍。但江淹虽然长于模仿，毕竟没有亲自干过农活，一说农事便露出破绽。既说"荷锄倦"，分明是下地去了，怎么又会"日暮巾柴车"，锄苗的农人哪会驾着车下地？不过"路暗光已夕"一句写暮色苍茫中的乡间小路倒是相当传神，我当年在农村乘着暮色赶路时常想起这句诗。

王维的《渭川田家》写乡村暮色相当生动，初夏之时，麦苗刚刚秀穗，还不是农忙季节，农人悠悠然扛着锄头回家，路上遇见熟人，就停下来说会闲话。我插队当农民时最羡慕这位农人了，他毕竟是生活在开元盛世的太平之民，务农也这般悠闲自在。我们这些“社员”可没那么幸福，不用说夏收夏种或秋收秋种那些大忙季节了，即使是平时，也总要等到太阳落山才能听到队长吆喝“歇手”。满地的社员顷刻之间便作鸟兽散，急匆匆地赶回家去，哪里有人来跟你“相见语依依”？人人都惦记着家里养的猪，它们早就饿得呼天抢地了。我虽然没有养猪，但也急着回家淘米做饭，等到饭熟，天色早已漆黑，有时便摸黑吃饭。我每月只能凭证购买一斤煤油，到下半月便没油点灯了。至于“穷巷牛羊归”的景象，我当了十年农民也没有见过。公社领导规定每家只准养一头羊，还必须关在家里，那些羊简直是“养在深闺人未识”。二十年后，我才在河南巩县看到了王维诗中的乡村暮景。暮色笼罩着围墙低矮的农家小院，一缕灰白色的炊烟袅袅上升，几个老头站在院墙外说话，手中的烟管闪着星星点点的红光。突然传来一阵咩咩声，从黄土坡后面转出一群山羊来，后面跟着两个牧童。暮色把羊群染成灰白色，人物则一片灰暗模糊。这似乎不能算是很美丽的画面，但是它宁静、安谧，看到它会产生家的亲切感。

当然，如果是人在旅途，黄昏就会给你带来完全不同的感受。贾岛有两句诗：“怪禽啼旷野，落日恐行人。”那是无处归宿的旅人眼中的阴森可怖的黄昏。即使你在山清水秀的地方旅行，暮色也会在你心头抹上一层忧愁。孟浩然泊舟在建德的新安江边，南朝的沈约曾这样描写新安江："洞彻随清浅，皎镜无冬春。千仞写乔树，百丈见游鳞。"即使在心怀客愁的孟浩然眼中，"野旷天低树，江清月近人"也堪称美景，然而他又说"日暮客愁新"！这新产生的客愁显然正是黄昏带来的。黄昏本是归家休憩的时刻，人们盼望的是倚门迎候的家人，是餐桌上热气腾腾的晚餐，可是你人在旅途！难怪孟浩然眼中的清江明月也蒙上了一层愁色。至于马致远笔下的天涯孤客，他骑着一匹瘦马在秋风古道上孤独地行走，满眼是"枯藤老树昏鸦"的萧条暮景，"小桥流水人家"的安居景象则成为自身漂泊生涯的鲜明反衬。此时一轮夕阳缓缓地西沉，单人匹马在古道上拖下长长的影子。这怎不让他伤心欲绝呢？

黄昏时暮色渐浓，飞鸟归林，浸没在暮色里的人们当然也希望像归鸟一样得到归宿。暮色中的飞鸟与蝙蝠不同，韩愈说"黄昏到寺蝙蝠飞"，蝙蝠是昼伏夜出的动物，它身上装备了超声波导航仪，在暮色乃至夜色中飞翔自如，猎食飞虫，所以织满了蝙蝠翅膀的暮色不会带来忧伤。飞鸟不能夜视，它们昼出夜归，一到黄昏，便急急忙忙地飞回巢去。即使是在家门口"悠然望南山"的陶渊明，也注意到了"山气日夕佳，飞鸟相与还"，更不用说客居他乡的游子了。《菩萨蛮》就是一首写黄昏客愁的绝妙好词，尽管它不一定真是出于李白之手。一个他乡游子，在黄昏时分登上高楼远眺家乡。只见归鸟疾飞，归家之路向远处延伸着，不知有多少座长亭、短

明·项圣谟·山水图

亭！此情此景，人何以堪？

我在旅途上不太注意归鸟，使我“日暮客愁新”的倒是“小桥流水人家”一类的人间景象。“文革”后期，我常在江南、淮北之间奔波。那年头的火车大多不准时，有一次我在安徽宿县火车站的月台上等车，旅客乱作一团，下午三点钟的班车到暮色苍茫时还不见踪影。我向车站的工作人员打听，他看了看我手中的车票，说：“你是今天的车票，急个啥？昨天的这一次车还没来呢！”火车开起来也慢吞吞地，有时甚至无缘无故地在中途停上一两个小时。我多次从车窗里看到这样的景象：暮色降临，铁路边的人家窗户里亮着灯光，一家老少正围着桌子吃晚饭。灯光昏黄，饭菜热气腾腾，还仿佛能听到他们的笑语喧哗。一股浓重的惆怅、凄凉之感突然涌上心头，孤独感、漂泊感乃至失落感、委屈感纠缠成一团剪不断、理还乱的乱麻，与车窗外越来越浓重的暮色交织在一起。黄昏无疑是旅途中最使人忧伤的时刻。

如果把一天的时光与整个人生来作对比的话，黄昏便相当于一生中的晚年。狮身人面的怪兽斯芬克斯的谜语说："在早晨用四只脚走路，在中午用两只脚走路，在晚间用三只脚走路。这是什么生物？"俄狄浦斯猜到了谜底，就是"人"！老年人走路必须拄杖，就像有三只脚似的。正因如此，黄昏也常让人想起老之将至，古人用"迟暮之年"来指代老年，那个"暮"字真是点睛之笔。

韩愈的《秋怀诗》是写黄昏引起迟暮之感的名篇。秋风落叶，空堂黄昏，诗人为什么默默无言地独自坐在堂前呢？童子前来点灯、送饭、询问，诗人为什么不予理睬呢？童子退坐读诗，古诗中的句子触动了诗人心中的什么愁绪呢？韩愈性格刚强，志向远大，结尾两句终于露出英雄本色："丈夫属有念，事业无穷年。"原来他正在思考人生的事业，要以功业的建树来实现生命的不朽。我们的疑问到此涣然冰释，正因人生有限而事业无穷，事业难成而时光迅速，诗人才对老之将至极为敏感，而秋日的黄昏又加深了他的迟暮之感。其实韩愈此时才三十九岁，不过他人生坎坷，年貌早衰，四年前就已老态毕露，“视茫茫”“发苍苍”“齿牙动摇”了。难怪他面对着秋风落叶和沉沉暮色，不免要触动埋藏心底的迟暮之感了。刚强不屈的韩愈尚且如此，何况他人？

即使在多愁善感的诗人眼中，黄昏也有可爱之处，那就是美丽的落日。朝阳和落日都很美，可是朝阳一出来就光辉夺目，而且越来越耀眼，不可逼视，只有落日才能细细地观赏。尤其是当你身处旷野、视野非常开阔的时候，凝视着一轮红日缓缓地下沉，会感到一种庄严、高贵、不可言说的美，李商隐说“夕阳无限好”，此外不赘一言，真是绝顶聪明的写法。可惜李商隐本是“煞风景”这个名词的发明者，此诗的末句“只是近黄昏”，又把读者拉回黄昏的忧伤意境中来。

黄昏是充满惆怅、忧伤的时刻，宋代词人刘弇甚至追问：“断送一生憔悴，能消几个黄昏？”但黄昏也是充满诗意的时刻，尤其是天气晴朗的话，正如李商隐所说，“人间重晚晴”。只要不是人在旅途，我既欣赏落日，也欣赏飞鸟在暮色中纷纷归林。如果是风雨凄凄的黄昏，我就把窗帘拉上，在灯下读读韩愈的《秋怀诗》。体味古人心中触绪无端的愁思，往往能得到几分相濡以沫的慰藉。况且百味尝遍的人生才是丰富的人生，我又何必拒绝忧伤而美丽的黄昏呢？

（2004 年 9 月 14 日）

春江花月夜

唐·张若虚

春江潮水连海平，海上明月共潮生。
滟滟随波千万里，何处春江无月明！
江流宛转绕芳甸，月照花林皆似霰。
空里流霜不觉飞，汀上白沙看不见。
江天一色无纤尘，皎皎空中孤月轮。
江畔何人初见月，江月何年初照人？
人生代代无穷已，江月年年只相似。
不知江月待何人，但见长江送流水。
白云一片去悠悠，青枫浦上不胜愁。
谁家今夜扁舟子，何处相思明月楼？
可怜楼上月徘徊，应照离人妆镜台。
玉户帘中卷不去，捣衣砧上拂还来。
此时相望不相闻，愿逐月华流照君。
鸿雁长飞光不度，鱼龙潜跃水成文。
昨夜闲潭梦落花，可怜春半不还家。
江水流春去欲尽，江潭落月复西斜。
斜月沉沉藏海雾，碣石潇湘无限路。
不知乘月几人归？落月摇情满江树。

望月怀远

唐·张九龄

海上生明月，天涯共此时。
情人怨遥夜，竟夕起相思。
灭烛怜光满，披衣觉露滋。
不堪盈手赠，还寝梦佳期。

把酒问月

唐·李白

青天有月来几时，我今停杯一问之。
人攀明月不可得，月行却与人相随。
皎如飞镜临丹阙，绿烟灭尽清辉发。
但见宵从海上来，宁知晓向云间没？
白兔捣药秋复春，嫦娥孤栖与谁邻？
今人不见古时月，今月曾经照古人。
古人今人若流水，共看明月皆如此。
唯愿当歌对酒时，月光长照金樽里。

月下独酌

唐 · 李白

花间一壶酒，独酌无相亲。
举杯邀明月，对影成三人。
月既不解饮，影徒随我身。
暂伴月将影，行乐须及春。
我歌月徘徊，我舞影零乱。
醒时同交欢，醉后各分散。
永结无情游，相期邈云汉。

月夜

唐 · 杜甫

今夜鄜州月，闺中只独看。
遥怜小儿女，未解忆长安。
香雾云鬟湿，清辉玉臂寒。
何时倚虚幌，双照泪痕干。

暮江吟

唐·白居易

一道残阳铺水中，半江瑟瑟半江红。
可怜九月初三夜，露似真珠月似弓。

相见欢

五代·李煜

无言独上西楼，月如钩。寂寞梧桐深院，锁清秋。
剪不断，理还乱，是离愁。别是一般滋味在心头。

木兰花慢

中秋饮酒将旦，客谓前人诗词有赋待月，无送月者，因用《天问》体赋

宋·辛弃疾

可怜今夕月，向何处，去悠悠？是别有人间，那边才见，光影东头？是天外、空汗漫，但长风浩浩送中秋？飞镜无根谁系？姮娥不嫁谁留？　谓经海底问无由。恍惚使人愁。怕万里长鲸，纵横触破，玉殿琼楼。虾蟆故堪浴水，问云何玉兔解沉浮？若道都齐无恙，云何渐渐如钩？

日月星辰都是美丽的天体，它们高高地悬挂在空中，引起人们无穷的遐想。然而对于古代的诗人来说，月亮无疑是最美丽、最可爱的天体。光芒万丈的太阳给人间送来温暖和光明，可是它好像威严尊贵的君主，人们对它顶礼膜拜而不敢抬头正视它那耀眼的光辉。星辰数量众多，距离遥远，人们觉得它们神秘莫测，难以亲近。月亮就不同了，它皎洁、明净、柔和、可亲。它有如一位温柔美丽而又冰清玉洁的女性，人们可以长久地凝视她、欣赏她，把她看作亲爱的朋友乃至姐妹。古希腊人认为月神阿尔忒弥斯是日神阿波罗的同胞妹妹，古代的中国人认为月神是美丽的女神嫦娥，当非偶然。李商隐有“月姊曾逢下彩蟾”的诗句，范成大有“月姊年年应好在”的词句，从未见有哪位诗人把月亮视作兄弟。在英国诗人柯尔律治的《古舟子咏》等诗歌中，都径自把月亮称为“她”而不是“他”。月光明亮又略带朦胧，月光下的大地山河披着一层银纱，带有几分梦幻的色彩，正是最能让人展开想象翅膀的诗的境界。月亮虽然晶莹皎洁，但是月中淡淡的阴影却若隐若现，那是吴刚砍了又生的桂树，还是嫦娥居住的广寒宫？金蟾与玉兔又藏身在何处？这一切都使诗人浮想联翩。在古代的诗词中，咏月的佳作不计其数。我在选录代表作时十分为难，像李白的《峨眉山月歌》《古朗月行》《关山月》和杜甫的《月圆》《江月》、《月》（四更山吐月）等名篇，限于篇幅，也只得忍痛割爱。

张若虚的《春江花月夜》被清人王闿运评为“孤篇横绝，竟为大家”，又被闻一多誉为“诗中的诗，顶峰上的顶峰”，已成家弦户诵的名篇。闻一多甚至认为：“在这种诗面前，一切的赞叹是饶舌，几乎是亵渎。”我当然不想饶舌，我只想提出一点看法：明人王世懋、锺惺、谭元春等都说此诗围绕着题目内的“春”“江”“花”“月”“夜”五字做文章，但我觉得全诗的核心主题只有一个，那就是“月”。清人王尧衢对此诗做过一个统计：“春字四见，江字十二见，花字只二见，月字十五见，夜字亦只二见。”就此一端，已可见“月”字确为全诗之关钥。其实即使是没有出现“月”字的几联，又何尝不是写月来着？如“空里流霜不觉飞，汀上白沙看不见。”“玉户帘中卷不去，捣衣砧上拂还来。”这两联简直就是用“禁体物语”来咏月的杰作，也就是句中不见一个“月”字，却又字字都是写月，是典型的“烘云托月”。作为对比，让我们看一首《红楼梦》中香菱咏月的诗：“非银非水映窗寒，试看晴空护玉盘。淡淡梅花香欲染，丝丝柳带露初干。只疑残粉涂金砌，恍若轻霜抹玉栏。梦醒西楼人迹绝，余容犹可隔帘看。”宝钗评曰：“不像吟月了，月字底下添一个‘色’字，倒还使得。你看句句倒是月色。”香菱的诗相当稚嫩，但全诗中没有出现一个“月”字，却“句句倒是月色”，这正是“禁体物语”的手法。张若虚诗中的两联在手法上与之相类，当然张诗体物之巧妙、意境之空灵，皆臻高境。所以我认为《春江花月夜》通篇都围绕着一个“月”字，是唐诗中最早出现的咏月名篇。此诗对月光的描写，已达到出神入化的程度，比如月亮在流水上泛起的光彩（滟滟随波千万里），月光给人带来的寒冷感（空里流霜不觉飞），月光的缓慢移动（可怜楼上月徘徊），都使读者身临其境。此外，举凡人们望月时常会产生的联想，诸如碧空银月是否亘古如斯，明月是无情还是有情，离别的情人在月夜格外相思，也都已得到充分的表达。可以说，《春江花月夜》就是一首月亮的颂歌。

李白是个坚信“古来圣贤皆寂寞，惟有饮者留其名”的酒徒，他赏月时似乎总是手持酒杯。“青天有月来几时”，一副天真的口气，分明已带有几分醉意。“嫦娥孤栖与谁邻”，简直是想入非非，只有凭着酒胆才能如此肆无忌惮。“今人不见古时月，今月曾经照古人。”这两句立意虽佳，意境却不如张若虚的“江畔何人初见月，江月何年初照人”来得蕴藉、优美，多半也是醉后冲口而出，故如此质木无文。“唯愿当歌对酒时，月光长照金樽里。”这真是一个酒徒对人生的美好愿望，试想月下饮酒，是何等有趣！苏轼说：“山城酒薄不堪饮，劝君且吸杯中月。洞箫声断月明中，惟忧月落酒杯空。”好像月光一入酒杯，就能使薄酒变醇，怪不得他要担心月亮西沉。陈与义回忆青年时代的美好生活，想起的是：“忆昔午桥桥上饮，坐中多是豪英。长沟流月去无声。杏花疏影里，吹笛到天明。”月光如水银一样从杏花的间隙里倾泻下来，人们在如此幽美的环境里饮酒奏乐，简直是神仙过的日子，难怪诗人在事隔二十年后对当时的情景记忆犹新。杨万里写道:“老夫渴急月更急，酒落杯中月先入……举杯将月一口吞，举头见月犹在天。老夫大笑问客道，月是一团还两团？”句子虽然有点粗俗，但是相当风趣，是一个老顽童在月下饮酒时的胡思乱想。

当然，写饮酒题材的当家里手仍然首推李白，他的《月下独酌》真是这个主题的千古名篇。虽然没有酒伴，他却异想天开地“举杯邀明月，对影成三人”。虽然月与影并不能与诗人对饮，但是当诗人唱歌时，月亮仿佛听得入迷而在空中徘徊不去。当诗人起舞时，影子也随着他婆娑蹁跹。所以诗人明知它们本是无情之物，仍要与之结交，并相约在云天相见。此诗的全部情思，都是因月而起。试想，如果李白是在灯下独酌，该是何等孤独、无聊！即使他独自起舞，灯光也只能在壁上投下一个鬼魅般的黑影，哪里还有丝毫诗意？读到这里，我觉得古人真是会享受生活，月下饮酒就是一个显例。今人夜饮，不管是在豪华的酒楼还是寒酸的小馆子，反正都与月光绝缘。“月光长照金樽里”的情景离我们的生活越来越远，已经成为一个遥远的记忆，然而那个记忆多么美好！真希望有朝一日我们能恢复古人的某些生活状态，重新走近自然，走近那轮美丽的月亮。

月亮是诗歌中爱情主题的象征。李商隐认为:“嫦娥应悔偷灵药，碧海青天夜夜心。”嫦娥本是已婚的人间女子，一旦飞升入月，孤零零地住在宽广而寒冷的“广寒宫”里，她岂能没有相思之情！人间的痴男怨女的密约幽期往往是在明月初升的黄昏时分，他们的分别也往往在残月西沉之时，欧阳修和五代词人牛希济曾为他们留下两个剪影：“月上柳梢头，人约黄昏后。”“残月脸边明，别泪临清晓。”月亮甚至偷窥情人们的亲昵行为，当张君瑞与崔莺莺在西厢幽会时，连红娘都被关在门外，“立苍苔将绣鞋儿冰透”，月亮却像顽童似的溜进房间，“斜月晶莹，幽辉半床”。可见月亮确是人间爱情的见证。

月亮也是人间相思之苦的见证。《诗·陈风·月出》说：“月出皎兮，佼人僚兮。舒窈纠兮，劳心悄兮。”朱熹解曰：“此亦男女相悦而相念之辞。”韦庄甚至说：“不知魂已断，空有梦相随。除却天边月，没人知！”即使是家人或朋友之间的相思，也是在夜间更为浓烈，因为人们在白天忙于生计，无暇怀远。一旦皓月当空，人们举首望月，怀远之情油然而生。明月高悬天上，普照人间，月印万川，只是一月。即使人们相隔千山万水，仍可在异地同时望月，南朝谢庄的《月赋》中有歌曰：“美人迈兮音尘绝，隔千里兮共明月。”苏轼也说：“但愿人长久，千里共婵娟。”张九龄的《望月怀远》堪称这个主题的代表作。“海上生明月”，多么阔大的意境，又是多么妩媚的景象！此时此刻，虽然人在天涯，但彼此确信对方也正在举首望月，这就拉近了两颗相思之心的距离。正因如此，月夜成了相思主题最常见的背景。曹植说：“明月照高楼，流光正徘徊。上有愁思妇，悲叹有余哀。”徐陵说：“关山三五月，客子忆秦川。思妇高楼上，当窗应未眠。”沈佺期说：“可怜闺里月，长在汉家营。少妇今春意，良人昨夜情。”李白说：“长安一片月，万户捣衣声。秋风吹不尽，总是玉关情。”杜甫则在此类诗中渗入了独特的人生体验和浓重的家国之恨，意境沉郁，更为感人。756年的一个冬夜，杜甫在沦陷的长安独自望月，思念正在鄜州的妻儿，乃作《月夜》。浦起龙评曰：“心已驰神到彼，诗从对面飞来，悲婉微至，精丽绝伦，又妙在无一字不从月色照出也。”次年的一个秋夜，已逃归凤翔的杜甫看到“天上秋期近，人间月影清”，竟请求明月不要触动军士念家的思绪：“干戈知满地，休照国西营。”也许是世上的离别之人太多，所以宋代词人蔡伸呼吁：“天！休使圆蟾照客眠。人何在？桂影自婵娟。”

月亮阴晴圆缺的变化，既博得人们的关心和同情，又使人们联想到自身悲欢离合的命运，也成为诗人关注的主题。吕本中的《采桑子·别情》说：“恨君不似江楼月，南北东西。南北东西。只有相随无别离。　恨君却似江楼月，暂满还亏。暂满还亏。待得团团是几时？”此词很好地概括了人们的共同感受：月亮无处不在，常与人们相随。可是月亮的“暂满还亏”，却象征着人间的别多聚少，未免使人感到遗憾。饱受离恨之苦的周紫芝因而希望：“怎得人如天上月，虽暂缺，有时圆。”痛失爱妻的纳兰性德则伤心欲绝地说：“辛苦最怜天上月，一昔如环，昔昔都成玦。”是啊，圆满无缺的月亮每月只有一夜，其余的夜晚它都形如玉玦，这真是人间的一大恨事。赵翼有两句诗："天边圆月少，世上苦人多。"措辞远不如纳兰词句之美，意思则与之相近。西方人也对月亮的圆缺变化感到不满，不过他们联想到的不是人间的聚散。当罗密欧要凭着明月起誓时，朱丽叶赶紧打断他："不要指着月亮起誓，它是变化无常的，每个月都有盈亏圆缺。你要是指着它起誓，也许你的爱情也会像它一样无常！"

我说了这么多对缺月不满的话，其实月亮自身是不任其咎的，月相变化不过是周而复始的自然过程罢了。况且缺月虽然没有满月那样的光辉，但也有动人之处。苏轼词中说："缺月挂疏桐，漏断人初静。谁见幽人独往来，缥缈孤鸿影。"此时要是满月如环，反倒破坏了那种幽美的意境。即使单就形状而言，一钩弯弯的新月或残月也自有其审美价值。白居易的"露似真珠月似弓"就是描写新月的名句，我在农村时经常看到此景：乌蓝色的夜空中，一弯新月晶莹闪亮，农民说它像一把磨亮的镰刀。满月的光辉能照亮四周的一片天空，它自身的轮廓反而不够清晰。新月则不同，它与夜空的明暗反差极大，轮廓线绝无模糊之处，四周的星星也照样闪烁。卢仝写月蚀时的景色是"星如撒沙出，争头事光大"，其实新月如弓时的夜空也是如此，星月争辉，非常美丽。中国人认为满月象征着团圆，而新月或残月是有缺陷的月亮，当然不会使人产生这种联想。牛希济词云："新月曲如眉，未有团圞意。"当人们举首仰望一钩新月或残月时，相思之苦就更加使人愁肠欲断。正是在残月如钩的秋夜，李后主独自登楼，心中涌起缠绕如乱麻、利刃斩不断的离愁。试想如果他面对的是一轮满月，就可能产生“千里共婵娟”的念头，也许不至于愁肠寸断了。

月亮也是诗人用来纪时的最佳天象。东升西落的太阳可以用来纪日，行次有躔的岁星可以用来纪年，但前者太短，后者太长。月亮的盈亏用来纪月，时间长度正好适中，而且月圆月缺是最直观的天象变化，喜爱“流连万象之际”的诗人当然不会忽略它。岑参奔赴西域，在“平沙万里绝人烟”的大漠中艰难行役，叹息说：“辞家见月两回圆！”韦应物流宦滁州，盼望好友来访，寄诗说：“西楼望月几回圆？”白居易笔下的白头宫女被禁闭在上阳宫中，“莺归燕去长悄然，春往秋来不记年。唯向深宫望明月，东西四五百回圆”。我觉得如果从《上阳白发人》中把这四句抽出来独立成篇，就成了一首七绝佳作。那些“入时十六今六十”的不幸宫女，希望变成了绝望，青丝熬成了白发，她们曾度过多少个不眠之夜？恐怕只有天上的明月能作见证。“东西四五百回圆”一句使我非常感动，要多少辛酸的泪水，才能凝聚成这一句诗！

辛弃疾的《木兰花慢》是一首非常独特的咏月词。其小序说：“客谓前人诗词有赋待月，无送月者。”的确，古代诗人常写到明月东升，李白诗中有“待月月未出”“月出鲁城东”等句，杜甫诗中有“微升古塞外”“水面月出蓝田关”等句，《西厢记》中的“待月西厢下”更是脍炙人口的名句。李白的“明月出天山，苍茫云海间。长风几万里，吹度玉门关”则写月出后在天上的移动。写月落的诗当然也有，但一则为数较少，二则往往对月落之后的去处并不关心，比如杜甫的“落月满屋梁”“落月如金盆”，李益的“任他明月下西楼”。辛弃疾此词别开生面，专写落月的去处。诗人在中秋之夜痛饮达旦，眼看着一轮明月缓缓西沉，不禁陷入沉思：“是别有人间，那边才见，光影东头？”王国维称赞说：“词人想象，直悟月轮绕地之理，与科学家密合，可谓神悟。”汉代的天文学家张衡认为：“浑天如鸡子……地如鸡中黄，孤居于内，天大而地小。天表里有水，天之包地，犹壳之裹黄。天地各乘气而立，载水而浮。”看来辛弃疾信从此说，故以为月亮是行经海底再绕到东天的，下阕全从此点展开想象。撇开“直悟月轮绕地之理”的“神悟”不说，此词对月亮的关切之情也极为动人：当月亮行经海底时，月中的玉殿琼楼会被鲸鱼撞破吗？月中的玉兔怎么能潜水呢？如果说一切无恙，为何满月又渐渐变成一钩残月？逐一相问，絮絮叨叨，对月亮以及月中的玉兔、嫦娥乃至广寒宫的命运都极为关心，绵绵的爱意充溢于字里行间。明月有知的话，当把词人视为知己。

亘古如斯的明月啊，你不但见证了人间的爱情和相思，而且给世上的不幸之人带来了安慰。无论是琐窗朱户还是蓬户瓮牖，你都一视同仁地把清光洒向窗里的人们。无论人们飘荡到何处，你总是伴随着他们直到天涯海角。你是地球永远的伴侣，也是人类永恒的朋友，让我把李白的诗句改动一字，与你庄严订交：“永结有情游，相期邈云汉。”

（2005 年 1 月 11 日）

春夜喜雨

唐·杜甫

好雨知时节，当春乃发生。
随风潜入夜，润物细无声。
野径云俱黑，江船火独明。
晓看红湿处，花重锦官城。

赋得暮雨送李曹

唐·韦应物

楚江微雨里，建业暮钟时。
漠漠帆来重，冥冥鸟去迟。
海门深不见，浦树远含滋。
相送情无限，沾襟比散丝。

更漏子

唐·温庭筠

玉炉香，红蜡泪，偏照画堂秋思。眉翠薄，鬓云残，夜长衾枕寒。

梧桐树，三更雨，不道离情正苦。一叶叶，一声声，空阶滴到明。

夜雨寄北

唐·李商隐

君问归期未有期，巴山夜雨涨秋池。

何当共剪西窗烛，却话巴山夜雨时。

定风波

三月七日，沙湖道中遇雨。雨具先去，同行皆狼狈，余独不觉。已而遂晴，故作此词

宋·苏轼

莫听穿林打叶声，何妨吟啸且徐行。竹杖芒鞋轻胜马，谁怕？一蓑烟雨任平生。　　料峭春风吹酒醒，微冷，山头斜照却相迎。回首向来萧瑟处，归去，也无风雨也无晴。

杜甫说：“片云头上黑，应是雨催诗。”辛弃疾说：“山才好处行还倦，诗未成时雨早催。”为什么雨能激发诗人的灵感呢？显然，及时而适量的雨水是农耕时代的人们最盼望的事物。在甲骨文中，我们可以看到古人卜雨的卜辞：“癸卯卜，今日雨。其自西来雨？其自东来雨？其自北来雨？其自南来雨？”喜悦和盼望的心情跃然可感，这首卜辞可谓中国文学史上最早的喜雨诗。在《诗·小雅》中，我们多次读到农人对雨水的歌颂和期盼：“芃芃黍苗，阴雨膏之。”（《黍苗》）“有渰萋萋，兴雨祁祁。雨我公田，遂及我私。”（《大田》）“琴瑟击鼓，以御田祖，以祈甘雨。”（《甫田》）诗人本应关心民瘼，田间望岁的农人见雨而喜的心情自会感染诗人的情绪并激发他们的诗兴，后代的诗人也时常表达对甘霖的喜悦。王安石写过两首《元丰行》，前者说：“雷蟠电掣云滔滔，夜半载雨输亭皋。”后者说：“歌元丰，十日五日一雨风。”都把风调雨顺看作最大的祥瑞。南宋的曾幾在久旱得雨后喜而作诗：“一夕骄阳转作霖，梦回凉冷润衣襟。不愁屋漏床床湿，且喜溪流岸岸深。千里稻花应秀色，五更桐叶最佳音。

无田似我犹欣舞，何况田间望岁心！”他的学生陆游也曾作《喜雨歌》:“不雨珠，不雨玉，六月得雨真雨粟！”1062年，久旱的凤翔下了三天大雨，苏轼目睹了“官吏相与庆于庭，商贾相与歌于市，农夫相与抃于野，忧者以乐，病者以愈”的景象，就把刚落成的一座亭子命名为“喜雨亭”，并对友人说明其理由:“今天不遗斯民，始旱而赐之以雨，使吾与二三子，得相与优游而乐于此亭者，皆雨之赐也！”可见好雨还能给诗人带来实际的益处，难怪他们见甘霖而诗兴大发。然而淫雨会损害庄稼，还会影响人们的正常生活。754秋，关中大雨六十余日，正困居长安的杜甫叹息说:“禾头生耳黍穗黑，农夫田父无消息。城中斗米换衾裯，相许宁论两相值！”763年秋，蜀中淫雨不止，正在梓州的杜甫忧虑万分:“莽莽天涯雨，江边独立时。不愁巴道路，恐湿汉旌旗。”由此可知，从实际的角度来看，雨并不总是给人带来喜悦。事实上诗人们咏雨时也并不总是联想到地里的庄稼，杜甫和辛弃疾认为雨能催诗，另有原因。

那么，到底为什么雨能催诗呢?

我觉得应该归因于雨的审美价值。首先，雨是自然界的清洁工，经过雨水的洗涤，整个世界变得一尘不染，使人赏心悦目，心旷神怡。李白说“雨洗秋山净”，杜甫说“雨洗平沙净”，又说“雨露洗春芜”，岑参说“雨洗月色新”，韩愈说“长安雨洗新秋出”，白居易说“野绿全经朝雨洗”，又说“宿雨洗天津，无泥未有尘”，姚合说“夕雨洗苍苔”，杜牧说“疏雨洗空旷”，晚唐人李昌符说“新雨洗韶光”，皮日休说“雨洗清明万象鲜”，齐己说“夜雨洗河汉”……在诗人们的眼中，世间的一切景物，包括天上的“月色”和“河汉”，以及无形的“空旷”和“韶光”，都会经过雨水的洗涤而变得洁净、鲜明、亮丽，这当然使他们赞叹不已。

其次，雨景具有独特的审美价值，细微的雨丝织就一张轻盈的薄纱，被它笼罩的景物变得朦胧迷离、若隐若现，从而进入了诗的意境。李白赞美说：“空烟迷雨色，萧飒望中来。”岑参说“远峰带雨色”，吴融说“青林上雨色”，杜荀鹤说“四五朵山妆雨色”，晚唐诗僧法振说“山翠自成微雨色”，他们都认为隐藏在雨幕后的景物变得更加美妙。其实雨丝自身就优美如诗，李商隐说：“一春梦雨常飘瓦，尽日灵风不满旗。”杜牧说：“深秋帘幕千家雨，落日楼台一笛风。”杨万里说：“雨来细细复疏疏，纵不能多不肯无。似妒诗人山入眼，千峰故隔一帘珠。”试想烟雾般的春雨飘洒在屋瓦上，或雨丝像珠帘一样挂在窗前，这不是如梦如幻的诗境又是什么？

最后，无论雨点落在何处，总会发出美妙的声响。张继说：“萧萧茅屋秋风起，一夜雨声羁思浓。”晚唐的方干说：“着瓦雨声繁。”可见不管你是住在茅屋还是瓦屋内，总能听到屋顶上的萧萧雨声。台阶上承檐滴，从那里传来的雨声更是清晰可闻，何逊说“夜雨滴空阶”，温庭筠说“空阶滴到明”，都是显例。此外，张耒说“芰荷声里孤舟雨，卧入江南第一州”，元人徐再思咏夜雨的散曲说“一声梧叶一声秋，一点芭蕉一点愁”，荷叶、梧桐叶和芭蕉叶以及各种宽大的叶子，都能发出美妙的雨声。即使是枯荷败叶也有此功能，李商隐就说：“秋阴不散霜飞晚，留得枯荷听雨声。”当点点滴滴、富有节奏感的雨声传到诗人耳中时，怎不让他们诗思如潮？

杜甫的《春夜喜雨》是古今最好的雨之颂歌。曾幾、陆游等人的喜雨诗当然也很好，可惜它们的功利性过于强烈，语意也较浅显，不耐咀嚼。杜诗则不同，虽然它所歌颂的是被俗谚称为“贵如油”的春雨，而且开门见山就说“好雨知时节”，但诗中并未明言这场及时而至的春雨对庄稼如何有利，农人又如何欢欣鼓舞。诗人只说这是一场绵绵密密的细雨，它在夜色中随风而至，悄无声息地滋润了一切物体（当然也包括庄稼）。清人黄生评曰：“雨细而不骤，才能润物。又不遽停，才见好雨。”仇兆鳌则指出：“雨骤风狂，亦足损物。曰‘潜’、曰‘细’，写得脉脉绵绵。于造化发生之机，最为密切。”我在江南水乡种过六年地，对此诗深有会心。正是地里的麦子、油菜最需要雨水的时节，春雨便悄悄地降临了。这雨细密如丝，白天落在赵浜的水面上几乎不起涟漪。要是夜晚，它悄无声息地下了半夜，才会从茅檐上滴下水珠。农民最喜欢这样的春雨，称它为“养麦雨”。的确，经过细雨滋养的麦苗碧绿鲜嫩，蓬蓬勃勃，当你从田埂上走过时，仿佛可以听到麦苗拔节的“噼啪”之声。雨后的清晨，赵浜岸边的几株桃树繁花似锦，经过濯洗的花朵鲜艳明媚，花瓣上缀着细细的雨珠，让人由衷地钦佩杜诗中“红湿”二字的锤炼之工。陆游的“小楼一夜听春雨，深巷明朝卖杏花”两句也写出了春夜喜雨的心情，意境接近这首杜诗，可惜全诗的主题不是咏雨，不能入选本文。

然而诗人的心灵往往是敏感而脆弱的，绵绵不止的雨丝常会给他们带来伤感和忧愁，他们在这方面留下的名作远多于喜雨诗。

在古代的交通条件下，雨天肯定不利于出行。姜子牙出师遇雨，说那是“天洗甲兵”，当是事出无奈的自我安慰。普通人出行，谁愿意让滂沱的雨水来冲洗自己的行囊？可是诗人们大多性格古怪，行为乖戾，他们似乎很喜欢在雨天出行，或冒雨为他人送行。王维送别元二，是在“渭城朝雨浥轻尘”的时分。王昌龄送别辛大，是在“寒雨连江夜入吴”的次日清晨。宋初有人说“许浑千首湿”，许浑的送别诗更是与雨结下不解之缘：“尊前挂帆去，风雨下西楼”“箫鼓散时逢夜雨”“落帆江雨秋”“结束征车换黑貂，灞西风雨正潇潇”。晚唐皇甫松回忆往年的送别情景，也是发生在雨夜：“闲梦江南梅熟日，夜船吹笛雨萧萧，人语驿边桥。”王安石送别弟弟，挑了一个“荒烟凉雨助人悲”的日子。韦应物的举止更加典型，他不但自己选择“楚雨连沧海”的日子乘舟渡淮，而且在潇潇的暮雨中到江边送客，还别出心裁地以“暮雨”为题作诗送行，倒好像看中了绵绵雨丝的象征意义：“相送情无限，沾襟比散丝。”然而这是多么切合“黯然销魂”的送别场景：江雨霏霏，从建业城里传来了几声暮钟。苍茫的暮色与细密的雨丝交织成一张大幕，笼罩着整个江面。船帆、飞鸟、浩渺的江水、江岸上的树木，一切都处于昏暗、迷茫的氛围中，显得那样的沉重、模糊。诗人在此时来到江边送别友人，眼看着客舟缓缓地驶近，又渐渐没入暮色中的雨幕，心情肯定与四周的整个氛围一样“黯然”。难怪他别情无限，别泪如雨！

即使诗人们并不冒雨出行，也不在雨中送别他人，那淅淅沥沥、无休无止的雨丝也会使多愁善感的他们惆怅不已。秦观说：“自在飞花轻似梦，无边丝雨细如愁，宝帘闲挂小银钩。”词人为何让宝帘闲挂在银钩上？因为已有雨丝纵横交错地垂在窗前，也就不用再垂下帘幕了。如果此时暮色降临，雨幕就更加让人忧愁伤感。李商隐说：“楚天长短黄昏雨，宋玉无愁亦自愁。”这触绪无端的忧愁正来自那潇潇暮雨。况且人生于世，本来就多烦恼。试想一个愁楚满腹的人对着绵绵不绝的暮雨，情何以堪？天涯漂泊的柳永凭栏望远，“对潇潇暮雨洒江天”，乡愁更加难抑。南宋的李弥逊罢官后门可罗雀，看到“小雨丝丝欲网春，落花狼藉近黄昏”，心情倍觉抑郁。朱淑真婚姻不幸，喃喃自语：“把酒送春春不语，黄昏却下潇潇雨。”李清照孤身漂泊，反躬自问：“梧桐更兼细雨，到黄昏、点点滴滴。这次第，怎一个愁字了得？”

入夜后雨丝倒是看不见了，雨声却被万籁俱寂的夜衬托得更加清晰。唐玄宗奔蜀经过栈道，听到夜雨中夹杂着铃声，乃谱为“夜雨闻铃肠断声”的《雨霖铃》曲。林黛玉在潇湘馆中听到“雨滴竹梢”，写出了包括“谁家秋院无风入，何处秋窗无雨声”之句的《秋窗风雨夕》。生性豪放的杜牧虽曾戏问：“自滴阶前大梧叶，干君何事动哀吟？”仿佛不以雨声为意。但他独在异乡时就马上改口：“一夜不眠孤客耳，主人窗外有芭蕉。”还责问夜雨：“无端满阶叶，共白几人头？”陆游自称：“吾诗满箧笥，最多夜雨篇。”他虽曾写过雨夜的豪纵生活：“忆在锦城歌吹海，七年夜雨不曾知。”但更多的则是抒发寂寞情怀：“空阶雨声夜转急，壁疏窗破凄风入”，“点点滴滴雨到明，凄凄恻恻梦不成”。吕本中对连绵的夜雨甚感恼怒：“如何今夜雨，只是滴芭蕉？”薄命女子冯小青则对夜雨心存畏惧：“冷雨敲窗不忍听。”要问夜雨引起的忧愁有多少？请看李群玉的回答：“远客坐长夜，雨声孤寺秋。请量东海水，看取浅深愁！”

古今以夜雨为题的好诗、好词美不胜收，我最喜爱的两首出于晚唐的温、李之手。温庭筠是写闺情的高手，此词的主题是一位思妇在秋闺中独听夜雨。此词之妙全在描写夜雨的下片：三更正是夜深人静的时刻，偏偏在此时下起了夜雨，从窗外的梧桐树上传来了点点滴滴的雨声。“不道离情正苦”一句，无理而妙，它惟妙惟肖地表达了思妇的幽怨，而且出之以娇嗔的语气：“这不通人情的夜雨啊，全然不管人家正受着相思之苦的煎熬！”可是夜雨确实是不通人情的，它只管点点滴滴地落在梧桐叶上、台阶上，直到天明。不言而喻，那恼人的雨声，声声敲打在思妇的心头，使她彻夜未眠。

李商隐的诗比温词更胜一筹。温词是“男子而作闺音”的代言体，尽管它设身处地，体贴入微，但作者与词中的主人公终究隔着一层；李诗却是自写怀抱，直抒胸臆，也就更加真切感人。李诗的手法也与温词不同，它是以诗代柬的一封短信，故开门见山，明白如话，既不对夜雨做绘声绘色的刻画，也不对雨夜之凄凉做淋漓尽致的渲染。明人周珽分析说：“以今夜雨中愁思，冀为他日相逢话头，意调俱新。第三句应转首句，次句生下落句，有情思。盖归未有期，复为夜雨所苦，则此夕之寂寞，唯自知之耳。得与共话此苦于剪烛之下，始一腔幽衷，或可相慰也。”的确，“巴山夜雨”四字在诗中重复出现，第一次是眼前的真情实景，第二次则是揣想将来的回忆。虽然一实一虚，毕竟使读者加深了印象，觉得那真是绵绵不绝的一场夜雨。《楚辞·涉江》中说："山峻高以蔽日兮，下幽晦以多雨。"巴山高峻，又地处江边，本是阴晦多雨的地方。适逢秋夜，雨更是下得无休无止，以至于池水都明显上涨了。这夜雨上则笼罩着巴山，下则涨满了秋池，简直弥漫了整个的天地。诗人就在这样的雨夜写信答复远方的友人：你来信问我何日才是归期，可是我还没有确定的日期。不知何时我们才能相聚一室，共剪西窗之烛，共话今夜的巴山夜雨。这既是对友人的安慰，也是诗人的自我安慰。诚然，一段寂寞忧伤的经历一旦进入回忆，有时却会变成带有几分甜蜜的话题，这与北宋朱服所说的"而今乐事他年泪"出于同样的道理，李商隐自己也说过"此情可待成追忆，只是当时已惘然"的话。可是在此诗中，这种自我安慰反而把眼前的寂寥孤独衬托得格外深沉、浓郁，毕竟"共剪西窗烛"只是遥遥无期的希望而已，眼前的真实情景却是独对孤烛，独听夜雨。秋夕漫漫，夜雨潇潇，客怀离绪，人何以堪？

风雨在白天妨碍人们的出行，在夜晚触动人们的愁肠，诗人因而把它看作人生坎坷的象征。李商隐的《风雨》诗说"黄叶仍风雨"，正是感叹人生多舛。元稹在客舟中听雨："曾向西江船上宿，惯闻寒夜滴篷声。"杜荀鹤在旅舍中听雨："半夜灯前十年事，一时和雨到心头。"韩偓在春夜听雨："一夜雨声三月尽，万般人事五更头。"崔道融在秋夜听雨："一夜雨声多少事，不思也尽到心头。"无论在什么场合，无论在什么季节，诗人们在雨夜不约而同地想起了身世的凄凉。黄庭坚说“江湖夜雨十年灯”，正是对漂泊生涯的形象概括。陆游说“茅檐一夜萧萧雨，洗尽平生幻妄心”，正是壮志销尽后的黯然回首。清人南潜说“梧桐滴沥客心惊，秋雨能吹白发生”，正是对迟暮之感的生动刻画。到了今天，每当人们说起“风雨人生”，就是指一生中历尽坎坷。虽然曾有革命家号召我们主动地去“经风雨，见世面”，而且紧跟着他“在大风大浪中奋勇前进”，但我辈普通人哪能那样豪情万丈？普通人还是情愿选择风平浪静、太太平平的生活。然而人生不如意事，十常八九，我们在一生中实在很难躲避不期而遇的风风雨雨。那么，我们应如何对待人生道路上的风雨呢？

元丰五年（1082）三月七日，谪居黄州的苏轼在前往沙湖的途中遇到一场突然而来的风雨。由于没有随身携带雨具，同行的人都狼狈不堪，只有苏轼从容不迫地一边吟啸，一边徐徐前行。风雨骤至，穿林打叶，同时也吹打在行人身上。虽然没有雨具遮挡风雨，但苏轼手持竹杖，脚蹬芒鞋，步履轻快，毫无畏惧。为什么苏轼如此安详自若呢？原因就在于他的独特人生态度：“一蓑烟雨任平生。”苏轼此时四十七岁，自从二十五年前进士及第以来，他经历了丧母、丧妻、丧父的人生不幸，也经历了被诬外放、流宦各地的宦海风波。三年前，他经受了入仕后最沉重的一次打击，以“谤讪新政”的罪名被逮入狱，在“柏台霜气夜凄凄”的御史台狱囚禁了一百三十天，精神和肉体都受尽折磨，最后被贬到黄州。人到中年的苏轼已经阅尽人间沧桑，历尽人生坎坷，他把儒家“固穷”的坚毅精神、老庄轻视有限时空和物质条件的超越态度以及禅宗以平常心对待一切变故的观念有机地结合起来，炼就一付宠辱不惊、履险如夷的人生态度。这种执着于人生而又超然物外的生命范式蕴含着坚定、沉着、乐观、旷达的精神，使得苏轼身处逆境时不忧不惧，在遇到变故时处变不惊，不期而至的雨丝风片又能奈他何？况且世事多变，风云难测，风雨既然会突然而至，也就可能突然而去。果然，一番萧瑟之后，雨散云收，斜阳复出。待到苏轼踏上归途，回首眺望刚才风雨萧瑟的地方，那儿已是“也无风雨也无晴”。如果说风雨是人生坎坷的象征，晴朗是人生通达的象征，那么“也无风雨也无晴”就意味着平平淡淡的人生，也意味着平和、淡泊、安详、从容的君子人格。正是这种人格精神支撑着苏轼坚定而又潇洒地走过了六十多年的风雨人生，无论是在汴京的玉堂金殿还是海南的棘篱茅舍，他始终以不以物喜、不以己悲的态度对待生活。元符三年（1100）六月二十日之夜，历尽磨难、即将走到生命尽头的苏轼从海南渡海北归，他站在船头傲然长吟：“参横斗转欲三更，苦雨终风也解晴。云散月明谁点缀？天容海色本澄清。”仿佛与他十八年前所说的“也无风雨也无晴”遥相呼应。

我钦佩“一蓑烟雨任平生”的人生态度，我向往“也无风雨也无晴”的人生境界。虽不能至，然心向往之！

（2005年3月11日）

岁暮诗

南朝宋·谢灵运

殷忧不能寐，苦此夜难颓。
明月照积雪，朔风劲且哀。
运往无淹物，年逝觉易催。

终南望余雪

唐·祖咏

终南阴岭秀，积雪浮云端。
林表明霁色，城中增暮寒。

白雪歌送武判官归京

唐·岑参

北风卷地白草折，胡天八月即飞雪。
忽如一夜春风来，千树万树梨花开。
散入珠帘湿罗幕，狐裘不暖锦衾薄。

将军角弓不得控，都护铁衣冷难着。
瀚海阑干百丈冰，愁云惨淡万里凝。
中军置酒饮归客，胡琴琵琶与羌笛。
纷纷暮雪下辕门，风掣红旗冻不翻。
轮台东门送君去，去时雪满天山路。
山回路转不见君，雪上空留马行处。

逢雪宿芙蓉山主人

唐·刘长卿

日暮苍山远，天寒白屋贫。
柴门闻犬吠，风雪夜归人。

江雪

唐·柳宗元

千山鸟飞绝，万径人踪灭。
孤舟蓑笠翁，独钓寒江雪。

庄子说："朴素而天下莫能与之争美。"每当我面对雪景，就不由自主地想起这句话来。的确，雪花在空中随风飘洒，落地后随物赋形，若不是在放大镜下观察其精美的六角形造型，很难说它的外形有什么美。雪的颜色永远是单调的白色，也不如其他自然物那般绚丽多彩。然而，在大自然中，还有什么比雪更加美丽呢？正因其朴素，人们惊诧于雪之美，却不知如何来描写它。我上小学时，有一个同学在作文课上造出"雪白的雪"的句子，被老师批评了一顿。可是既然雪的皎洁晶莹是无与伦比的，我们又能用什么物体来比喻雪呢？东晋的谢安在雪天与子侄们谈论文学，看到雪花纷纷飘坠，欣然吟咏："白雪纷纷何所似？"侄儿谢朗说："撒盐空中差可拟。"侄女谢道韫接着说："未若柳絮因风起。"人们都认为谢道韫的句子远胜谢朗，并由此称才女为"絮雪才华"，连苏轼都说过"柳絮才高不道盐"。只有南宋的陈善在《扪虱新话》中指出谢朗所咏的是"米雪"，而谢道韫所咏的是"鹅毛雪"，"固未可优劣论也"。陈氏所云是学究的呆话，不足为凭。其实即使是谢道韫的句子，也不算十分高明。与其说雪花似柳絮，还不如说柳絮似雪花更为贴切，在一个好的比喻中，喻体应比本体更加鲜明生动才是。韩愈说："杨花榆荚无才思，惟解漫天作雪飞。"转而用漫天飞舞的雪花来比拟杨花，实胜于谢道韫的比喻。

诗人虽能"巧构形似之言"，他们在造物面前仍是相形见绌。面对着洁白、轻盈的雪花，他们绞尽脑汁也只想出了"雪似花"这么一个蹩脚的比喻，其首创权属于南朝的范云。范云与何逊联句，范云说："昔去雪如花，今来花似雪。"后人纷纷仿效，"雪似花，花似雪"地袭用不休。到了唐代，张说写道："去岁荆南梅似雪，今年蓟北雪如梅。"卢僎则说："上苑今应雪作花，宁知此地花为雪。"到了宋代，苏轼说："去年相送，余杭门外，飞雪似杨花。今年春尽，杨花似雪，犹不见还家。"吕本中又说："雪似梅花，梅花似雪，似和不似都奇绝。"模仿得较成功的是唐人描写飞雪的两首《春雪》诗，一首是刘方平写的："飞雪带春风，徘徊乱绕空。君看似花处，偏在洛城东。"另一首是韩愈写的："新年都未有芳华，二月初惊见草芽。白雪却嫌春色晚，故穿庭树作飞花。"才高气傲的韩愈和苏轼也不免模仿范云，可见用比喻的手法来写雪确实很难跳出前人的窠臼。中唐的李端曾别出心裁地咏飞雪："面市忽狂风。"用被狂风吹到空中的面粉来比喻飞雪，可称前无古人，然而又是多么煞风景！

1050年，欧阳修在颍州约客赋诗咏雪，规定不准用以下诸字："玉、月、梨、梅、练、絮、白、舞、鹅、银。""白""舞"二字可能是用来正面描写雪的颜色和形态的，其余的字都是用作喻体来比喻雪的。后来欧阳修的弟子苏轼仿效其师咏雪，又增加了几个不准使用的字如“盐、鹤、鹭、蝶”等，也大多是用作喻体的。苏轼称这种做法为“禁体物语”，就是禁用这些喻体，以增加写诗的难度，从而因难见巧，这应该是欧、苏的主要目的。事实上一旦使用这些喻体来咏雪，多半会像“雪似花”的比喻一样陷入蹩脚的境地，而且容易陈陈相因，这是否也是欧、苏故意避开它们的动机呢？南朝谢惠连的《雪赋》中颇用了一些欧、苏禁用的字眼，比如：“皓鹤夺鲜，白鹇失素。”又如：“白羽虽白，质以轻兮；白玉虽白，空守贞兮。未若兹雪，因时兴灭。”但谢氏运用它们都是着眼于否定的意义，以此反衬雪之无比美好，这正说明欧、苏避开此类字眼实在是聪明之举。

其实即使做到了“禁体物语”也不一定能写好咏雪诗，晚唐郑谷的《雪中偶题》就是一个明显的例子：“乱飘僧舍茶烟湿，密洒歌楼酒力微。江上晚来堪画处，渔人披得一蓑归。”此诗向来毁誉参半，苏轼本人对它的态度就很矛盾，他既说“渔蓑句好真堪画”，又说“此村学中诗也”。后人大多同意苏轼的后一种意见，如沈德潜说它“已落坑堑”，王渔洋甚至说它“俗下欲呕”。当然也有人对它颇为欣赏，如明人周珽就说：“诗中不见雪，而雪意宛然。”其实这正是欧、苏提倡的“禁体物语”的精神，宋人叶梦得批评郑诗“非不去体物语，而气格如此其卑”，也从反面说出了这一点。我觉得郑诗前二句写飘落中的雪，后二句写静止的雪，对雪的形貌刻画得相当生动，末句尤其“堪画”。但此诗的缺点也正在此，它仅写雪之貌而未得雪之神，而且所写的三处雪景彼此游离，全诗的意境不够浑成，未臻上乘。

也许正是因为雪的形态、色彩都很难描写，古诗中从正面写雪的佳作寥若晨星，试看王渔洋的意见：“余论古今雪诗，唯羊孚一赞，及陶渊明‘倾耳无希声，在目皓已洁’，及祖咏‘终南阴岭秀’一篇，右丞‘洒空深巷静，积素广庭闲’，韦左司‘门对寒流雪满山’句最佳。”晋人羊孚的《雪赞》仅四句：“资清以化，乘气以霏。遇象能鲜，即洁成辉。”此赞的着力之处在赞美雪的性质及精神，堪称遗貌取神。这正是晋人所崇尚的清谈之风的艺术表现，也符合王渔洋对神韵的要求。陶渊明、祖咏、王维、韦应物诸人的诗句也有类似的特点，而且都不是全篇咏雪的。沈德潜对后一点说得更清楚：“古人咏雪多偶然及之。汉人‘前日风雪中，故人从此去’，谢康乐‘明月照积雪’，王龙标‘空山多雨雪，独立君始悟’，何天真绝俗也！”的确，这些咏雪的名句都是“偶然及之”，它们在全篇中只是一个叙事、抒情的背景。

岑参的《白雪歌送武判官归京》中多处写到雪，而且不乏正面的描写，可是诗人的本意也是把雪当作送别的背景，正如清人章燮所说：“第一‘雪’字见送别之前，第二‘雪’字见饯别之时，第三‘雪’字见临别之际，第四‘雪’字见送归之后。”然而此诗依然堪称古今第一首雪诗，试看它展现在读者眼前的是多么奇特、多么美丽的雪景！在天寒地冻的西域，竟然出现了“千树万树梨花开”的明媚春光，真是想落天外，清人方东树赞曰：“奇才奇气，奇情逸发，令人心神一快。”他人写雪，多用梅花喻之，梅花本是在雪中开放的，诗人们容易把两者联想起来，例如初唐的东方虬咏春雪说：“春雪满空来，触处似花开。不知园里树，若个是真梅？”然而岑参力避陈熟，偏把满眼的玉树琼枝比作一夜春风后的千万树梨花，就“雪似花”这个比喻来说，岑参真的做到了化臭腐为神奇。当然岑诗的佳处绝不止于这个新颖鲜活的比喻，它接下去就入木三分地刻画大雪的效果，那就是刺骨的寒冷：眼中所见的是雪花入帘湿幕，肌肤所感的是裘冷衾薄。连狐裘锦衾都没有丝毫暖意，何况冰冷的铁衣！相比之下，苏轼在山东密州咏雪的“但觉衾裯如泼水”之句就是小巫见大巫了。岑诗的最后八句转入送别主题，仍然处处映带着雪：辕门外暮色苍茫，大片的雪花纷纷下落。“纷纷暮雪下辕门”一句中不说“飞舞”而仅用一个“下”字，以见雪片之大且重，表面上不动声色，细读却可见锤炼之功。当然，要是换了性喜夸张的李白，就要说“燕山雪花大如席”了。结尾写行客远去，只见雪地上一行行的马蹄印迹直到天边，诗人的惜别之情绵绵不绝，读者读到这里也会低回不已。此诗虽然用力渲染了雪天的严寒，却没有低沉消极的气氛；虽然生动地描写了雪天的送别，却没有凄凉悲苦的情绪。相反，诗人以充沛的笔力写出了塞外雪景的雄奇瑰丽，也以饱满的精神表达了守边将士的英风豪气。此诗对雪的描写淋漓酣畅，是一首笔歌墨舞的白雪赞歌。

祖咏的《终南望余雪》是他在 725 年参加进士考试时所写的省

试诗，按照规定，本该写四韵八句，但是祖咏只写了四句就交卷了。考官问他，他回答说：“意尽。”祖咏真该庆幸他生于唐代，真该庆幸他遇到了不拘一格取人才的考官：他交了一份在格式上完全不合格的试卷，竟然没有被黜落。清人吴乔称赞祖咏：“重意，不顾功令。”我也想赞扬当年的主考赵冬曦：“重才，不顾功令。”此诗的一个好处即在“意尽”，寥寥四句，已把题中应有之义完美地写出来了，此外无须再赘一字。终南山在长安城南边六十里，诗人身在长安眺望终南山，看到北岭峰顶的积雪浮现在云端。黄昏来临，暮色渐降，树林上方的山顶积雪在夕阳的斜照下闪亮，长安城里比往常的黄昏更加寒气逼人。此诗的另一好处是它用力渲染积雪给人的感觉，正如清人杨逢春所评：“‘明’字、‘增’字，下得着力，言霁色添明、暮寒增剧也，中有残雪之魂在。”“明霁色”“增暮寒”，都是诗人对积雪的感觉，如此写雪，才有了精神，有了生气，才能像清人徐增所评，使读者“闭目犹觉宛然也”。

柳宗元的《江雪》是古今传诵的咏雪名篇，从字面上看，它字字句句都是咏雪。清人李瑛说：“前二句不沾着‘雪’字，而确是雪景，可称空灵。”的确，千万座山峰间居然不见飞鸟的影子，千万条山路上居然不见行人的踪迹，不正是大雪弥漫的结果？这雪遮蔽了天空，覆盖了大地，使得整个天地融合为白茫茫的一片，广漠寥廓，渺无边际。只有一位身披蓑笠的渔翁驾着一叶扁舟，垂钓于大雪纷飞的寒江之上。明人顾璘评曰：“绝唱，雪景如在目前。”沈德潜评曰：“此等作真是诗中有画，不必更作寒江独钓图也。”他们都认为此诗描绘雪景生动如画，这当然是不错的。然而此诗的意义仅止于描绘雪景吗？徐增揣测诗人的心思：“当此途穷日短，可以归矣，而犹依泊于此，岂为一官所系耶？一官无味如钓寒江之鱼，终亦无所得而已，余岂效此翁者哉！”王尧衢亦分析说：“江寒而鱼伏，岂钓之可得？彼老翁独何为稳坐孤舟风雪中乎？世态寒冷，宦情孤冷，如钓寒江之鱼，终无所得。子厚以自寓也。”我觉得这两位清人的分析过于落到实处，难免穿凿，但是说此诗除描写雪景外别有寓意，则相当中肯。柳宗元三十二岁时无罪被贬，在荒僻寂寞的永州一住十年。诗人处境孤寂，心境凄凉，然而他对自己的人格操守和政治理想怀有充分的自信，从而形成了一种孤傲的性格。试想在如此严寒幽寂的环境里，群动皆息，万籁俱寂，竟有一位渔翁冒着漫天大雪独钓寒江，那不是“渔家傲”又是什么？尽管此诗用狮子搏兔之力刻画雪景，其画龙点睛之处却是一位神情孤傲的渔翁。当然，那渔翁也就是诗人自己。

谢灵运与刘长卿的两首咏雪名篇更是沈德潜所说的“偶然及之”。谢灵运在一个漫长的冬夜里想到万物易逝、年华难留，不由得百忧交集，辗转难眠。此时窗外北风哀鸣，积雪在月光下闪耀着寒光。“明月照积雪”一句所展示的意境晶莹剔透，幽雅清绝，堪称咏雪名句，后来孟郊的“月明直见嵩山雪”就受到它的启发。但是此句在谢诗中只是一个背景，是诗人心情的衬托。正如诗题所云，此诗的主题并不是咏雪而是岁暮之感。刘长卿的诗写雪夜投宿山家的过程，虽仅寥寥四句，但层次清晰，叙事明白，雪仅是这个过程中的一个点缀。然而唯其有了这场风雪，才凸显了旅途艰辛和山居荒寒，也为荒凉孤寂的山庄夜景增添了一点亮色。当我们在古诗中读到似曾相识的雪景描写时，眼前会浮现出一幅鲜明的画面。然而当我们读到恍若亲历的雪天感受时，心里就会产生强烈的共鸣。就感动读者的程度而言，那些用力描绘雪景的诗反而不如这些“偶然及之”的咏雪诗，至少我的阅读经历就是如此。

1976年，我在淮北农村逢到一场罕见的大雪。那年腊月，一连下了几天的鹅毛大雪，汴河农具厂院里积雪有两尺来深。一天停电，天色刚黑，我和几个知青伙伴就钻进被窝睡大觉了。那时我年近而立，却仍是一个“扎根农村干革命”的知青，本应在那个年龄段予以考虑的求学、成家对我来说都是遥遥无期的梦想。说也奇怪，我对自己的遭遇倒能逆来顺受，晚上头一挨枕就呼呼大睡，很少像谢灵运那样“殷忧不能寐”。半夜时分突然北风大作，我从梦中惊醒，看到玻璃窗上一片明亮。我坐起身来眺望窗外，原来一轮明月正悬在西边的围墙上方，清冷的月光洒满了整个院子，积雪晶莹闪亮，比白天更加美丽。这不正是谢灵运所说的“明月照积雪，朔风劲且哀”吗？我不由得兴奋起来，悄声吟诵谢诗。可是“运往无淹物，年逝觉易催”两句诗紧跟着涌上心头。是啊，眼下已进腊月，又一个年头即将过去，我很快又要增加一岁，前途茫茫，不知自己将何去何从？我思来想去，竟久久不能入睡，那真是一个漫长的冬夜。

二十年后的一个冬日，我坐长途汽车在韩国南部旅行。大雪纷飞，汽车走得很慢，天黑以后进入智异山。汽车沿着山间的公路缓缓地行驶，除了车灯照亮的路面，以及在车灯光中飞舞的雪花，四周一片昏暗。覆盖着积雪的山岭在夜色中闪着微光，尚能分辨冈峦起伏的轮廓。突然，车窗外出现了一个小山村，它安安静静地躺在远处的山谷里，低矮的农舍都成了戴着雪帽的“白屋”，从窗口漏出昏黄的灯光。我突然想起刘长卿的诗，虽说时辰已不是“日暮”，一片雪白的山岭也不能说是“苍山”；我坐的汽车只是远远地从山村旁边走过，根本不可能“柴门闻犬吠”；我与山村的居民素不相识，他们也不会把我看作“风雪夜归人”。总之，此情此景都与刘长卿的诗毫不相干，但那些诗句却顽固停留在我脑海里，挥之不去。更加奇怪的是，我竟然深受刘诗的感动，觉得他的诗就是为此刻的我而写的。我甚至暗暗希望我真是奔向那个小山村去的“风雪夜归人”，希望眼前真的出现“柴门闻犬吠”的情景。从那以后，我就更加喜爱这首短诗了。

那么，除了岁暮之感和羁旅之感以外，咏雪诗还有什么有价值的情感内蕴呢？雪景虽美，但只有衣食无虞的人才有心情去欣赏它。雪虽然是丰年的吉兆，但它使穷人寒冷难忍，还使旅途充满艰辛。1041 年冬季，天降大雪，时任枢密使的晏殊在西园置酒宴客，欧阳修在席上作《晏太尉西园贺雪歌》，结尾两句说：“须怜铁甲冷彻骨，四十余万屯边兵！”养尊处优的晏殊看了深为不满，认为欧诗是“作闹”，因为那扫了他赏雪的雅兴。其实大雪给戍边或行军途中的军士带来痛苦，自古就是诗人关注的主题。从《诗·小雅·采薇》中的“雨雪霏霏”，到曹操《苦寒行》中的“雪落何霏霏”，再到李白《北风行》中的“北风雨雪恨难裁”，举不胜举。大雪使穷人饥寒难忍，也常见于诗人的笔端。白居易笔下“可怜身上衣正单”的卖炭翁，竟在“夜来城外一尺雪”的严寒天气里“心忧炭贱愿天寒”。王令诗中的“饿者”，竟在“雨雪不止泥路迂”的时候“负席缘门呼”。范成大描写雪天沿街叫卖的小贩：“携箩驱出敢偷闲，雪胫冰须惯忍寒。岂是不能扃户坐？忍寒犹可忍饥难！”戴复古描写灾年穷人的窘状：“凛凛饥寒地，萧萧风雪天。人无告急处，闭户抱愁眠。”杜甫一生穷愁潦倒，杜诗中的雪也经常与饥寒相伴。他写过同谷荒山中的积雪：“黄独无苗山雪盛，短衣数挽不掩胫。”他还写过夔州严寒的雪天：“去年白帝雪在山，今年白帝雪在地。冻埋蛟龙南浦缩，寒刮肌肤北风利。”可见古人的咏雪诗常与民间疾苦有关，那样的作品当然感人至深。这方面表现得最突出的是被苏轼称为“郊寒”的孟郊，他咏雪的诗几乎都与饥寒相关。可是想到严羽曾说孟郊的诗“读之使人不欢”，我就不向读者一一介绍了。

（2005年3月17日）

曲江

唐 · 杜甫

一片花飞减却春，风飘万点正愁人。
且看欲尽花经眼，莫厌伤多酒入唇。
江上小堂巢翡翠，苑边高冢卧麒麟。
细推物理须行乐，何用浮名绊此身。

惜花

唐 · 韩偓

皱白离情高处切，腻红愁态静中深。
眼随片片沿流去，恨满枝枝被雨淋。
总得苔遮犹慰意，若教泥污更伤心。
临轩一盏悲春酒，明日池塘是绿阴。

东栏梨花

宋 · 苏轼

梨花淡白柳深青，柳絮飞时花满城。
惆怅东栏一株雪，人生看得几清明？

明代的王阳明与弟子们一起游山，一个弟子指着繁花盛开的树木问道：“天下无心外之物，如此花树在深山中自开自落，于我心亦何相关？”王阳明回答说：“尔未看此花时，此花与尔心同归于寂。尔来看此花时，则此花颜色一时明白起来，便知此花不在尔的心外。”人们常把阳明此论与英国贝克莱主教的“存在即被知觉”的命题相提并论，但我觉得王阳明并没有说无人观赏时深山里的花树便不存在了，他只是说其时此花“同归于寂”，须待有人来赏时才“颜色一时明白起来”，这倒符合我辈普通人的观念。试想若有一株花树在深山里自开自落，就像王维所写的那样：“木末芙蓉花，山中发红萼。涧户寂无人，纷纷开且落。”那不是“同归于寂”又是什么？1080年，刚到黄州贬所的苏轼在定惠院东边小山上的草木丛中发现了一株海棠，惊叹说：“江城地瘴蕃草木，只有名花苦幽独。嫣然一笑竹篱间，桃李漫山总粗俗。也知造物有深意，故遣佳人在空谷。”还想到海棠与自己一样，都是从西蜀流落到东土来的：“天涯流落俱可念！”正如纪昀所说，此诗“纯以海棠自寓，风姿高

明・项圣谟・蒲蝶图

秀，兴象微深”。在诗人看来，若不是他来此探看，则此株海棠独处深山无人赏识，岂不辜负了绝代风华！的确，如果地球上没有人类，那么即使到处是万紫千红，也只有意在花粉的蜜蜂会嗡嗡地绕花飞舞，花的审美价值也就不再存在了。

那么，人们爱花，是出于什么原因呢？最直接的原因当然是花的美丽：娇秀的姿态、鲜艳的色彩、馥郁的香气，都能最大程度地满足人们的爱美之心。梅尧臣甚至说“老树着花无丑枝”，只要有鲜花点缀，苍老的树木也顿时化媸为妍。可见花的魅力是何等巨大！植物学家告诉我们，地球上开花的植物多达二三十万种，除了生长在苏门答腊热带雨林中的大王花会散发出恶臭以外，其余的花都是赏心悦目的，它们遍布全球，香飘四季，把人类的家园装点得分外妖娆。

如今许多国家都有国花，许多城市都有市花，居住在不同地方的人们在赏花时各有所爱。中国的古人还曾着眼于花的象征意义而有所厚薄，北宋理学家周敦颐说：“菊，花之隐逸者也；牡丹，花之富贵者也；莲，花之君子者也。”我在赏花方面倒能做到兼收并蓄，比如周敦颐所说的三种花，我便都很喜欢。菊花虽然被隐士陶渊明抢先申请了专利，其实它是十分平民化的花，容易栽种，随遇而安，在篱边屋角的小块空地便能成活，还宜于盆栽，即使在狭小的阳台上也能凌霜怒放。我幼年时家中有一个小小的天井，父亲曾在那里栽过几株菊花。到了秋天，竟开了十来朵洁白的蟹爪菊，引得父亲诗兴大发，接连写了好几首咏菊诗。莲花长在水中，亭亭玉立而不可近观，与其说像君子，不如说像冰清玉洁的淑女。我平生见过的莲花都是连成一大片的，颜色则红多白少，就像杨万里所说的“接天莲叶无穷碧，映日荷花别样红”，但我更喜爱的却是陆龟蒙所咏的孤独的白莲：“无情有恨何人见，月晓风清欲堕时。”可惜我至今尚未能亲历其境，我一直盼着南京的玄武湖公园通宵开放，让我能在月晓风清的时刻去探望那儿的白莲。牡丹虽被看作“花之富贵者”，然而正像穷人并不讨厌钱财一样，我这种命定与富贵无缘的人也很喜欢牡丹。况且听说牡丹曾因忤逆武则天之淫威而遭受贬谪，可见它除了国色天香之外还有一副“威武不能屈”的傲骨。1986 年春，我跟随程千帆先生到洛阳参加唐代文学讨论会，有机会欣赏王城公园里繁花似锦的牡丹。我并不在意哪是姚黄、哪是魏紫，我只是在花团锦簇的浓丽春光中感到满心愉悦。我吟了一句欧阳修的“曾是洛阳花下客”，引得先生开怀大笑，师生二人便在牡丹花前照了一张合影。如今先生已故去多年，每当我翻出那张照片，当时的情景便历历在目。

我也喜爱各种默默无闻的花。我一向认为，只要我们仔细看花，尤其是那些细小的花朵，便能体会造物的伟大。南京的灵谷寺里有成片的雪柳，春暖花开，远远望去一片雪白。然而你走近细看，就会发现每一朵小花都是精美工巧的艺术品，雪白的花瓣、浅绿色的花蕊，玲珑剔透，姿态万千。而且，每一根枝条上都缀着成千上万朵的小花，它们都一样细巧，一样娇美，这是成于何等神奇的一双巧手！何况自然界的花千姿百态，在体积、造型、颜色、香味、开花的季节和环境等方面各不相同，那又需要何等伟大的力量来创造之！贺知章看到春天的万条柳丝，惊叹说：“不知细叶谁裁出，二月春风似剪刀。”我们同样可以追问：世间万紫千红的鲜花究竟是哪一双巧手剪裁出来的呢？

辛弃疾词云：“城中桃李愁风雨，春在溪头荠菜花。”我在江南水乡种地时，非常喜爱春天点缀在田野里的各种无名小花。那些小花以蓝、白二色为多，但也有淡紫或深红色的。它们大多是星星点点地散落在草丛里，但有时也簇拥成一大片。秋天的牵牛花也很可爱，它或白或蓝，花形像小巧的喇叭，把竹篱茅舍装点得秋色斑斓。甚至庄稼的花也有非常美丽的，比如蚕豆花，每个花瓣都是紫白相间，中间还有乌黑的一点，望去像是盈盈的笑眼。每当我坐在溪边的田埂上看着成片的蚕豆花，心中便涌起十分复杂的感受。春光浓丽，自己的青春却在无声无息地消逝。杜甫有诗云：“不是爱花即欲死，只恐花尽老相催。”便是我其时心情的确切写照。

正由于花色娇美，勾魂摄魄，古今中外的诗人便不约而同地把它想象成倾国倾城的绝代美女。即使是头巾气较重的宋人也不例外，李彭说“花如解语迎人笑”，汪藻说“桃花嫣然出篱笑”。王安石描写杏花在水中的倒影：“嫣如景阳妃，含笑堕宫井。”苏轼在黄州夜访海棠：“只恐夜深花睡去，故烧高烛照红妆。”周邦彦惋惜凋谢的蔷薇：“夜来风雨，葬楚宫倾国。”只有刻意求奇的黄庭坚曾以美男子来比喻酴醿花：“露湿何郎试汤饼，日烘荀令炷炉香。”金人王若虚便批评他“不求当而求新”，还讥讽说：“此花无乃太粗鄙乎！”其实黄庭坚那样写不过是偶然兴至，他咏水仙花时便恪守常规：“凌波仙子生尘袜，水上轻盈步微月。是谁招此断肠魂，种作寒花寄愁绝。”水仙是生长在清水中的名花，诗人因此把它想象成曹植赋中“柔情绰态”的洛神。那些水仙是友人王充道送来的，诗人便说她像轻盈的神女迈着“凌波微步”翩然前来。此诗辞美情深，摇曳生姿。那些动辄批评宋诗寡情少味的人，为何不读读宋人的咏花诗呢？

白居易诗云：“大都好物不坚牢，彩云易散琉璃脆。”吴融诗云：“月不长圆花易落，一生惆怅为伊多。”刘禹锡诗云：“但是好花皆易落，从来尤物不长生。”世间本多缺憾，花期短促便是最引人注目的一件。北宋诗人郭祥正说：“桃无十日花，人无百岁身。”元好问则叹息说：“九十花期能几许？”《水浒传》中的好汉石秀说过一句谚语：“人无千日好，花无百日红。”无论是十日、九十日还是百日，对花期短促的惋惜之情是一致的。其实有些花的花期连十日都不到，比如杜鹃、樱花、玉兰等，只开了几天便香消玉减，难怪林黛玉要为之悲叹：“明媚鲜妍能几时？一朝飘泊难寻觅！”生性敏感的诗人对此倍感痛苦，唯一的补救方法便是抓紧时机去赏花。韩愈曾诘问白居易：“曲江水满花千树，有底忙时不肯来？”晚唐的李昌符更直截了当地指出：“若待皆无事，应难更有花！”是啊，人生苦短，又难逃“百忧感其心，万事劳其形”的悲惨命运，为何不赶紧去看花呢？杜甫住在成都草堂的时候，生计无着，前途茫茫，但他还是乘着烂漫春光在江畔独步寻花。他看到一簇无主的桃花，觉得在深红、浅红两种花朵中难分甲乙：“桃花一簇开无主，可爱深红爱浅红？”他还乘兴敲开了邻居女主人的柴门：“黄四娘家花满蹊，千朵万朵压枝低。”那些境遇较好的诗人，更是爱花如狂。白居易说：“惆怅阶前红牡丹，晚来唯有两枝残。明朝风起应吹尽，夜惜衰红把火看。”李商隐说：“寻芳不觉醉流霞，倚树沉眠日已斜。客散酒醒深夜后，更持红烛赏残花。”苏轼说：“东风袅袅泛崇光，香雾空蒙月转廊。只恐夜深花睡去，故烧高烛照红妆。”三位诗人不约而同地举烛赏花，正与《古诗十九首》中所说的“昼短苦夜长，何不秉烛游”的精神如出一辙。然而秉烛夜游则可，秉烛赏花则不宜，因为大多数花卉在夜晚都是萎靡不振的，此时赏之，有何意趣？除了少数神经质的诗人以外，人们的赏花都是安排在白天的。

古今写赏花的好诗为数极多，我最喜欢的就是苏轼的《东栏梨花》。此诗写于1077年，当时苏轼正在徐州。柳絮飞舞，梨花满城，已是暮春时节。梨花一般在三月间开花，花期中正包含了清明佳节。诗人凭栏赏花，不由得感慨系之：人生苦短，且忧多乐少，一生中能逢几番良辰美景？“惆怅东栏一株雪，人生看得几清明”两句，与杜牧的“砌下梨花一堆雪，明年谁此凭栏干”相映成趣：后者写于初冬，故以梨花喻雪；前者写于暮春，遂以雪喻梨花，然而那种韶光难留的感慨却如出一辙。我相信当人们偶尔从繁忙的俗务中抽出空来与鲜花作短暂的相对时，心里都会有类似的感慨。

正如晏殊所说：“无可奈何花落去。”无论诗人如何苦苦挽留，如何百般惋惜，李贺所说的“桃花乱落如红雨”的情景总会来临。

“诗穷而后工”的原则在咏花诗中也同样准确，古往今来，咏花诗中的名篇竟有半数以上是咏落花的，要不是怕读者扫兴，我简直想把本文的标题改成“落花”。

诗人对待落花的态度，随其心境而有所不同，有时是轻微的感喟，如孟浩然说：“夜来风雨声，花落知多少？”李清照说：“知否，知否，应是绿肥红瘦。”有时则是沉痛的哀悼，如李煜说：“林花谢了春红，太匆匆！”辛弃疾说：“断肠片片飞红，都无人管，更谁劝、啼莺声住？”对惜花心情刻画得最深微的当推杜甫的《曲江》。758年春，杜甫正在光复不久的长安。此时他官居左拾遗，但已因言事得罪肃宗而被疏远。尽管他对唐王朝的中兴寄予厚望，自身却处于郁郁不得志的境遇。诗人心头烦闷，微薄的俸禄使他生计窘迫，总觉得街头的酒价太贵，偶尔得到了几百个钱，便邀上好友毕曜等人同买一醉。为了解闷消愁，他来到曲江欣赏春光。暮春时节，落红成阵，四十七岁的诗人顿觉韶光易逝，人生短促，不由得产生了及时行乐的念头。此诗前三句都用来写落花，这种异乎寻常的写法引得后人议论纷纷，宋末的方回说：“‘一片花飞’且不可，况于‘万点’乎？”清人查慎行说：“三句连用三‘花’字，一句深一句，律诗至此，神化不测，千古那有第二人？”清人蒋金式说：“只一落花，连写三句，极反复层折之妙。接入第四句，魂消欲绝。”的确，这三句诗是层层递进的关系：春色正浓之时，诗人忽然看到一片花瓣随风飘落，正如“一叶落知天下秋”，他敏感的心灵顿时一震，他觉得春色已经有所减损了。果然，紧接着便出现了

“风飘万点”的情景。诗人本来多愁善感，对此更是情何以堪？“正愁人”三字，简直是出于惊呼的口气，也暗示着诗人在这种情境中的百般无奈。后来秦观词云：“春去也，飞红万点愁如海。”辛弃疾词云：“惜春常怕花开早，何况落红无数！”都表达了同样的情感。正因如此，杜诗接下去便说要及时观赏即将落尽的残花，并且不惜为之痛饮。至此，诗人对落花的爱怜、惋惜之情表达得淋漓尽致，语气则一波三折，读之回肠荡气。梁启超称杜甫为“情圣”，谁曰不然？

韩偓以一首《惜花》诗而被清人吴乔称为“大家”，此诗也确实堪称落花诗中的名篇。如果说杜甫的《曲江》诗对落花充满了怅惋之情，那么韩偓的《惜花》诗表达的是沉痛之感。请看：高处的白色花瓣已经萎缩起皱，即将离枝而去；细腻的红花则盛极将衰，虽然静守枝头，却也愁态转深。待到风雨骤至，落花随着流水漂浮而去，尚留枝头的残花也在风雨中一片狼藉。诗人凭栏举杯，以酒送春，他的目光和心思都始终追随着落花的踪迹：落花飘落在洁净的青苔上，还能给人几分慰藉；如果坠落在污泥浊水之中，那就更使人伤心了。后人大多认为此诗别有寓意，如明人周珽曰：“悯时伤乱，往往寄之吟咏，此借惜花以寓意也。”清人的《唐诗鼓吹笺注》云：“此篇句句是写惜花，句句是写自惜意，读之可为泪下。”清人吴汝纶则云：“亡国之恨也。”虽然我们难以确认到底哪一种解读更加准确，或者竟是数者兼而有之，但可以肯定诗人所哀悼的不仅仅是落花。鲜艳的花卉本是自然界中最能使人一见钟情的尤物，它常常使人们联想起其他美好事物。顺理成章，落花也常常使人联想起其他美好事物的消逝，诸如一去不复返的青春年华和转瞬即逝的良辰美景。当林黛玉看到“花谢花飞花满天”时，她联想到的便是：“试看春残花渐落，便是红颜老死时。一朝春尽红颜老，花落人亡两不知！”当李后主悲悼“林花谢了春红，太匆匆”时，他联想到的便是：“胭脂泪，留人醉，几时重？自是人生长恨水长东！”

落花既然使人伤怀，人们便想方设法来躲避它，宋人李重元的做法是闭门不视：“欲黄昏，雨打梨花深闭门。”杜甫则想逃到醉乡中去：“不如醉里风吹尽，可忍醒时雨打稀。”正因落花具有如此丰富的联想空间，当垂老的杜甫在潭州重逢流落江南的著名歌手李龟年时，便把无限的感慨纳入一句诗：“落花时节又逢君！”清人何焯评此诗曰：“世运之盛衰，年华之迟暮，两人之流落，俱在言表。”清人黄叔灿则评此句曰：“多少盛衰今昔之思！”

虽然“流水落花春去也”的悲剧终究不可避免，诗人对花的深情却并不因此而稍减。王安石看到杏花纷纷飘落在幽静的钟山北陂，深感欣慰：“纵被春风吹作雪，绝胜南陌碾成尘。”陆游则认为即使飘落的梅花被碾成尘土也无损其芳洁的本性：“零落成泥碾作尘，只有香如故。”龚自珍甚至说落花化泥后仍然多情：“落红不是无情物，化作春泥更护花。”能有如此生死不渝的知己，落花有知，亦当嫣然含笑于九泉。

（2005 年 4 月 30 日）

诗·小雅·蓼莪

蓼蓼者莪，匪莪伊蒿。哀哀父母，生我劬劳。

蓼蓼者莪，匪莪伊蔚。哀哀父母，生我劳瘁。

瓶之罄矣，维罍之耻。鲜民之生，不如死之久矣。

无父何怙，无母何恃。出则衔恤，入则靡至。

父兮生我，母兮鞠我。拊我畜我，长我育我。

顾我复我，出入腹我。欲报之德，昊天罔极。

南山烈烈，飘风发发。民莫不谷，我独何害。

南山律律，飘风弗弗。民莫不谷，我独不卒。

游子吟

唐·孟郊

慈母手中线，游子身上衣。

临行密密缝，意恐迟迟归。

谁言寸草心，报得三春晖?

代小子广孙寄翁翁

宋·孔平仲

爹爹来密州，再岁得两子。
牙儿秀且厚，郑郑已生齿。
翁翁尚未见，既见想欢喜。
广孙读书多，写字辄两纸。
三三足精神，大安能步履。
翁翁虽旧识，伎俩非昔比。
何时得团聚，尽使罗拜跪。
婆婆到辇下，翁翁在省里。
大婆八十五，寝膳近何似？
爹爹与奶奶，无日不思尔。
每到时节佳，或对饮食美。
一一俱上心，归期当屈指。
昨日又开炉，连天北风起。
饮阑却萧条，举目数千里。

“五四”以来，“孝”这个词在伦理学上的意义每况愈下，后来几乎成为一个贬义词了。推究其原因，或许在于古代提倡孝道的做法大多欠妥，如汉代的举“孝廉”，晋代的鼓吹“以孝治天下”，都是以功名利禄来诱导人们行孝。世间的事情一旦与功名利禄沾了边，就一定会演变到虚伪、奸诈的地步。古人在这方面的理论宣传工作也做得不够好，《孝经》把“孝”分为“天子之孝”“诸侯之孝”“卿大夫之孝”“士之孝”“庶人之孝”等不同的等级，仿佛孝不是子女对父母发自内心的情感及其引起的个人行为，倒是各个层次的人对社会应尽的不同义务。历代儒者对《孝经》所作的注释则离题更远，唐玄宗所撰的“御序”中批评旧注“踳驳尤甚”，其实他自己的“御注”也不得要领。至于所谓的“二十四孝”中的行孝故事，则编得相当拙劣，有些甚至荒诞不经。久而久之，便引来了人们的反感乃至批判。“五四”的先贤们便对“孝”大张挞伐，还有人写了题为《非孝》的文章。其实他们锋芒所向的只是附着于“孝”上的封建意识诸如“父要子亡，子不得不亡”之类的谬论，并不否定这种出自人类本性的骨肉之爱。连鲁迅在那篇著名的《我们现在怎样做父亲》中都说:“父母生了子女,同时又有天性的爱,这爱又很深广很长久,不会即离。现在世界没有大同,相爱还有差等,子女对于父母,也便最爱,最关切,不会即离。”后来的某些革命者把“孝”视为洪水猛兽,尤其是那些“家庭出身不好”的革命者非要视父母为仇敌而后快,这实在离“五四”先贤的本意太远了。

我的看法相当简单,“孝”就是子女对父母(也包括祖父母等长辈的亲人)的爱以及由这种爱引起的行为,我还认为古代儒家把孝道视为一切人伦道德的出发点也是完全合理的。众所周知,儒家的核心精神是一个“仁”字,而儒家在倡导仁爱精神时有一个重要的特点,就是把这种精神归因于人的自然本性。儒家认为人的本性是善良的,一切道德都是这种善良本性的自然流露,故孟子说:“仁义礼智根于心。”儒家还认为人对别人的爱应该是有差等的,应该是逐步推广的,故孟子又说:“老吾老以及人之老,幼吾幼以及人之幼。”与墨子的兼爱说相比,儒家的仁爱精神更加切实可行,因为要求人们毫无差等地爱一切人,那显然是高而不切的。与西方基督教的博爱学说相比,儒家的仁爱精神更加自然、纯正、合理,因为它不是对神灵意志的服从,也不是对先人原罪的赎买,更不是对天国入场券的预付。“孝”即对父母的爱,正是孟子所谓“老吾老”的出发点,这样的爱是发自内心的,毫无伪饰或浮夸。“老吾老以及人之老”这种由己及人、由近及远的情感延伸是内心思绪的真实流动，它不需要任何矫情与强制。只有出于真诚的情感才可能达到深挚的程度，只有合于人类天性的道德追求才可能普适于大众，儒家强调“以孝为本”的道德追求所具有的非宗教性也即人间性，正是中华文化的民族特征之一，我们有什么必要对它弃之若敝屣呢？如果一个人连自己的亲生父母都不爱，还能指望他会对其他人有仁爱之心吗？有些人声称他们不孝敬父母却爱国家、爱民族，我觉得那些人非大奸欺世即大愚受人之欺，我对他们避之唯恐不及。

“孝”就是对父母的爱，这本是人间最纯朴、最美好的一种情感，古代的抒情诗人当然不会放过如此美好的主题。《蓼莪》抒写诗人对自己未能报答父母养育之恩的愧恨心情，晋代的王裒因其父死于非命、自己未及孝养，每次读到“哀哀父母，生我劬劳”的句子，便痛哭流涕，不能终篇，后来他的门人甚至不再诵习此诗。王裒是以“闻雷泣墓”的事迹而被后人列入“二十四孝”名单的，但最能引起我共鸣的却是他阅读《蓼莪》时的心情。

我是个不幸的人，我的父亲在“文革”中死于非命。十多年后，我的母亲也因病去世，如今他们一起长眠在钟山南麓的密林中。父亲和母亲都是善良忠厚的草根百姓，他们一生勤劳，千辛万苦地把我们兄妹四人抚养成人，却未能享受应有的晚年幸福。我也像王裒一样怕读《蓼莪》这首诗，我一读到“哀哀父母”的句子，心头便会浮现出双亲的身影。我还怕看到别人家里的白头偕老的老夫妇，有一次我在苏州平门汽车站外看到一对老夫妇，两人都是满头银发，互相搀扶着慢慢地走过去。泪珠突然涌进我的眼眶，在模糊的泪光中，我觉得他们的背影很像是我的父母，要是父母也活到这么大年纪的话！

1984年10月22日上午，我在南京大学顺利通过了博士论文答辩。那是中国内地第一次文学博士论文答辩，系里把答辩会办得很隆重，组织了一个堪称豪华阵容的答辩委员会，除了导师程千帆先生外，还有钱仲联、唐圭璋、徐中玉、舒芜、霍松林、傅璇琮、管雄、周勋初等八位委员，到场旁听的中文系师生和来宾则有二三百人。等到白发苍苍的答辩委员会主席钱老当众宣布我的论文答辩全票通过时，全场掌声雷动，镁光灯不停地在我眼前闪耀。会后我高兴地回到家里，一千个日日夜夜的紧张学习终于有了结果！突然，我想起今天的答辩现场有一个最重要的人缺席了，他就是我的父亲！父亲生前最重视我的学习，他虽然自幼聪颖过人，却因家境贫寒而少年失学，便把全部希望都寄托在我们兄妹四人身上。我是长子，较早在学习上崭露头角，父亲便对我格外寄予厚望。我清清楚楚地记得每当我把奖状或写着优秀成绩的成绩单交到父亲手里时，他总是捧在手里细细地观赏，眼睛里闪耀着喜悦的泪花。当我获得了全县中学生数学竞赛冠军以及考上了苏州高级中学那样的名牌学校时，父亲更是兴奋得几天睡不好觉。即使到了他生命的最后关头，他的精神状态已经陷入绝望的泥潭而难以自拔了，他偶尔也为我能在困苦的环境中坚持自学感到欣慰，他清楚地感觉到我的学养已经远远地超过高中毕业生的水平了。要是父亲能活到今天，要是他能亲临今天的答辩现场，亲眼看到他寄予厚望的儿子终于学有所成，他该会如何喜悦、激动？他会不会觉得他栉风沐雨的一生辛苦没有白费？他会不会写出一首平生从未写过的“快诗”？……可是历史是不能假设的，已经发生的事实是无法改变的，父亲早已长眠不起，他再也不能与我分享今天的喜悦了！想到这里，我悲从中来，难以自抑，便放声痛哭。男儿有泪不轻弹，我平生很少流泪，即使无故遭受别人的凌辱、刁难，即使生活中的坎坷和挫折接踵而至，也从未哭过。想不到今天在成功的喜悦中反会失声痛哭。妻子下班回家，发现我脸上尚余泪痕，并猜到了我哭泣的原因，便劝慰我说父亲在泉下一定会对我的成功感到欣慰。我其实并不是感情用事的人，我也想冷静下来用理智劝慰自己，妻子的一番话我也曾在心头想过，可是当悲痛的狂潮奔涌而来时，理智的堤坝便一冲而溃。烙在我心头的创伤，恐怕是永远无法弥合了！在遥远的古代唱出《蓼莪》的那位无名诗人已经先得我心：“哀哀父母，生我劬劳！”

孟郊的《游子吟》则是感人至深的短诗名作。古往今来，多少诗人歌咏过母爱？可是孟郊这首寥寥三十字的短诗仍被推为绝唱，原因很简单：真挚才是天下之至情，朴素才是天下之至美。直到今天，“三春之晖”仍是人们用来形容母爱的最好词汇，它的艺术感染力抵得上一般作品的万语千言。我也曾东施效颦地用这个词汇来形容母爱，那是写于二十多年前的一首小诗，即《南京车站送母东归》：“又作异乡别，石城寒雨霏。贫家多聚散，微愿每乖违。梦绕故园路，泪沾新补衣。此身犹寸草，何以报春晖？”那时我还在跟程千帆先生读研究生，程先生规定我们要练习写诗，我就把这首小诗当作一次“窗课”交给先生了。我的习作往往被程先生批评得体无完肤，而且经常得到措辞严厉的评语，这首小诗却意外地得到了程先生的称赞：“此诗佳，似大历。至情至文，此等是也。”我当然明白程先生这么说无非是为了不让我泄气，以鼓励我继续练习写诗。我的这首小诗绝对称不上一个“佳”字，但说它出于“至情”，我自觉当之无愧。那时辛劳了大半辈子的母亲已经退休，正与我的幼妹生活在一起。有一次母亲到南京来看望我的外婆，顺便到南京大学的宿舍里为我整理整理衣被。几天后我到火车站送母亲东归，风雨凄凄，我的心情也与天气一样凄凉。我站在月台上望着头发花白的母亲的身影随着移动的车窗渐渐远去，想到自己年过三旬，却尚是一个依靠每月三十几元助学金生活的研究生，平生要想让母亲安度晚年的小小心愿不知到何年何月才能实现，心中便充满了失意和怅惘。我忽然想起清人黄仲则的《别老母》：“搴帷拜母河梁去，白发愁看泪眼枯。惨惨柴门风雪夜，此时有子不如无！”我觉得有满腹的话需要倾吐，就写出了这首小诗。不幸的是诗中“微愿每乖违”一句后来竟成了“诗谶”！几年后我毕业留校任教了，但是居室狭小，收入低微，孩子幼小，母亲虽然时时到南京来与我们同住，却总是住不安稳。我好不容易熬到了经济上不再捉襟见肘、居室也稍为宽敞一些的地步，母亲却患了癌症，不久就与我们永别了。不断的失望终于变成了绝望，我永远无法报答母亲的三春之晖了！有的友人对我平时很少露出笑容感到奇怪，其实原因很简单：

我心中对于幸福的感觉已经麻木不仁了。今生今世，我不可能享受到圆满的幸福了！

正因如此，我读孔平仲的诗时心情十分复杂。一方面，我喜爱这首明白如话的诗，全诗对小孩子的口吻模仿得惟妙惟肖，对父母和祖母的思念之情表达得淋漓尽致。诗中絮絮叨叨地叙述孩子们的近况，正是出于对父母心理最深切的体贴。末尾四句所写的情境也非常感人，岁暮风寒，对炉小酌，此时此刻多么希望能与亲人相对而饮！可是亲人却远在千里之外，极目远望，徒增怅惘。真正的好诗都产生于普通人的日常生活，可惜现代的诗人们离这个平凡的诗国越来越远了。另一方面，我读这首诗时常会怅然若失。这种心情有点像春秋时郑伯对颍考叔所说的："尔有母遗，繄我独无！"也有点像苏东坡赠给黄山谷的诗句："羡君怀中双橘红！"我羡慕孔平仲父母双全，虽然暂时离别，尚可鱼雁传书，尚有相聚欢会的机会，我却早已父母双亡了。我在天寒岁暮时偶然也会独自小酌，却只能思念泉下的双亲了。父亲生前是很喜欢喝酒的，可惜家里贫穷，只能偶尔就着几碟小菜喝上一杯。如今每逢除夕之夜，我和妻子都要整治一桌酒菜来祭奠父母。烛光摇曳，香烟袅袅，我和妻子、女儿朝着父母的座位行过礼后，便默默地站在一边。每当此时，我眼前便会浮现出幼时全家人围坐一桌吃年夜饭的欢乐场面，欧阳修父亲的两句名言就涌现在心头："祭而丰，不如养之薄也。""昔常不足，而今有余，其何及也！"我凝望着那两把空空如也的椅子，潸然泪下。

我希望读者朋友从《蓼莪》等三首诗中得到熏陶，从而更加敬爱自己的父母。我也希望读者朋友把赡养父母视为人生的一大幸福，并永远珍惜这种幸福，这是一个已经失去这种幸福的人对你们的衷心祝福。

（2004 年 9 月 5 日）

儿女

寄东鲁二稚子

唐·李白

吴地桑叶绿，吴蚕已三眠。
我家寄东鲁，谁种龟阴田？
春事已不及，江行复茫然。
南风吹归心，飞堕酒楼前。
楼东一株桃，枝叶拂青烟。
此树我所种，别来向三年。
桃今与楼齐，我行尚未旋。
娇女字平阳，折花倚桃边。
折花不见我，泪下如流泉。
小儿名伯禽，与姊亦齐肩。
双行桃树下，抚背复谁怜？
念此失次第，肝肠日忧煎。
裂素写远意，因之汶阳川。

示三子

宋·陈师道

去远即相忘，归近不可忍。
儿女已在眼，眉目略不省。
喜极不得语，泪尽方一哂。
了知不是梦，忽忽心未稳。

母爱是许多动物的本能，哺乳期的动物因此变得凶猛异常。《汉书·酷吏传》记载了一首民谣，形容酷吏宁成之可畏：“宁见乳虎，无直宁成之怒。”颜师古注释说：“猛兽产乳，养护其子，则搏噬过常。”我很幸运，没遇见过哺乳期的老虎或其他猛兽，但曾见过勇猛地保护下一代的母鸡。那事发生在皖北一个小农具厂的院子里。一只母鸡正带着一队鸡雏在院子里觅食，突然从大门外跑进一条小狗。小狗看到鸡雏，便“汪汪汪”地吠叫着，朝它们奔过来。母鸡顿时“怒发冲冠”，全身的羽毛都直竖起来瑟瑟地抖动着，两翅虚张声势地伸展开来，使它的体积一下子扩大了一倍。母鸡先是用身体挡住小狗的去路，接着便向小狗一顿猛啄，嘴里还发出“呼哧呼哧”的威胁之声。也许是这只母鸡的样子活像一个怪物，也许是那只小狗初出茅庐尚无经验，小狗竟然害怕起来，先是一步步地向后退缩，然后一个转身，一路哀鸣着逃出了院子。然而动物的母爱毕竟只是一种本能，那种魔咒般的母爱很快就会消失，没听说有哪种动物的母爱能维持终生的。农具厂院里那只英勇的母鸡不久便对它的孩子不理不睬，甚至在争食时伸嘴去啄它们了。

人类就不同了。在人类的各种感情之中，母爱和父爱是最为普遍、最为真挚、最为无私、最为持久的。即使到了今天，孝敬父母的人已如凤毛麟角，忠于爱情的人也已寥若晨星，但是很少听说有谁不爱自己的儿女的。《红楼梦》里的《好了歌》最后一节说："世人都晓神仙好，只有儿孙忘不了。痴心父母古来多，孝顺儿孙谁见了？"可见在曹雪芹的时代就已如此，倒也不是到了今天才人心不古。

为什么父母对儿女的爱竟会达到"痴心"的程度？心理学家和伦理学家提出了许多复杂的解释，但我觉得最深层的原因就在于儿女本是父母生命的延续，爱儿女实际上就是珍爱自己的生命，谁会不珍爱自己的生命呢？《三国演义》中的夏侯惇被敌人射中眼睛，拔箭时用力过猛，竟把眼珠带出来了，于是他把眼珠一口吞下，大呼："父精母血，不可弃也！"就说出了这个道理。儿女是"父精母血"的结晶，是父母机体的一个组成部分，父母死后，他们的一部分机体却继续生存着。代复一代，就组成了一条永恒的生命之链。虽说世上的父母在生儿育女时未必想到这个道理，但他们在潜意识中肯定对此若有所悟。古人说："不孝有三，无后为大。""无后"就是使世代相传的生命之链中断了，从深层意义上说，这无异于谋杀了先人，所以被列为"不孝"之最大者。孔子对"始作俑者"深恶痛绝，咒骂他们："其无后乎！"民间最恶毒的诅咒是"断子绝孙"，都是着眼于此。希腊神话中的美狄亚向变心的丈夫伊阿宋实施报复，最致命的一招便是杀死他俩的亲生儿女，这无疑是世间最毒辣的复仇手段，伊阿宋看到孩子的尸体后果然绝望地自杀了。反过来，正常的父母肯定会把自己对人生的期望寄托在儿女身上。试看如今五十多岁的这一代人，他们中的多数人曾遭遇“文革”，以至于岁月蹉跎，一事无成，便转而对儿女寄予厚望。他们的口头禅是:“只要儿女有出息，我们再苦也心甘！”他们把自己未能实现的人生理想当作一根接力棒，郑重地交到儿女手中了。

古人也许没有这么强烈而清晰的功利观念，古代的诗人只是深情地歌咏着他们对儿女的诚挚感情。李白性格豪放，四海为家，可是当他想起寄养在东鲁的一对幼儿，却泪流如泉。“双行桃树下，抚背复谁怜？”怜爱、关切、内疚……万千思绪都在这两句朴实无华的诗句中倾泻出来，感人至深。陈师道是个苦吟诗人，写诗时连家中的猫狗都要逐出门去，过度的字斟句酌常常损害了诗歌的流畅性。这首《示三子》却一气呵成，明白如话。久别重逢的小儿女，面目已经难以辨认。惊喜之极，万千话语竟不知从何说起。泪流如雨，然后才破涕为笑。明知不是梦里相见，却心绪恍惚不敢信以为真。……多么复杂的心情，多么曲折的思绪，又是多么简洁的句子，多么朴素的语言！我坚定地认为，仅仅凭着这一首诗，陈师道就有资格在中国诗歌史上占有一席之地。离愁别恨本是中国古典诗歌中最重要的主题，对儿女的思念最能使人柔肠百结，李白和陈师道的诗不约而同地把这两个主题结合起来了，它们的成功当非偶然。在这方面也许蔡文姬的《悲愤诗》更为震撼人心，当文姬归汉时，她

宋・苏汉臣・秋庭戏婴图

必须抛弃在胡地生的两个儿子，“天属缀人心，念别无会期。存亡永乖隔，不忍与之辞。……见此崩五内，恍惚生狂痴。号泣手抚摩，当发复回疑”。那一段描写真是令人不忍卒读。但是那种悲剧是特殊历史背景下才会发生的，一般人很难有那样的遭遇，还是李白和陈师道的作品更有典型意义。

被梁启超称为“情圣”的杜甫是一位慈爱的父亲。一部杜诗，写到儿女的作品相当多，其中最使我感动的细节是他与儿女的离别和重逢。安史乱起，杜甫被叛军关押在沦陷的长安。一个寂寞的秋夜，他抬头望月，想起远在鄜州羌村的妻子儿女，吟出了下面的诗句：“今夜鄜州月，闺中只独看。遥怜小儿女，未解忆长安。”儿女太幼小了，还不懂得想念远在长安的父亲，更不懂得父亲正处于危难之中。在这兵荒马乱的年头，年幼的儿女与孤立无助的妻子在遥远的穷乡僻壤相依为命，这怎能不使诗人愁肠九转！一年以后，九死一生的诗人终于回到羌村探亲，见到了自己的儿女：“平生所娇儿，颜色白胜雪。见耶背面啼，垢腻脚不袜。床前两小女，补绽才过膝。海图坼波涛，旧绣移曲折。天吴及紫凤，颠倒在裋褐。老夫情怀恶，呕泄卧数日。那无囊中帛，救汝寒凛栗。粉黛亦解苞，衾裯稍罗列。瘦妻面复光，痴女头自栉。学母无不为，晓妆随手抹。移时施朱铅，狼籍画眉阔。生还对童稚，似欲忘饥渴。问事竞挽须，谁能即嗔喝？翻思在贼愁，甘受杂乱聒。”儿女们蓬头垢面，衣不蔽体，全亏诗人带回家的一些用品雪中送炭，使他们暂时免除了饥寒之苦。孩子毕竟是天真烂漫的，他们很快恢复了活泼的天性，小女儿竟然学着母亲的样子自己动手梳妆起来，把眉毛画得一片狼藉。他们还争着撒娇，扯着父亲的胡须问长问短。诗人却一点也不生气，他回想起被叛军关押时的忧愁，于是心甘情愿地忍受儿女的聒噪！

我对“甘受杂乱聒”一句有特别深切的体会。1986年，我前往美国哈佛大学访问。本来我准备带妻女同行的，哈佛燕京学社的秘书还特地为女儿准备了一张小床。后来妻子没有被批准随行，女儿也随着妻子留在南京。我在美国的一年里非常思念家人，尤其思念只有三岁的女儿。那时南京的家中没有电话，更没有电子信箱可用，我只能常常与妻子通信。女儿不会写字，便在信笺上胡乱画上几笔充数。有一次她把左手摊在信笺上，右手握着铅笔描下小手的轮廓，她把线条画得弯弯扭扭的，我端详了半天也没看出画的是什么，就回信去问妻子是画的面条吗？此事后来成为妻子和女儿常常提起的笑柄。还有一次妻子寄来一张相片，是母亲、妻子和女儿在中山陵的合影。妻子眉尖若颦，女儿则乖乖地斜倚在她奶奶身上，一点也不像以往那样调皮。我久久地凝视着这张照片，恨不得马上飞到她们身边。几个月后，妻子终于托人捎来一盘录音磁带。我赶忙借了一台录音机来听，内容是妻子和女儿坐在月光下面的对话。女儿絮絮叨叨地说着她的见闻，幼儿园里的阿姨说了什么话，某个小朋友做体操时扭伤了脚，等等。她还唱了几首歌，说是妈妈让她唱给月亮婆婆听，然后再让月亮婆婆捎给爸爸的。我听着女儿奶声奶气的歌声，心里满是她那小小的身影。一年以后，我回到南京。

正逢暑假，我和女儿整天待在家里。女儿从早到晚缠着我，一会要我讲故事，一会要我和她一起看小画书。我们玩得最好的是合作画图，我用黑铅笔画好轮廓，她再用蜡笔涂颜色。一开始她总是涂得浓墨重彩，颜色常常溢出轮廓的边线。渐渐地她便得心应手了，我们的作品有了明显的进步。每天傍晚妻子下班回家，女儿便捧了那张画站在门口欢迎，然后便得意洋洋地听妻子的赞美。一连三十多天，我的耳朵里充满着女儿的声音。她说话又喜欢重复，招呼我时总是一叠连声的“爸爸、爸爸、爸爸……”用杜甫的话说，这真可算是“杂乱聒”了。可是我多么喜爱这样的聒噪啊！从此我爱上了“甘受杂乱聒”这句杜诗。

在正常的状态下，父母总是与儿女生活在一个屋檐底下的，父母对儿女的感情主要体现为日常生活中无微不至的关爱，更体现为对儿女的未来的美好祝愿。战国时代赵国的惠文后很喜爱她的女儿，女儿远嫁燕国，登车出发之际，惠文后拉住女儿的脚后跟痛哭，舍不得与她离别。可是日后每当惠文后从事祭祀时，却总要祝愿：“千万不要让女儿回来啊！”原来那时凡是嫁到别国当王后的女子，只有在后位被黜或国家灭亡后才能回归故国。为了女儿的幸福，赵惠文后也就情愿忍受思念骨肉却无法相见的痛苦了。可见父母对儿女的爱是最纯洁无私的，正如鲁迅所说：“只要思想未遭锢蔽的人，谁也喜欢子女比自己更强，更健康，更聪明高尚，——更幸福。”

父母与儿女的离别最使人牵肠挂肚，李白、杜甫和陈师道的诗正是把父母对儿女的爱通过离别这个特殊的角度做了凸显、浓缩，所以感人肺腑，值得一读。亲爱的读者朋友，如果你曾经有过或正处于与儿女离别的经历，这些诗篇会给你带来同病相怜的安慰。如果你正与儿女团聚在一起，这些诗篇会使你更加珍惜眼前的幸福。即使你还没有为人父、为人母，这些诗篇也会使你更真切地体会到父母对你的爱有多么深沉。假如你正在远离父母的地方学习、工作，就请给他们多写几封信、多打几次电话吧，有道是“可怜天下父母心”啊！

（2004 年 9 月 2 日）

骄儿诗（节录）

唐·李商隐

青春妍和月，朋戏浑甥侄。
绕堂复穿林，沸若金鼎溢。
门有长者来，造次请先出。
客前问所须，含意不吐实。
归来学客面，闟败秉爷笏。
或谑张飞胡，或笑邓艾吃。
豪鹰毛崱屴，猛马气佶傈。
截得青筼筜，骑走恣唐突。
忽复学参军，按声唤苍鹘。
又复纱灯旁，稽首礼夜佛。
仰鞭罥蛛网，俯首饮花蜜。
欲争蛱蝶轻，未谢柳絮疾。
阶前逢阿姊，六甲颇输失。
凝走弄香奁，拔脱金屈戌。
抱持多反倒，威怒不可律。

早早诗（节录）

当代·沈祖棻

随母休沐归，相亲复相扰。
夺帚争扫地，脱衣唤洗澡。
玩水瓶自灌，弄火锅空烤。
倒罐更翻篮，到处觅梨枣。
帐竿当竹马，手杖满地捣。
凌空学杂技，一跌意未了。
吓人装老虎，怒吼势欲咬。
打狗踢苕猪，不怕舞牙爪。
偷攀自行车，大哭被压倒。
婆魂惊未定，儿身痛已好。
一晌转安静，向人索纸稿。
移凳伏书桌，画鱼又画鸟。
积木堆高低，皂泡吹大小。
三餐端正坐，家家喂饭饱。
饮河期满腹，美馔视藐藐。
不喜着新衣，敝服曳缁缟。
阿母责顽劣，此语使儿恼。
鸡鸡不洗脚，上床胡乱搞。
狗狗不睡觉，半夜大声吵。
我是最乖儿，家家好宝宝。

沈祖棻是我没有见过面的师母，我 1979 年考到程千帆先生门下当研究生时，她已于两年前遭遇车祸去世了。沈祖棻的《涉江词》是不可磨灭的传世之作，但我更喜爱其《早早诗》，这是写她的外孙女早早的童年情态的。从诗题看，这首诗与左思的《娇女诗》一脉相承。但就内容而言，此诗的真正源头应是李商隐的《骄儿诗》。李、沈两诗的篇幅都很长，此处只节录了其中描摹幼儿憨态的一段。其实李诗的主要意旨在其最后一节："爷昔好读书，恳苦自著述。憔悴欲四十，无肉畏蚤虱。儿慎勿学爷，读书求甲乙。穰苴司马法，张良黄石术。便为帝王师，不假更纤悉。况今西与北，羌戎正狂悖。诛赦两未成，将养如痼疾。儿当速成大，探雏入虎窟。当为万户侯，勿守一经帙。"李商隐才高学富，无奈其时朝廷重武轻文，故而借咏骄儿以抒写胸中愤懑。沈诗的结尾与李诗如出一辙："儿勿学家家，无能性复痴。词赋工何益，老大徒伤悲。汝母生九月，识字追白傅。少小弄文墨，勤学历朝暮。一旦哭途穷，回车遂改路。儿生逢盛世，岂复学章句。书足记姓名，理必辨是非。

毛泽东思想，指路路不迷。但走金光道，勿攀青云梯。……”这是对那个“知识越多越反动”的荒谬时代的讽刺，也是胸中郁闷的倾吐，堪称提升全诗意境的点睛之笔。但是我此刻想谈的只是这两首诗中描写儿童情态的内容，我读它们时常常会联想起我的女儿。

我结婚很晚，等到女儿降生时，我已经三十四岁了。妻子被送进产房的那天，我在产房外面那间用木板搭成的“丈夫房”里喂了一夜蚊子，焦急地等待妻子的消息。《庄子·天地》中说：“厉之人夜半生其子，遽取火而视之，汲汲然唯恐其似己也。”我虽然没长癞疤，也不担心孩子长得像自己，但也急于看看这个突然降临我家的新生命究竟长得什么模样。天亮后，终于听到护士大声呼叫妻子的病床号：“第十七床！”我赶紧跑到产房门口打听，护士只说了四个字：“是个女孩！”便没有下文了，也不许我见见妻子和孩子。直到三天以后，护士才恩准我进入病房。不一会，一辆长长的婴儿车被推到病房中央，车里横排着七八个襁褓中的婴儿，每人胸前挂着一块写着号码的牌子。护士把我的女儿递到妻子床上，女儿立刻把小脑袋埋在妻子怀里专心地吃起奶来。我在旁边说了一句话，她就呼地转过头来。我高兴地说：“咦，她听见了！她听见了！”当然，我也看见我的女儿了。她圆圆的小脑袋，乌黑的眼睛睁得大大的，不过护士说她此刻仍是看不见任何东西的。这就是我的女儿！是我家的新成员！今生今世，无论她聪慧伶俐还是冥顽不灵，无论她一帆风顺还是落魄潦倒，也无论我们住在同一个屋檐底下还是天各一方，我永远无法割裂与她的亲密关系了！又过了四天，我穿上那件结婚时购置的呢子中山装，与老母亲一起到医院去，郑重地迎接妻子和女儿回家。我家从此增添了一个新的成员！

我和妻子商议为女儿起名字，我提议叫“莫杞”。这本是父亲为我起的备用名字，但是测八字的算命先生说我“命中缺金”（这倒是准确的预言），必须在名字里含有“金”字方可弥补（这是胡说），父亲就让我叫“砺锋”而不叫“杞”了。现在把这个名字转让给女儿用，也可表示对父亲的纪念。父亲生前最喜爱孩子，要是他亲眼看到这个孙女，该会多么高兴啊！妻子一听也大为中意，当即决定就用这个名字。原来她平生最多愁善感，便希望女儿有不同的性格和命运。

我插队的村子里有句俗话说：“癞痢头儿子自家的好。”的确，人们都认为自己的孩子是天底下最漂亮、最聪明的，横看竖看总是比别人家的孩子更可爱。曾在什么书上看到一个寓言：一只猫要到树林里去猎鸟，它的朋友猫头鹰说：“你可别把我的孩子给吃了！”猫问：“你的孩子长得什么样？”猫头鹰说：“它们是这片树林里最美丽的小鸟。”猫走进树林深处，逮到几个丑八怪的小鸟，便放心地把它们全吃了。没想到它们正是猫头鹰的孩子！连动物都觉得自己的孩子最美丽，何况是具有审美能力的人！以前我读到左思《娇女诗》中“吾家有娇女，皎皎颇白皙……”和李商隐《骄儿诗》中“衮师我骄儿，美秀乃无匹……”两段时，总是会心地微笑，心想这多半是舐犊之情引出的夸饰之词罢了。谁知等到我自己有了女儿，竟也觉得她是天底下最可爱的孩子了！虽然我从未对别人夸耀过女儿一言半句，但如果让我也来写一首《娇女诗》的话，恐怕会情不自禁地模仿左思和李商隐的语气的。

学龄前的女儿披着一头短短的细发，眉目如画。她的前额特别高，在中午的阳光下竟会给额下的脸颊留下一小片阴影。她性格沉静，常见她目不转睛地注视某物，微微地皱着小眉头，也不知小心眼里在想些什么。可能是经常看到我和妻子看书，她也喜欢抓一本书在手里乱翻。我怕她撕坏书本，便用废纸替她订了一本小书，封面上写上“莫杞的书”四个大字，里面则胡乱画着一些图画。她很喜欢这本专属于她的小书，常常拿在手里飞快地翻看，有时也会从上面撕下一张半张的纸。晚上我躺在床上看报，躺在我身边的女儿就伸出小手来抢我手中的报纸，一把抓住用力地拉，抢到手后就皱着眉头看，也不管报纸是正是倒。后来我心生一计，故意捡起一张已经看过的报来看，果然她中计了，又扔下手中的报来抢我的。我得意地示意妻子看我施计，妻子却说我：“骗这么小的孩子，不害臊！”有时女儿抢得太厉害，妨碍我正常地读报了，我便讥笑她是“文盲读报”。妻子是女儿的忠实卫士，便不管有理无理地跑来帮她强辩一番。其实女儿连话也不会说，当然目不识丁，不是“文盲”又是什么？渐渐地她开始会看书上的图画了，妻子便找来一本厚厚的画册，一页一页地翻给她看，一边告诉她画中的东西是什么。那本画册名叫《江苏》，是介绍江苏省的风光物产的，内容非常丰富。看了一阵后，妻子问她：“鸭鸭在哪里呢？”“鸡朋友呢？”女儿便用小手指向图中的鸭和鸡。那时她从未见过鸭子，不过在白天帮我们照看她的朱奶奶家养着几只鸡，她确实有几位熟识的“鸡朋友”。其实那些鸡朋友对她并不友好，尤其是那只大公鸡，曾经抢她手里的饼干吃。

渐渐地女儿学会走路了，也学会说话了，更值得一提的是，她在学会说话之前就先学会念书了。那是在我赴美访问的前夕，为了练习英语口语，我常常站在后门口大声地朗读。女儿与我并排站着，手里捧着那本“莫杙的书”，翻过一页，便大声诵读：“哇——哇——哇！”又翻过一页，继续读：“哇——哇——哇！”她照旧皱着小眉头，态度极其认真，可能她认为爸爸就是这样读书的。日后她真的学习英语了，我和妻子还常常重提这件旧事来打趣她。女儿学说话时也留下许多趣闻。有一次我们出去散步，女儿看到一只猫从矮墙上跳下去，就报告说：“猫跌跤了！”诸如此类的表述后来都成了我家的“成语”。

女儿智力平常，有时也显出一点小聪明。她第一次看电影时，全神贯注地盯着银幕，一声不吭。电影放完了，观众纷纷离场，女儿却独自跑到舞台前，探头探脑地朝银幕后面看。她认为电影里的那些人物都跑到银幕后面去了，想看看他们是否还躲在那里。有一年的圣诞节前夜，我们照旧为女儿准备了贺卡和其他礼物。等女儿上床后，我便偷偷地把礼物放在她枕头旁边。第二天一早，女儿发现了礼物，十分高兴。妻子笑着说那是圣诞老人从窗子里送进来的，女儿却说：“我知道，那是调皮的爸爸放在这里的！”

女儿生性胆小，受了委屈也不敢大声哭闹，只会扁起嘴巴抽泣。妻子最看不得女儿扁嘴，不管事情的起因是什么，只要女儿把小嘴一扁，妻子便不问是非曲直，一把把她搂在怀里，喃喃地说：“妈妈舍不得，妈妈舍不得！”女儿也就心满意足了。后来这竟然变成了疗效极高的“精神疗法”，一旦女儿跌了一跤，或是弄痛了手指，哭着来找妈妈，妻子便把她搂在怀里，用嘴对着她的伤痛处轻轻吹上几下，说几句“妈妈舍不得”，女儿的伤痛顿时痊愈，并破涕为笑，一跳一跳地继续去玩耍了。

女儿的小心眼里爱憎分明，对弱小的生命有强烈的同情心。有一次妻子买来几本图文对照的儿童读物，每天晚上为女儿读一篇故事。有一个故事说小白兔自己动手盖了一座房子，凶恶的狐狸霸占了房子，反把小白兔赶出家门。非常奇怪，那个故事竟然没有常见的“恶有恶报”的结尾，故事到小白兔被赶走便戛然而止了。它的最后一幅插图便画着小白兔背着一个小包，伤心地朝远处走去。女儿一边看着书上的图画，一边听着妻子的讲述，眼睛里满是泪花。后来她便拒绝再看那本书，一看到妻子拿起那本书，便乱摇小手，说：“不要！不要！”甚至扁起小嘴，呈现出要哭泣的样子。妻子一开始还感到奇怪，后来终于懂了女儿的心思，便把那本书藏进箱底。女儿拥有许多长毛绒玩具，把它们视为好朋友。不过当她与那些朋友发生直接的利害冲突时，也会暂时丢下它们不管。女儿曾经宠爱一头长毛绒小熊，为它起名叫“小哈”，晚上睡觉时总是把小哈放在枕头边。有一次妻子故意逗女儿说：“我喜欢小哈！”没想到女儿竟然吃起醋来，争辩说：“小哈是玩具！”妻子又说：“我喜欢小哈！”女儿继续贬低小熊：“小哈不会说话！”妻子还是说：“我喜欢小哈！”女儿终于忍不住了，她“唉——”的一声哭起来。妻子一看弄假成真了，连忙把女儿一把抱起，抚慰了半天，女儿才转嗔为喜。

不久，我们把女儿送到我母亲所住的小镇去待了几个月。小镇上的全体居民都互相熟识，白天家家户户都敞着大门。一天，女儿跑到邻家去玩耍，看到架在煤炉上的大铁锅里正煮着一只整鸡，鸡头露出在翻滚的汤面上。女儿惊呆了，她没想到她的鸡朋友竟然被人放在锅里煮！她摇着小手，走到炉子前大声地说：“不许！不许！”旁边的人哈哈大笑，母亲怕她被烫伤，赶快把她抱走。女儿在她奶奶怀里还挣扎着回头大声抗议：“不许！”我听说这件事后，感叹不已。煮鸡，这对大人来说已是司空见惯的事。可是在小孩子的心目中，这是何等野蛮、何等残忍的行为啊！生性羞怯的女儿敢于大声抗议邻居煮鸡，这是何等壮烈的侠义之举！可惜我们未能支持女儿的正义行为，也没法向她解释为什么大人会容忍煮鸡的举动，我们在善良的童心面前深感惭愧。

女儿一天天地长大了。她渐渐地变得活泼、调皮起来，后来竟有点像老舍的孩子那般“狡猾可喜”了。当然有些顽皮的习性也许是我们培养出来的，比如在她生病吃药时，先是不肯吃，一定要等我们说：“姣姣吃药是一小口、一小口地吃的，只有我们莫杞是大口吃的！”然后才“咕嘟”一口把满满一汤匙药水吞下肚去，还满意地点着小脑袋。我们打好水让她来洗手洗脸，她却呼地跑到门外去，一定要等我们说："张超来洗，张越来洗！"她才奔过来洗。姣姣、张超和张越都是她幼儿园里的小朋友，她视他们为竞争对手。女儿后来竟把这个习惯带到幼儿园里去了，幼儿园的阿姨多次向妻子告状："你家女儿才怪呢，一叫她来洗手，她就呼地跑到门外去！"我有时也嫌女儿活泼得过头了，有一次她生病发烧，我带她到儿童医院去治疗。医生开好药方，我到楼下去排队取药，让女儿坐在走廊的椅子上休息。等我取到药回头一看，不禁目瞪口呆。女儿正并拢了双脚沿着楼梯一级一级地往下跳，嘴里还哼着歌曲！我担心刚才给她看病的医生走过来，他肯定会责问我："这么活蹦乱跳的小孩，来看什么病！"便赶紧把她拉走。后来我为她起了个外号叫"永动机"，不久又改叫"噗隆咚"，因她终日手脚不停且发出各种声响也。

女儿做游戏时非常投入，玩起了头就别想让她自己结束。有一次我们带她到紫金山麓去玩，一起在林间的空地上玩跳袋、推车等游戏。女儿玩得兴高采烈，小脑袋上直冒蒸汽，暮色苍茫了还兴犹未尽。我板起脸说该回家了，她却哀求要"再玩一次"，妻子也帮她说情。我心肠软了，就说："那就再玩一次跳袋、一次推车吧。"女儿一看这么容易就达到目的了，就马上加码："再跳五次袋，再推十次车！"即使她上了小学，也还是玩个不够。有时做完作业，已经快到睡觉的时候了，她就急得大哭："我还没有玩呢！"

女儿上小学后，我家的住房稍微扩大了一些，我和女儿各有一张书桌，而且放在不同的房间里。但我们经常互相串门，用妻子的话说，便是“互相捣乱”。有一次我写文章写得累了，站起身来上了一次卫生间。没想到回到书桌前便看到稿纸上画着一个小人，伸出手来指着我，还张开大嘴喷出一团用曲线围成的烟雾，里面写着：“快写文章！”这便是女儿玩的把戏，难为的是她的身手如此敏捷，我一共才离开两分钟，而且压根没看到她跑来过！妻子对我们的责备不完全符合事实，我与女儿有时也会相得益彰地同看一本书，尤其是德国人卜劳恩的漫画集《父与子》，我们就曾多次“奇‘图’共欣赏”。我嘲笑她是画中的“子”，她反唇相讥说我就是那个“父”。卜劳恩常在一幅画中对父与子同时予以嘲讽，我与女儿看得齐声大笑，都认为这幅画是针对对方的。就像唐人寒山所说的，“相笑傥不止”。

岁月如流，转瞬之间女儿已经大学毕业，并于一个月前带着她最宠爱的玩具兔子“罗杰”漂洋过海，到地球的那一边留学去了。如今我和妻子每晚看电视里的天气预报时特别关心芝加哥的天气，因为女儿正在离芝加哥不远的爱荷华城。女儿啊，我亲爱的女儿，你一定要注意天气冷暖！虽然你已经二十一岁了，但在父母心中，你永远是一个长不大的幼童！

（2004 年 8 月 31 日）

邻居

移居

晋·陶渊明

昔欲居南村，非为卜其宅。
闻多素心人，乐与数晨夕。
怀此颇有年，今日从兹役。
弊庐何必广，取足蔽床席。
邻曲时时来，抗言谈在昔。
奇文共欣赏，疑义相与析。

南邻

唐·杜甫

锦里先生乌角巾，园收芋栗未全贫。
惯看宾客儿童喜，得食阶除鸟雀驯。
秋水才深四五尺，野航恰受两三人。
白沙翠竹江村暮，相送柴门月色新。

欲与元八卜邻，先有是赠

唐·白居易

平生心迹最相亲，欲隐墙东不为身。
明月好同三径夜，绿杨宜作两家春。
每因暂出犹思伴，岂得安居不择邻。
可独终身数相见，子孙长作隔墙人。

古人选宅，非常讲究择邻，《左传》中就记载着“非宅是卜，唯邻是卜”的谚语。孟母三迁，就是为儿子选择合适的邻居，使他的日常行为有良好的榜样。如今有许多城市居民为了让孩子能进重点中学或重点小学、重点幼儿园，千方百计地迁移到某个“学区”去居住，与孟母的做法形同而实异。南朝梁代的宋季雅有一句名言：“一百万买宅，千万买邻。”其目的是与品行高尚的吕僧珍结邻。王安石与司马光在政治上势不两立，但据王铚《默记》记载，王安石曾对其子说：“择邻必须司马十二，此人居家，事事可法，欲令儿曹有所观效焉。”现代社会中恐怕找不到“居家事事可法”的好邻居了，可是谁也不愿意与地痞流氓或小偷、妓女为邻，所以我们仍有择邻的需要。然而在现实生活中我们的择邻几乎没有可行性，原因很简单：若非高官富商，谁能有“千万买邻”的财力？即使你好不容易省吃俭用积了一笔钱，终于买了一套新房，你又哪能知道你未来的芳邻是何种角色？我们只能祈求上苍赐给自己一个好邻居，以免入住新居后日夜提心吊胆。幸亏如今的房地产商人为我们考虑得非常周到，他们制造的住宅都像是“钢筋水泥笼子”。我曾在广州看到一座二十多层的公寓大楼，从一楼直到顶楼的窗户全用铁栏围得严严实实。除了楼梯以外，我们与邻居之间没有任何公共空间，可以老死不相往来。即使我们听到邻居那边发出可疑的声响，也只需透过防盗门上的“猫眼”向外窥视，不必开门多管闲事。我们与邻居的关系最多不过是在楼梯上相遇时互相点头示意，有时结邻多年仍不知对方姓甚名谁，真可谓“白头如新”。初唐诗人王勃曾写过“天涯若比邻”的名句，要是他活到今天，说不定会写出“比邻若天涯”的句子来。

我们的祖先不是这样生活的，古代的邻居之间有非常亲密的关系，这在古诗中留下了美好的记录。

陶渊明的诗写他移居的过程。他听说南村有许多心地纯朴的人，乐于和他们朝夕相处，决意移家南村。几年之后，他终于实现了自己的愿望，邻居们常常来访问他，大家谈古说今，一起欣赏诗文。

杜甫的诗写他访问邻居的经过。那位邻居显然是个隐士，他安贫乐道，热情好客，以至于家里的儿童都习于笑迎宾客，台阶上啄食的鸟雀也丝毫不受来客的惊扰。门前有一湾澄澈的秋水，小小的渡船便是来客的必经之路。黄昏来临，月色笼罩着白沙翠竹，宾主在柴门外依依道别。

白居易的诗表示与友人卜邻的愿望。元八是元宗简，与诗人相交二十余年，友情甚笃。诗人希望卜居在元八家的东侧，并声明不是要像汉代隐士王君公那样“避世墙东”。诗人想象与友人结邻之后，一片月色照亮两家门前的小路，几株绿杨同时为两家带来春意。诗人还希望子孙都与元家结邻，世世代代享受美好的睦邻关系。

我幼年时也曾见过类似的邻居关系。那时阶级斗争的理论虽已发明，但尚未达到“天天讲、月月讲、年年讲”的程度，琼溪镇上的人们还没有在脑子里绷紧阶级斗争的弦，邻居之间和睦相处，从不无端怀疑别人是暗藏的阶级敌人，更不会像乌眼鸡似的成天盘算着怎样去斗别人。我家在琼溪镇上曾多次移居，前后有过二十来家邻居，彼此间都处得不错。原因之一当然是我的父母亲心地善良、待人和气，更重要的原因是当时民风淳朴，仇恨的种子虽已撒遍神州大地，但还没有在人们心中生根发芽。否则的话，若干年后，父母亲的性格和行为并没有丝毫变化，为什么邻居们对我们避之唯恐不及呢？

大约从我升入初中的那年开始，我家与四户邻居一起住在一所大房子里。那所房屋原是一户地主的宅院，前后四进，中间夹着三个天井。土改时房子被没收，分给四户人家，其中有一位户主叫老孙，他是父亲的同事，后来又成了我家的房东。五户人家共二三十人，大人们身份各异，孩子们七长八短，但彼此间的关系相当融洽，孩子们对别人家的大人都呼作“公公”“婆婆”“伯伯”之类（琼溪镇的人们对年长一辈的亲戚一概呼作“伯伯”，不分男女），好像是一个大家庭。这本来也不奇怪，五户人家住在一所房屋内，大家都从同一扇大门里进进出出，怎么会不像一个大家庭？

那个年头，我们真正能吃到嘴的美食只有一味馄饨，包馄饨是孩子们最盼望的事情。可是馄饨毕竟不是寻常之物，一则它费钱较多，其珍贵程度不亚于李白眼中的“玉盘珍羞直万钱”；二则包馄饨费时费力，不像寻常饭菜那般容易对付。母亲总要隔一两个月才包一次馄饨，让我们解解馋。可是事实上我们几乎每隔十天半月就能品尝到馄饨的美味，那又是怎么回事呢？原来邻里之间有一个习惯，要是哪家包了馄饨，就要给邻居家送一碗去。即使按照最严格的定义，我家也有四家邻居。这样，如果每户人家包馄饨的周期都与我家相似，我们尝到馄饨的周期就缩短了五分之四！况且别人家送来的馄饨似乎总比自家包的更可口，当然正如母亲所说，真正的原因在于“少吃多滋味”：人家端来一碗馄饨，总数只有十五六个。我家六口人，每人能分到两三个而已。物以稀为贵，一次只尝两三个馄饨，当然不会狼吞虎咽，而是细嚼慢咽，也就能仔细品味馄饨的滋味了。几年之后，我们甚至能说出各家馄饨的不同特征来。

每逢有一户人家包馄饨，邻居家的孩子就悄悄地互相转告：“喂，某人家今天要包馄饨了！我看见某伯伯去摇馄饨皮子了。”当然，有关包馄饨的最准确的信息是“笃笃笃”的剁馅声，只要听到哪家的厨房里传出这种悦耳的声音，连大人也会说：“听，某人家在包馄饨呢！”果然，到了开饭的时刻，一位邻居笑眯眯地端来一碗热气腾腾的馄饨。母亲就出面应接，一边道谢，一边赞美对方的手艺。送礼的人总会回答说：“谢什么呀，包得不好，让孩子们尝尝吧！”等到我家包馄饨时，母亲总是把第一锅煮的馄饨捞进四个大碗，浇上汤，再撒上一把切碎的蒜叶，然后率领我们兄妹端着香气扑鼻的馄饨分别送到邻居家去。杜甫诗中经常写到他与邻人的和睦关系，例如："邻家送鱼鳖""邻舍与园蔬""肯与邻翁相对饮，隔篱呼取尽余杯"。有时他甚至主动向邻人索酒："傍舍颇淳朴，所须亦易求。隔屋唤西家，借问有酒不？墙头过浊醪，展席俯长流。"我们与邻居的关系同样和睦亲切，不过那年头家家户户的手头都很拮据，邻居间能互相赠送的只有一味馄饨而已。

好景不长，不久以后"四清"与"文革"接踵而至，阶级斗争的风声越来越紧，父亲接二连三地被套上了"暗藏的阶级异己分子""反革命分子"等帽子，邻居们开始躲避我们，互赠馄饨的举动也就一去不复返了。尽管如此，那四户邻居从来没有对我家做过落井下石的事情。当供销社里的革命群众冲进我家翻箱倒柜地查抄子虚乌有的"变天账"时，当我家大门口贴满批判父亲的大字报时，邻居们始终保持沉默。几年以后，父亲以劳改犯的身份自杀身亡。出殡的那个清晨，我事先租了一辆拖拉机来运送遗体到火葬场去。按照当地的习俗，我们兄妹不能亲自抬送遗体。我不敢请别人来帮忙，就想不管这个习俗，就由闻讯匆匆赶来的好友陈本业和我们兄妹来抬遗体。当拖拉机"突突突突"地开到我家大门口时，做鞋匠的邻居林伯伯、房东孙家的男孩阿宝和大门外西邻家的青年陈伟元三人突然从旁观的人群中挤上前来，与陈本业一起把父亲的遗体抬上拖拉机，我和弟妹们则跟在后面哭泣。我永远不会忘记邻居们的这个举动，这是琼溪镇留给我的最后一个美好的回忆。

我还见过另外一种邻居关系，那是在我插队的赵浜村，以及后来母亲与幼妹移居的王秀镇。杜甫在《羌村》三首中描写他九死一生回到羌村探望妻儿的情景，其中有一个剪影："邻人满墙头，感叹亦歔欷。"清人申涵光评曰："摹写村落田家情事如见。"的确，这两句简直是一幅关中农村的风俗画：围墙低矮，邻人凭墙观望，为诗人一家的悲欢离合而感叹、流泪。我到赵浜插队后重读此诗，感同身受。在赵浜，无论哪家来了亲戚、朋友，全村的人都不请自来，聚到这家观看客人。江南的农家大多没有围墙，有些人家门前竖着一道矮矮的竹篱，中间留个豁口算是大门。讲究的人家会在豁口上安装两扇竹编的门，也是"门虽设而常开"。还有些人家连竹篱也没有，来客可以径直走近他们的房门和窗口。一旦某家来了客人，顷刻之间全村的男女老少都聚集到他家里，羞怯的姑娘躲在人群后面偷偷打量客人，胆大泼辣的大嫂则挤到前面对客人问长问短。

王秀镇的情况大同小异。那是个弹丸大的小镇，一共只有百来户人家，全镇的人都互相认识。一旦镇上出现一个生人，大家会不约而同地向他行注目礼。那年春节，我带着妻子和刚满周岁的女儿到王秀镇探望母亲，她老人家正随着我的幼妹住在镇上。我们刚下汽车，就有认识我的人跑去向母亲通风报信了。还没等我们走近妹妹家，母亲和妹妹一家已迎上前来。傍晚，我们全家围着桌子吃晚饭，厨房的门大开着，不断有人进进出出，我们身后围满了前来看热闹的邻居。大家指指点点，议论纷纷。熟悉内情的人或先来一步的人向别人介绍我的妻子和女儿，她俩是第一次在小镇上露面。也有人大声地评论我们，包括妻子的相貌衣着，女儿长得像我还是像妻子，等等。如果我的熟人来了，我还得站起身来打招呼，寒暄几句，然后再坐下来继续吃饭。当然我们与母亲、妹妹及妹夫之间也有许多话要说，那顿晚饭足足吃了两个小时才结束。

那次探亲，我们在小镇上停留了一个星期。我惊讶地发现，母亲家的大门是从不上锁的，邻居们也是一样，“夜不闭户”的古风竟然在小镇上重现了。接着我又发现，母亲与左邻右舍的关系非常融洽，邻居们上班以后，母亲就帮他们照管着家中的琐事，张家的煤炉要添一个煤饼，李家晾晒的衣服要收进来，等等。邻居们也对母亲非常友好，老老少少都称呼她“莫家婆婆”。难怪母亲到南京来住在我家时总是念叨小镇上的邻居，她总觉得城市里的公寓房像一个个“鸽子笼”，蛰居在里面与邻居从不往来，实在是太闷气了。

我离开赵浜已经三十年了，不知那里的风俗有无改变。一年前我回王秀去了一次，发现许多人家已安装了防盗门，邻里之间的关系似乎不如从前密切了。至于城市里，则邻里之间越发冷漠，不但行同陌路，而且几乎“邈若胡与秦”了。我对此深感失望，也大惑不解，为什么在地广人稀的古代，邻居之间会有那么密切的关系，现在如此密集的人群挤在狭小的空间里，倒反而越来越疏远了呢？我猜想有两个原因：第一是古代的邻居之间在空间上没有设置隔离层，邻舍间享有较多的公共空间。杜甫回到羌村探亲，邻人站在墙外观看，对室内的情景一目了然，从而与诗人一家悲欣相通。假如杜甫一家关上防盗门，拉上窗帘，即使他们抱头痛哭，邻人又何从得知？况且自然界的芸芸众生本是息息相关的。汉代的王吉（字子阳）住在长安，邻家枣树的树枝伸展到王吉的庭院中。白居易与元八结邻，几株绿杨让两家共享一片春色。宋人范成大诗中说“邻家鞭笋过墙来”，高翥诗中又说“豆花似解通邻好，引蔓殷勤远过墙”。如果再有杜甫所见的“自去自来堂上燕”和王驾所见的“蜂蝶纷纷过墙去”，肯定有助于邻居之间的情感交流。

第二是古人为人坦荡，待人和善，邻居之间在心理上互不设防。王吉的妻子在自家庭院里摘了几颗东邻家枣树上的枣子，王吉竟因此要驱逐她。东邻听说此事后，羞愧得要把枣树砍掉。经过其他邻居的劝阻，王吉的夫妻关系和邻家的枣树都得以保全。于是在《汉书》中留下一首歌谣：“东家有树，王阳妇去。东家枣完，去妇复还。”杜甫住在夔州时，任由西邻的穷妇人到自家堂前来打枣。后来他把草堂转让给亲戚吴郎，吴郎在院子周围插上篱笆，杜甫就作诗告诫吴郎：“堂前扑枣任西邻，无食无儿一妇人。不为困穷宁有此？只缘恐惧转须亲！”试想，如果人们都以这样的心态来处理邻居关系，还会有什么矛盾产生，还需要对邻居事事提防吗？

我希望有朝一日我们都拆掉家中的防盗门和窗户上的铁栅栏，让牢房般的住宅恢复家的原貌。我也希望有朝一日我们都成为“素心人”，邻居之间和睦相处、互相关心，让“远亲不如近邻”的谚语重返人间。

（2005年1月24日）

诗·秦风·蒹葭

蒹葭苍苍，白露为霜。所谓伊人，在水一方。
溯洄从之，道阻且长。溯游从之，宛在水中央。
蒹葭凄凄，白露未晞。所谓伊人，在水之湄。
溯洄从之，道阻且跻。溯游从之，宛在水中坻。
蒹葭采采，白露未已。所谓伊人，在水之涘。
溯洄从之，道阻且右。溯游从之，宛在水中沚。

燕歌行

汉·曹丕

秋风萧瑟天气凉，草木摇落露为霜。
群燕辞归雁南翔，念君客游思断肠。
慊慊思归恋故乡，君何淹留寄他方？
贱妾茕茕守空房，忧来思君不敢忘，
不觉泪下沾衣裳。援琴鸣弦发清商，
短歌微吟不能长。明月皎皎照我床，
星汉西流夜未央。牵牛织女遥相望，
尔独何辜限河梁？

春日忆李白

唐·杜甫

白也诗无敌，飘然思不群。
清新庾开府，俊逸鲍参军。
渭北春天树，江东日暮云。
何时一樽酒，重与细论文。

寄全椒山中道士

唐·韦应物

今朝郡斋冷，忽念山中客。
涧底束荆薪，归来煮白石。
欲持一瓢酒，远慰风雨夕。
落叶满空山，何处寻行迹。

踏莎行

自沔东来，丁未元日至金陵，江上感梦而作

宋·姜夔

燕燕轻盈，莺莺娇软，分明又向华胥见。夜长争得薄情知，春初早被相思染。　　别后书辞，别时针线，离魂暗逐郎行远。淮南皓月冷千山，冥冥归去无人管。

相思是一种病，是一种深入膏肓、无药可治的病。心灵敏感、感情脆弱的古人尤其容易染上这种不治之症，他们的相思对象不但有异性的恋人，而且有同性的友人。人们一旦染上这种病，第一个明显的症状就是日益消瘦，汉代无名氏的《古诗》中说："相去日已远，衣带日已缓。"李清照在《凤凰台上忆吹箫》中说："新来瘦，非干病酒，不是悲秋。"那么她究竟为何消瘦呢？我们再往下读，就恍然大悟，原来女词人"念武陵人远，烟锁秦楼"。柳永则在《凤栖梧》中自表心迹："衣带渐宽终不悔，为伊消得人憔悴！"这种消瘦过程有时竟然在顷刻之间就完成了，崔莺莺到十里长亭送别张生，"听得一声'去也'，松了金钏；遥望见十里长亭，减了玉肌"，"昨宵今日，清减了小腰围"。

相思的第二个症状是常常流泪，有时甚至眼中流血，姜夔《小重山令》说："相思血，都沁绿筠枝。"董解元《西厢记》写张生泣别莺莺："莫道男儿心如铁，君不见满川红叶，尽是离人眼中血！"而莺莺也"哭得似痴呆，脸上啼痕都是血"。相思的泪水是含有毒素的苦泪，孟郊就用它来测验相思之情的深浅："试妾与君泪，两处滴池水。看取芙蓉花，今年为谁死？"

第三个症状是相思者的内脏会有剧烈的痛感，曹丕有"念君客游思断肠"之句，晋代的《子夜歌》也说："别后涕流连，相思情悲满。忆子腹糜烂，肝肠尺寸断。"李白则惊呼："天长路远魂飞苦，梦魂不到关山难。长相思，摧心肝！"相思之情会使柔肠九转，梁简文帝诗云："望邦畿兮千里旷，悲遥夜兮九回肠。"柳宗元诗云："岭树重遮千里目，江流曲似九回肠。"李贺却说相思会把柔肠拉直："思牵今夜肠应直！"正因肝肠如煎，即使用美酒浇灌也难以奏效，范仲淹词云："酒入愁肠，化作相思泪。"又云："愁肠已断无由醉，酒未到，先成泪。"

此外，相思者还有妄想症的症状，他们常常在夜间梦游，岑参《春梦》云："洞房昨夜春风起，遥忆美人湘江水。枕上片时春梦中，行尽江南数千里。"苏轼《水龙吟》云："梦随风万里，寻郎去处，又还被、莺呼起！"南宋的罗公升甚至说双方会同时入梦："只应两处秋宵梦，万一关头得暂逢。"相思者在白天也胡思乱想乃至行为乖戾，红豆只是一种普通的种子，王维却说："愿君多采撷，此物最相思。"蘋花与人有何相干，王沂孙偏说："空留离恨满江南，相思一夜蘋花老。"杨花飞舞，苏轼却说："细看来，不是杨花，点点是离人泪。"燕尾如剪，清人朱声希竟在《清平乐》中无端责怪它："燕子枉翻双剪，几曾剪得离愁！"金昌绪《春怨》云："打起黄莺儿，莫教枝上啼。啼时惊妾梦，不得到辽西。"人家黄莺好好地在枝上啭鸣，这位女子有何道理去打它！敦煌曲子词中说：“叵耐灵鹊多瞒语，送喜何曾有凭据？几度飞来活捉取，锁上金笼休共语。”这只喜鹊“比拟好心来送喜”，思妇却不由分说把它关进金笼。饱受相思之苦的姜夔甚至说：“算潮水知人最苦。”试问自涨自落的潮水本是无情之物，它怎能知道词人的心思？

别林斯基认为诗人应该是“一个能够先于别人在自己身上发现大家共有的病痛，并且以诗的复制去治疗这种病痛的医生”，我们的古代诗人早就发现相思是人间最普遍的病症，早就谱出无数的相思曲来抚慰天下的同病相怜者。一部《楚辞》，不但《抽思》《思美人》等全篇都是相思之辞，连祭神乐章《九歌》中也充满了刻骨的相思之情，试读《湘夫人》：“帝子降兮北渚，目眇眇兮愁予。袅袅兮秋风，洞庭波兮木叶下。”再读《少司命》：“秋兰兮青青，绿叶兮紫茎。满堂兮美人，忽独与余兮目成。入不言兮出不辞，乘回风兮载云旗。悲莫悲兮生别离，乐莫乐兮新相知。”再读《山鬼》：“采三秀兮于山间，石磊磊兮葛蔓蔓。怨公子兮怅忘归，君思我兮不得闲。山中人兮芳杜若，饮石泉兮荫松柏。君思我兮然疑作。”哪一首不是优美绝伦的相思曲？再看一部《诗经》，其中关于相思的名篇不计其数。“郑卫之音”是不用说了，就是《召南·草虫》中的“未见君子，忧心忡忡”，《王风·采葛》中的“一日不见，如三秋兮”，也无疑是表达相思的绝妙好辞。秦国民风强悍，习战尚力；“秦腔”高亢嘹亮，激昂豪放，似乎不宜抒写缠绵悱恻的相思之情，然而恰恰是《秦风》中出现了《蒹葭》一诗，可见相思主题确是诗人的共同爱好。

《蒹葭》堪称古代的朦胧诗。“所谓伊人”，是男是女，诗人与“伊人”，是同性的朋友还是异性的恋人，都难以断定。程俊英教授把“溯洄从之”译成“逆着流水去找她”，似嫌武断。我们只知道在一个清冷的深秋之晨，诗人来到河边，追寻其苦苦思念的“伊人”。然而眼前只见一片茫茫的芦苇丛，青青的芦苇叶上，露水凝成了霜花。诗中没有脉络分明的情节，没有面目清晰的人物，一切都是那么朦胧、迷茫。“伊人”明明是在河水的那一方，为何其身影又浮现于近在咫尺的水中央？诗人一会溯流而上，一会又顺流而下，到底该到哪里去寻找对方？幻象的若隐若现体现了迷惘的心绪，道路的险阻漫长衬托出不懈的追求。扑朔迷离的内容，一唱三叹的韵味，忧伤凄婉的意境，都使读者回味无穷。最使人思绪低回、若有所感的正是此诗的朦胧性质，诗人既不愿意将其心思明白吐露，读者又何必寻根问底？况且相思本是人们心灵深处最微妙、最幽婉、最隐约的一种活动，如此表达正切合其性质。唐代李商隐的《无题》一类诗都趋于朦胧的风格，说明他对《蒹葭》的妙处已得神悟。

后代诗人笔下的相思主题在内容上逐渐明朗化，除了某些模仿《楚辞》的“美人香草”笔法的作品外，大致可分为恋人之思和友人之思两大类。我在前一类中选录了曹丕的《燕歌行》和姜夔的《踏莎行》，前者模拟女子口吻，后者则出于男子之口；前者以乐府诗题抒写普泛化的思妇怨情，后者则是诗人个性化的内心独白。

我们先读《燕歌行》。此诗的背景不很清晰，到底是思妇本人身在苦寒的燕地，还是她的丈夫，从文本自身难以断定。揆诸常理，应是丈夫戍边在北疆，故思妇看到燕子和鸿雁纷纷南翔，便联想起淹留北国的丈夫。相思之苦使她夜不能眠，拨动琴弦，发出的是音节短促的清商之声，与之相配的歌吟也很快进入尾声。月光入户，她仰望夜空，只见银河西斜，牵牛星与织女星隔着茫茫的天河遥遥相望，不禁对他们充满了同情。在古代，男子出门远行时往往不能携带家眷，留在家中的妻子便成为思妇。最常见的一类思妇是出征戍边的兵士的妻子，因为军中严禁携眷，否则的话会“兵气不扬”。而且戍边往往是在北方苦寒之地，兵士们又不时调防，更不幸的则葬身沙场，从而使他们的妻子格外惦念。隋代薛道衡诗云：“前年过代北，今岁往辽西。一去无消息，那能惜马蹄？”汉末陈琳诗中在边疆修长城的征人竟因生还无望而规劝妻子改嫁，并写信叮嘱妻子：“生男慎莫举，生女哺用脯。君独不见长城下，死人骸骨相撑拄？”妻子回信说：“结发行事君，慊慊心意关。明知边地苦，贱妾何能久自全？”唐人沈佺期和高适对此做了更精练的概括：“白狼河北音书断，丹凤城南秋夜长。”“少妇城南欲断肠，征人蓟北空回首！”此类诗歌中最为惊心动魄的当推晚唐陈陶的《陇西行》：“誓扫匈奴不顾身，五千貂锦丧胡尘。可怜无定河边骨，犹是春闺梦里人！”试想闺中少妇夜夜梦见的征人事实上早已变成沙场白骨，我们对这样的相思何以名之？

此外，远出经商而尚未富到“船中养犬长食肉”（张籍《野老歌》）的商人、谋取功名而“十载长安迹未安”（张蠙《下第述怀》）的举子，也会使他们的妻子成为思妇。李白在《长干行》中细致地描写过一位商人妇的相思：“十六君远行，瞿塘滟滪堆。五月不可触，猿声天上哀。门前迟行迹，一一生绿苔。苔深不能扫，落叶秋风早。八月蝴蝶黄，双飞西园草。感此伤妾心，坐愁红颜老。”古诗中此类题材并不罕见，但正如白居易所说，“商人重利轻别离”，他们与妻子的离别不一定是为生计所迫，所以此类诗歌在总体上不如前一类感人之深。至于落第举子沦落长安，有家难归，他们与留在家乡的妻子当然会产生相思。例如晚唐的公乘亿，久困场屋，离家十余年不归。乡人误传其已死，其妻披麻戴孝远赴长安奔丧，与公乘亿在城外意外相遇，乃相抱痛哭。可惜这位公乘亿一心想着功名，这么好的题材竟没有作诗纪之。中唐的孟郊曾多次落第，还写过好几首落第诗，也仅叹命运不济而一字未及其妻子。可见功名利禄之念确会窒息诗人的心灵，从而失去了许多本该产生的好诗。

我们再来读姜夔的《踏莎行》。此词有明确的写作时间（1187年）和地点（金陵），其写作背景也大致可考。词人年轻时曾在合肥爱过一位女子，后来劳燕分飞，常怀倾想。上片写词人又一次在梦中见到了意中人，她的姿态和语音都风采依旧。下片全从情人一方落笔：难忘别后所寄的长书短简，也难忘别时留下的密密针线，她的梦魂随着情郎直到天涯海角。可是梦境苦短，她终于在昏暗的夜色中独自归去，只见一轮皓月把清冷的月光洒遍淮南的千百座山峰。王国维激赏末尾两句，当是着眼于其意境之优美。其实从整体上看，此词的佳处也在于营构了一个凄清、幽美的意境，从而对凄恻、绝望的刻骨相思做了成功的渲染。

抒写个人相思之情的作品的发生背景是随机性的，当然会有各不相同的内容，但是古典诗歌语言简约、风格含蓄的共性却使它们同样缺乏明晰的故事情节或人物形象，而只是展示某个细节或渲染某种情景。当然，更重要的原因也许是古代的诗人大多不愿意把自己的恋情清楚地告诉别人，虽然强烈的思绪使他们无法三缄其口，但他们总是吞吞吐吐，欲言还止，只肯暗示读者其心中有一个“所谓伊人”。李商隐一生中尝了不知多少相思的苦果，也写了不知多少浸透相思泪水的篇什，但他几曾把珍藏心中的温馨旧梦明白告人？“相见时难别亦难，东风无力百花残。春蚕到死丝方尽，蜡炬成灰泪始干。晓镜但愁云鬓改，夜吟应觉月光寒。蓬山此去无多路，青鸟殷勤为探看。”“昨夜星辰昨夜风，画楼西畔桂堂东。身无彩凤双飞翼，心有灵犀一点通。”“梦为远别啼难唤，书被催成墨未浓。”“刘郎已恨蓬山远，更隔蓬山一万重。”“春心莫共花争发，一寸相思一寸灰。”……这些美丽的诗句不知感动过多少读者，但谁能从中读出清晰的人物或故事来？苏雪林教授写过一本《李义山恋爱事迹考》，也只是胡乱猜测而已。不但如此，李商隐还责备当时的读者说：“一自高唐赋成后，楚天云雨尽堪疑。”仿佛他笔下的相思对象尽出虚构，或者竟是在美人香草的字面下别有寄托。我不想追究这种现象的原因，毕竟古人面对着强大的社会压力，而且承受着礼教铸就的心灵枷锁，我们不能要求他们在相思主题上直抒胸臆。清人朱彝尊虽有勇气宣称宁可身后不得配享孔庙，也决不删去《风怀二百韵》，但他仍然不肯在此诗以及《静志居琴趣》中明言他的相思对象究竟是谁，害得后人聚讼纷纭。正因如此，历代诗人自抒相思之情时无不受到《蒹葭》的影响，往日的温馨旧梦虽是“此情可待成追忆”，诗中表述的心情却是“恍惚无倪明又暗”（李商隐《七月二十八日夜与王郑二秀才听雨后梦作》）。就在姜夔写《踏莎行》之后十年，他又一次在梦中见到合肥的那位女子，乃作《鹧鸪天》云：“肥水东流无尽期，当初不合种相思！”是啊，早知今日，何必当初！这是词人饱受相思煎熬后的沉痛心声。

古代的诗人非常重视友情，杜甫就是抒写友人相思的圣手。宋人刘过说：“唤起杜陵风月手，写江东渭北相思句。”的确，“渭北春天树，江东日暮云”两句诗，语言朴素而内蕴深厚，是炉火纯青、千锤百炼之句，只有杜甫那样“笔落惊风雨”的大手笔才写得出来。清人沈德潜评曰：“少陵在渭北，太白在江东，写景而离情自见。”张谦宜则评曰：“景化为情，造句三昧也。似不用力，十分沉着。”试想当我们要用一个成语来表述与友人千里相思的情感时，还有比“春树暮云”更为准确、生动的吗？宋人罗大经评此诗末联说：“‘细’之一字，讥其欠缜密也。”可是既然此诗非常成功地抒发了诗人对李白的深情厚谊，罗氏所云就只能是穿凿附会。此诗作于747年前后，当时杜甫与李白刚分手不久。此后，杜甫又多次写诗怀念这位才高命蹇的好友。759年秋天，杜甫流落秦州，在生计无着、自顾不暇的窘境中仍惦记着李白的命运：“凉风起天末，君子意如何？鸿雁几时到？江湖秋水多。”秦州地处塞外，深秋风寒，景物萧索，诗人不说自己的心境是何等凄凉，反而询问远在江南的友人心情如何？江山遥远，兵荒马乱，寄书的鸿雁何时才能飞到友人那边？积思成梦，李白终于走进了杜甫的梦境：“故人入我梦，明我长相忆。”杜甫欢喜之余，反而生疑：“君今在罗网，何以有羽翼？恐非平生魂，路远不可测！”与此同时，杜甫又作诗怀念远谪台州的友人郑虔，为年已垂暮的友人将在充满毒蛇猛兽的蛮荒之地度过余生而悲伤难抑：“天台隔三江，风浪无晨暮。……山鬼独一脚，蝮蛇长如树。呼号傍孤城，岁月谁与度？”当我读到这些出自肺腑的相思之句时，就更加服膺梁启超为杜甫献上的一顶桂冠：“情圣”！

韦应物的《寄全椒山中道士》也是一首写友人相思的名篇。道士本是方外之人，他主动摒弃温暖的红尘生涯，独自栖居在人迹罕至的深山里。他一心苦修，不食人间烟火，饥来只在山涧里捡一束荆枝，煮一点白石充饥。秋风秋雨，落叶堆满了山径，道士的行踪无迹可寻。诗中所展示的节候、天气、环境、人物，无不带有孤寂、幽僻、凄冷、萧瑟的特征，整个氛围中没有一点亮色，也没有一丝暖意。然而我们阅读此诗，却觉得它的风格并不像“郊寒岛瘦”般的寒俭僻苦，也不像晚明竟陵派的深幽孤峭，原因何在呢？我的答案是：诗人不露声色地在字里行间注入了一股深挚的相思之意，原本萧疏孤寂的氛围中顿时增添了生气和温情，原本远离人寰的世外幽境顿时被拉回了人间。天气寒冷，诗人坐在帘幕重重的郡斋里仍感到一阵阵的寒意，他忽然思念起孤栖深山的道士朋友。他多想带着一瓢解寒的酒前去寻访，让友人在这个风雨凄凄的夜晚得到一些安慰和温暖，可是落叶满山，他到何处去寻找友人的行踪？清人张文荪评此诗："东坡所谓'发纤秾于简古，寄至味于淡泊'，正指此种。"的确，在简练、平淡的字面下蕴含着深挚的情感，是此诗最大的特点，而究其情感之源头，实在于诗人心中对友人的思念和关切。连方外之士都难以逃脱相思的密网，何况人寰中的芸芸众生！

相思之苦使人受尽煎熬，诗人当然要想方设法来医治它，可是他们费尽心机却一筹莫展。诗人们想出来的权宜之计有三类：一是劝止恋人或友人离开，例如周邦彦《少年游》中的那位女子用旅途辛苦来劝阻情人："马滑霜浓，不如休去，直是少人行！"可是孟郊早在《车遥遥》中事先做了回答："丈夫四方志，女子安可留！"二是希望交通工具无法运用，陆龟蒙《古意》中说："君心莫淡薄，妾意正栖托。愿得双车轮，一夜生四角。"辛弃疾送别张坚时也说："安得车轮四角，不堪带减腰围。"借用陆游的话说，这真是"此计又绝痴"！三是希望当初本未种下相思的苦果，欧阳修词中说："早知今日长相忆，不及从初莫作双。"辛词中也说："铸就而今相思错，料当初费尽人间铁！"可是相思之病易染难治，有时只需惊鸿一瞥就染病在身，岂是那么容易预防！于是，在古典诗歌中就充满了抒写相思的长篇短什，单在《乐府诗集》中所收的《长相思》就有二十二首之多。亲爱的读者，当你读到那么多缠绵悱恻的相思之作时，你心中有何感想呢？你是否在一洒同情之泪的同时也对古人心生歆羡？相思虽然使人心生痛楚，但假如世上没有相思，人际关系是否会日益疏远，人间是否会日益冷漠？你一定不愿意生活在一个冷漠的人间，那么，就从古诗中体味一下古人的相思吧。

（2005 年 2 月 3 日）

题都城南庄

唐·崔护

去年今日此门中，人面桃花相映红。
人面不知何处去，桃花依旧笑春风。

临江仙

宋·晏幾道

梦后楼台高锁，酒醒帘幕低垂。去年春恨却来时。落花人独立，微雨燕双飞。　　记得小蘋初见，两重心字罗衣。琵琶弦上说相思。当时明月在，曾照彩云归。

沈园二首

宋·陆游

城上斜阳画角哀，沈园非复旧池台。
伤心桥下春波绿，曾是惊鸿照影来。

梦断香消四十年，沈园柳老不吹绵。
此身行作稽山土，犹吊遗踪一泫然！

风入松

宋·吴文英

听风听雨过清明，愁草瘗花铭。楼前绿暗分携路，一丝柳、一寸柔情。料峭春寒中酒，交加晓梦啼莺。　　西园日日扫林亭，依旧赏新晴。黄蜂频扑秋千索，有当时、纤手香凝。惆怅双鸳不到，幽阶一夜苔生。

一部《诗经》，以《关雎》为首篇，不知是否象征着爱情主题在古人眼中的重要性。尽管历代的经学家费尽心机地掩盖《关雎》的爱情主题，但是当人们读到“窈窕淑女，君子好逑”的句子时，仍会透过烦琐枯燥的注疏联想到男女之间最自然的关系——爱情。这个主题在后代诗歌中也受到足够的重视，那种认为中国古典诗歌中缺乏爱情主题的说法其实是偏颇的。历代民歌中的情歌是不用说了，民间的歌手从未受过“思无邪”的教诲，他们歌唱爱情时非常大胆，毫无顾忌。即使在文人墨客的笔下，爱情主题也得到了充分的表现。可以说，凡是与古人的爱情生活有关的各类内容，在古典诗歌中都有生动的展现。显然，古典诗歌所描写的爱情是一种高贵、纯洁的情感，古代的诗人对那种仅仅出于生理需要的粗俗的两性关系是不屑一顾的。时至今日，“爱”这个词已经沦落成动词“做”的宾语了，但我们阅读的对象是古典诗歌，那里面还没有这样的动宾搭配。

爱情究竟是从何而来的呢？多情的诗人曾对爱情的发生做了

细致入微的观察。《楚辞·九歌·少司命》说:“满堂兮美人,忽独与余兮目成!”“目成”二字,妙不可言。若用今天的话来说,大概就是“眉目传情”,其基础则是“一见钟情”。虽然李商隐曾说:“已闻佩响知腰细,更辨弦声觉指纤。”似乎他不需目睹就能知道对方之美貌,但事实上此诗的第一句就是“月姊曾逢下彩蟾”,可见诗人是与美人重逢时才能闻声辨貌。在人类的各类感官中,眼睛是获得爱情的第一途径,当然也是传达爱情的最佳渠道。在古代社会中,除了青梅竹马式的爱情之外,男女双方产生爱情的最初程序就是惊鸿一瞥。《诗·郑风》中的《有女同车》说:“有女同车,颜如舜华。将翱将翔,佩玉琼琚。彼美孟姜,洵美且都。”《野有蔓草》又说:“野有蔓草,零露漙兮。有美一人,清扬婉兮。邂逅相遇,适我愿兮。”这些都是“一见钟情”式的爱情短剧。试想,当少男或少女偶然遇见一位容貌出众的异性,心中怎能不点燃爱情的火花?如果少女貌美如花,定会惊动少男的双眼,正如南朝乐府中《襄阳乐》所说:“大堤诸女儿,花艳惊郎目。”反过来,如果少男俊俏风流,则痴情的少女不但会动情而且会托付终身,正如韦庄《思帝乡》所写:“春日游,杏花吹满头。陌上谁家年少,足风流?妾拟将身嫁与,一生休。纵被无情弃,不能羞。”《西厢记》中的张生无意中窥见了崔莺莺的绝代美貌,莺莺起身躲避时又回过头来“觑”了张生一下,张生不由得惊呼:“我死也!”又说:“空着我透骨髓相思病染,怎当他临去秋波那一转!”

那么,人间容貌出众的男女并不罕见,可是能使你怦然心动的“所谓伊人”却只有一个，那又是什么原因呢？换句话说，在茫茫的人海中，为什么只有他（或她）能成为你苦苦思念的对象，而不是别人呢？这种完成于刹那之间的情感交流，古罗马人认为是男女双方的心灵挨了小爱神丘比特的致命一箭的结果。在希伯来人的创世神话中，女子夏娃本是上帝从男子亚当身上抽出一根肋骨做成的。既然一对男女原属一体，当然要苦苦寻找自己的另一半。古代的中国人“不语怪力乱神”，没有把它归因于什么神奇的力量。后来可能是受了佛教的影响，才认为爱情源于前生的缘分。尽管这样，这种观念也只在戏曲、小说中才有体现。唐人小说中有《定婚店》一篇，说有个名叫韦固的书生，曾在宋城南店看到一位老人在月光下翻检一本“幽冥之书”，老人还自称专门掌管人间婚姻。他的办法是用一根红绳子系在注定要成为夫妻的男女双方的脚上，“虽仇敌之家，贵贱悬隔，天涯从宦，吴楚异乡，此绳一系，终不可逭”。老人还预言韦固的妻子是一个年方三岁的小女孩，十四年后韦固果然与她结为夫妻。人们由此把促成婚姻的媒人称为“月下老人”，简称“月老”。据说从前杭州西湖有一座月老祠，里面有一副对联说：“愿天下有情人都成了眷属，是前生注定事莫错过姻缘。”我去过杭州两次，都没找到月老祠，但我曾在台湾日月潭的小岛上见过月老祠，门口就刻着这副对联，一字不差。可见在人们心目中，月下老人所掌管的婚姻还是以爱情为基础的。至于诗人，他们只关心爱情自身，而很少追究其起因。在诗人看来，爱情是人们心灵中自然产生的一种情感。

崔护其人，生平没有留下什么卓著的事迹，他在诗歌史上也全因《题都城南庄》一首而得名。可以说，崔护的一生中最有光彩的部分就是他独游城南的两个春日。关于此诗的发生背景，晚唐孟棨的《本事诗》中记载说："（崔护）举进士下第，清明日，独游都城南，得居人庄，一亩之宫，而花木丛萃，寂若无人。扣门久之，有女子自门隙窥之，问曰：'谁耶？'以姓字对，曰：'寻春独行，酒渴求饮。'女入，以杯水至，开门，设床命坐，独倚小桃斜柯伫立，而意属殊厚。妖姿媚态，绰有余妍。崔以言挑之，不对，目注者久之。崔辞去，送至门，如不胜情而入。崔亦眷盼而归。嗣后绝不复至。及来岁清明日，忽思之，情不可抑，径往寻之，门墙如故，而已锁扃之，因题诗于左扉。"其后还有女子因读此诗而死，以及死而复生，终与崔护喜结良缘的情节。这些情节已构成一篇微型小说，后人还据此编成《人面桃花》的戏剧，当然都是出于虚构。其实上文所引的那段文字也多半是由《题都城南庄》一诗而敷演出来的小说家言，崔诗的佳处并不在于其"本事"，而在于它生动地刻画了一次"目成"式的爱情经历。在一个春光烂漫的日子里，诗人在游春途中偶然见到一位姑娘，她那美丽的面貌和灿烂的笑容光彩照人，与盛开的桃花交相辉映。次年，在同样的一个春日，诗人来到同样的地点，只见桃花依旧在春风中嫣然含笑，去年的那张笑脸却不见踪影了。诗到这里就戛然而止，然而诗人的思绪绵绵不绝，引起读者无穷的遐想。在漫漫的人生中，许多人遇到过类似的经历。某次聚会中的匆匆一面，某次旅途中的邂逅，都可能给我们留下永不磨灭的记忆。他（或她）也许与你交谈了几句，或朝你嫣然一笑，也可能仅仅与你打了个照面，甚至只留下一个匆匆掠过的侧影，然后就永远消失在茫茫人海之中。此生此世，你不再有机会与之重逢，就像看到一颗流星掠过夜空，顷刻之间就消失得无影无踪。但只要你当时曾怦然心动，那惊鸿一瞥所留下的倩影就已永远铭刻在你心中。要问是什么力量使刹那之间的短暂过程获得了永恒，答案只有一个：爱情！

然而为什么爱情具有如此神奇的力量呢？元好问曾提出叩问："问世间情是何物，直教生死相许？"我们也可以换一种方式来问：为什么会爱上"所谓伊人"，而不是别人？在"山药蛋派"的小说中，当两个年轻人到村公所去登记结婚时，村干部照例要问女方："你为什么爱他？"女子回答说："因为他能劳动！"这真是荒谬绝伦的回答，因为地主雇用一个长工，或工厂主录用一名工人，也是出于同样的原因。当然首先该责备那个村干部，竟提出如此荒谬的问题来。许多父母在阻止子女与别人恋爱时，也会提出类似的荒谬问题。我认为，凡是能具体地罗列出来的因素，比如头戴乌纱、腰缠万贯、有房有车，乃至"二居室独住有管道煤气"（常见于报载征婚启事），都不是爱情的原因，而只能是对于婚姻的考虑。甚至美貌也不是爱情的真正原因，正如谚语所说："情人眼里出西施。"贾宝玉只要"木石前盟"而舍弃"金玉良缘"，并不是因为宝钗的容貌不如黛玉。当他看到宝钗的"雪白一段酥臂"和"脸若银盆，眼似水杏；唇不点而红，眉不画而翠"的"妩媚风流"时，也曾心猿意马来着。但日后他当真与宝钗结为夫妇了，却“空对着，山中高士晶莹雪，终不忘，世外仙姝寂寞林！”真正的爱情，是没有理由，也不需要理由的。“满堂兮美人，忽独与余兮目成。”刹那之间就做出了选择，就完成了心灵的交流，哪里有时间做缜密的思考、冷静的推敲？

晏幾道在《临江仙》中生动地回忆了一次爱情的发生过程：诗人与小蘋初次见面，就注意到她的罗衣上绣着双重的“心”字图案。“两重心字”，是否象征着心心相印的爱情？果然，透过“小弦切切如私语”的琵琶声，小蘋向诗人表达了绵绵的相思之意。两人未交一言，甚至未经“目成”（当时多半是宾客满堂），刹那之间就完成了两心相许的爱情过程！不要认为那只是一次偶然的心动，诗人已经做出了庄严的爱情承诺。第二年的一个凄冷的春日，诗人独自来到曾与小蘋相见的地方。酒醒幕垂，人去楼空，细雨霏霏，落红成阵，双飞的燕子更衬托出诗人的形单影只，于是他又一次回忆起“小蘋初见”的情景……词中对时序的倒置，正体现出词人心绪的纷乱。结尾处写到意中人像彩云一样飘散在月光中便戛然而止，正暗示着那次爱情过程转瞬即逝，难以追踪。那个过程纯粹是情感的自然流动，任何理智的思考、逻辑的分析都不可能掺杂其中。

真正的爱情是永恒的，不可遗忘的。乐府民歌中对此有深切的反映，请听汉代的《上邪》：“上邪！我欲与君相知，长命无绝衰。山无陵，江水为竭，冬雷震震，夏雨雪，天地合，乃敢与君绝！”再请听唐代的《菩萨蛮》：“枕前发尽千般愿，要休且待青山烂。水面上秤锤浮，直待黄河彻底枯。　　白日参辰现，北斗回南面。休即未能休，且待三更现日头。”如此的山盟海誓，正是对永恒的爱情的宣言。更妙的是汉乐府《有所思》：“有所思，乃在大海南。何用问遗君？双珠玳瑁簪，用玉绍缭之。闻君有他心，拉杂摧烧之。摧烧之，当风扬其灰。从今以往，勿复相思，相思与君绝！鸡鸣狗吠，兄嫂当知之。妃呼豨，秋风肃肃晨风飔，东方须臾高知之。”这位女子已经决心与萌生异心的情人一刀两断，连珍贵的爱情信物都付之一炬，且扬灰风中，可以说彻底决裂、义无反顾了。可她忽然又忆起当初与情人幽会的情景，连鸡鸣狗吠的细节都历历在目，可见爱情一旦铭刻在心，就永远无法忘怀。

吴文英的《风入松》就是写的这种刻骨铭心的相思之情：风雨摧春，落花成冢，暗示着旧梦已逝。春寒病酒，晓莺破梦，衬托出心境孤寂。及至清明过却，天气转晴，诗人每日徘徊于西园。西园地处西湖，是词人曾与情人双栖的地方，词人对之梦魂萦绕，经常见于歌咏。词人分明是到那里去寻觅旧梦，然而物是人非，哪里还有情人的踪迹？“黄蜂频扑秋千索”两句，近人陈洵评曰：“见秋千而思纤手，因蜂扑而念香凝，纯是痴望神理。”的确，即使情人的纤手曾在秋千索上留下芳泽，但经过风雨洗刷，哪里还会有所残留？况且黄蜂只爱自然界的花香，怎会扑向美人所留下的芳泽？然而在寻寻觅觅的词人眼里，秋千架上的倩影恍然在目，并与绕索飞舞的黄蜂叠合成一个意象。尽管有空间的阻隔，尽管有时光的冲洗，但真正的爱情已经铭刻在心，永远不会遗忘。对爱情的记忆与其他记忆不同，它不是冷静地进行理智的过滤后的选择性记忆，更不是严谨地依照历史学的原则留下的实录，它说不清楚，道不明白，却保留着最真切的印象，因为它实在是一个痴情人的梦。正如欧阳修词中所说："人生自是有情痴，此恨不关风与月。"北宋词家中抒写爱情的高手多矣，但首推晏几道的爱情词最为感人，其原因正如黄庭坚所说，"其痴亦自绝人"。

幸福的爱情固然美好，但最能使读者回肠荡气的爱情诗词却是那些抒写不幸的篇章，陆游的《沈园二首》堪称代表作，这两首诗不知引出了历代读者的多少泪水。陆游二十岁左右初娶唐氏，伉俪情笃。可是唐氏不得陆母欢心，大约一年后陆游即被迫与之离婚，并续娶王氏，唐氏也改嫁他人。后来两人虽曾邂逅，但已是咫尺天涯。陆游与唐氏的爱情故事，其凄婉感人的程度毫不输于那些纯属虚构的爱情小说或戏曲。《沈园二首》写于诗人七十五岁时，其时唐氏已去世四十年，是诗人睹景怀人的追思之作。关于《沈园二首》的艺术成就，我只想引用近人陈衍的一段评语："无此绝等伤心之事，亦无此绝等伤心之诗。就百年论，谁愿有此事？就千秋论，不可无此诗！"千年诗史不可或缺，这个评价是何等崇高，又是何等准确！而"绝等伤心"四字，更是一针见血之论。试想一位已届迟暮之年的老人，重游故地追寻旧梦，然而时异境迁，芳踪杳然，其心上人早在四十年前就已香消玉殒。诗人明知自己行将就木，却依然对着遗踪潸然泪下。这是多么感人的深哀巨痛！作为对比，让我们读一首陆游哀悼其妻王氏的诗《自伤》："朝雨暮雨梅子黄，东家西家爨兰香。白头老鳏哭空堂，不独悼死亦自伤。齿如败屐鬓如霜，计此光景宁久长？扶杖欲起辄仆床，去死近如不隔墙。世间万事俱茫茫，惟有进德当自强。往从二士饿首阳，千载骨朽犹芬芳。”此诗写于诗人七十三岁时，此时他与王氏已做了五十来年夫妻，且儿孙满堂，家庭和睦。然而陆游平生作诗近万首，诗中却几乎不见王氏的身影。况且此诗与其说是悼亡诗，倒不如说是自挽诗，难怪诗题不作“悼亡”而作“自伤”！相反，诗人与唐氏仅做了一年夫妻，却在诗中反复追忆，例如在六十三岁时所写的咏菊枕的二首：“采得黄花作枕囊，曲屏深幌闷幽香。唤回四十三年梦，灯暗无人说断肠。”“少日曾题菊枕诗，蠹编残稿锁蛛丝。人间万事消磨尽，只有清香似旧时。”又如在六十八岁时偶游沈园看到四十年前的题壁词而写的：“林亭感旧空回首，泉路凭谁说断肠？坏壁醉题尘漠漠，断云幽梦事茫茫。”再如诗人八十一岁时的两首纪梦诗：“路近城南已怕行，沈家园里更伤情。香穿客袖梅花在，绿蘸寺桥春水生。”“城南小陌又逢春，只见梅花不见人。玉骨久成泉下土，墨痕犹锁壁间尘。”这些诗或作于王氏去世之前，或作于王氏去世之后，它们哪一首不比《自伤》更为哀伤感人？更不用说传诵千古的《沈园二首》了。

陆游的这些诗，常使我想起贾宝玉在警幻仙子那儿听到的《终身误》：“叹人间，美中不足今方信。纵然是齐眉举案，到底意难平！”如果我们把《自伤》与《沈园二首》对读，就可清楚地看出婚姻与爱情的区别：前者是一种人伦关系，它需要的是责任感；后者是心灵的结合，它需要的是全部的生命！正如美国人艾里希·弗洛姆在《爱的艺术》中所说："爱，本质上应是一门意志的艺术，一门决定以我全部的生命去承诺另一个人生命的艺术。"婚姻或许会给人带来和睦、美满的家庭生活，爱情却能提升整个生命的意义和价值，因为它融入了两个生命，是两颗心灵剧烈碰撞产生的烈火。这团烈火会把两颗心灵烧得面目全非，再也无法恢复原初的状态。从这个意义上说，每个人的一生中只能发生一次真正的爱情，而且必然是排他性的。我们不该责备陆游对共同生活了五十年的王氏的感情过于淡薄，他的心灵早已被惊鸿一现的唐氏永远占有了。

最后，我们应该对那位不辞辛苦地往一对对男女的脚上系红绳子的月下老人表示敬意，虽然他自称专门掌管人间婚姻，但是他非常重视爱情，月老祠门口所贴的对联把婚姻与爱情的关系说得很清楚："愿天下有情人都成了眷属！"此语包含着一个原则，就是："爱情是婚姻的基础。"只有以爱情为基础的婚姻才是真正美满的婚姻，从而也是合于道德律令的婚姻，愿以月老此语祝福天下的有情人。

（2005年2月11日）

别范安成

南朝梁 · 沈约

生平少年日，分手易前期。

及尔同衰暮，非复别离时。

勿言一樽酒，明日难重持。

梦中不识路，何以慰相思？

闻王昌龄左迁龙标遥有此寄

唐 · 李白

杨花落尽子规啼，闻道龙标过五溪。

我寄愁心与明月，随风直到夜郎西。

不见

唐·杜甫

不见李生久，佯狂真可哀。
世人皆欲杀，吾意独怜才。
敏捷诗千首，飘零酒一杯。
匡山读书处，头白好归来。

赠卫八处士

唐·杜甫

人生不相见，动如参与商。今夕复何夕，共此灯烛光。
少壮能几时，鬓发各已苍。访旧半为鬼，惊呼热中肠。
焉知二十载，重上君子堂。昔别君未婚，儿女忽成行。
怡然敬父执，问我来何方？问答未及已，驱儿罗酒浆。
夜雨剪春韭，新炊间黄粱。主称会面难，一举累十觞。
十觞亦不醉，感子故意长。明日隔山岳，世事两茫茫。

贫交行

唐·杜甫

翻手作云覆手雨，纷纷轻薄何须数。
君不见管鲍贫时交，此道今人弃如土！

哭刘蕡

唐·李商隐

上帝深宫闭九阍，巫咸不下问衔冤。
黄陵别后春涛隔，湓浦书来秋雨翻。
只有安仁能作诔，何曾宋玉解招魂。
平生风义兼师友，不敢同君哭寝门。

病起荆江亭即事

宋·黄庭坚

闭门觅句陈无己，对客挥毫秦少游。
正字不知温饱未，西风吹泪古藤州。

古人非常重视朋友关系，《尚书·舜典》提倡“五典”，蔡沈认为那就是《孟子·滕文公上》中所说的“五伦”：“父子有亲，君臣有义，夫妇有别，长幼有序，朋友有信。”《礼记·中庸》中的“五达道”也指同样的五种人伦关系。在“五伦”中，前面的四种关系或是先天形成的，或具有唯一性、排他性，只有朋友关系是后天形成的，而且多多益善，一个人与多位朋友之间的亲密关系并不互相排斥，它是世间最重要的人际关系之一。孔子曾从不同的方面论说交友之道：“朋友信之。”“无友不如己者。”“君子以文会友，以友辅仁。”“益者三友，损者三友。友直，友谅，友多闻，益矣。友便辟，友善柔，友便佞，损矣。”古人甚至认为朋友间的感情亲如兄弟，孔门弟子司马牛曾忧愁地说：“人皆有兄弟，我独亡！”另一位孔门弟子子夏安慰他说：“四海之内，皆兄弟也。君子何患乎无兄弟也？”汉代无名氏诗曰：“骨肉缘枝叶，结交亦相因。四海皆兄弟，谁为行路人？”就是对友谊的热情歌颂。

那么，亲如兄弟的友谊究竟是如何产生的呢？最重要、最本质的原因是理解。春秋时伯牙与锺子期是一对知己，其友谊的根源即是理解。伯牙鼓琴，只有锺子期能听出来他“志在高山”“志在流水”。锺子期死，伯牙终身不复鼓琴，后人因而用“知音”指代“知己”，例如张孝祥词曰：“高山流水遇知音。”理解会导致信任，春秋时代另一对知己间的“管鲍之交”，即源于理解与信任。管、鲍两人曾在一起经商，管仲在分利时自己多取一些，鲍叔牙不认为管仲贪婪，他知道管仲家境贫困。管仲曾在战场上三次逃跑，鲍叔牙不认为管仲胆怯，他知道管仲家有老母。管仲仰天长叹：“生我者父母，知我者鲍子也！”清人顾炎武歌颂他们说：“相知管鲍亲！”杜甫则用管鲍为榜样来批评不重友谊的时人：“君不见管鲍贫时交，此道今人弃如土！”

只有建立在理解与信任的基础上的友谊才会是持久的、生死不渝的，反之，如果把利害关系视作交友的基础，则利尽而交亡，非但不能产生真正的友谊，反而会导致卖友求荣、落井下石的行为。古人对后者进行了无情的鞭挞，汉人朱穆作《绝交论》来针砭浇薄的世风。梁代的刘峻推而广之，作《广绝交论》，列举五类“利交”以批判之：追逐权势的“势交”，贪图财富的“贿交”，附庸风雅、猎取名声的“谈交”，贫时相合、富则反目的“穷交”，衡量轻重得失的“量交”。诗歌中的同类作品则首推杜甫的《贫交行》。真正的友谊应是以诚相待、持久不变的，有些人却朝秦暮楚，变幻莫测，诗人对那种世态极为厌恶，一针见血地指斥道：“翻手作云覆手雨！”浦起龙评曰：“只起一语，尽千古世态。”全

明 · 沈周 · 京江送别图

诗仅寥寥四句便戛然而止，语气十分冷峻，深刻地表达了诗人对炎凉世态的轻蔑与憎恶。可以毫不夸张地说，此诗的首句以及由此句简化而来的成语“翻云覆雨”，已经把那类轻薄之人永远钉在耻辱柱上。杜诗的批判力量，由此可见一斑！

当然，古诗中更多的作品是对忠贞不渝的友谊的歌颂，古诗中洋溢着诗人们对友人的关切之情和相思之意。这种友谊不会随着双方在穷达、贫富等方面的变化而有丝毫的改变，反而像雪中送炭似的给处于逆境中的友人带来温暖。748 年，王昌龄以“不护细行”的罪名远谪龙标，正在扬州的李白听说此事，作诗寄之。龙标是唐代县名，其地远在今天的湖南怀化。夜郎也是唐代县名，治所在今湖南芷江，龙标距夜郎不足百里。在李白看来，龙标是一个极其遥远的蛮荒之地，它甚至比夜郎古国（诗中的“夜郎”

双关汉代夜郎国与唐代的夜郎县）更为遥远！在春残柳老、子规啼血的时节，传来了友人远涉瘴烟弥漫的五溪的消息，诗人的心情是多么沉痛，诗人对友人的命运又是何等关切！他忽发奇想，要把一颗愁心寄托给明月，伴随着友人的足迹直到天涯。

760年，在蜀道上历尽艰险的杜甫刚到成都不久，听到了李白长流夜郎的消息，但未知他实已遇赦东归，作诗怀之。自从李、杜二人于745年在兖州相别，已经过去了十五个年头。李白以狂名著称，杜甫却清楚地知道他其实只是佯狂而已。“佯狂”者，怀才不遇而以狂态避世也。唯其为佯狂，所以真可哀，这是杜甫对李白的深刻理解与深切同情。当李白因误入永王李璘军而获罪时，举世尽欲杀之，只有杜甫爱惜其杰出的才华。李白少时曾读书于蜀中绵州的大匡山，此时杜甫客居成都，与匡山相距不远，故希望已臻垂暮之年的李白能够回归故里。

王昌龄因“不护细行”而远谪龙标，“不护细行”，用今天的话说，便是“生活小节不检点”。李白误入李璘军而长流夜郎，是因为李璘擅自率军东下而被视为叛逆，李白也被定为附逆之罪。其实当李璘的军队以抗击安史叛军的名义经过庐山时，李白是带着报国热情从军的，他岂能对后来局势的发展未卜先知？王昌龄被贬是无辜受罚，李白被流也是蒙受了不白之冤，但在当时，他们毕竟受到官府的惩罚，李白甚至蒙着深重的罪名，了解实情而害怕惹祸的人会对他们避之唯恐不及，不知实情的人不免会对他们白眼视之，无耻之徒甚至会对他们落井下石。然而李白对王昌龄不改旧情，杜甫更公然为李白鸣冤，这正是友谊的力量，而友谊的基础则是理解和信任。

真挚的友谊不但终生不渝，而且会超越生死的界限。849年，刘蕡客死于浔阳。噩耗传到长安，李商隐悲愤交加，一连写了四首诗来悼念死者。刘蕡是唐代政治史上非常特殊的一位人物，他一第未沾，却名震朝野。828年，刘蕡应“贤良方正直言极谏科”考试，在对策中猛烈抨击宦官乱政，在士大夫中引起强烈反响，同时也遭到宦官的刻骨忌恨，因而被黜。导致刘蕡落第的那份制策后来被新、旧《唐书》全文收录，在整个唐代，策之书于史者，惟蕡一人而已。即使在当时，刘蕡落第也使得天下称冤，当年登第的李郃甚至说：“刘蕡不第，我辈登科，实厚颜矣！”此后刘蕡沉沦下僚，还受到宦官的诬陷贬谪，抑郁而终。李商隐曾与刘蕡同为令狐楚的幕僚，视刘蕡如师如友。诗人深情地回忆去年春季与刘蕡在湘江流入洞庭湖处的黄陵相别，从此相隔千里波涛。今秋忽然从湓浦传来了刘蕡的死讯，正值秋雨倾盆。生离已使人黯然销魂，死别更令人悲痛难抑，诗人的心情像天气一样阴暗凄凉。在宦官气焰熏天的时候，诗人如此深切地悼念刘蕡，本身就是向黑暗势力的抗争。虽然刘蕡名满天下，但当时敢于写诗哀悼他的诗人仅李商隐一人而已。况且此诗除了沉痛的哀悼外，还有愤怒的谴责，其批判锋芒直指朝廷，毫无掩饰，正如清人姚培谦所说："盖直为天下恸，而非止哀我私也。"此诗表达了诗人与刘蕡之间义兼师友的特殊友谊，这种友谊的内蕴是对正义的信念，从而能在黑暗势力的万丈凶焰下始终不渝。

1100年，久遭贬谪的黄庭坚遇赦东归，次年行至荆南待命，作诗怀念陈师道和秦少游两位朋友。以苦吟著称的陈师道家境贫寒，此时虽已获得秘书省正字的微职，但诗人仍然担心他能得温饱否？至于才思敏捷的秦少游，则已在去年卒于荒远的藤州，诗人只能对着西风一洒悲哀之泪了。此诗语淡情深，表达了诗人对友人的深切怀念。陈、秦两人一生一死，诗人却对他们同样一往情深，他们是经过了苦难考验的生死之交。

当然，真诚的友谊并不一定要产生在非凡的人物之间，也不一定要经过穷达生死的考验，平凡的人在平常的境遇中也能建立真诚的友谊且维持长久。孔子说："三人行，必有我师焉。"我觉得若把"师"字改成"友"字，此言也能成立。况且平凡的人在能力、意志等方面都不如非凡人物那么坚强，更需要有朋友在生活中互相帮助，或在逆境中相濡以沫。俗话说“一个好汉三个帮”，就是这个道理。那么，我们在日常生活中应该如何处理交友之道呢？我觉得除了上述的理解与信任两条准则之外，还应注意庄子提出的另一条准则。《庄子·山木》说：“君子之交淡若水，小人之交甘若醴。君子淡以亲，小人甘以绝。”郭象对此有很好的解释：“无利故淡，道合故亲。饰利故甘，利不可常，故有时而绝也。”的确，真正的友谊是其淡如水的，那种亲热过度、蜜里调油的交情往往并不可靠。韩愈曾在《柳子厚墓志铭》中揭露后者的真相：“今夫平居里巷相慕悦，酒食游戏相征逐，诩诩强笑语以相取下，握手出肺肝相示，指天日涕泣，誓生死不相背负，真若可信。一旦临小利害，仅如毛发比，反眼若不相识。落陷阱，不一引手救，反挤之，又下石焉者，皆是也。”古代的诗人对此有深刻的认识，他们歌颂的友谊几乎都是“君子之交淡若水”的。

沈约是一位笃于友情的人，他曾作《怀旧诗九首》，分别追悼王融、谢朓等九位已经去世的朋友，情文并茂，感人至深。497年，友人范岫将出任安成内史，沈约写诗赠别。此诗很好地体现了沈约的文学观念：“文章当从三易：易见事，一也；易识字，二也；易读诵，三也。”与文从字顺的风格非常协调的是，此诗的内容也是极其平凡的日常生活和极其平凡的人生体验，清人吴淇评曰：“看他一篇文字，只觑定‘别离时’三字，真是看着日影说话。往前写，直写到‘少年日’，何其太长；往后写，只说到‘明日’止，何其太短。一短一长，只逼此眼前离别一刻，真老年人手笔也。”的确，此诗完全是老人的口吻：少年人意气风发，况且来日方长，把将来的重逢看得很容易。等到彼此都成了老人，来日无多，就不该轻易分手了。道理虽然浅显，却是阅尽沧桑的老人才能说出的人生经验。诗人送别范岫时，两人都已年近六旬，所以说不要小看这区区的一杯酒，今朝一别，明日就难接杯酒之欢了。古时的张敏在梦中寻访友人高惠，每次都迷路而返，可见人们在梦中是不认识道路的，我们又有什么方法安慰彼此的相思之情呢？这里完全没有“握手出肺肝相示，指天日涕泣，誓生死不相背负”之类的浓烈气氛，只有杯酒相送的平凡之举和娓娓道来的平淡之语，然而这才是真诚的友谊！

沈约写的是送别，杜甫的《赠卫八处士》则淋漓尽致地刻画了一对好友久别重逢的生活场面和复杂心情。“卫八处士”何许人也？历代杜诗注家聚讼纷纭，终无确论，我们只知道他是一位平民百姓，生有好几个孩子，家中种着几畦蔬菜。此诗作于何年？宋人黄鹤说是759年，其实这是以卫八处士为蒲州隐士卫大经的族子的假设为前提的推论，并没有什么根据。当然，759年杜甫四十八岁，既然诗人与卫八已离别二十年，这样编年当与事实相距不远。杜诗以“诗史”而著称，为什么这首诗的写作背景却很不清晰？原因就在于卫八其人实在是太平凡了，卫八与诗人间的交往也太平凡了，以至于后人无法从诗中找到任何与历史记录有关的蛛丝马迹。我们只知道在一个春雨霏霏的夜晚，诗人偶然路经卫八的家。昏暗的烛光映照着主宾两人的苍白鬓发，诗人想到双方在分手之前都还是翩翩少年，心中感慨万分。人生别易会难，真像天上此升彼落的参、商二星！等到互相询问亲朋故旧的下落，竟有半数已入鬼录，又不由得失声惊呼。当年的卫八还没结婚，眼前却忽然冒出一排儿女。孩子们彬彬有礼地向客人问长问短，父亲却催他们快去准备酒菜。端上桌来的是刚从夜雨中剪来的韭菜，还有掺着黄米的刚煮熟的米饭。主人说见面太难了，便连连向客人劝酒，两人竟一下子喝了十杯。再多喝一杯吧，明日两人就要相隔山岳，音讯渺茫了。

《赠卫八处士》得到后人的交口称赞，宋人陈世崇说："久别倏逢，曲尽人情。想而味之，宛然在目。"明人锺惺说："只叙真境，如道家常，欲歌欲哭。"清人张上若说："全诗无句不关人情之至，真到极处便厚。"清人吴星叟说："此人人胸臆所有，人不道耳。"的确，凡是上了点年纪的人，谁没有经历过类似的离别和重逢？谁没有到离别多年的朋友的家中做过客，在灯烛光下主客相对，恍若隔世？谁能不慨叹眼前的两鬓苍苍，并追忆当年的青春面容？谁能在听说许多故人已不在人世的消息后不为之惊呼、悲伤？谁能见到分别时尚未结婚的友人家中突然冒出来的孩子时不感到亲切，又感慨万分？谁能在品尝朋友家匆匆准备的家常饭菜时不感到浓浓的友情？谁能拒绝友人热情的劝酒？谁能忘怀与友人对酒话旧的雨夜？谁能不珍惜那暖意融融的烛光、热气腾腾的饭菜，以及在友人家所见到的一切？可以说，杜诗所写的就是我们都曾经历过的情景，也是我们都曾感受过的心情，这是它深受读者喜爱的原因。然而要把这一切像杜诗那样生动、准确、酣畅淋漓地写出来，却又难上加难，因为要把平凡情景升华为诗的意境，实在需要非凡的笔力。尽管杜诗中也许蕴含着由兵荒马乱的时代引起的独特的情感波澜，但是诗中并未明言。况且人生在世，岁月的风霜、人事的变迁都会使你产生沧桑之感。即使你一直过着安宁的平凡生活，你与多年未见的老友相见时也会感慨万千的。杜甫与卫八相逢的那个春雨霏霏的夜晚，已定格为古今读者心中共同的温馨旧梦。

显然，杜甫与卫八的友谊，正是“君子之交淡若水”的典型例子。他们一度相交之后就是长久的分离，偶然重逢也只是匆匆一面，杯酒相欢，然后又天各一方。在人们的一生中，会有许多朋友处于这种状态。然而谁能说他们之间没有真诚、深挚的友谊？秦观咏爱情说：“两情若是久长时，又岂在朝朝暮暮！”友谊也是一样，只要彼此在心中珍藏着这份情感，哪怕相隔万水千山，哪怕终生别多会少，照样能使友谊地久天长。频繁的交游、书信的往来、礼物的馈赠等，都不是友谊的必要条件。此外，这首杜诗也使我们更真切地明白真正的友谊不一定要历经磨难和考验，它完全可能存在于平常的人生之中。汉代的翟公曾感叹说：“一死一生，乃知交情。一贫一富，乃知交态。一贵一贱，交情乃见。”这当然是至理名言，能经受上述考验的友谊必定是真诚的，但尚未经历此类考验的友情不一定就是虚假的。况且正像基督徒祈祷时所说的：“不要让我们遇到试探。”我也希望人间的友谊最好不要遇到严峻的考验，大多数人毕竟是善良而软弱的，他们本有真诚的友谊，却不一定能经受得住严酷的考验。我们曾有过那样的一个时代：人们被诱骗、被怂恿、被逼迫着从事告密、出卖等行为。结果是令人痛心疾首的，成千上万本性善良的人们背叛了友谊。要是在一个正常的时代，那些友谊本可长久维持下去的。但愿那个“史无前例”的时代永不复返。

（2005 年 2 月 16 日）

归园田居

晋·陶渊明

少无适俗韵，性本爱丘山。
误落尘网中，一去三十年。
羁鸟恋旧林，池鱼思故渊。
开荒南野际，守拙归园田。
方宅十余亩，草屋八九间。
榆柳荫后檐，桃李罗堂前。
暧暧远人村，依依墟里烟。
狗吠深巷中，鸡鸣桑树巅。
户庭无尘杂，虚室有余闲。
久在樊笼里，复得返自然。

江村

唐·杜甫

清江一曲抱村流，长夏江村事事幽。
自去自来堂上燕，相亲相近水中鸥。
老妻画纸为棋局，稚子敲针作钓钩。
多病所须惟药物，微躯此外更何求。

游山西村

宋·陆游

莫笑农家腊酒浑，丰年留客足鸡豚。
山重水复疑无路，柳暗花明又一村。
箫鼓追随春社近，衣冠简朴古风存。
从今若许闲乘月，拄杖无时夜叩门。

什么是幸福？答案当然是言人人殊。君主追求的是君临天下、万民臣服的无上权威，僧侣希望自己能充当神祇在尘世的代言人，哲人愿意舍弃世间的一切财富来换取对真理的掌握，财迷却宁肯牺牲所有的真理与正义来追逐更多的财富。那么，对于芸芸众生，他们所希冀的幸福又是什么呢？有人认为就是物质上应有尽有，精神上无忧无虑，而且长生不老，其实，那也就是人们想象中的天堂。可是人们生活在天堂里就幸福了吗？德国的海克尔曾在《宇宙之谜》中描绘过不同民族的人们所想象的天堂里的情形，并认为要是人们真的住进了那样的天堂，一定会因生活单调而烦闷欲死。唐人元稹在《刘阮妻》中追问东汉的刘晨、阮肇："芙蓉脂肉绿云鬟，罨画楼台青黛山。千树桃花万年药，不知何事忆人间？"是啊，刘、阮入天台山采药迷路，遇到两位仙女，被留住半年。那个仙境中有国色天香的仙女，有清幽绝俗的环境，有美轮美奂的楼台，有长生不老的仙药，那与天堂又有何异？然而刘、阮却苦苦地思念人间，求归心切。苏轼在醉后口出狂言："我欲乘风归去，又恐琼楼玉宇，高处不胜寒。起舞弄清影，何似在人间？”刘、阮在天台仙境中的心情也许类似于苏轼：仙界固然美丽，却不如人间温暖。好在仙境都是“山在虚无缥缈间”，而且“烟涛微茫信难求”，我辈凡夫俗子即使对刘、阮的奇遇心怀艳羡，也绝无机会付诸实践，倒也避免了在仙界、人间中做两难的选择。

俗话说：“天上神仙府，人间宰相家。”可见在普通人眼中，人间的帝王将相也过着与神仙无异的幸福生活。然而帝王将相或他们的家人们过得幸福吗？《红楼梦》中的贾元春被选为贵妃，极尽人间之尊荣，她却说皇宫是“不得见人的去处”，还羡慕“田舍之家，虽齑盐布帛，终能聚天伦之乐”的平民生活。普希金诗中的塔吉雅娜成了安富尊荣的公爵夫人后，对她昔日的朋友奥涅金说：“奥涅金，这对我有什么意味？——这种讨厌的荣华富贵，社交旋风中获得的成功，时髦的宅第和这些晚会！假面舞会的破烂衣服，我真想马上扔到别处。用豪华、喧闹和瘴气乌烟换回书本和荒僻的花园，换回我们简朴的故居，换回我们的那些旧地——我第一次和您在那儿相遇，换回那块简陋的坟场——十字架伴着树影的阴凉，下面埋着我可怜的奶娘……”贾元春和塔吉雅娜的话真是对平民百姓的极大安慰，原来当平民们仰望着贵族的富贵生活时，贵族中也有人正在羡慕平民的简朴生活呢！这真是“这山望着那山高”了。

当然，说平民的生活幸福需要两个前提，就是让他们得到温饱，并合家团聚。孟子为平民设计的最低生活标准是：“仰足以事父母，俯足以畜妻子，乐岁终身饱，凶年免于死亡。”杜甫用诗歌复述了这种标准："牛尽耕，蚕亦成，不劳烈士泪滂沱，男谷女丝行复歌。"有些圣贤、高士过于强调清贫生活的意义，仿佛越是饥寒交迫便越是高尚，未免树义过高且高而不切。相传古希腊的狄奥根尼住在一个木桶里，连一个饮水用的木瓢也不愿拥有。汉代袁安的雪天僵卧、王章的牛衣对泣、王霸的败絮自拥，虽然不一定是有心为之，但都被传为佳话，仿佛他们的饥寒生活具有特别重要的意义。在我看来，如果他们是刻意地"食无求饱，居无求安"，那就与苦行僧的修行一样，其实是一种精神贵族式的骄傲，正如朱熹所说："隐者多是带气负性之人为之。"那种气质当然不是我们普通人所能具有的，我们对狄奥根尼那样的人只能敬而远之。

我最钦佩陶渊明的生活态度，他虽然说过"不赖固穷节，百世谁当传"，但他对饥寒的态度并不是逆来顺受，更不是甘之如饴，他在《感士不遇赋》中说："夷投老以长饥，回早夭而又贫……虽好学与行义，何死生之苦辛！"他曾慨叹劳作的艰辛："山中饶霜露，风气亦先寒。田家岂不苦，弗获辞此难。"他还曾体会过乞食的尴尬："饥来驱我去，不知竟何之。行行至斯里，叩门拙言辞。"当然，尽管有此类种种不如意的情形，陶渊明还是由衷地热爱简朴的田园生活，他在《归园田居》中把田园生活描写得多么美好！十余亩的宅地，八九间的茅屋，堂前屋后长满了榆柳桃李，远近的村庄依稀可睹。读者不要误以为陶渊明的住宅十分宽敞，其实他家的茅屋又狭小又破旧，"环堵萧然，不蔽风日"。不过诗人热爱他的家，自称"审容膝之易安"。孟夏时分，屋前的树上栖息着许多鸟儿，诗人看了满心欢喜，深情地说："众鸟欣有托，吾亦爱吾庐。"诗人住在这么简陋的茅屋里，日子当然过得相当清苦，但他善于自得其乐。请看他对孩子们自述的生平乐事：一是自由自在地读点书，"开卷有得，便欣然忘食"。二是欣赏屋外的自然景色，"见树木交荫，时鸟变声，亦复欢然有喜"。第三件乐事最有趣："五六月中，北窗下卧，遇凉风暂至，自谓是羲皇上人。"盛夏时偶然吹来的一阵凉风，都能使他产生幸福感，可见陶渊明是诚心诚意地热爱简朴生活。然而陶渊明并不像狄奥根尼那样拒绝物质享受，他明确表示："人生归有道，衣食固其端。孰是都不营，而以求自安？"无独有偶，19世纪的美国人亨利·梭罗也有类似的观点。梭罗写的《瓦尔登湖》被许多人认为是现代人抵拒物质引诱的圣典，其实此书的第一篇就叫《经济篇》，作者不但详细开列了好几份收支明细表，而且明确指出："生活之必需品可分为：食物、住宅、衣服和燃料；除非获得这些，我们是无法自由地面对真正的人生问题的，更无法展望成就了。"陶渊明比梭罗更会欣赏生活，他性喜饮酒，有时别人送酒给他，他就欣然饮之。他的生活态度源于儒家，即孔子所说的："饭疏食，饮水，曲肱而枕之，乐亦在其中矣。不义而富且贵，于我如浮云。"当我读陶诗时，常常胡思乱想：要是陶渊明的经济条件稍稍改善一些，让他家的"瓶"里常常装满粮食（他自称"瓶无储粟"，苏轼曾嘲笑他："使瓶有储粟，亦甚微矣，此翁平生只于瓶中见粟也耶？"），让他的酒杯里常常盛满浊酒，总之是让他及其家人免受饥寒之苦，那么陶渊明一定是古今最快乐的一位诗人了。

杜甫和陆游的诗也描写了村居生活的安宁、愉快。759年杜甫率一家老小到达成都后，度过了他成年以后最为安稳的一段生涯。他在浣花溪边觅得一块荒地，芟除茅草，开辟了一亩大的地基，修筑了一座茅屋，称之为草堂。他又从亲友处乞得许多桃树、桤木、绵竹等苗木，栽种在草堂周围。这座草堂后来成为中国文学史上的圣地，它在当时的意义却是为穷愁潦倒的诗人提供了栖身之所，也为他的妻儿提供了安定的家。杜甫住在草堂时经常得到亲友的资助，左邻右舍也对他非常友好。严武等人的资助使诗人暂时避免了饥寒之苦，邻家农父的热情招待更使他感受到人情的温暖。虽然生活中不时发生一些烦恼，比如稚子叫怒索饭，秋风刮走屋顶的茅草，但此时杜甫的生活总算是比较安定的，他的心情也比较愉快，他饶有兴致地写了许多诗歌来描绘宁静的田园生活和幽美的江村景色，《江村》就是其中之一。《江村》一诗，曾被明人许印芳评为“通体凡近，五、六尤琐屑近俗，杜诗之极劣者”，清人申涵光更说它是“《千家诗》声口”，申氏还说：“选《千家诗》者，于茫茫杜集中，特简此首出来，亦是奇事！”说此诗“近俗”是不错的，此诗被选进《千家诗》的原因正是其通俗易诵，然而为什么通俗便是“极劣”呢？此诗的长处正在以平易浅近的语言描写平凡琐屑的日常生活，却展示了清幽的意境和深挚的情思。明人周敬说：“最爱其不琢不磨，自由自在，随景布词，遂成《江村》一幅妙画。”明人周珽则说：“物得遂其幽闲之性，人得尽其伦理之和，非无萦襟怀，不能享此清福。”这两段话都说得很中肯，试想清江环抱，燕鸥翔集，这是多么清静幽美的江村夏景！夫妻对弈，稚子垂钓，这是多么安宁和睦的家庭剪影！饱经忧患的诗人对这样的生活感到心满意足，他的笔下洋溢着幸福的感觉。

陆游的《游山西村》好像是一首记游诗，但正如清人方东树所评，此诗“以游村情事作起，徐言境地之幽，风俗之美，愿为频来之约”，全诗的主要内容是描绘山西村的风土人情。1167年，正在山阴闲居的陆游偶然来到山西村。这是一次信步而行的漫游，诗人沿着山间水畔的蜿蜒小径曲折前行，走着走着，仿佛小径已消失在重重叠叠的山水之间。突然诗人觉得豁然开朗，一个小村落衬映着柳暗花明的背景出现在眼前。……山清水秀的景色，淳朴敦厚的民风，古老简朴的习俗，象征着丰收年景的农家酒菜，都在诗人充满爱抚的笔触下得到生动的描写。诗人并不是山西村里的居民，但他对村里的风土人情充满着歆羡之情。虽然诗人早就立下了“上马击狂胡，下马草军书”的志愿，而且他在写《游山西村》以后还有十多年的仕途生涯，其间还一度往南郑从军，但他真心喜爱宁静、淳朴的田园生活，并因此而喜爱陶诗。陆游曾回忆他十三四岁时的一件事情：“偶见藤床上有渊明诗，因取读之，欣然会心。日且暮，家人呼食，读诗方乐，至夜，卒不就食。”一个十三四岁的少年就能欣赏陶诗，可见其天性中本有与陶渊明的人生态度相默契的素质。不然的话，他的笔下怎能展现如此美好的农村生活场景？

人生不如意事，十常八九。简朴的生活本是很低的要求，在现实中却常常求之不得。陶渊明衷心喜爱淳朴的乡村生活，可是他曾因家贫而出仕，为了五斗禄米而折腰于公庭。后来他终于弃官返乡，过上他向往已久的田园生活了，然而家境过于清贫，饥寒之苦常常会减损生活的乐趣。他在《自祭文》中总结一生经历说："自余为人，逢运之贫。箪瓢屡罄，絺绤冬陈。含欢谷汲，行歌负薪。翳翳柴门，事我宵晨。春秋代谢，有务中园。载耘载耔，乃育乃繁。欣以素牍，和以七弦。冬曝其日，夏濯其泉。勤靡余劳，心有常闲。乐天委分，以至百年……人生实难，死如之何？"虽然把简朴的生活描写得很美好，语气却有点沉痛，甚至冲淡了他本想表达的幸福感。杜甫生平历尽艰难困苦，早年困顿长安，中间遭逢战乱，晚年漂泊西南，浣花溪畔的三年安定生活仅是转瞬即逝的一个片断而已。清人赵翼说："诗人之穷，莫穷于少陵……惟入蜀以后，前后在浣花草堂一二年，稍免饥寒。"又叹息说："天以千秋万岁名荣之于身后，而斗粟尺缣，偏靳之于生前，此理真不可解也！"杜甫对生活的要求其实很低，他甚至说过"但使残年饱吃饭，只愿无事长相见"之类的话，可惜连这样的愿望也难以实现，他终于以"杜陵饥客"的形象定格在后人心目中。陆游的情形稍好一些，但是陆诗中也常出现"齑盐不给脱粟饭，布褐仅有悬鹑衣。偶然得肉思共饱，吾儿苦让不忍违"之类句子，可见他在山阴的二十年隐居生涯也是相当清贫的。陶、杜、陆三人都是士大夫，他们的生活尚且如此，平民百姓就更不用说了。中国人说起"温饱"这个词总带有几分亲切感，因为那就是人们憧憬的幸福生活。

除了客观的物质条件的限制外，还有一个阻碍来自人们内心的种种欲念。韦应物说："贵贱虽异等，出门皆有营。独无外物牵，遂此幽居情。"只有淡泊于名利的人才能享受简朴、宁静的幸福生活，可是世人往往难以挣脱名缰利锁的束缚。古语说："天下熙熙，皆为利来；天下攘攘，皆为利往。"历代诗人都对此感到奇怪，唐人杜荀鹤问道："举世尽从愁里老，谁人肯向死前闲？"宋人苏轼问道："蜗角虚名，蝇头微利，算来着甚干忙？"元人马致远问道："蛩吟罢一觉才宁贴，鸡鸣时万事无休歇，争名利何年是彻？"甚至有些出家人也有奔竞之心，韩愈就曾诘问僧约："早知皆是自拘囚，不学因循到白头。汝既出家还扰扰，何人更得死前休？""自拘囚"三字说得真好，一旦人们用名缰利锁套住了自己的心灵，外力是无法让他们恢复自由的。

我完全认同陶渊明、杜甫和陆游对幸福的理解，我对荣华富贵没有丝毫的兴趣，我所憧憬的幸福人生就是与家人一起安安稳稳地过着达到温饱程度的简朴生活。可惜命运对我非常苛刻，我的理想不断地遭到毁灭。

我自幼生活在一个贫寒的家庭里，我的父亲是供销社的小职员，母亲是纺织厂的工人，他俩辛辛苦苦地抚养着我们兄妹四人，日子过得非常节俭，依然入不敷出。当时琼溪镇上多数人家的经济状况比我家好不了多少，不过我家有一个独特的烦恼，就是住房问题。别的人家都是本镇的土著，住的是自家的房子，而我家是外地人，需要租房子来住。房租倒很便宜，但是要租到房子却难如上青天！经过"私房改造"运动，有多余房屋出租的人家已寥若晨星。

有的人家虽然还有一两间空屋，却不敢贸然出租，唯恐在下一次运动中被没收。公房呢？镇上一共也没有几处，早已被公社里的干部捷足先登了。于是父母亲常常为租房子而烦恼，为此不知看了别人多少脸色。我至今还清晰地记得下面的一幕：房东家的儿子要结婚了，房东要收回租给我家的两间房做新房，一天几次上门来催我家搬走。父母亲四处托人，寻找新的住处，可是一时到哪里去找？父母亲不断地向房东赔笑脸，说好话，求他再宽恕几天。房东的脸色越来越难看，先是拒绝收我们的房租，后来干脆带着泥瓦匠来看房子，声称过两天就来粉刷墙壁。总算天无绝人之路，父亲供销社里的同事老孙勉强从家里腾出一间房来租给我们，解了我家的燃眉之急。那时父母亲的最大愿望就是能拥有自家的一片屋檐，让全家人安安稳稳地住在下面。有一次我们去看黄梅戏故事片《天仙配》，当银幕上的董永和七仙女唱到“寒窑虽破能避风雨”时，我偶然回头，看到父母亲眼中满是泪水。人穷志短，父母亲平时很少说起他们有什么理想。但我心里很清楚，他们多么希望有属于自家的一间屋子啊！

父母亲的理想当然也就是我的理想，尤其是当我渐渐长大后，父母亲开始把他们对温饱生活的憧憬寄托在我身上，我也对自己及全家的前景充满了希望。1963 年，我考进了大名鼎鼎的苏州高级中学，镇上的人们都说我“一只脚已踏进大学校门了”。被生活的重担压得喘不过气的父母亲仿佛在茫茫黑夜中看见了一线曙光，时常盘算着再过多少年我便可大学毕业，然后我就能挣到比父亲更多的工资，我家就能逐步摆脱捉襟见肘的窘境。他们甚至还幻想着将来能有一处自家的房屋，逢年过节时在外地工作的儿女便纷纷回家来团聚。可是几年以后，我和弟妹一夜之间都变成了插队知识青年，一年到头风里来、雨里去，所挣的工分只够勉强养活我们自己。父母亲对生活的全部理想顿时化为泡影。又过了几年，父亲就绝望地离开了人世。

如今的我倒是有了一套属于自己的房屋，我和妻子、女儿都过上了足以温饱的简朴生活，可是我心里并没有多少幸福感。曾经存在于我脑海中的关于幸福生活的憧憬就像一座海市蜃楼，它原来远不可及，倒是相当清晰的。如今我似乎在一步步地走近它，它反而变得如烟如雾、面目不清了。幸福，那种温饱、安定的简朴生活，难道真是一座美丽的海市蜃楼吗?

（2005年3月31日）

饮酒

晋·陶渊明

结庐在人境，而无车马喧。
问君何能尔，心远地自偏。
采菊东篱下，悠然见南山。
山气日夕佳，飞鸟相与还。
此中有真意，欲辩已忘言。

下终南山过斛斯山人宿置酒

唐·李白

暮从碧山下，山月随人归。
却顾所来径，苍苍横翠微。
相携及田家，童稚开荆扉。
绿竹入幽径，青萝拂行衣。
欢言得所憩，美酒聊共挥。
长歌吟松风，曲尽河星稀。
我醉君复乐，陶然共忘机。

临江仙

夜归临皋

宋·苏轼

夜饮东坡醒复醉，归来仿佛三更。家童鼻息已雷鸣。敲门都不应，倚杖听江声。　　长恨此身非我有，何时忘却营营。夜阑风静縠纹平。小舟从此逝，江海寄余生。

世上最受人们欢迎又最难得的生活状态是什么？如果让大家都来投票表决的话，答案多半会是“悠闲”。袁中郎说：“世间第一等便宜事，真无过闲适者。”诚哉斯言！

穷人当然无福享受悠闲。他们胼手胝足，终生劳苦，哪里能得到一时半刻的悠闲？南宋华岳的《田家》说：“鸡唱三声天欲明，安排饭碗与茶瓶。良人犹恐催耕早，自扯蓬窗看晓星。”范成大的《夏日田园杂兴》说：“昼出耘田夜绩麻，村庄儿女各当家。童孙未解供耕织，也傍桑阴学种瓜。”翁卷的《乡村四月》说：“绿遍山原白满川，子规声里雨如烟。乡村四月闲人少，才了蚕桑又插田。”这是对农民劳苦生活的正面描写。张耒的《海州道中》说：“河边守罾茅作屋，罾头月明人夜宿。船中客觉天未明，谁家鞭牛登陇声？”陆游的《露坐》说：“过埭船争明旦市，踏车人废彻宵眠。齐民一饱勤如许，坐食官仓每惕然。”这是旁观者的慨叹。我曾连续六年近距离地观察江南农民的生活，他们终年辛劳的情形给我留下了深刻的印象，我对上述诗句深有会心。即使在秋收秋种早已完毕的隆冬时分，农民们也很少在家闲着。妇女忙着纺纱织布，男子则编竹篮、织芦席，一刻不停。只有年老体弱且得到儿孙照料的老人才能享受几年悠闲，就像李颀诗中的那个剪影：“百岁老翁不种田，惟知曝背乐残年。有时扪虱独搔首，目送归鸿篱下眠。”但他们已经到了风烛残年，诚如韩愈在去世前四个月时所说的“余年懔无几，休日怆已晚”，即使享受清福也来日无多了。可见凡是为生计所迫的人们，基本上与悠闲二字无缘。

那么，腰缠万贯的富人和位居卿相的贵人能享受悠闲吗？很奇怪，答案竟然也是否定的。富人对财富的追求永无止境，不必说巴尔扎克笔下的那些资产者，即使在中国历史上素以风流潇洒著称的魏晋人物中，也不乏为聚敛财富而日夜忙碌的一批守财奴。例如王戎，“好兴利，广收八方园田水碓，周遍天下，积实聚钱，不知纪极。每自执牙筹，昼夜算计，恒若不足”。再如祖约，“人有诣祖，见料视财物，客至，屏当未尽，余两小簏，著背后，倾身障之，意未能平”。如此心态，哪里能得片刻的悠闲？那些高高在上的帝王将相，他们每天都面临着繁冗复杂的内外政事，头顶上还始终悬挂着达摩克利斯之剑，除非甘心做亡国之君或失位之臣，他们就必须朝乾夕惕，日理万机。试以那位“千古一帝”秦始皇为例，他不但折腾得天下骚然几十年，自己也是日夜不宁。他在梁父刻石中自誉“夙兴夜寐”，又在琅邪台刻石中自誉“朝夕不懈”，当是实录。侯生、卢生批评他“贪于权势至如此”：“天下之事无小大皆决于上，上至以衡石量书，日夜有呈，不中呈，不得休息。”也绝非无中生有的攻讦。至于大大小小的官员，贤者勤于政事，不贤者忙于奔竞，也是昼夜忙碌，心力交瘁。李商隐诗云：“为有云屏无限娇，凤城寒尽怕春宵。无端嫁得金龟婿，辜负香衾事早朝。”宋人穆修诗云：“名园虽自属侯家，任客闲游到日斜。富贵位高无暇出，主人空看折来花。”家有娇妻却无暇与之亲热，家有名园却无暇亲临赏花，如此心态，又哪里能得片刻的悠闲？

更可怕的是许多人本与富贵无缘，却也心存妄想，追名逐利，更加辛苦。正如苏轼词云：“蜗角虚名，蝇头微利，算来着甚干忙？”又如马致远散曲所云：“蛩吟罢一觉才宁贴，鸡鸣时万事无休歇，争名利何年是彻？看密匝匝蚁排兵，乱纷纷蜂酿蜜，急攘攘蝇争血。”甚至明末以隐士闻名的陈眉公也不乏奔竞干谒之事，后来蒋士铨便讥笑他：“翩然一只云间鹤，飞去飞来宰相衙。”据王士禛《香祖笔记》记载，清初有一位叫“大汕”的和尚自诉伺候官府疲于应酬，诗人吴绮调侃他说：“汝既苦之，何不出了家？”韦应物诗云：“贵贱虽异等，出门皆有营。”杜荀鹤诗云：“举世尽从愁里老，谁人肯向死前闲？”今人受到物质的诱惑更大，更加难得悠闲。不要说上班时日夜盘算，即使偶尔到风景如画的游览胜地去休假，也时刻惦记着职位的升迁，或不时掏出手机打听股市的动态。如此心态，又哪里能得片刻的悠闲？

虽然世人大多未能享受悠闲的清福，但就像“跛者不忘履，盲者不忘视”一样，他们对悠闲仍是心向往之。即使在忙碌的间隙中偶得半日清闲，也非常珍惜。中唐诗人李涉的《题鹤林寺僧舍》

明·李在·归去来兮图之二　临清流而赋诗

说："终日昏昏醉梦间，忽闻春尽强登山。因过竹院逢僧话，又得浮生半日闲。"诗人日夜忙碌，昏昏然如在黄粱梦中。偶然登山，无意中走进竹树掩映的寺院，与僧人闲话一番，总算得到了半日的闲暇。浮生短促，这样的机会能有多少？的确，只要是真正"出了家"的僧人，他们已与红尘中的名利一刀两断，本应清闲自在。大和二年（828）二月，二十六岁的杜牧进士及第。次月，他又应制举登第。春风得意的诗人到长安城南游玩，在文公寺里与一位禅僧

交谈。僧人问知杜牧的姓名后，又问他："修何业？" 旁人以连中两举夸耀之，僧人笑着说："皆不知也。" 杜牧大为感叹，作诗说："家在城南杜曲旁，两枝仙桂一时芳。禅师都未知名姓，始觉空门意味长。" 与这样的高僧交谈一番，如同饮了一杯清凉剂，欲念顿消。可知李涉所谓"又得浮生半日闲"，既指时间上的空闲，更指心境的悠闲。1073 年，苏轼作《病中游祖塔院》说："紫李黄瓜村路香，乌纱白葛道衣凉。闭门野寺松阴转，欹枕风轩客梦长。因病得闲殊不恶，安心是药更无方。道人不惜阶前水，借与匏樽自在尝。”诗人此时正任杭州通判，平日政事繁忙，难得闲暇。因到寺院养病，才获得“闭门野寺”“欹枕风轩”的一番悠闲，于是他说：“因病得闲殊不恶！”疾病本是人人厌恶的事情，然而因病得闲，竟变成好事，可见在诗人眼中，悠闲是何等的重要！

正因人们难得悠闲，便格外羡慕别人的悠闲。王维羡慕荷锄归来的农夫：“田夫荷锄至，相见语依依。即此羡闲逸，怅然吟式微。”他又愿做垂钓的渔父：“我心素已闲，清川澹如此。请留盘石上，垂钓将已矣。”其友綦毋潜也说：“生事且弥漫，愿为持竿叟。”陈师道因公务而冒着风雨在外奔波，竟羡慕街道两边安坐在店铺里的商贩：“早投林野违风雨，晚傍尘沙饱送迎。却愧两街屠贩子，卧听车马过桥声。”其实农夫渔父也好，屠沽商贩也好，他们终年为生计而劳苦烦恼，几曾能有真正的悠闲？诗歌中那些悠闲自在的农夫渔父，不过是诗人们心造的幻影罢了。

如此说来，世间竟没有真正的悠闲？当然不是。让我们先读陶渊明的《饮酒》诗。诗人并非住在世外桃源，却不闻车马的喧闹之声。他怎么能达到如此境界呢？答案是：“心远地自偏！”明人锺惺说：“‘心远’二字，千古名士高人之根。”清人王士禛说：“通章意在‘心远’二字。”清人吴淇说：“‘心远’为一篇之骨。”众口一词，都认为此诗的关键在于“心远”。方东树进而分析“心远”的重要性：“吾心既远，则地随之。境既闲寂，景物复佳。然非心远，则不能领其真意味。”诚然，若非心胸高远、一尘不染，陶渊明怎能摆脱名缰利锁的束缚，又怎能逃避世俗人事的纷扰？此时的陶渊明已经辞去官职，回归田园，过着清贫而悠闲的生活："怀良辰以孤往，或植杖而耘耔。登东皋以舒啸，临清流而赋诗。"当然诗人的生活中并非没有不如意的事情，有时他受饥饿的逼迫，竟走到人家去乞食。幸而他的邻居都很友好，不等他开口就明白其来意，不但主动馈赠，而且与他"谈谐终日夕，觞至辄倾杯"。更重要的是诗人始终把"不戚戚于贫贱，不汲汲于富贵"视作人生格言，才能做到"短褐穿结，箪瓢屡空，晏如也"。也就是说，他既然做到了"心远"，那么即使身居人境，生活清贫，也仍能以悠然自得的心态欣赏生活。一个清秋之日，他信步走到东篱下采摘菊花。偶然抬头，悠悠然地看到了秋色斑斓的南山。那真是令人心旷神怡的悠闲境界。

凡是真正的隐士，心中没有终南捷径的念头，就能享有一份清闲。陆龟蒙的诗可以为证："几年无事傍江湖，醉倒黄公旧酒垆。觉后不知明月上，满身花影倩人扶。"急流勇退、归隐山林的官员也能享受几年清闲，王安石的诗可以为证："北山输绿涨横陂，直堑回塘滟滟时。细数落花因坐久，缓寻芳草得归迟。"甚至正在为人生理想而奋斗的人士，只要他襟怀坦荡，淡泊名利，就也能在东西奔走的间隙获得短暂的悠闲。李白怀有强烈的进取之心，他热烈地追求安天下、济苍生的人生理想，同时又追求精神自由，蔑视富贵利禄。当李白暂时进入大自然的怀抱时，他那颗躁动的心顿时安静下来，他写道："对酒不觉暝，落花盈我衣。醉起步溪月，鸟还人亦稀。"又写道："问余何事栖碧山，笑而不答心自闲。桃花流水窅然去，别有天地非人间。”大约在天宝初年，李白来到长安后，写了《下终南山过斛斯山人宿置酒》。这首诗好在何处？《唐宋诗醇》说它“逼真渊明遗韵”，沈德潜说它“亦带仙气”，我以为好就好在诗中所展现的悠闲意境。诗人薄暮下山，却毫无仓皇匆忙之态，反而悠然地回首眺望那苍茫的山路。山间的景色妩媚动人，多情的山月一路伴随着诗人，丝毫没有他曾写过的“宿鸟归飞急”的惶遽之意。诗人大约在山下遇见了斛斯山人，两人携手同行，从容不迫地来到山人的家。环境幽美恬静，主人热情好客。主客同饮美酒，随意谈笑，十分投机。诗人放声长歌，歌声散入松涛，直到河淡星稀。于是两人陶然而乐，忘却了一切尘虑俗念。那种悠然自得的心态，绝非那些杂念填胸、患得患失的世俗之人所能领略的。

一旦离开了名利场，就能进入比较悠闲的状态，这是尽人皆知的事情，可是知易行难，真能做到急流勇退、回归自然的人却非常罕见。唐人崔涂诗云：“自是不归归便得，五湖烟景有谁争？”诗僧灵澈诗云：“相逢尽道休官好，林下何曾见一人？”讽刺那些貌似清高实质热衷名利的人，入木三分。然而我们也应看到事情的另一面，有的人确是诚心诚意地向往自由，愿意过悠闲的生活，但是为客观环境所困扰，只好身不由己地逗留在毫无自由的红尘中间。苏轼是一个典型的例子。

苏轼其人，坦诚直率，潇洒旷达，举手投足之间都可见逸怀浩气。早在出仕之初，他就与其弟相约及早退隐，共享优游林下之乐。可是事实上他终生都在宦海风波中飘荡浮沉，而且不断地遭到政治打击，转徙贬逐，几无宁日。幸而他练就了宠辱不惊、履险如夷的人生态度，才得以坚持走完充满苦难的人生旅程。苏轼善于苦中作乐，也善于忙里偷闲，即使在公务缠身或旅途劳顿之时也能争取到短暂的悠闲，请看数例：1079 年，苏轼在由徐州赴任湖州的途中写了两首有趣的诗。第一首写于舟过洪泽湖时："微风萧萧吹菰蒲，开门看雨月满湖。舟人水鸟两同梦，大鱼惊窜如奔狐。夜深人物不相管，我独形影相嬉娱。暗潮生渚吊寒蚓，落月挂柳看悬蛛。此生忽忽忧患里，清境过眼能须臾！鸡鸣钟动百鸟散，船头击鼓还相呼。"静夜泊舟，环境荒凉。诗人深夜独起，观看大鱼惊窜、落月挂柳的夜景，倾听萧萧的风声和幽咽如虫吟的涨潮声。于是诗人感慨道：生命在忧患中匆匆地消逝，这么清幽的景象，过眼竟如此短促！言下似有几分遗憾，但对于夜阑人静时自己独能"形影相嬉娱"，也即能获得短暂的悠闲却不无自得之意。第二首写于金山，适遇大风断航，逗留两日，诗云："塔上一铃独自语：明日颠风当断渡。朝来白浪打苍崖，倒射轩窗作飞雨。龙骧万斛不敢过，渔舟一叶从掀舞。细思城市有底忙，却笑蛟龙为谁怒？无事久留童仆怪，此风聊得妻孥许。灊山道人独何事，夜半不眠听粥鼓。"旅途遇阻，一般人都会焦急万分，苏轼却因意外地得到了两日的闲暇而颇感欣喜。此诗语意诙谐，趣味盎然，次句的读音竟宛肖铃声，体现出心境悠闲的诗人对生活的热爱。1097 年，年过花甲的苏轼已在惠州贬所度过了三个年头，他随口吟成一首小诗："白头萧散满霜风，小阁藤床寄病容。报道先生春睡美，道人轻打五更钟。"据说此诗传到汴京，执政者因苏轼“如此快活”而恼羞成怒，下令把他贬到更加荒远的海南。到底不愧是“坡仙”，在垂暮之年被贬南荒，竟然还能悠然自得地“春睡美”！

这种忙里偷闲式的悠闲毕竟是短暂的、局部的，主观上的旷达潇洒毕竟无法改变客观的生存环境，苏轼也就常常为自己身不由己地受制于尘世的纷扰感到痛苦。1082 年的一个夜晚，谪居黄州的苏轼与友人在建于东坡上的雪堂聚饮，夜半时分返回临皋亭寓所。他对着浩渺无际的江面，心有感触，就吟出了这首《临江仙》，与友人高歌数遍后互相分手。不想第二天众口喧腾，说苏轼昨夜写了此词后，“挂冠服江边，拿舟长啸去矣”。知州徐君猷听说此事，大惊失色，以为朝廷交付黄州看管的罪人逃跑了。他立即赶到苏家去探看，只见苏轼正躺在床上鼻息如雷！自从被御史台的差役押送到黄州以来，苏轼已在这山环水绕的荒僻小城度过了三个年头。他在黄州的生活相当艰难，但总算平静，还与当地的几个平头百姓结为好友，知州徐君猷也待他不薄。可是他的身份毕竟是戴罪流放的犯官，已在某种程度上失去了人身自由。他追寻其缘由，觉得一切灾祸都源于贪恋利禄，于是恨恨地诘问自己：“长恨此身非我有，何时忘却营营？”

其实，苏轼的这种心情并不始于流放黄州，而是贯穿了他的整个仕宦生涯。早在熙宁四年（1071）的除夕，正任杭州通判的苏轼值班审理囚犯，傍晚尚不能回家，乃题诗于壁：“除日当早归，官事乃见留。执笔对之泣，哀此系中囚。小人营糇粮，堕网不知羞。我亦恋薄禄，因循失归休。不须论贤愚，均是为食谋。谁能暂纵遣，闵默愧前修。”诗人身为审问囚犯的官员，却觉得自己与阶下的囚犯处于同样的窘境：都是为了糊口而失去了人身自由！“谁能暂纵遣”一句，固然是对囚犯的同情，又何尝不是对自己的怜悯？到了1074年秋天，苏轼在杭州率众捕蝗，奔走于山野之间，疲劳不堪，写诗寄给苏辙说：“杀马毁车从此逝，子来何处问行藏？”他想效法东汉的冯良，“坏车杀马，毁裂衣冠”，弃官而去，但到底未能付诸行动。从1092年开始，他遍和陶诗，并自述其理由：“然吾于渊明，岂独好其诗也哉？如其为人，实有感焉……半生出仕，以犯世患，此所以深服渊明，欲以晚节师范其万一也。”然而苏轼根本无法在行动上效法陶渊明，陶渊明的高风亮节早已随着那个时代一去不复返，生活在封建秩序已完全确立的宋代的苏轼绝不可能重现靖节风范了。即使他真的“忘却营营”了，社会环境也不允许他果真徜徉山林，全身心地享受悠闲。他最多只能幻想着“小舟从此逝，江海寄余生”罢了。

“长恨此身非我有，何时忘却营营？”这不仅是苏轼心头的永久之痛，也堪称“千古一叹”。时至今日，无论我们从事什么职业，居于什么地位，请问谁心里没有“长恨此身非我有”的隐痛？然而谁能彻底地“忘却营营”？既然如此，就让我们退而求其次，抓住一切机会，“偷得浮生半日闲”吧！

（2005年8月2日）

嫦娥

唐·李商隐

云母屏风烛影深，长河渐落晓星沉。

嫦娥应悔偷灵药，碧海青天夜夜心。

卜算子

黄州定惠院寓居作

宋·苏轼

缺月挂疏桐，漏断人初静。谁见幽人独往来，缥缈孤鸿影。　　惊起却回头，有恨无人省。拣尽寒枝不肯栖，寂寞沙洲冷。

声声慢

宋·李清照

寻寻觅觅，冷冷清清，凄凄惨惨戚戚。乍暖还寒时候，最难将息。三杯两盏淡酒，怎敌他晚来风急？雁过也，正伤心，却是旧时相识。　　满地黄花堆积，憔悴损，如今有谁堪摘？守着窗儿，独自怎生得黑？梧桐更兼细雨，到黄昏，点点滴滴。这次第，怎一个愁字了得！

小重山

宋·岳飞

昨夜寒蛩不住鸣。惊回千里梦，已三更。起来独自绕阶行。人悄悄，帘外月胧明。　　白首为功名。旧山松竹老，阻归程。欲将心事付瑶琴。知音少，弦断有谁听？

卜算子

咏梅

宋·陆游

驿外断桥边，寂寞开无主。已是黄昏独自愁，更着风和雨。

无意苦争春，一任群芳妒。零落成泥碾作尘，只有香如故。

除夜自石湖归苕溪

宋·姜夔

笠泽茫茫雁影微，玉峰重叠护云衣。

长桥寂寞春寒夜，只有诗人一舸归。

人类是喜欢群居的动物，最害怕的生活状态莫过于寂寞了。连鲁迅那样坚强的人都说：“这寂寞又一天一天的长大起来，如大毒蛇，缠住了我的灵魂了。”有谁不怕大毒蛇缠住自己的灵魂呢？这种恐惧甚至从地下蔓延到了天上，嫦娥本是从人间飞升到月宫里去的，可是在李商隐眼中，这位无忧无虑地居住在广寒宫里的仙子却经受着寂寞的煎熬。此诗主旨甚为隐晦，后人有自伤、怀人、咏女冠、悼亡等说，我最赞同纪晓岚的悼亡说，但也不敢自必。无论取何说，诗中对嫦娥孤寂心态的刻画总是生动、准确的。你看，晓星低沉，银河渐隐，又到了拂晓时分，在屏风烛影中形影相吊的嫦娥又熬过了一个不眠之夜。她夜夜俯瞰人间，却只见一片岑寂的碧海青天，应该后悔当年盗药飞升了吧。苏轼说“我欲乘风归去，又恐琼楼玉宇，高处不胜寒”，不知是否以嫦娥为鉴。不要以为这只是骚人墨客的奇思妙想，其实闾里的百姓也深深地同情着天上仙女的寂寞，正是他们安排织女下嫁牛郎、七仙女下嫁董永，让那些寂寞的仙女下凡来分享人间的夫妇之乐。连天上的仙子都不耐寂寞，何况人间的芸芸众生!

在人间，并不是只有离群索居的落魄潦倒之人才会感到寂寞，事实上许多功业彪炳或斗志昂扬的人同样如此。岳飞是叱咤风云的英雄，曾指挥千军万马喋血疆场，要是不读其《小重山》，谁会想到他竟然有如此深切的寂寞之感。此词作年不可详考，宋人陈郁说:“武穆《贺讲和赦表》云:‘莫守金石之约，难充溪壑之求。’故作词云:‘欲将心事付瑶琴，知音少，弦断有谁听？’盖指和议之非也。”岳飞上表事在1139年，则此词亦当作于是年。次年金人毁约，岳飞即率军大破金军。岳飞写此词时正是一支战功赫赫的貔虎之师的统帅，虽说赵构、秦桧之流一心投降，主战派在朝廷里受到严重压制，但岳飞并不是彻底的孤立，朝中的胡铨等爱国士大夫也在进行坚决的抗争，他麾下的岳家军更是绝对听从他的号令，正在枕戈待旦，伺机杀敌。然而此刻岳飞心中竟是如此寂寞！寒蛩夜鸣，月色朦胧，悄无人声，这是多么岑寂的背景。词人被蛩鸣惊醒，起床出户，绕阶独行。他被惊断的“千里梦”是追忆驰骋疆场、千里逐北的战斗经历，还是在梦中回到了远在黄河北边的故乡汤阴？我们无法断定，但我们分明能感受到词人三更梦回后的孤寂心境。下阕更是直诉胸臆:自己为了建功立业而南北征战，直至头白尚未能回乡归隐。要想奏琴一曲吐露心臆，但世无知音，即使把琴弦弹断了又有谁来倾听呢？春秋时锺子期是伯牙的唯一知音，锺子期死，伯牙破琴绝弦，终生不复鼓琴。世无知音，是人生最大的寂寞。屈原叹曰:“国无人莫我知兮，又何怀乎故都！”又叹曰:

“吁嗟默默兮，谁知吾之廉贞？”贾谊吊屈，亦曰：“已矣！国其莫我知兮，独壹郁其谁语？”可见自古以来，凡是高才卓荦、功德盖世者，他们的人生在后人眼中轰轰烈烈，当时却也不免寂寞。杜诗说：“千秋万岁名，寂寞身后事。”其实寂寞的又何止身后之事！

托尔斯泰有言：“不幸的家庭各有各的不幸。”寂寞的人也是各有各的寂寞。我辈普通人，也许体会不到那种“举世混浊，而我独清；众人皆醉，而我独醒”式的寂寞，我们的寂寞多半与个人的境遇有关。如果命运突然把你抛到一个偏僻孤寂的角落，独在异乡，举目无亲，你又如何能逃避寂寞的煎熬？

元丰二年（1079），正在湖州知州任上的苏轼突然遭遇“乌台诗案”的灾祸，在御史台的狱中关了四个多月，于年底出狱，次年二月一日来到贬所黄州。黄州是个荒凉偏僻的小城，苏轼又是罪人身份，初来乍到，无处栖身，只好寄居在一座叫定惠院的小寺庙里，到五月二十九日才移居江边的临皋亭，这首《卜算子》就写于他刚到黄州时。此词意旨隐约，兴寄深微，引起读者的种种猜测。南宋初期的鲖阳居士说：“‘缺月’，刺明微也。‘漏断’，暗时也。‘幽人’，不得志也。‘独往来’，无助也。‘惊鸿’，贤人不安也。‘回头’，爱君不忘也。‘无人省’，君不察也。‘拣尽寒枝不肯栖’，不偷安于高位也。‘寂寞吴江冷’，非所安也。”南宋后期的俞文豹则说：“‘缺月挂疏桐’，明小不见察也。‘漏断人初静’，群谤稍息也。‘时见幽人独往来’，进退无处也。‘缥缈孤鸿影’，悄然孤立也。‘惊起却回头’，犹恐谗慝也。‘有恨无人省’，谁其知我也。‘拣尽寒枝不肯栖’，不苟依附也。‘寂寞沙洲冷’，宁甘冷淡也。”清人王士禛讥笑鲖阳居士说：“村夫子强作解事，令人欲呕！”其实俞文豹也是“强作解事”，苏词中即使有讥刺时政之意，也是隐隐约约地深藏在字里行间，哪能如此句句落实？难道他已经忘却几个月前差点惹来杀身之祸的文字狱了？至于宋人袁文在《瓮牖闲评》卷五中所记此词乃苏轼为黄州邻家的一个痴情女子而作，因为此女“每夕只在窗下听东坡读书”云云，完全是小说家言。沈雄的《古今词话》中又说此女乃“惠州温氏女超超”，更是凿空乱道。

此词虽然纯属比兴之体，但其主旨非常明确，清人黄苏解得最好：“此词乃东坡自写在黄州之寂寞耳。初从人说起，言如孤鸿之冷落。第二阕专就鸿说，语语双关。”苏轼初到黄州时，只有长子苏迈相随，其他家眷要到五月底才由苏辙护送前来相聚，后来成为其好友的黄州人士潘大临等人则尚未结识。此时乌台诗案这场从天而降的大祸给苏轼带来的恐惧还没有消失，他几乎整日闭门不出。对于感情丰富、性格旷达的苏轼来说，这种寂寞多么难以忍受！在一个春寒料峭的夜晚，苏轼独自来到江边散步。缺月挂树，漏断人静，独来独往的诗人自觉有如一只孤雁。下阕由幻入真，专咏孤雁。这只孤雁寒夜惊飞，无人怜悯，最后孤独地栖息在荒凉的沙滩上。“拣尽寒枝不肯栖”一句，南宋时有人认为有语病，说是“鸿雁未尝栖宿树枝，惟在田野苇丛间”。对此，金人王若虚说：“东坡雁词云：‘拣尽寒枝不肯栖。’以其不栖木，故云尔。盖激诡之致，词人正贵其如此。而或者以为语病，是尚可与言哉！”我完全同意王若虚的说法，而且认为那只掠过一棵棵树木不肯落下栖息的孤鸿，正是惊惶失措、无处容身而又坚持操守的幽人的象征。幽人像孤鸿，孤鸿也像幽人，“语语双关”，堪称比兴之体的杰作。

李清照的《声声慢》抒写了另一种寂寞。此词作于宋室南渡以后，经历了国破家亡的词人流落江南，孤苦无依。秋风萧瑟，暮雨淅沥，客怀离绪，寂寞何如？此时的李清照是一个丈夫已亡、又无儿女的老妇人，故乡沦陷，无家可归，平生辛苦积聚的文物典籍也已荡然无存。她心情恍惚，若有所失，及至四处寻觅，却又毫无所得，于是备感冷清、凄惨、悲戚。开篇即推出七对叠字，竭力形容备感孤寂的心情。词人百无聊赖地独自坐在窗边，觉得这黄昏是多么漫长，尽管暮色苍茫，却总也不见天黑！淅淅沥沥的细雨淋在梧桐树上，点点滴滴，无休无止。她百感交集，直觉得此刻的心情连那个内涵极广的“愁”字也难以包容。此词的开篇、结尾直抒胸臆，中间部分则以白描手法刻画了风声雁唳、梧桐细雨等凄惨的景象，又叙述了自己饮酒驱寒、独守寒窗等无聊的行为，逼真地再现了一个孤苦无依的老妇人在风雨交加的秋日黄昏寒窗独坐的情景。词人自称“怎一个愁字了得”，其实她的复杂心态只能用另一个词才能准确地概括，那就是“寂寞”。

谪居黄州的苏轼也好，流落江南的李清照也好，他们都是被命运突然抛到一个举目无亲的陌生环境里，从而感受到深深的寂寞。人生在世，除了少数幸运儿以外，谁能逃避类似的遭遇？不必说因某些大型水利工程而离乡背井的移民、因说了几句真话而被流放劳改的右派分子、因邂逅史无前例的政治运动而上山下乡的知识青年，他们来到遥远的穷乡僻壤完全是身不由己的，他们甚至会受到陌生人群的白眼相加，他们注定要与寂寞感形影相随，即使是自愿前往远方城市打工的农民、自愿漂洋过海去求学的留学生，当他们初来乍到异国他乡时，同样难以逃脱寂寞的煎熬。

我平生有过多次独自生活在他乡的经历，深谙寂寞的滋味。2001 年秋，我来到新竹清华大学任教。新竹终年刮风，秋冬之际又多雨。我每周有两天要到傍晚六时才下课，然后疲惫地走出位于山顶的人文社科大楼。最难忘在昏黄的路灯光下，纵横的雨丝织成一张密密的网。三五成群的学生在路旁等候校车，不时发出窃窃私语。家住本地的教师直奔各自的汽车，然后疾驰而去。只有我这个“客座教授”手持雨伞，沿着一条冷僻的小路返回我寄寓的招待所。我在凄风苦雨中踽踽独行，更难堪的是，我知道没有家人和热气腾腾的晚餐在等待我，我有一种强烈的寄人篱下之感。

当然，最使我受到寂寞煎熬的仍是长达十年的插队岁月。1968 年秋天，命运突然把我抛到一个名叫赵浜的江南小村。1974 年秋天，命运又突然把我抛到一个名叫汴河的淮北小镇。十年来劳动繁重，生活艰辛，有时甚至忙得饭还未及煮熟便胡乱吞下肚去。赵浜的社员与汴河农具厂的工友虽然对我这个“可以教育好的子女”敬而远之，毕竟与我相处多年，决不能算是陌生人了，但我依然感到寂寞难忍。多少个秋雨绵绵的黄昏，我独自站在窗前看着赵浜对岸的竹树，直到一切都隐没在暮色之中。又有多少个寒风凛冽的冬夜，我在汴河农具厂的宿舍里裹着棉被，望着一片黑暗发呆。寂寞就像那无边的夜色，吞没了整个的我，连同身体和灵魂。此时此刻，我就默默地背诵苏轼的《卜算子》或李清照的《声声慢》，借古人之酒杯，浇自家之块垒。此举虽然不能完全驱散胸中的寂寞之感，但我既然听到了古人自伤寂寞的心声，便有一种相濡以沫的感觉。从这个意义上说，寂寞的心态最有利于我们走近古代的诗人。

世上还有其他种类的寂寞，最常见的是人在旅途时产生的客怀离绪。杜甫晚年漂泊西南，自叹身世："飘飘何所似，天地一沙鸥。"戴叔伦在除夕之夜投宿驿站，倍感寂寞："一年将尽夜，万里未归人。"马致远独骑瘦马行走在秋风古道上，看到了"枯藤老树昏鸦，小桥流水人家"的景象，便自觉是"断肠人在天涯"。杜牧甚至责怪旅途中偶然瞥见的美丽女性增添了他的孤独感："正是客心孤迥处，谁家红袖倚江楼？"即使你走进酒家举杯独酌，也难以消解心头的寂寞，正如南宋的无名氏在《青玉案》中所诉说的："落日解鞍芳草岸，花无人戴，酒无人劝，醉也无人管。"把这种寂寞意境写得最为美丽的诗人是姜夔。绍熙二年（1191），姜夔到苏州南郊的石湖访问范成大，盘桓多日，除夕晚上才赶回湖州。是夜大雪初霁，诗人乘舟驶过吴江的长桥，作诗十首，本文选的是第七首。此时姜夔正值三十七岁的壮年，他这次访友相当愉快，主人范成大激赏他新撰的《暗香》《疏影》二词，还送给他一位名叫小红的歌女。姜夔带着小红一起回家，一路上"小红低唱我吹箫"，尚不算孤寂。然而今夜毕竟是万家欢聚的除夕之夜，诗人的家人也正在家里等待着他。舟过长桥，诗人眺望太湖，雪后的湖面茫茫一片，水天相接处雁影依稀。春寒料峭，长桥一带寂寥无人，只有诗人的一叶扁舟从此经过。“诗人一舸”与首句中天边的雁影遥相呼应，言外不无孤芳自赏之意：如此良夜，如此美景，都归诗人独自享受，也只有诗人才能独赏此景。诚然，那是一个寂寞的境界，然而那种寂寞轻微、婉约，还充满着诗意。可惜生活在现代的我们在旅途中总是急如星火，行色匆匆，很少遇到那么美丽的境界，即使偶然相遇也缺乏从容品味的心情。我们的心灵变得越来越粗糙，连我们感受到的寂寞都不如古人那么意味深永了。

正因人生寂寞，在诗人的眼中，动物、植物乃至无生命的物体都会感到寂寞。鸟儿是不用说了，孤雁夜飞，得到杜牧关切的注视：“仙掌月明孤影过，长门灯暗数声来。”杜鹃啭鸣，引来洪炎的嗔怪：“言归汝亦无归处，何用多言伤我情”！深山中的花朵自开自落，王维却怜悯她的孤寂：“木末芙蓉花，山中发红萼。涧户寂无人，纷纷开且落。”苏轼甚至认为她就像一位独居深山的避世佳人：“雨中有泪亦凄怆，月下无人更清淑。”明月本为无情之物，李白却问道：“迁客此时徒极目，长洲孤月向谁明？”山峰乃顽石堆成，姜夔却说：“数峰清苦，商略黄昏雨。”在这种眼光的审视下，幽韵冷香、傲霜斗雪的梅花便成为诗人们最钟爱的吟咏对象。“梅妻鹤子”的林逋隐居不仕，其咏梅诗颇有隐士风度：“众芳摇落独暄妍，占尽风情向小园。疏影横斜水清浅，暗香浮动月黄昏。”爱国志士谢枋得在宋亡后变易姓名隐居深山，作诗明志：“十年无梦得还家，独立青峰野水涯。天地寂寥山雨歇，几生修得到梅花。”他们笔下的梅花都呈寂寞而孤傲的风神，这方面的代表作首推陆游的《卜算子》。地点是“驿外断桥边”，乃人迹罕至的幽僻之地。时间是冬日的黄昏，乃昏暗寒冷的索寞之时。天气是凄风冷雨，境遇是无人问津。梅花在如此的氛围中独自开放，虽然她的花期在百花之先，由此引起众花的嫉妒，但她本非有意争春，也就心胸坦然了。梅花在寂寞中开放，又在寂寞中凋落，零落成泥，碾压成尘，但是她幽香长存，精神不灭。

亲爱的读者，假如你怀有与梅花一样的美好品质，却被命运置于孤寂的境遇，还受到众人的无端嫉妒，而你又不愿意随波逐流、趋炎附势，那就像梅花一样用孤芳自赏来抗拒寂寞吧。在那种境况中，孤芳自赏就是保持自信，就是坚持操守，就是抗拒寂寞的精神力量。

（2005 年 7 月 13 日）

烦恼

咏怀

晋·阮籍

夜中不能寐，起坐弹鸣琴。
薄帷鉴明月，清风吹我襟。
孤鸿号外野，翔鸟鸣北林。
徘徊将何见，忧思独伤心。

拟行路难

南朝宋·鲍照

泻水置平地，各自东西南北流。
人生亦有命，安能行叹复坐愁。
酌酒以自宽，举杯断绝歌路难。
心非木石岂无感，吞声踯躅不敢言。

宣州谢朓楼饯别校书叔云

唐·李白

弃我去者昨日之日不可留，

乱我心者今日之日多烦忧。
长风万里送秋雁，对此可以酣高楼。
蓬莱文章建安骨，中间小谢又清发。
俱怀逸兴壮思飞，欲上青天揽明月。
抽刀断水水更流，举杯消愁愁更愁。
人生在世不称意，明朝散发弄扁舟。

绝句

宋·陈师道

书当快意读易尽，客有可人期不来。
世事相违每如此，好怀百岁几回开？

青玉案

宋·贺铸

凌波不过横塘路，但目送、芳尘去。锦瑟华年谁与度？月桥花院，琐窗朱户，只有春知处。　碧云冉冉蘅皋暮，彩笔新题断肠句。试问闲愁都几许？一川烟草，满城风絮，梅子黄时雨。

晋人羊祜说："天下不如意，恒十居七八。"宋人欧阳修写信给丁宝臣说："古人所谓不如意十常八九者，殆此类也。"时至今日，"人生不如意事，十常八九"已经成为人们经常挂在口头的成语。诚然，除了凤毛麟角的幸运儿外，谁的一生中不是充满了烦恼？孔子虽然主张"君子不忧不惧"，但他终生栖栖遑遑，命途多舛。当他在郑国被人讥为"丧家之狗"的时候；当他在黄河边叹息"丘之不济，命也夫"的时候；当他厄于陈蔡，故意用"《诗》云：'匪兕匪虎，率彼旷野。'吾道非邪，吾何为于此"的话来考验弟子的时候；当他因见南子而导致子路不悦，不得不发誓"予所否者，天厌之，天厌之"的时候，他心中岂能没有烦恼？基督本为救世而降临世间，可是据《马太福音》记载，他在临难前夕曾在客西马尼的花园里三次祈求上帝，求那杯子离开他。在《罗马书》中，圣保罗说："我是大有忧愁，心里时常伤痛。"圣人尚且如此，何况芸芸众生？

那么，人们如何对付烦恼呢？只要我们无法根除产生烦恼的原因，唯一的办法就是宣泄，即把心中的烦恼向人诉说。可是正如契诃夫《苦恼》的题记所引的那句宗教诗所说：“我向谁去诉说我的悲伤？”《苦恼》中的那个老车夫，一心要把心中的苦恼告诉几位乘客，可是后者根本不耐烦听，最后车夫只好把满腹心事全说给拉车的瘦马听了。鲁迅笔下的祥林嫂，两度丧夫，孩子又被狼吃了，她翻来覆去地向人们诉说孩子遭难的经过以及自己的懊恼，到后来人们一听到她开口就纷纷逃开。时至今日，前有波谲云诡的政治运动使人际充满了猜忌，后有唯利是图的价值导向使人际关系越发冷漠，我们还能向谁去诉说心中的烦恼？我因此对虔诚的宗教徒满怀歆羡，当他们对着神像喃喃祈祷时，虽然未必能得到祝福和庇护，但至少有一个对象在耐心地倾听他们的诉说。我也羡慕天真烂漫的儿童，他们一有烦恼就放声大哭，痛快淋漓地宣泄一番，例如丰子恺的孩子瞻瞻，“小小的失意，像花生米翻落地了，自己嚼了舌头了，小猫不肯吃糕了”，“都要哭得嘴唇翻白，昏去一两分钟”。那么，我们这些既非教徒又非儿童的人，又该怎么办呢？行吟泽畔的屈原心烦虑乱，“济沅湘以南征兮，就重华而陈词”，可是毫无成效，乃自沉汨罗。因为重华（舜）毕竟不是神祇，屈原也不是教徒，那种纯出想象的“陈词”只能为《离骚》增添几分奇情壮采而已。谢安人到中年，心多烦恼，语于王羲之，王回答说：“年在桑榆，自然至此。正赖丝竹陶写，恒恐儿辈觉，损欣乐之趣。”想用音乐解闷，却担心影响后辈。连用没有明确意旨的音乐来宣泄一下都有难处，何况语言！但我思来想去，仍然觉得最佳的对策唯有写诗。

用诗歌来倾诉心中的烦恼，不但可以自言自语，而且可以沉思默想，既很方便，又比较安全。西汉的杨恽作诗说："田彼南山，芜秽不治。种一顷豆，落而为萁。人生行乐耳，须富贵何时！"后被朝廷察觉，惨遭腰斩。东汉的梁鸿作歌说："陟彼北芒兮，噫！顾览帝京兮，噫！宫阙崔嵬兮，噫！人之劬劳兮，噫！辽辽未央兮，噫！"受到朝廷的追查，乃改名换姓，隐居终生。读者也许会用这两个例子来反驳我的意见，但是杨恽之祸实为先前所受的政治打击的延伸，又加上日食的影响，起因不全是"种豆诗"。梁鸿写"五噫歌"，讽刺之意太过明显，自然难逃迫害。比梁鸿稍晚的张衡作《四愁诗》，其一曰："我所思兮在泰山，欲往从之梁父艰，侧身东望涕沾翰。美人赠我金错刀，何以报之英琼瑶。路远莫致倚逍遥，何为怀忧心烦劳？"后面又一唱三叹："何为怀忧心烦伤""何为怀忧心烦纡""何为怀忧心烦惋"，简直是满纸不可人意，比乐府诗《懊恼曲》中的烦恼更多十倍，却没有招来什么灾祸。当然，汉代以后的文字狱堪称与时俱进，最终在"史无前例"的时代达到巅峰。但是在那样的时代，即使你三缄其口，从不作诗，也会"闭门家中坐，祸从天上来"。写不写诗，倒没有太大的关系了。况且忧能伤人，烦恼若是长期闷在心里，是会戕害生命的。苏轼说得好："言发于心而冲于口，吐之则逆人，茹之则逆余。以为宁逆人也，故卒吐之。"与其让烦恼郁积在内心戕害我们自身，倒不如一吐为快，来对产生烦恼的环境进行批判。当然，这话有点离题太远了。

阮籍其人，身处魏晋之际的乱世，以沉溺醉乡和“口不臧否人物”的方式避祸全生，人称“天下之至慎”。但正是他写了《咏怀》诗八十五首，以诗歌史上前所未有的规模和深度直抒胸臆。《咏怀》诗旨意遥深，文多隐避，可是它们有一个明确的感情倾向，就是烦恼和苦闷。请读入选本文的第一首，从字面上看，此诗除末句之外，一字未及“咏怀”，但是仔细体味，却字字句句浸透了烦恼和苦闷。夜深人静，诗人为何独自不寐、起坐弹琴呢？月光照着薄薄的帐幔，清风吹动了诗人的衣襟，野外传来了孤鸿的哀号……这些寻常的夜景，为何让诗人触目惊心呢？诗人深夜徘徊，究竟想要寻觅什么呢？凡此种种，都是诗人内心苦闷的表现。夜不能寐，当然是愁人才有的行为。《诗·邶风·柏舟》说：“耿耿不寐，如有隐忧。”《诗·小雅·小弁》说：“心之忧矣，不遑假寐。”这是阮籍以前的例子。杜甫《客夜》说：“客睡何曾着，秋天不肯明。”苏轼《倦夜》说：“倦枕厌长夜，小窗终未明。”这是阮籍以后的例子。而阮籍则把这个主题写得格外凝练、真切、惊心动魄，我们读诗后掩卷沉思，一个满腹愁绪的诗人如在目前。

鲍照其人，才华杰出而家世寒微，又偏偏生活在一个等级森严的门阀社会里，便注定要遭受“才秀人微，取湮当代”的命运。他的《拟行路难》十八首以抒写怀才不遇的悲愤心情为主，本文所选的是其中的第四首。水从高处流向低处，自有规律。然而泻水平地，四方乱流，又有什么规律可言？人的命运也是如此，贫富穷达，尽出偶然。既然自己命当贫贱，又何必叹息、忧愁？想到这里，诗人便借酒浇愁，不再高歌《行路难》。可是毕竟心非木石，岂能没有感触？只因多所顾忌，遂至饮恨吞声。此诗的语气奔泻直下，意绪却百折千回；表面上声称停歌、吞声，事实上淋漓酣畅地倾吐了郁积胸中的种种烦恼。

李白其人，胸怀磊落，豪气干云，对一般的鸡虫得失是不屑措意的。然而他怀才不遇，壮志难酬，又怎能逃脱烦恼的侵扰？天宝末年，李白在宣州饯别秘书省校书郎李云，作诗相赠。时令是天高气爽的秋日，地点是锦绣江南的名胜，主宾双方都是才高学富的名士，他们共饮美酒，谈诗论文，真可谓“四美具，二难并”。然而，李白笔下突兀而来的两句却是：“弃我去者昨日之日不可留，乱我心者今日之日多烦忧！”日月不居，韶光难驻，一个连一个的“昨日”无情地弃我而去，有何方法可以挽留？一个连一个的“今日”接踵而至，烦恼和忧愁使我心乱！是多么深重的烦恼和忧愁郁积在胸中，才使得李白在赠别诗的开端既不叙别情，又不写送别的场景，却直抒胸臆，倾诉愁苦？两句长达十一字的超长诗句，仿佛是骨鲠在喉、突然吐出的一声长吁。中间六句欲抑先扬，补足“四美具，二难并”的意思，并引出宾主双方逸兴遄飞、上天揽月的奇思妙想。然后又是突兀而来的两句：“抽刀断水水更流，举杯消愁愁更愁！”忧愁正如流水，绵绵脉脉，无隙不至，既然快刀斫不断流水，举杯痛饮又岂能消愁？

阮籍、鲍照、李白三人都是才华杰出、胸襟过人的人物，他们在诗中宣泄的烦恼也格外浓烈、深广，堪称人生的大烦恼。除此之外，人们在日常生活中还会遇到许多琐碎的“小烦恼”，它们在旁人眼中也许微不足道，但对当事人来说也是人生之杯中的一滴苦酒，敏感的诗人对它们有细致的体味。试举数例：

温庭筠《望江南》：“梳洗罢，独倚望江楼。过尽千帆皆不是，斜晖脉脉水悠悠。肠断白蘋洲。”

杜甫《九日寄岑参》：“出门复入门，雨脚但如旧。所向泥活活，思君令人瘦。沉吟坐西轩，饮食错昏昼。寸步曲江头，难为一相就。”

韩愈《赠侯喜》：“吾党侯生字叔起，呼我持竿钓温水……晡时坚坐到黄昏，手倦目劳方一起。暂动还休未可期，虾行蛭渡似皆疑。举竿引线忽有得，一寸才分鳞与鬐。是日侯生与韩子，良久叹息相看悲。”

杨万里《五更过无锡县寄怀范参政尤侍郎》：“苏州欲见石湖老，到得苏州发更早。锡山欲见尤梁溪，过却锡山元不知。起来灵岩在何许，回首惠山亦何处。人生万事不可期，怏然却向常州去。”

思妇眺望归帆，却屡次错认；阴雨连绵，道路泥泞，难以访友；垂钓移时，仅得寸许长的小鱼；途经好友居住的地方，却错失了访友的良机：凡此种种，都是生活中的小不如意之事，但它们确实使人烦恼不已。陈师道的《绝句》就是抒写这种“小烦恼”的名作。据《抱朴子》记载，晋人嵇君道曾说：“每读二陆之文，未尝不废卷而叹，恐其卷尽也。”得到一本好书，却很快就读完了，这是喜爱读书者常会遇到的情境。至于与中意的人相约会面，对方却爽约未来，更是古今诗人经常慨叹的憾事。《诗·邶风·静女》：“静女其姝，俟我于城隅。爱而不见，搔首踟蹰。”《楚辞·九歌·少司命》：“望美人兮未来，临风怳兮浩歌。”孟浩然《宿业师山房待丁大不至》：“之子期宿来，孤琴候萝径。”韩愈《独钓》：“所期终莫至，日暮与谁回？”前二例咏男女之情，后二例咏朋友之谊，都是写所期之人失约未至而引起的失望。陈师道把这两类烦恼浓缩成两句诗，虽因脱离了具体的情境而稍嫌抽象，但也因而具有更加宽泛的普适性，并蕴含哲理，堪称警句。既然世事相违每每如此，那么短暂的一生中还能有几次开怀欢笑呢？言下之意，就是人生实有太多的烦恼！

上文所述的烦恼大多有清晰的内涵和明确的缘由，但世间还有另一类烦恼，它们无端而来，却挥之不去；它们说不清楚，却沦肌浃髓。对此类幽微、深曲的内心律动，感情细腻的词人最善领略，正如近人况周颐所说：“吾听风雨，吾览江山，常觉风雨江山外，有万不得已者在。此万不得已者，即词心也。”先让我们读几首词：

李璟的《摊破浣溪沙》：“菡萏香销翠叶残，西风愁起绿波间。还与韶光共憔悴，不堪看。　　细雨梦回鸡塞远，小楼吹彻玉笙寒。多少泪珠何限恨，倚阑干。”

冯延巳的《鹊踏枝》：“谁道闲情抛掷久？每到春来，惆怅还依旧。日日花前常病酒，敢辞镜里朱颜瘦。　　河畔青芜堤上柳。为问新愁，何事年年有？独上小楼风满袖，平林新月人归后。”

晏殊的《浣溪沙》:“一曲新词酒一杯，去年天气旧亭台。夕阳西下几时回？　　无可奈何花落去，似曾相识燕归来。小园香径独徘徊。”

张先的《天仙子》:“水调数声持酒听，午醉醒来愁未醒。送春春去几时回？临晚镜，伤流景，往事后期空记省。　　沙上并禽池上暝，云破月来花弄影。重重帘幕密遮灯。风不定，人初静，明日落红应满径。”

秦观的《浣溪沙》:“漠漠轻寒上小楼，晓阴无赖似穷秋，淡烟流水画屏幽。　　自在飞花轻似梦，无边丝雨细如愁，宝帘闲挂小银钩。”

试问这些词中所抒写的情愫是什么？是离愁别恨，还是身世之感？是伤春感时，还是叹老嗟卑？好像是，又好像不是。这种若隐若现、难以捉摸的情愫实在无以名之，只能模糊地称之为“闲愁”，也即“烦恼”。贺铸的《青玉案》就是抒写闲愁的名篇，当时黄庭坚即称赞说:“解作江南断肠句，只今惟有贺方回。”那么贺词到底抒发了什么烦恼呢？从上阕看，似乎词人有一位意中人，但她倩影未现，芳踪杳然。其人幽居独处，在寂寞中空度年华。其居处清幽邃远，只有无处不臻的春光才知其究在何处。这是说一个真实的相思对象呢，还是用美人芳草的手法抒发怀抱？考虑到此词作于贺铸晚年退隐苏州时，词中的美人形象又是如此迷离恍惚，我宁可采取后一种读法。下阕直抒“闲愁”：彩笔题诗，写出的都是断肠之句，这是由心中的闲愁引起的。那么这闲愁到底有多少呢？词人不用“千重”“万斛”的数量词，也不用“忧积如山”“愁深似海”的传统比喻，而是一气推出江南暮春时节的三种景物：一望无际的满川烟草，缭乱飞舞的满城风絮，无休无止、如烟如雾的漫天细雨。这些景物都具有广漠无边、凌乱无序的特点，词人把它们组合起来形容闲愁，更使人觉得这闲愁简直充塞天地、无所不在，又绵绵不绝、永无尽头。这是一个何等烦恼的世界！

我们的人生本已充满烦恼，为什么还要读这些抒写烦恼的诗词，再来替古人分担他们的烦恼？在田汉的独幕剧《咖啡店之一夜》中，一位由工科改学文学的大学生说：“文学不独不能慰藉我，反供给我许多烦恼的资料。”这话说得对不对？请读者不要性急，先让我们看一个故事：北宋中期，有一位名叫王琼奴的女子流落不偶，在淮山驿的馆壁上题词自诉不幸。诗人王安国闻之，作长歌以哀其事。若干年后，一位无名女子在丰县永安驿的廊柱上题诗说：“无人解妾心，日夜长如醉。妾不是琼奴，意与琼奴类。”陈师道读而哀之，作诗说：“桃李摧残风雨春，天孙河鼓隔天津。主恩不与妍华尽，何限人间失意人！”可见人心相通，从未谋面的陌生人也可以用文字相濡以沫。谪居湓城的白居易在浔阳江头遇见漂泊江湖的琵琶女，写出了情深意长的警句：“同是天涯沦落人，相逢何必曾相识！”我们在诗词中与古人相遇，倾听他们诉说心中的烦恼，并产生“于我心有戚戚焉”的感受，虽然我们与诗人“萧条异代不同时”，但何尝不是“相逢何必曾相识”？何况古代的诗人把烦恼抒发得那么淋漓尽致，把意境营构得那么优美隽永，他们完全有资格充当替我们宣泄烦恼的代言人。亲爱的读者，当你烦恼填胸，一时又没有知心朋友可以倾吐心事时，不妨去寻访古代的诗人。他们随时恭候，又非常耐心，你又何必独自忍受烦恼的侵袭呢？

（2005 年 7 月 25 日）

委屈

咏史

晋·左思

郁郁涧底松，离离山上苗。
以彼径寸茎，荫此百尺条。
世胄蹑高位，英俊沉下僚。
地势使之然，由来非一朝。
金张藉旧业，七叶珥汉貂。
冯公岂不伟，白首不见招。

长沙过贾谊宅

唐·刘长卿

三年谪宦此栖迟，万古惟留楚客悲。
秋草独寻人去后，寒林空见日斜时。
汉文有道恩犹薄，湘水无情吊岂知。
寂寂江山摇落处，怜君何事到天涯。

贾生

唐·李商隐

宣室求贤访逐臣，贾生才调更无伦。
可怜夜半虚前席，不问苍生问鬼神。

咏怀古迹

唐·杜甫

群山万壑赴荆门，生长明妃尚有村。
一去紫台连朔漠，独留青冢向黄昏。
画图省识春风面，环佩空归月夜魂。
千载琵琶作胡语，分明怨恨曲中论。

下第后上永崇高侍郎

唐·高蟾

天上碧桃和露种，日边红杏倚云栽。
芙蓉生在秋江上，不向东风怨未开。

明妃曲

宋·王安石

明妃初出汉宫时，泪湿春风鬓脚垂。
低徊顾影无颜色，尚得君王不自持。
归来却怪丹青手，入眼平生几曾有？
意态由来画不成，当时枉杀毛延寿。
一去心知更不归，可怜着尽汉宫衣。
寄声欲问塞南事，只有年年鸿雁飞。
家人万里传消息，好在毡城莫相忆。
君不见咫尺长门闭阿娇，人生失意无南北！

世上最大的不公，莫过于清浊不分、贤愚倒置。世上最大的委屈，莫过于怀才不遇。二千三百年前，行吟泽畔的屈原悲愤地诉说:“世溷浊而不清:蝉翼为重，千钧为轻。黄钟毁弃，瓦釜雷鸣。谗人高张，贤士无名！”公元前 176 年，贾谊来到湘江边上，作赋追吊一百年前自沉汨罗的屈子:“遭世罔极兮，乃陨厥身。呜呼哀哉，逢时不祥。鸾凤伏窜兮，鸱枭翱翔。阘茸尊显兮，谗谀得志。贤圣逆曳兮，方正倒植。世谓伯夷为贪兮，谓盗跖廉。莫邪为钝兮，铅刀为铦！”此后，董仲舒作《士不遇赋》，司马迁作《悲士不遇赋》，怀才不遇的主题日益成为诗人、赋家抒情的重心。到了晋代，在“上品无寒门，下品无世族”的门阀制度下，出身贫寒的人士即使英才盖世，也绝无机会得到社会的重视。如果说怀才不遇现象在汉代以前还是带有偶然性的个人遭遇，那么它在晋代几乎成了带有必然性的社会现象。物不得其平则鸣，于是从沉沦在社会下层的寒士群中发出了愤激的抗议声，左思的《咏史》就是其中的代表作。

左思的诗题既是“咏史”，诗人的目光便回溯到前代。金日磾、张汤两人都是西汉武帝时的贵臣，两人的子孙世世代代都做高官，世世代代都戴着标志高位的貂尾冠。从汉武帝到汉平帝一共七朝，平帝以后西汉便走向灭亡了。《汉书》说金家“七世内侍”，晋人戴逵说张家“七世珥貂”，俱是事实。要不是西汉灭亡，两家的权势说不定还会往下延续呢！可是汉文帝时的冯唐，尽管见识过人，却年近七十仍沉沦下僚，到老也没有得到朝廷的重视。不要以为左思这么说仅仅是借古讽今，实际上他揭露了一个严酷的事实：贵族累代公侯、寒族沉沦下僚的现象早从汉代就开始了，后来愈演愈烈，终于发展到积重难返的地步。然而这种现象是多么不合理、不公正！十丈高的青松与一寸粗的小树苗，孰高孰低，这难道还是个问题？可是事实上却是后者笼罩着前者，原因就在于前者位于涧底，后者却生来就置身于山顶。也就是说，在人们来到世上之前，他们的出身便决定了他们在社会上的地位。这种“出身论”在宋代以后稍有收敛，但一直没有销声匿迹，到了 20 世纪下半叶还曾烜赫一时。左思的抗议之声也就一直回响在历史的深邃隧道中，引起了后人广泛的共鸣。鲍照说：“自古圣贤尽贫贱，何况我辈孤且直！”李白说：“骅骝拳局不能食，蹇驴得志鸣春风。”杜甫说：“纨袴不饿死，儒冠多误身！”罗隐说：“言重不能轻薄命，地寒终是泣春风。”……余响不绝，千古同慨！

即使没有公开的门阀制度，怀才不遇也是常见的社会现象。这个世界缺乏一位既公正无私又明察秋毫的主宰，而实际上能决定我们命运的人又往往非但不能做到公正无私或明察秋毫，有时甚至反其道而行之。创建于隋唐的科举考试本是为了公正地选拔人才而设置的一项制度，可是历朝历代有多少才高学富的举子终生困于名场？晚唐的高蟾是一位性格倜傥、崇尚气节的士人，也是当时有名的诗人，然因出身寒微，应举多年皆未得中。871 年，高蟾又一次参加进士考试。放榜出来，高蟾依然名落孙山。原来唐代的进士科举，及第与否与举子的门第有很大关系，许多出身寒门的优秀士子因此抱恨终身。到了晚唐，科场风气更加败坏，以至于韦庄在 900 年奏请朝廷对历年落第的十四位士子追赠进士及第，以免他们“衔冤抱恨，竟为冥路之尘”。韦庄开列的名单，包括李贺、皇甫松、李群玉、陆龟蒙、温庭筠、贾岛、罗邺、方干等人。唐代的进士考试本以诗赋为主要科目，然而竟有这么多著名诗人落第，其不公正于此可睹一斑！高蟾落第后，心中不服，写诗呈给主考官中书舍人高湜，发泄胸中的牢骚：豪门子弟像“天上碧桃”“日边红杏”，他们当然先得雨露之恩。出身寒微的自己则像冷落秋江上的芙蓉，生既不得其地，又岂敢埋怨开不逢时！全诗纯用比兴，词意蕴藉，以至于明人熊勿轩评曰“无所怨慕”，清人李瑛评曰“绝无怨尤”，其实都被诗人瞒过了。我觉得诗人不但满腹牢骚，而且语含讥刺，不过语气较为冷隽而已。高蟾的诗常使我联想起如今的高考：解答同样的试卷，得到同样的考分，北京的考生能进名牌大学，湖北、河南等省的考生却只能上普通学校。用高蟾的话来说，北京的考生就是“天上碧桃”“日边红杏”，湖北、河南的考生就是“秋江芙蓉”。

但愿高蟾再生，再写一首诗来送给当代的“高侍郎”们。

怀才不遇并不是读书人独有的现象。俗话说：“三百六十行，行行出状元。”从事其他行业的人们也有才能杰出者，他们也有可能受到不公正的待遇或评价，同样会产生怀才不遇的牢骚。我在插队时曾听过一个故事：几十年前，赵浜村出了一个远近闻名的“种田状元”阿根，他十三四岁就精通全套农活。有一次他父亲带着他出外打短工，帮人家插秧。一大清早，二十来个短工坐在场院上吃早饭。主人出来给大家道辛苦，一眼瞅见身材比别人矮一截的阿根，就说：“这个小弟弟年纪还小，吃过早饭就回家去吧！”阿根和他父亲都一言不发。过了一会，众人逐一下田，排成一个楼梯形，开始插秧。阿根悄悄地跟在最后下了田，他摆好坐马势，“刷、刷、刷”地插起秧来，双手快得像闪电。一行还没插到头，阿根已经超过了五六个人，而且把秧行排得笔直。两个回合以后，众人公推阿根领头插第一行，站在田埂上观看的主人也惊得目瞪口呆。“予生也晚”，当我来到赵浜插队时，土改时被定为“富农”的阿根已经死去多年。但我见到了阿根的儿子阿兴，他也是一个种田能手。可是当时正是“农业学大寨”的时代，全队的男劳力都挣同样多的工分，而且只有贫下中农才会得到队长或大队干部的表扬，这使得阿兴十分失落。有一次我们在稻田里撒化肥，阿兴悄悄地对我说：“队长老是表扬他们那些人，其实他们连化肥都撒不均匀！不信你看，我今天是从这棵桑树开始撒的，过三天我们再来看结果！”几天以后，阿兴拉着我走到田边，指着那棵桑树说：“你看，我撒的这一路稻子都是一样的绿，而他们撒的地段，绿一块、黄一块！”可惜阿兴不识字，否则的话，他说不定也会写出“莫邪为钝兮，铅刀为铦”的句子来。

怀才不遇也不是才华杰出者独有的心态。我自认是个“中人之资”，但也曾有过怀才不遇的失落感。大约在1973年，太仓县教育局忽然想起要提高全县中小学的教学水平，决定从插队知青中挑选一些老高中生充当民办教师。局里查阅知青名单时注意到我，说我曾获得全县中学生数学竞赛第一名，又是苏州高级中学的六六届毕业生，可以胜任初中的数学教师，便发函到我插队的琼溪公社来商调。没想到公社里一口回绝，说我是“反动阶级的孝子贤孙”，绝对不能委此重任。最初我对整个事件一无所知，直到几个月后才有人偷偷地告诉我事情的来龙去脉，此时一个出身好的知青早已捷足先登。其实此人只读过初中，而且成绩平平。虽然我已插队务农五年，对于招生、招工早已心如死水，我还是产生了强烈的不平之感，我对左思的《咏史》诗有了更深透的理解。

当然，最容易产生怀才不遇之感的人首推诗人。诗人都是自命不凡的，优秀的诗人又往往是穷愁潦倒的，这就催生了他们心中无穷无尽的不平之鸣。在古往今来的此类作品中，最引人注目的是歌咏贾谊和王昭君的诗。正如左思的咏史诗实为咏怀一样，无数的诗人为贾谊和王昭君一洒同情之泪，也都是借古人之酒杯，浇自身之块垒。诗人因自身怀才不遇而产生的委屈感，通过对贾、王二人故事的复述而变得更加鲜明、浓烈，并通过对贾、王二人的同情而得到痛快淋漓的抒发。

贾谊是汉初最具远见卓识的政治家，他为汉帝国的长治久安筹划了一系列的方针、谋略。然而，他虽然遭遇了素有明君之称的汉文帝，却未得重用，反而受到朝中大臣的妒忌、排挤，终被贬至远地，三十三岁即悲伤而死。当后代诗人要从历史人物中寻觅怀才不遇者的典型时，贾谊无疑是第一人选。此外还有一个隐性的原因：汉文帝并非昏君，后人自比贾谊不会引起时君及其鹰犬的猜忌。比如刘长卿说“汉文有道恩犹薄”，即使旁人要想罗织其罪名也难以着手。反之，像温庭筠咏陈琳说什么“霸才无主始怜君”，就难免有讥刺时君之嫌了。于是，李白的“汉朝公卿忌贾生”，杜甫的“贾生恸哭后，寥落无其人”，刘长卿的“贾谊上书忧汉室，长沙谪去古今怜”，这类对贾谊充满同情的诗句便大量涌现了。

771 年秋季，刘长卿路经长沙，瞻仰贾谊故宅，写出了文学史上第一首咏贾谊的杰作。此时刘长卿任鄂岳转运留后，为公务而南至湘中，但他此前曾因“刚而犯上”被贬至南巴县（今广东茂名电白），而且他虽有才干，却长期沉沦下僚，流宦各地，胸中颇有抑郁不平之气。这首诗语气哀怨，以至于后人常误认为作于贬谪途中，其实刘长卿平生两次遭贬，都未曾路经长沙。当年贾谊贬至长沙，作《鹏鸟赋》自哀：“庚子日斜兮，鹏集余舍”，“野鸟入室兮，主人将去”。如今诗人在寒林日斜的时候独自走进秋草萋萋的贾谊故宅，看到人去宅空的凄凉景象，不禁浮想联翩。贾谊生逢“有道之君”汉文帝统治的年代，尚且未获重用，那么他作赋投于湘水以吊屈原，古人已逝，湘水无情，又有谁能知道？江山寂寞，秋风萧瑟，贾谊为何来到这天涯之地啊！从字面上看，全诗句句都是咏贾谊。从感情上体会，却句句都绾合着诗人自身。“汉文有道恩犹薄”，那么身逢昏聩无能的唐代宗的自己还能有什么希望？“湘水无情吊岂知”，那么自己在湘水之滨作诗追吊贾谊的一番心意，又有谁能理解？“怅望千秋一洒泪”，使刘长卿和贾谊的两颗心灵产生强烈共鸣的正是怀才不遇的委屈感。

李商隐的《贾生》是唐诗中另一首咏贾谊的名作。此诗的取材角度非常特殊，它一字不提贾谊被贬长沙之事，反而从贾谊被汉庭召回写起。公元前 173 年，贾谊从长沙被召回长安，而且很快受到汉文帝的召见。《史记》记载说：“贾生征见。孝文帝方受釐，坐宣室。上因感鬼神之事，而问鬼神之本。贾生因具道所以然之状。至夜半，文帝前席。”李商隐对此大感惋惜：汉文帝与贾谊一直谈到夜半，文帝还在坐席上移近对方，可见他听得多么入迷。可惜他向贾谊请教的竟是鬼神之事，而一语不及天下苍生！是啊，受到皇帝的召见和咨询，这本是封建士大夫最大的荣幸。可是对贾谊来说，他关于国计民生的满腹经纶不被重视，却以“鬼神之本”受到皇帝的请教，这岂不是更深层次的怀才不遇！此诗当然含有讥刺晚唐诸帝服药求仙、不恤民生之意，但其主旨则是借题发挥，抒发怀才不遇之愤懑。李商隐才华横溢，却命途多舛，胸中素有“古来才命两相妨”的牢骚，以及“贾生年少虚垂涕”的人生感慨，贾谊就是他的异代知己。

那么，为什么王昭君这位女性也能赢得男性诗人的一掬之泪呢？

王昭君原是西汉元帝时的宫女，入宫数年未得见君，后被选嫁匈奴，临行时元帝方知其美貌。传说她因不肯贿赂画工毛延寿，在画像时遭到丑化，故按图选美的元帝不知其美。后来元帝怒而诛杀毛延寿，但昭君终身未得归汉，卒于异域。一位弱女子由于国家政治的需要远嫁蛮荒的异域，终生未能返回故土，这个悲剧当然会打动所有善良人们的心。更重要的是，王昭君本有绝代美貌，却因画工陷害而未能见宠于皇帝，这与贤士遭忌而怀才不遇非常相似。在封建社会里，男子以才能为贵，女子却只能以美貌见重，王昭君的故事几乎就是怀才不遇主题的女性版本。这样，屈原自比美人的“众女嫉余之蛾眉兮，谣诼谓余以善淫”就有了真实的人物形象作为载体，无怪乎诗人们要对昭君情有独钟了。沈佺期说：“薄命由骄虏，无情是画师。”李白说：“生乏黄金枉图画，死留青冢使人嗟！”刘长卿说：“那知粉缋能相负，却使容华翻误身。”大家异口同声地谴责那位贪图贿赂的画师，并对王昭君的不幸遭遇表示深切的同情。

766年，杜甫漂泊到夔州，作《咏怀古迹五首》，分咏夔州附近的五处古迹，本文所选的是第三首，专咏秭归县的昭君村。从地势高峻的夔州向东眺望，高山绝壑连绵不断，山势如万马东奔，直到三峡尽头的荆门山。雄伟壮丽的山川钟灵毓秀，万山深处藏着一个孕育了王昭君的小村庄。昭君早已魂断绝域，只留下一个墓草长青的青冢，在茫茫的大漠中独对黄昏。当年汉元帝仅从画像中约略地认识昭君的美貌，以至于她远嫁异国，只有其幽魂带着环佩之声在月夜独自归来。流传千载的琵琶曲本是胡地的音乐，分明记载着昭君的无限幽怨！清人李子德称赞此诗说：“只叙明妃，始终无一语涉议论，而意无不包。”那么它究竟包含着什么意思呢？对昏庸的汉元帝的讽刺，对贪婪的画工的谴责，还是对昭君的赞美和同情？都有，但最重要的一点则是金圣叹所揭示的：“咏明妃，为千古负才不偶者十分痛惜。”当杜甫来到夔州时，他已是一个五十五岁的白发老翁了。他那“致君尧舜上，再使风俗淳”的宏伟理想早已破灭，他的满腹经纶已经注定不为世用，甚至连他呕心沥血写出的壮丽诗篇也没有得到世人的足够重视。诗人看到或听说了庾信故宅、宋玉宅、昭君村、刘备庙和诸葛亮祠这些古迹，便情不自禁地在古人的不得志与自身遭遇之间产生了联想，正如清人沈德潜所说：“《咏怀古迹》，犹云借古迹以咏怀也。”何焯谓：“奇才如庾、宋，国色如明妃，英雄如刘、葛，皆不得志于当时，五篇假以自喻也。”杜甫对王昭君的深切同情，正是源于自伤身世的委屈感。

1059年，王安石在汴京作《明妃曲》二首，一时洛阳纸贵，梅尧臣、欧阳修、司马光等人皆有和作。宋诗的一大特色是多议论，虽说王安石此诗对昭君神态、举止的描绘都十分生动，对昭君出塞后的心理活动也刻画得相当细致，但它最称精警的仍在独树一帜的议论。说到画工毛延寿，唐诗中是一片喊杀声。王安石却故意为毛延寿鸣冤，说最美的风度、神态本是绘画无法表现的。关于昭君的结局，唐诗中不是描写她如何盼望归汉，就是哀悯她至死身留绝域。王诗却借其家人之口，劝慰昭君好好地生活在异域。因为即使她留在汉宫，获宠于汉元帝，也难免像曾经金屋藏娇的陈阿娇一样，一旦年老色衰，依然难逃打入冷宫的命运。“人生失意无南北！”是啊，在封建社会中，美貌的女子只能成为统治者的玩物，无论是得宠专房，还是远嫁和戎，到头来都是同样的不幸。这个看法在欧阳修的和诗中说得更加明白：“红颜胜人多薄命，莫怨春风当自嗟！”

对于古代的读者来说，“古来才命两相妨”是怀才不遇主题的男性版警句，“红颜胜人多薄命”则是其女性版警句，它们不知为多少委屈的心灵带来了安慰。作为一个现代人，我当然希望社会变得越来越公平，希望所有的人才都能得到公正的待遇，希望大家从此忘却上述警句。然而在这些美好的愿望尚未实现的此刻，我仍想把它们郑重推荐给读者朋友。

（2005年8月6日）

读书

读山海经

晋·陶渊明

孟夏草木长，绕屋树扶疏。
众鸟欣有托，吾亦爱吾庐。
既耕亦已种，时还读我书。
穷巷隔深辙，颇回故人车。
欢言酌春酒，摘我园中蔬。
微雨从东来，好风与之俱。
泛览周王传，流观山海图。
俯仰终宇宙，不乐复何如！

观书有感

宋·朱熹

半亩方塘一鉴开，天光云影共徘徊。
问渠那得清如许，为有源头活水来。

在我读过的诗人中，最爱以读书为题材的无过于宋代的陆游了。我曾根据《剑南诗稿校注》做过统计，陆游诗中径以“读书”两字为题的诗就有十七首，诗题以“读书”二字开始的诗作如《读书有感》之类有八首，题作《冬夜读书》《秋夜读书》之类的诗有三十首，而题作“读某某书”如读经、读史之类的诗则多达七十三首。此外题中虽无“读书”字样而内容与读书有关的诗更是比比皆是，例如《题北窗》中说：“束担还山读旧书，断编终日见唐虞。千茎白发年华速，一点青灯夜漏徂。”如果把诗题改为《北窗读书》，也同样切题。然而陆游的读书诗在我心中留下亲切印象的只有一句：“青灯有味似儿时。”我自己关于读书的记忆也是从少年时代开始的。

最早吸引我的目光的是连环画，我们叫它“小人书”。与“小人书”相对的名词不是“大人书”，而是“字书”，意思是光有文字没有图画的书。在琼溪镇上，我家收藏的小人书算是较多的，高峰期曾超过一百本。我家有一口书箱，那些藏书平躺着正好装满一箱。我与小妹曾用那些书摆过一个像模像样的租书摊，一张双人竹榻上铺满了书，引得旁观的小孩啧啧称羡，一天下来就从那些小读者手中赚到了七八角钱。那些书的来历颇为复杂，有些是阿姨或舅舅在儿童节寄来的礼物，有些是我们自己用压岁钱买的，还有几本来历不明，或许是从别人那里借来而忘记归还了。我家的藏书中没有卷帙浩繁的“丛书”，像二十一册一套的《水浒传》、六十册一套的《三国演义》等，我们都只有其中的几册，零零落落，不成体统。完整成套的只有册数较少的几种，例如高尔基的自传三部曲——《童年》《在人间》和《我的大学》。那三本书画得粗糙不堪，我却津津有味地看了无数遍，也许书中所写的景物本是破败肮脏的，人物也大多是粗鲁丑陋、衣衫褴褛的，本来就该画得粗枝大叶才对？我至今还记得《童年》的最后一页，画面上的高尔基用木棍挑着一个包袱，走向荒草茫茫的远方。页下的说明文字是：“于是，我走了，我走进了社会。”那是当高尔基的外祖父对他说“你不能再依靠我了，你走到社会里去吧”之后发生的情节。当时我很诧异为什么那个“社会”竟是一片荒草，画中的高尔基更像是走进“自然”中去了。与此相反，《钢铁是怎样炼成的》则画得十分精美，身穿海军衫的少女冬妮亚在我心中留下不可磨灭的印象，主要是得益于这本小人书。若干年后我才读到同名的“字书”，其时冬妮亚的印象已经由小人书先入为主地定格了。

家里的藏书中虽然颇有百读不厌的精品，但时间一长就不能满足我们的需要了。小镇上唯一的图书馆在中学里，我们这些小学生虽然也可以透过玻璃窗张望里面的几个大书架，而且确知里面有上千册小人书，但绝对是可望而不可即。天无绝人之路，我有一个名叫陈钟权的同学，他的大哥曾经开过租书铺，后来书铺被取缔了，那些书倒还收藏得好好的，据说足足有三四百册。陈家的书是属于大人的资产，一般人是休想借到手的。但是陈钟权与我交好，他又是家中的宝贝儿，便说服其大哥对我特别开恩。此后每逢下雨的星期天，我一大清早便从镇西头跑到镇东头，从陈家借出十几本书藏在书包里，贼头贼脑地拿回家去，就像“匹夫怀宝”一样，生怕被别人看见，因为陈钟权反复叮咛不能让旁人知道我来借书。正在家里望眼欲穿的弟妹们一看到这些书，便各自抢过一本，并预订好别人手里的另一本，然后大饱眼福。要是我们手头正好有几分零钱，便事先到供销社里买一包萝卜丝干，或是几片梅饼，用铅笔刀切成小块，等到看书时分而食之。我们眼里看着有趣的小人书，嘴里嚼着美味的零食，心里充满了幸福感。为什么要在下雨天才去借书呢？一来我不能每个星期天都去借书，那样人家会厌烦的。二来晴天我和小弟都会到野外去消磨时光，不会安心地待在家里。于是当我们享用这些小人书时，窗外常常是风雨凄凄，这更反衬出室内的安宁和温馨。许多年后，我读到了陶诗：“欢言酌春酒，摘我园中蔬。微雨从东来，好风与之俱。泛览周王传，流观山海图。”眼前顿时浮现出当年与弟妹同看小人书的情景。陶渊明看的“山海图”正是古代的小人书，就是鲁迅曾描写过的那种。唯一不同的是陶渊明一边看书，一边还喝酒、吃蔬菜。但对于小孩来说，吃一点萝卜

清 · 王翚 · 深柳读书堂图

丝干和梅饼，其乐趣与大人喝酒也差不了多少，难怪我与弟妹们都感到非常快乐，真是“不乐复何如”了。可惜我在当天天黑以前就得把借来的书都还回去，这样才能有下一次借的机会。我们对借来的书都很爱惜，从来不把它们弄脏、弄皱。陈家的租书铺刚开不久就被取缔了，他们的书又全都是新买来的，平时秘不示人，简直像韩愈诗中所写的邺侯家的藏书一样，“新若手未触”。

小人书的最大好处是图文并茂，它吸引我们的既是故事，也是画面。对于喜爱绘画的我和小妹，它便是我们画图的蓝本。当时我最崇拜的人物是古代的好汉，除了山水以外，我画得最多的便是好汉们的肖像了。小妹则喜欢画仕女，有时也画点小动物。我的画法与少年鲁迅不同，我没有那种薄得透明的“荆川纸”，况且套在小人书上描出的画只有巴掌大，效果欠佳，所以我采取放大式的临摹。我把小人书里的岳飞、关羽等人物形象单独挑出来，放大几倍移到画纸上。一般都是取他们正在施展武艺的姿态，看上去生龙活虎的。小人书除了封面以外的图画都不是彩色的，但我和我的朋友都认为大张的单幅图画只用黑色太单调，于是我用墨笔画好边线后，再用水彩涂上鲜艳的颜色，至于涂什么颜色全靠我的想象。《儒林外史》里的牛浦郎家为新娘准备的嫁衣是："绿布棉袄、红布棉裙子、青布上盖、紫布裤子。"我为好汉们画的衣服也差不多，尽可能在他们的盔甲、衣巾上涂上多种多样的颜色。有一次我把武松的袍子也涂得五彩缤纷的，父亲看了大摇其头，说他在京剧里看到的武松穿着一领黑袍，那样才有一股英气。但是我试着把武松的袍子涂成黑色，结果难看得很，后来便很少画武松了。我的作品在同学中引起极大的轰动，与我交情较深的便纷纷来讨。后来我穷于应付了，便推说没有大纸。于是同学们各显神通地去寻找大纸，找到后送给我求画，简直有点"洛阳纸贵"的味道了。

大约从小学五年级起，当我接触到《水浒传》《西游记》《三国演义》等"字书"以后，我读书的兴趣便渐渐转移到字书上来了。只有《聊斋志异》一开始看不太懂，但也似懂非懂地翻了一遍。不过我对小人书的兴趣还保持了相当一段时间，到苏州读高中后不好意思再看小人书了，但寒暑假回到家里还免不了翻翻书箱里的藏书。所以我现在并不反对年轻人看"动漫"，当然我认为他们不应光看动漫而不读经典。

说来也巧，正当我对"字书"的兴趣日益浓厚时，一家租书店在镇上应运而生，它还是以出租"字书"为主的。书店主人是一位瘦削的青年，清秀的脸上架着一副近视眼镜。他害过肺病，高中毕业后没能上大学，一时又找不到工作，他的同学们便纷纷把各自的藏书捐给他，帮他开了这家租书店来谋生。书店里几乎全是旧书，有的连封面都掉了，用牛皮纸重新糊上的。我平生第一次看到那么多的书，诧为奇观，很快就成了书店的常客。租书的价格是每本五分钱，三天后归还。我看书一向是囫囵吞枣的，一本小说一天就看完了，就与店主人商量，能不能提早还书，再换一本别的书。店主人一开始不相信我一天就看完了一本《红岩》，便盘问我书中的情节，发现我果真已经读完，大为惊讶，就同意我在三天内任意来换书，只收我五分钱。后来他与我熟了，干脆让我花五分钱借三本书回家去，三天后来还就行。我平生第一次读书高潮的书源便是这家只有一开间门面的租书店。一年以后，我考上了苏州高级中学，店主人大为高兴，告诉我那是一所了不起的学校，我到那里去读书是前程无量的。他热情地让我放假回家时再来店里看书，还答应给我更大的优惠。可惜半年后他得病死了，书店也随之关闭了。

读书当然是一件意义重大的事情，而且必须有严肃认真的态度才能读好书，这是古有明训的。古人读书传下来许多逸事，大多是说他们如何刻苦，诸如悬梁刺股、囊萤映雪等，不胜枚举。朱熹回忆自己少时读书常通宵不睡，“彻夜闻杜鹃声”。元好问晚年流离失所，尚且刻苦读书：“四更风雪短檠灯。”这些事例曾使我十分感动。我自己也曾有过一段苦读的经历，那是在南京大学读研究生的几年间。导师程千帆先生对我们要求很严，我又自忖基础薄弱，不敢不用功“恶补”一番。有整整两年，我与师弟张三夕同住一室。我们的床铺都靠着窗口，中间放着两张书桌，两人整天对面而坐，从天亮一直读到晚上十一时，其间几乎不交一言。桌上放不下多少书，又没有书架，我们便把书堆在床头，沿墙码成一排，笑称自己是“年年岁岁一床书”。那几年里还真的读了不少书！但是那样的读书，我心里是颇以为苦的。书中当然有许多有趣的人物、事情或语言，可是你时时想着搜寻有用的材料来写论文，也就变得索然寡味了。就像小学生听说要去春游，莫不欢欣鼓舞。但老师布置春游回来要写作文，大家便转喜为悲了。要是让我自己选择的话，我宁肯像陶渊明那样，不带任何功利目的，“不求甚解”地读点书。

我在农村插队时的读书，倒有点接近陶渊明的境界。

那年头正是“读书无用论”流行的时候。岂止是无用，简直是有害，因为报上成天都在念叨“知识越多越反动”，谁不怕背上“反动”的罪名呢？唐代的韩愈曾鼓励儿子好好读书，因为只有读好书才能获得功名利禄。他举例说，有两个孩子，一个认真读书，一个荒废学业，结果两人的命运完全不同，“乃一龙一猪”。有些宋儒对此大加挞伐，可是宋代的君主却公然用“书中自有黄金屋”的话来鼓励人们努力读书，可见读书有实际好处一直是古代社会中占主导地位的价值标准。时过境迁，一向认为“万般皆下品，唯有读书高”的中国人居然迎来了“知识越多越反动”的时代，真是“物极必反”这个命题的有力证明。那时连交白卷的人都能升大学了，赵浜村里目不识丁的老贫农阿囡已被派到镇上的中学参加“贫下中农管理学校”了，读书还能有什么用？况且我又是一个“可以教育好的子女”，也就是被打入另册的一类青年，大学的大门已经对我关闭，也绝无可能让我干民办教师等需要一点文化的工作，我读书还能有什么用呢？许多好心人纷纷劝告我不要再迷恋书本了，还是安心种地，要不学点手艺，也可以挣几个活络钱。在这种情境中，我读书便不带任何功利目的。我之所以还要读书，只是因为我喜欢，岂有他哉！

还有，那年头书店里几乎买不到我想读的书，图书馆则基本上处于关闭状态。我先是读家里被查抄后残存的几十本书，后来又设法从朋友处借些书来读，再后来便只能守株待兔地等待好书从天而降了。在这种条件下，你绝对不可能制订什么周密的读书计划，更不可能规定什么读书的范围。在下乡的最初一两年里，我对数理化还未能忘情，便把前几年攒下的一些高中教学参考书以及《极大值与极小值》《一笔画与奇偶点图上作业法》之类的小册子反复地读了几遍。不久我便明白，没有系统的课本，也没有人辅导，是根本不可能学好数理化的，便果断地与数理化告别了。后来我开始“博览群书”，因为我只能有什么书便读什么书。于是我一会读《孙子兵法》，一会又读《气象学教程》，再下来又读《欧洲哲学史》和《经史百家杂钞》，简直是杂乱无章。杂乱无章的读书也有好处，便是读得相当随意，相当轻松，因为你不会想着要从书中获得系统的知识。可读的书太少也有好处，便是读得相当从容，因为你不必急着读完这本书再读下一本。有时很久没有新书到手，便把自己的旧书再拿出来随意翻阅，那几乎就是陶渊明所说的“泛览”和“流观”了。

最值得一提的是，我与陶渊明一样，必须在“既耕亦已种”之后才能读书。在夏收夏种、秋收秋种，还有种双季稻派生出来的“双抢”那样的大忙季节里，我们每天都得“从鸡叫干到鬼叫”，吃过晚饭后就累得瘫在床上，即使有油点灯，也绝对没有精力再读书。只有在农闲时节，出工迟而收工早，每天都有点读书的时间。雨雪霏霏的日子更好，我可以读一整天的书。我捧着书本站在窗前大声诵读，也没有人会听见。我的茅屋孤零零地站在河边，与队里的几个村落都有一段距离，雨雪天连鬼也不会上门的。我读着心爱的书，暂时离开了眼前的现实世界，也暂时忘却了一切烦恼。

我在十年的插队生涯中没有学到什么系统的知识，但杂乱无章的读书仍然使我受益匪浅。我从书中读到了不少道理，也得到了许多安慰。更重要的是，读书使我的心灵如同一方清清的水塘，尽管每天都从村头的高音喇叭里听到各种无耻的谎言，却始终不受其欺骗。我不相信眼前的形势真是“到处莺歌燕舞”，不相信知识果真具有反动的性质，也不相信那条被吹得天花乱坠的路线真的会永世长存。“问渠那得清如许，为有源头活水来。”我最初正是在赵浜的茅屋底下读到了朱熹的这两句诗，我终于明白了那些心怀鬼胎的人为什么要煞费苦心地阻止人们读书，原来那股源源不断地注入人们心田的源头活水就在书本中间。

（2004年10月1日）

书信

饮马长城窟行

汉·无名氏

青青河边草，绵绵思远道。
远道不可思，夙昔梦见之。
梦见在我傍，忽觉在他乡。
他乡各异县，展转不可见。
枯桑知天风，海水知天寒。
入门各自媚，谁肯相为言。
客从远方来，遗我双鲤鱼。
呼儿烹鲤鱼，中有尺素书。
长跪读素书，书中竟何如。
上有加餐食，下有长相忆。

秋思

唐·张籍

洛阳城里见秋风，欲作家书意万重。
复恐匆匆说不尽，行人临发又开封。

寄令狐郎中

唐·李商隐

嵩云秦树久离居，双鲤迢迢一纸书。

休问梁园旧宾客，茂陵秋雨病相如。

踏莎行

宋·秦观

雾失楼台，月迷津渡，桃源望断无寻处。可堪孤馆闭春寒，杜鹃声里斜阳暮。　　驿寄梅花，鱼传尺素，砌成此恨无重数。郴江幸自绕郴山，为谁流下潇湘去。

汉乐府《饮马长城窟行》里写了一个生活细节：一位远方来客送来两条鲤鱼，呼唤童儿来煮鱼，发现鱼腹里有一封写在白绢上的书信！读者也许会感到诧异：那位客人为何要把书信藏在鱼腹里呢？原来古人寄信有一个习惯，他们用两块刻成鲤鱼状的木板做成函套，把书信夹在里面捎往远方。那位汉代的无名诗人故弄狡狯，说收信人竟以为那是一对真的鲤鱼。这是多么美丽的虚构，古人的木制信函又是多么精美！另一个与书信有关的历史故事可以与此媲美：西汉的苏武出使匈奴，被扣留在荒远的漠北十九年。汉使向匈奴索求苏武，匈奴诡称苏武已死。汉使就编了一个故事，说大汉皇帝在上林苑里射到一只大雁，雁足上系有苏武的书信，说他还在某个大泽中。雁足系书，又是多么美丽的传说！从汉代以后，墨客骚人便纷纷用"鱼雁"来指代书信。杜甫想念远方的李白，寄信又难以得达，就问道："鸿雁几时到？江湖秋水多！"秦观盼望情人的书信而不得，就埋怨说："一春鱼雁无消息！"李商隐请鸿雁传书，又担心鸿雁会误事："玉珰缄札何由达？万里云罗一雁飞。"女词人李清照则仰望长空盼着鸿雁的影子："云中谁寄锦书来？雁字回时，月满西楼。""五四"时胡适之主张把典故从文学创作中彻底驱逐出去，其实好的典故已经变成活在人们口头和心头的美丽修辞，还会引起丰富的联想，它们何罪之有？上述诗词都运用了鱼雁传书的典故，何尝有丝毫不好的影响？相反，如果不用典故，那些美丽的诗句就不复存在了。

按照收信人的不同身份，书信可分为若干类别，其中最珍贵的首推家书。正如杜甫所说："烽火连三月，家书抵万金！"即使不是烽火连天的时候，家书也常常是收信人朝思暮想的远方佳音。如果从寄信人的角度来看，张籍的《秋思》是古今诗歌中写家书的最佳作品。它明白如话，那正是家书应有的风格。家书是与家人的对话，一切辞藻和文法的构思都没有必要，一切客套和敷衍的意思更无从产生，心里有什么话便照着写好了。张籍对家书作者的心理刻画得惟妙惟肖：已经在信中写进了"意万重"，然后小心翼翼地封好信函，并郑重地托付给送信人了，忽然又觉得意犹未尽，于是重新打开封函，再往信里添上几句。其实家书里会有什么特别重要的内容呢，不过是一些家常话罢了，而且往往下笔千言，絮絮叨叨。然而写信的人心中本有万千话语，他心中的绵绵情思就像春蚕吐丝一样，是吐不尽、抽不完的，无怪他要觉得纸短情长了。此诗的首句"洛阳城里见秋风"，也绝非闲笔。诗人客居洛阳，又见秋风，在黄叶飘零的季节客居异乡，当然会格外思念家人。况且秋风既起，天气渐寒，正是格外需要保重身体的时节，正如《西厢记》里的莺莺吩咐张生：“鞍马秋风里，最难调护，最要扶持。”此时写家书，定会多一番叮咛，多一番问候，就更要“复恐匆匆说不尽”了。

我写家书的经历始于十四岁，那年我生平首次离家，独自到苏州去读书。一开始我的家书都以报告学习和生活的情况为主要内容，不久便增加了叙述我游览苏州名胜古迹的见闻：从沧浪亭、拙政园、狮子林，到虎丘山、寒山寺、灵岩山、天平山……我尽量细致生动地描绘那些美丽的景色，想让父母和弟妹们分享我的快乐。还记得我初游天平山时在山下的高义园里采了几片火红的枫叶，夹在信里寄回家去。不久父亲便有回信来，还附了一首诗，里面有一句我至今难忘：“红叶寄来堪慰我！”

我第二轮写家书的时间始于二十五岁，那年我飘荡到淮北，在一个小农具厂里栖身。此时我的家书是写给母亲一个人的，父亲已经长眠不起，弟妹们也都外出谋生，母亲独自一人留在琼溪镇上做工。我心疼母亲，便频繁地给她写信，弟妹们也一样。于是母亲成了琼溪纺织厂里收信最多的人，管收发的人形容说：“只要一个星期没有她的信，下星期准会连来两封！”母亲识字不多，但是能读信，她还有一个独特的本领，碰到不认识的字往往能猜个八九不离十。母亲总是把我们的信珍藏在枕头底下，一有空就拿出来看看，这成了她生活中唯一的乐趣和安慰。

再往后我的家书便日益复杂了，通信的对象中增添了妻子和女儿，负责传书的鸿雁也越飞越远，有时竟需要远渡重洋了。1986年，我到美国哈佛大学去当访问学者。那年头私人电话还是奢侈品，电子邮件远未普及，我与家人的唯一联系手段就是写信。一封信从中国走到美国需要半个月，反过来也要十天。一开始妻子坚持要我每周写一封家书，我觉得这样会使我们之间的通信答非所问，乱作一团。经过一番讨价还价，我与妻子约定，我们接到对方的信后立即回信，这样不到一个月就能往返一次。我的寓所在坎布里奇镇的森林街上，那是一座三层的小楼，我住在二楼。一楼的大门上有个狭长的孔，算是邮箱。每天上午十时许，我坐在窗前看着邮差从街口拐进正对着大门的小路，走到门前，把一堆邮件从门洞里塞进来。等到他转身离去，我便下楼把散落在地上的邮件检索一番。妻子的来信一眼便能认出来，那总是一个边上镶着红蓝虚线的狭长信封，贴着一枚小小的邮票。有一次妻子专门贴了几张漂亮的纪念邮票，没想到那封信竟不翼而飞，后来她便只敢用不显眼的普通邮票了。在哈佛的一年里，我对当年母亲在家中盼望我们的家书，收到信后又翻来覆去地看的心情有了深切的体会。虽然不是战乱的年代，但遥远的地理阻隔也会使人觉得“家书抵万金”。

家书固然可贵，朋友之间的书信也同样感人。李商隐与令狐绹虽不算是知心朋友，但是后者千里迢迢寄书致问，还是让李商隐十分感动。李商隐曾是令狐绹之父令狐楚的幕下宾，诗中以汉代的司马相如自比，说自己已不是当年做客梁园的翩翩才子，而变成闲居卧病的落魄书生了。这首诗是以诗代柬的一封书信，诗中说友人从远方来信，格外可贵。古代交通不便，寄信也非易事，如果路途遥远，书信来往要隔很长时间，正如陆游所叹息的：“写得家书空满纸，流清泪，书回已是明年事！”古人也很难找到便人带信，况且万一你把书信误托给东晋的殷洪乔那样的人，他把你的书信在途中弃掷水中，那就真的要“一春鱼雁无消息”了。唐人窦叔向有一句诗：“远书珍重何曾达”，当非泛泛而言。宋人黄庭坚甚至说：“我居北海君南海，寄雁传书谢不能。”连鸿雁都对传书远方敬谢不敏，可见此事是何等困难了。“双鲤迢迢一纸书”，意即这一纸书信是一双鲤鱼长途跋涉送来的，绵绵情意从“迢迢”二字中流露出来，不愧是写情高手。

秦观的《踏莎行》写友人的书信引起的伤感。作者因遭党祸而远贬郴州，孤独地住在偏僻山城的驿馆里，春寒料峭，杜鹃哀鸣，心情分外凄惋。虽有远方的亲友频寄书信，就像南朝陆凯在江南折梅花寄给远在长安的范晔那样传达情意，但那些长书短简反而在词人心头堆砌成重重愁恨，难以排遣。秦观本是多愁善感的词人，身世的不幸更使他成为“古之伤心人”。他的心理承受能力较弱，满目望去尽是凄凉之景，亲友的书简也成为惹起离愁别恨的触媒。尽管如此，作者用古代的两个美丽传说来描写书信，仍可见出他对友人书信的珍视。

古人往远方寄送书信如此困难，拥有电子信箱的我们是否会感到无比幸福呢？未必！虽然电子邮件既方便又快捷，只要用鼠标轻轻一点，信件在顷刻之间便发到远方，即使远隔重洋也无须稍等片刻。方便是方便了，快捷是快捷了，然而手写书信的那种美感荡然无存，手写书信中熟悉的字迹所引起的亲切感大打折扣，接到书信后的欢欣心情也相形见绌。我们获得了现代科技手段的便利，同时也损失了生活的雅致和心灵的滋润，从而失去了生活中最可贵的诗意。

我爱看朋友手写的书信，它们常常使我见字如面，读信时仿佛与老友促膝谈心或联床夜话。林继中的信总是用毛笔写的，龙飞凤舞，一张信笺上写不满三十个字，仿佛是醉墨淋漓，尽管我知道他不怎么能喝酒。有的字实在太潦草了，端详半天也认不出来，只好从上下文来推测，就像古文字研究者解读甲骨上的刻辞。好在他的信都很短，难认一点也不要紧。周裕锴的信总是端庄的蝇头小楷，虽然用钢笔写成，仍能看出临摹过魏碑的痕迹。信的行格也整整齐齐，中规中矩。读周裕锴的信时我常会联想到他的文风，尤其是他的学术著作，每本都有整齐、匀称的篇章结构，显然是经过深思熟虑才动笔撰稿的。最耐看的信出自陈永正之手，他是书法家，又是诗人，其手迹自然具有艺术品的性质。我与陈永正的交谊即始于书信，也许因两人都对黄山谷的诗有兴趣，就通起信来了。我妻子在书法鉴赏上颇具慧眼，她一眼瞅见陈永正用钢笔写的信封，就大叫："这人的字写得好！"那时我只知陈永正在中山大学所学的专业是古文字学，尚不知他是书法家。渐渐地我们除了通信外也互赠著作，直到几年后才初次见面。那年我路经广州，事先写信与陈永正约定在机场见面。我走出机场的出口处，老远就看见接客的人群中有一个头发花白的中年男子高高地举着一本书，走近一看，原来是我写的《江西诗派研究》。我径直朝他走过去，与他相视而笑，果然他就是陈永正！后来我知道他是相当有名的书法家，就不客气地跟他讨了几幅字。陈永正给我写信仍然用钢笔，但我把它们都视为墨宝收藏起来了。

书信还能见出写信人的性格。王绍灵天性忠厚，襟怀淡泊，颇有古君子之风。他的信质木无文，如话家常，密密麻麻地写满几张信笺。但他也有严重的缺点：做事喜欢拖拉。我给他去信，总要隔很久才能接到回信，常常使我疑心我的信没有及时寄到。而我是不喜欢回信拖拉的，我的习惯是，凡是应该写的回信，在收信后半个月内一定得寄出。后来我对王绍灵的拖拉忍无可忍，便“即以其人之道还治其人之身”，接到他的来信后故意隔了两个月才写回信，但他似乎并未觉察我的用意，他实在是太忠厚了。曹旭是翩翩才子，风流潇洒。他的信颇像抒情散文，签名后还钤上印章。有时他干脆在信中附上几篇诗作或短文，使我读信时兼得欣赏美文的乐趣。

如今我也有了自己的电子邮箱，还日益频繁地写起电子信件来。可是在内心深处，我只想用电子邮件写那些公文性质的书信。至于给亲友的信，只要不是太紧急，我还是情愿用纸笔来写，并希望我的信能够换来同样是手写的回信。

虽然鱼雁传书的美好传说离我们越来越远了，但我们总该保留一些古朴、优雅的生活习惯，让我们的生活中多几分从容，多几分诗意。

（2004 年 9 月 9 日）

饮酒

问刘十九

唐·白居易

绿蚁新醅酒，红泥小火炉。

晚来天欲雪，能饮一杯无？

示长安君

宋·王安石

少年离别意非轻，老去相逢亦怆情。

草草杯盘供笑语，昏昏灯火话平生。

自怜湖海三年隔，又作尘沙万里行。

欲问后期何日是，寄书应见雁南征。

“对酒当歌，人生几何？”曹操的这两句诗说出了酒与诗歌之间的密切关系。尼采说古希腊的酒神是专司音乐艺术的，而诗歌反倒由日神掌管，这与中国古代的情形大相径庭。在中国古代诗歌中，与酒有关的名章迥句不计其数，几乎所有的大诗人都写过颂酒的篇章。《酒德颂》那样的篇名只能用在文章中，如果诗人也用这个题目，重名的现象就太严重了。传说酒能催诗，“斗酒诗百篇”的李太白是不用说了，连饮少辄醉的苏东坡都曾说过“得酒诗自成”的话，杨万里更自诩“一杯未尽诗已成”。我既不是诗人，也不是酒徒，这似乎从反面证明了上述判断。但是我爱读的酒诗倒有不少，我对诗人们的酒后百态也很感兴趣。

酒的一大功能是销愁。尽管以诗酒擅名的李白曾在宣州的谢朓楼上说过“抽刀断水水更流，举杯消愁愁更愁”，似乎对此项功能有些怀疑，但他此前还曾说过：“五花马，千金裘，呼儿将出换美酒，与尔同销万古愁。”合理的解释是美酒才能销愁，李白在宣州时生活潦倒，所饮的只是当地所产的无名土酒，当然难以销愁了。王维诗中的游侠少年所饮的是“新丰美酒斗十千”，故而“相逢意气为君饮”，丝毫不见愁的踪影。李商隐想用美酒浇愁却囊中羞涩，遂惴惴地自言自语：“心断新丰酒，销愁斗几千？”杜甫的经历也能说明这一点。遍检杜诗，只见“更有澄江销客愁”之类的句子，却从未写到过酒能销愁。理由很简单，杜甫在长安时与毕曜等穷朋友聚饮的情形是：“速宜相就饮一斗，恰有三百青铜钱。”三百铜钱就能买一斗的必是劣酒，与李白所饮的“金樽清酒斗十千”不可同日而语。杜甫在羌村所饮的酒更是村中父老“手中各有携，倾榼浊复清”的混杂村酿。他在成都草堂时曾应邀到一位老农的家中痛饮一番，老农“盆中为吾取”的也只是自家所酿的村酒而已。杜甫自己用来招待客人的也是“樽酒家贫只旧醅”。李商隐模拟杜诗说什么“美酒成都堪送老”，那真是想入非非。杜甫诗中的酒大多用“浊醪”来指代，酒清方为美，浊醪必是劣酒无疑。幸好杜甫没有像李白那样经历过“御手调羹”的大富大贵，过惯了穷日子，有“浊醪”喝喝，也就像陶渊明所说的“弱女虽非男，慰情良胜无”了。有时他甚至认为劣酒也能短暂地解忧：“浊醪谁造汝，一酌散千愁！”然而忧愁本来有如流水，是抽刀难断的，将它驱散开去只是权宜之计罢了。况且杜甫酒量颇大，更难以进入醉而忘忧的境界，有杜诗为证：“却忆年年人醉时，只今未醉已先悲。数茎白发那抛得，百罚深杯亦不辞。……此身饮罢无归处，独立苍茫自咏诗。”宋代的黄山谷看到的杜甫画像是“醉里眉攒万国愁”的模样，醉后仍在发愁，那是一幅多么逼真的杜甫写真！

李、杜之外的诗人似乎不大在乎所饮之酒是美酒还是“浊醪”，他们只是一个劲地赞颂酒能销愁。陶渊明以好酒著称，他一口气写了二十首《饮酒》诗，在其七中径称酒为“忘忧物”：“泛此忘忧物，远我遗世情。”他还在《连雨独饮》中说：“试酌百情远，重觞忽忘天。”一切感情都远离了自己，忧愁当然也无影无踪了。初唐的王绩是有名的酒鬼，他自称：“此日长昏饮，非关养性灵。眼看人尽醉，何忍独为醒？”为了不忍独醒才喝得烂醉，肯定是认为酒能销愁。元结虽是勤于政事的循吏，却也写过《石鱼湖上醉歌》：“我持长瓢坐巴丘，酌饮四座以散愁！”元结的忧国忧民之心与杜甫相近，他也说酒能“散愁”而不是“销愁”，不知是否出于巧合。晚唐的罗隐终生不遇，心里的忧愁特别深重，就写出了“今朝有酒今朝醉，明日愁来明日愁”二句，可以用作借酒浇愁者的座右铭。宋代诗人也深得前人饮酒之真传，不过他们写诗时喜欢推陈出新，不大用“销愁”二字。如黄山谷说：“朱弦已为佳人绝，青眼聊因美酒横。”又如南宋的华岳说：“古往今来恨多少，一时收拾付杯盘。”都是不言销愁而意在其中。宋词中也常见此意，如晏幾道说：“劝君频入醉乡来，此是无愁无恨处。”李清照则认为酒醉可以消解乡愁：“故乡何处是，忘了除非醉。”辛弃疾则说酒能销去离愁：“问人间，谁管别离愁，杯中物。”当然，词人的心灵似乎更为敏感，有时他们的忧愁连美酒都难以消解，如陈人杰问道：“抚剑悲歌，纵有杜康，可能解忧？”范仲淹则说："酒入愁肠，化作相思泪。"但此种例子比较少见，不足以推翻酒能销愁的结论。

我没有诗人的浪漫气质，从不相信酒能销愁。即使在漫长的插队生涯中，我也不喝酒、不抽烟，情愿神志清醒地忍受忧愁的煎熬。当然真实的原因也许是我根本没有美酒可饮，而销愁却是美酒才具备的功能。

我平生与美酒无缘。一来我没钱买美酒，家中也拿不出"五花马，千金裘"来换酒。我幼年时连父亲都是偶然才能喝一次酒，我们小孩子就更不用说了。只有过年的时候，母亲才用烧开水的铝壶打上满满的一壶黄酒，让父亲痛快地喝上几顿。我是家里的长子，父亲喝酒时让我也陪他喝一小碗。那黄酒是从杂货店里零拷来的，就是平时做菜用的料酒，酒喝完后碗底里总会积淀一些泥沙，是名副其实的"浊醪"。后来我飘荡到淮北去了，跟当地人一起喝过山芋干酿的烧酒，名叫白干酒，喝到嘴里有一丝苦味，还很呛人，也绝非美酒。可以肯定地说，我的嘴唇在四十岁以前从未沾过一滴美酒。唐人卢仝自叹说："天下薄夫苦耽酒，玉川先生也耽酒。薄夫有钱恣张乐，先生无钱养恬漠。"我从未想过要"养恬漠"，但无钱沽酒的窘境倒是与卢仝一样的。

二来我对美酒缺乏感觉。苏东坡说过："三年黄州城，饮酒但饮湿。"意即无论酒之美恶，只要有些液体入口就行。我对酒的态度与东坡相近，因为我不太能分辨酒之美恶。我到年近半百时才较多地接触美酒，第一次是在韩国全南大学任教的一年，第二次是在新竹清华大学的半年。全南大学的中文系共有六位教授，两位年长的分别号称“酒仙”“酒圣”。他们每周都要聚饮一两次，我也跟着他们去过许多酒馆。“酒仙”“酒圣”的酒量都很大，酒兴也很浓。奇怪的是，韩国人虽然提倡“身土不二”，意即本国人应该消费本国产品，但“酒仙”一伙经常喝的酒却大多是中国出产的名酒。也许他们是中文系的教授，故而喜爱李白、杜甫的同胞所酿的美酒吧。有些较常见的名酒如茅台、五粮液等我在国内也品尝过，但我不会鉴别，喝进口中也莫辨真假。中国人素有厚待外国客人的美德，中国的商人更是如此。以理推测，我在韩国喝到的茅台、五粮液肯定都是真货。还有一些国产名酒如酒鬼酒，我在国内从未沾过一滴，东北熊胆酒则闻所未闻，没想到在异国他乡倒有缘识荆。可惜我实在不是美酒的知音，喝过后也说不出它们到底好在哪里。

新竹的清华园里也有一位好酒的教授，他虽无“酒仙”之名，却有“酒仙”之实，据说曾多次醉卧道旁，到后半夜才由其夫人觅得后用摩托车运载回家。另一位教授虽无如此的酒名，酒量却很好，我曾多次与他们在“水木清华”餐厅聚饮。我在台湾的半年里还访问过十余所别的大学，也结识了不少能喝酒的朋友。台湾地区的教授们在喝酒方面大多是中西合璧型的，既喜爱国粹如中国产的金门高粱及各地名酒，也喜爱各式洋酒。叨他们的光，我在台湾喝过好几种名牌的威士忌，以及一些记不住名字的洋酒，我猜想那些洋酒都是价格不菲的。有一次佛光大学的校长请我小酌，喝的是他自己带来的一瓶洋酒。那天在座的四人中倒有两人酒量不佳，散席时酒瓶里还剩一个瓶底的“余沥”，主人竟把那瓶酒包扎起来带走了，可见那肯定是一瓶名贵的酒。可惜我并未觉得它有什么特别的滋味，真是辜负了主人的一片盛情。我的朋友中颇有深谙酒中三昧的，比如同门的蒋寅，有一次与我同乘一辆汽车，一连两个小时向我传授“酒经”，说了许多“品质不高的酒有水的感觉”之类的话，我听了半天，觉得玄之又玄，一点摸不着头脑。苏东坡嘲笑不善饮酒的朋友说：“君特未知其趣耳！”蒋寅多半也会有这样的感觉吧。

古诗中说到酒量的作品也非常多。虽然诗人们没有财力实现“酒池肉林”式的奢靡，但他们举杯痛饮的时候，也常常希望手中的酒壶像崂山道士的那把壶一样取之不竭。陶渊明当彭泽县令时，竟想把三百亩公田全都种上“秫”来酿酒，可见他的酒量很大。等到他退隐田园，生活贫困，有时连饭也吃不上，但其《饮酒》诗的序中仍说：“偶有名酒，无夕不饮。”盛唐时代国家安定，诗人们不愁没有酒喝，试看杜甫为“饮中八仙”所画的速写，李琎“恨不移封向酒泉”，李适之“饮如长鲸吸百川”，李白“一斗诗百篇”，个个都是醉态可掬。李白自称“百年三万六千日，一日须倾三百杯”，又希望“美酒樽中置千斛”，甚至幻想“此江若变作春酒，垒曲便筑糟丘台”。杜甫虽然穷愁潦倒，甚至“酒债寻常行处有”，以至于杜诗中从未出现过“三百杯”之类的豪言，但是他也曾“酒渴爱江清”，还幻想“如渑之酒常快意”，甚至

“愿吹野水添金杯”，可见也是个贪杯的酒徒。宋人的性格不像唐人那么豪放，他们的酒兴又被茶兴取代了一半，宋诗中很少写到豪饮的场面。黄山谷虽然自称“青眼聊因美酒横”，但他的诗中只是偶尔出现“白眼举觞三百杯”的壮语，较常见的则是“桃李春风一杯酒”“一杯引人着胜地”“黄花零落一尊酒”。陆放翁以性格豪放著称，还曾写过“哀丝豪竹助剧饮，如钜野受黄河倾”，但他接下去就说“平时一滴不入口，意气顿使千人惊”，可见豪饮并非其常态。辛稼轩是豪放词派的盟主，但是他写酒的句子却是“何如信步两三杯”“一尊搔首东窗里”之类，还曾作《沁园春》词“戒酒杯使勿近”，丝毫没有刘伶那种为酒捐躯的豪气。倒是赵鼎曾写过：“便挽取、长江入尊罍，浇胸臆。”但这种句子在宋词中相当罕见。宋词中以饮酒为主题的佳作只有一首，便是刘克庄的《沁园春·梦孚若》。词中描绘自己与好友“饮酣鼻息如雷”的豪举，非常生动。可是他对酒席的叙述只有“唤厨人斫就、东溟鲸脍”两句，只说下酒菜而只字不提所喝的酒，多半是并未喝很多酒。

我的酒量很小，因量小而不敢贪杯，就很少喝醉。而且我不喜欢烂醉如泥或使酒骂座的状态，如在酒席上遇到有上述癖好的朋友，总是尽量坐得离他们远一点，免得他们醉后的举动殃及池鱼。我曾在一个雨雪交加的日子看到一个人在别人家里喝得烂醉，刚出大门就一头栽倒在地，并躺在烂泥潭里呼呼大睡起来。要是庄子看到此景，肯定要诧为“神人”，我却丝毫不羡慕那种“大旱金石流、土山焦而不热”的境界，我知道他过一会就要被冻醒的。我也曾看到一些人借酒装疯，当众胡乱骂人。其实众所周知，醉后所骂的话都是平日郁积已久的真心话，不过平时不敢出口，醉后才有勇气一吐为快而已。陶诗说：“但恨多谬误，君当恕醉人。”古直笺云：“中多托讽之辞，故以醉自饰之。”“以醉自饰之”一语用来形容使酒骂座者的心态，入木三分。我生就穷人的命，绝无豪气干云的情怀，我在喝酒方面的习惯就是一个明证。我对那种“斗酒十千恣欢谑”的豪饮没什么兴趣，在背后站着红裙翠袖的服务员的豪华场合更是如坐针毡，我只喜欢杯盘草草的小酌。喝多少则量力而行，反正以微醺为佳境。我希望同席的朋友也有这样的态度，各自依量而饮，既不斗酒，也不强劝别人，散席时谁也不要东倒西歪地离开。否则的话，就会像唐末王驾所说，“家家扶得醉人归”，有几人喝酒就需要几户的家人等着搀扶醉人，未免太麻烦了。

我的朋友不算少，但一起饮酒的经历却不多，偶然与好友聚饮，总会留下难忘的记忆。最早的一次记忆在我十五六岁时，那时我还在苏州读高中，寒假中回到琼溪镇上，应邀到好友姚伯良家里喝酒。好像是年初二的晚上，我与另一个好友项大力结伴，冒着鹅毛大雪来到姚家，那天只有我们三人共饮。我们三人是小学里的同班同学，是班里学习成绩最好的三个男生，平时常在一起玩。虽然没有搬演过“桃园结义”的仪式，但颇有点结拜兄弟的味道。小学毕业那年适逢“招生改革”，初中的入学考试取消了，同学们升入哪所中学全由校方“分配”。结果我侥幸地进了本镇的琼溪初级中学，姚伯良进了离琼溪二十里的沙溪中学，项大力最倒霉，被分到刚在乡下开办的“农业中学”去了，三人从此劳燕分飞。几年以后，我在苏州读高中，项大力在沙溪上高中，不幸遭遇了父丧的姚伯良则已辍学多年，在县城里当工人了。我们虽然还是少年人，却已初尝世事沧桑的滋味，颇有点少年老成的样子，就像大人一样喝起酒来了。菜肴是姚家事先准备好的，我们只需把冷却的菜再热一下就可以了。窗外大雪纷飞，屋子里很冷，我们连棉袄都没有脱。只有用来热菜的小煤炉闪耀着微弱的红光，带来几分暖意。我们一边喝酒，一边交谈，非常愉快。直到电灯光接连闪烁了十来次，也就是镇上的发电站发出一刻钟后就要停电的警报后，我和项大力才起身告辞。开门一看，四周白茫茫的一片，积雪已有半尺来深。对雪围炉，好友聚饮，真是人生的一大乐趣！可惜后来我们别多聚少，再也没有重温旧梦的机会。如今每当我读白居易的这首小诗，眼前就浮现出当年在姚家聚饮的情景。我不太喜爱白诗，这首五绝却深合我意，因为我非常怀念久藏心中的那个温馨的旧梦。杜甫在安史叛军占领的长安过冬时，曾写了一首《对雪》说：“乱云低薄暮，急雪舞回风。瓢弃樽无绿，炉存火似红。”他叹息在空空如也的酒瓢里没有酒的绿色，又用想象在冰冷的炉膛内添上红红的火苗，诗人是多么希望能在雪夜围炉小酌啊！如今我倒有置备“绿蚁新醅酒，红泥小火炉”的条件了，可是我与朋友们天各一方，即使到了“晚来天欲雪”的时分，又怎能问他们“能饮一杯无”呢？

我也爱读王安石写给妹妹的《示长安君》，我觉得这首诗最能体现“拗相公”性格中温情脉脉的一面。更重要的是，这首诗常常使我重温与朋友相聚对酌的旧梦，读来倍感亲切。在一个寒雨霏霏的冬日，我来到老同学顾树柏的家里。那时我已经飘荡到淮北，在一个公社办的小农具厂里栖身。顾树柏则一直在沙洲老家务农，从未离开过长江边的那个小村子。年近而立的我们高中毕业已经十年，务农生涯也已经历八个春秋了。入夜，风雨潇潇。我和顾树柏相坐对酌，桌上放着一盏油灯，寒风从门缝里吹进来，把灯火吹得忽明忽暗。三四个大小不一的粗瓷碗里盛着菜肴，两个中号粗瓷碗里盛着米酒，可谓名副其实的“草草杯盘”。我们一边喝酒，一边各自报告近况。说着说着，就回忆起当年在苏州高级中学（简称“苏高中”）读书时的情景了。先是苏高中的校园风景一一浮现在目前：绿树葱茏的道山、水清似镜的春雨池和碧霞池、曲尺形的实验大楼立达楼……接着苏高中的人物也接踵而至：熟记一万个单词的英语老师周大心，听说他早因贫病交加而长眠在苏北海滨的流放地了。讲课时满口常熟口音的数学老师黄炳良，当年就已头发花白，不知现在还健在吗？同学陈本业心灵手巧，近年来又是养蜜蜂，又是修理收音机，忙得像架风车，却依然是穷光蛋一个……最后我们想起了当年考取苏高中后的兴奋心情，想起了踏进苏高中校园后对于前程的憧憬，想起了紧张而兴奋的高考复习，当然也想起了高考制度被宣布废除以后的失落……往事如烟，不堪回首。但是又怎能不去回首呢？桌上早已是杯盘狼藉，小油灯的火焰也渐渐缩小，最后简直是一灯如豆。我们继续谈着，谈着，直到深夜才入睡。第二天清晨，雨已停了，但茅檐下仍在滴着水珠，天上堆积着厚厚的铅灰色的云层。我在村头与顾树柏告别。再过两天我就要离开江南，重返淮北。我们何时才能再见呢？恐怕又要靠鱼雁来传递消息了。我的这次访友过程，简直像是对王安石诗的白话文散绎。“草草杯盘供笑语，昏昏灯火话平生。”这两句平淡无奇、如话家常的诗写出了我最珍惜的人生片断，也描绘了我最喜爱的饮酒情景。我郑重地把它们推荐给读者，但愿我的这番心意不会成为“献芹”。

我也喜欢在家中独自小酌，尤其是在风雨潇潇的黄昏，略备几样菜肴，自斟自酌，倒也别有风味。我在赵浜插队的时候，偶然看到村里的老农到镇上的小酒店里喝酒，他们买一碗黄酒，再买半个咸鸭蛋，然后眯着眼睛抿一口酒，用筷子挑一小块蛋放进嘴里，啧啧有声，脸上充满了陶醉的表情。更节俭的人只买酒，下酒菜则是自带的一小把炒黄豆。不知何故，我觉得他们是很懂得“浊醪有妙理”的人，其酒兴并不亚于高阳酒徒。与他们稍有不同的是，我喝酒一定要有下酒菜，说是喝酒，不如说是吃菜。西方人坐在酒吧里喝一杯酒，什么下酒菜也没有，那样的酒即使免费供应，我也毫无兴趣。宋人苏舜钦曾有“汉书下酒”的佳话，我也习惯于一边喝酒，一边浏览闲书，但依然离不开几碟下酒菜。我无法仿效晋代的名士毕卓，要是像他那样“一手持蟹螯，一手

南宋·无款·江亭晚眺图

持酒杯”，就腾不出手来翻书了。我独酌的姿态是左手专管翻书，右手则轮换着持酒杯和使筷子。这似乎是我的独得之秘，现在把它公之于众，愿与喜欢独酌的朋友们共享。

（2004 年 11 月 25 日）

登鹳雀楼

唐·王之涣

白日依山尽，黄河入海流。
欲穷千里目，更上一层楼。

登高

唐·杜甫

风急天高猿啸哀，渚清沙白鸟飞回。
无边落木萧萧下，不尽长江滚滚来。
万里悲秋常作客，百年多病独登台。
艰难苦恨繁霜鬓，潦倒新停浊酒杯。

古人曾以为大地是平面的，要是果真如此，我们只要站在平地上就能看得很远很远。我在淮北的时候，曾站在田野里四处眺望。矮矮的玉米还没有长成青纱帐，我的视线一直延伸到天边。我突发奇想，要是大地是一个平面，那么再远的地面景物也应在我的视野之内，而地平线则会出现在从我的双眼沿水平方向延伸出去的极远处。果真如此的话，我们就不必登高望远了。然而实际上地球是球状的，我们站在平地上只能看到四公里左右的范围。要是登上二十米的高楼，视野可以延伸到十多公里。要是登上一千米的山顶，就能望见周围一百多公里的远处。古人登高，主要是为了望远。登得越高，望得越远。“欲穷千里目，更上一层楼。”王之涣的诗句清晰、生动地说出了这个道理，就成了千古名句。至于句中蕴含着更深刻的人生哲理，则是另一回事了。

我自幼生长在一望无际的大平原上，周围几十里内连一座丘陵都没有。江南的农村人口稠密，小小的村庄错落有致地隐现在竹树之间，不嵌着村庄的完整的地平线是看不到的。我的视线从未能无遮无挡地延伸到远处，就非常希望登到高处去远眺一番。琼溪镇上最高的建筑是一座五层的宝塔，它鹤立鸡群地矗立在镇西头，名称西塔。西塔位于中学校园里，我当小学生时常常敬畏地从远处瞻仰它，满心盼望有朝一日能亲身登塔凭眺。后来进了中学，好不容易有了一次登塔的机会。我一口气登上塔顶，放眼四眺，这才知道人的视野竟然能有这么广阔！不但整个琼溪镇尽收眼底，连小镇周围的田野也历历在目。更惊人的是，我竟然望见了远在百里之外的虞山，青黛色的一抹，躺在西边的地平线上。我久久地凝视着虞山的青影，对古人发明“青山”这个词钦佩不已。

几年后我到苏州读高中，在校园里就能眺望到城外的累累青山，大为欣喜。苏州城外的众山其实都是低矮的丘陵，但对当时的我来说，它们已是气象万千的大山了。我至今清晰地记得第一次走近灵岩山时的心情，简直可用“一见钟情”来形容。李白说：“相看两不厌，只有敬亭山。”辛弃疾说：“我见青山多妩媚，料青山见我应如是。”我从此就常在星期天与志同道合的同学陈本业出城去爬山。除了灵岩山，我们也很喜爱天平山。天平是苏州郊外最高的山，极顶而望，不但傲视四周的群山，而且能望见太湖的波光帆影。我站在山顶上，天风浩荡，颇有飘飘欲仙的感觉。

二十年后，我登上了一些真正的名山，峨眉山、青城山、五台山、泰山、黄山、武夷山、武当山、阿里山、丹霞山、神农架、太行山、华山……就绝对高度来说，峨眉山是我登过的最高的山，它的主峰万佛顶海拔三千零九十九米。可惜我登上山顶时云雾弥漫，四周白茫茫的一片，什么也看不清，未得登高望远之趣。我至今难忘的是在泰山和阿里山的顶峰举目远眺的印象。

泰山海拔一千五百多米，在五岳中仅居第三。然而它独自矗立在比较平坦的齐鲁大地上，显得格外气势磅礴。杜甫揣想登上泰山绝顶后可以“一览众山小”，构思奇妙，力挽千钧。他日后眺望华山时又说“诸峰罗立似儿孙”，也堪称咏山名句。我登上泰山主峰玉皇顶后举目四眺，方知“一览众山小”真是天造地设的警句，孟浩然的“众山比全低”就未免相形见绌了。泰山周围没有其他大山，所谓的“众山”像梁父山、徂徕山等，其实都属于泰山余脉。它们与泰山主峰相比，当然会呈现低首臣服之状。更让我兴奋的是望见了山下的广阔原野，近处的泰安城历历在目，远处黄河如带，在阳光下闪烁着银色的光辉。我生平从未见过如此开阔的视野，诧为奇观。相传孔子“登泰山而小天下”，真是情理中事。

阿里山海拔两千多米，山势又较平缓，登山时丝毫没有“危乎高哉”的感觉。但我登上海拔二千八百多米的主峰麟趾山，举目眺望毗邻的玉山主峰，顿时产生了“高山仰止”的崇敬心情。玉山海拔三千九百九十七米，是台湾岛上的最高峰，也是整个中国东部的最高峰。它屹然耸立，傲视群峰，仿佛是浮在碧空中的仙山。峰顶的积雪在阳光下闪闪发光，晶莹剔透，像是用洁白无瑕的美玉雕琢而成。同行的朋友告诉我，玉山峰顶树立着于右任的铜像，像高三米，所以现在玉山的实际高度正好是四千米。我觉得在玉山峰顶树立于氏的铜像，真是得其所哉。于氏临终时曾作诗表明遗愿，希望葬在高山之巅以“望我大陆”，于氏一生的作为也令后人敬仰，他的铜像与玉山相得益彰。可惜我竭力“决眦”而望，也无法看到那尊铜像，只好将其想象成一位身穿长衫、面朝西方的清癯老人，并立愿以后一定要登上玉山去瞻仰一番。

我也曾登过一些著名的高楼，如黄鹤楼、滕王阁、阅江楼等，长江岸边的四大名楼中只剩岳阳楼未曾涉足了。高楼是人力所成，其高度当然无法与造物所成的高山相比。而且高楼大多建在城市里，四周没有无边无际的视野，就远眺的效果而言，登楼与登山是不可同日而语的。十多年前，我在纽约登过帝国大厦和两座世贸大厦中的一座。那两座高楼都是真正的摩天大楼，古诗中形容高楼的“危楼高百尺，手可摘星辰”之句已不够资格用来描写它们，楼顶还有望远镜供游人远眺，可是俯瞰四周，满眼都是比它们低矮得多的楼群，远处的地平线上也镶嵌着各种建筑物，很难称之为美景。我觉得即使杜甫登上此楼，并吟出“一览众楼小”“诸楼罗立似儿孙”的诗句，原先弥漫于两首《望岳》诗中的崇高感也会丧失殆尽。更加煞风景的是，我在世贸大厦顶层光可鉴人的不锈钢门柱上看到了两处“某某到此一游”的汉字铭刻，肯定是出于我的同胞之手，字又写得像春蚓秋蛇，不足以弘扬中国书法的声誉，使我十分羞愧。

借助于现代的交通工具，我们所登上的高度远远地超越了古人，我说的是在空中飞行。古诗中形容所登山峰或高楼之高，总是说它们高耸入云或接近青天。李白形容蜀道的高山是“连峰去天不盈尺”，而登山者则“扪参历井仰胁息”。杜甫形容慈恩寺塔是“高标跨苍穹”，登塔者的感觉是“七星在北户，河汉声西流”。这当然是诗人想落天外的夸饰之语，连善于想象的李贺也只有在梦中才能腾飞上天并“遥望齐州九点烟”。现代的宇航员已能到太空中回首远眺人类居住的蓝色星球，一般人也能乘飞机在万米高空飞行，从空中俯瞰大地山河，那种感觉是登山、登楼所无法获得的。有一次我从兰州飞回南京，在夕阳西下时飞经陇山一带。群山万壑被残阳染得一片通红，使人想起杜诗中“西望千山万山赤”的句子。更令人震撼的是，那些山岭都没有植被，光秃秃的山头上沟壑纵横，一排排的山岭组成了波浪纹的巨大褶皱，沟壑与褶皱好像是造物的巨灵之手在大地上铺设的经线与纬线，它们在夕阳的斜光下显露无遗。正如杨万里所说：“好山万皱无人见，都被斜阳拈出来。”我顿时领悟了为什么荆浩、关仝等北方画家画山多以线条为主，只有生活在南方的米家父子才能创造出“米氏云山”。不知何故，那些重重叠叠的山岭又使我联想起秦始皇陵里的兵马俑，他们都是粗犷、朴实的西北汉子，默默无言地排列成巨大的方阵。

我也喜爱在空中俯视白云。有时地面上连日阴霾，可是当飞机冲破云层，顷刻之间阳光普照，乌云顿时变成白云。闪着银光的巨大云朵在机翼下翻滚着绵延开去，它们洁白、轻盈、柔软，让我想起秋天阳光下的晒棉场。杜甫仰天而望，写出了“天上浮云似白衣”的句子。要是他乘飞机上天，肯定会把它改成“天上浮云似白絮”。云层遮住了我们俯瞰大地的视线，颇像杨贵妃在蓬莱仙山上

“回头下望人寰处，不见长安见尘雾”，未免有点煞风景。但是当云层变薄，或干脆变成一朵朵不相连续的孤云飘浮在飞机下方，此时俯瞰地面的山川，就能逼真地想象自己正像仙人一样腾云驾雾，这是最使我赏心悦目的登高感觉。

上述的登高都是在心情比较舒畅的条件下发生的，假如让一位穷愁潦倒的迟暮之人来登高，或者让一位漂泊异乡的孤独游子来登山，他们的感受就会大异其趣了。试看一例：

767年，杜甫在夔州写出了千古名篇《登高》。此时的诗人已经五十六岁，上距他开始自称“野老”的天宝年间已近二十年，下距他在湘江孤舟上逝世的时刻只有三年，他已是一位迟暮之人。如果把安史叛军攻陷长安看作诗人遭遇世乱的起点，他已经在兵荒马乱中度过了十一个春秋，是一位十足的离乱之人。如果把诗人离开长安经秦州入蜀看作其漂泊生涯的开端，他已经在异乡飘荡了整整八年，是一位十足的天涯游子。况且此时的杜甫患有肺病、风痹等疾病，又过着寄人篱下、仰人鼻息的生活，心情与身体都处于十分恶劣的状态。此时唐帝国的形势也毫无起色，朝政仍旧荒乱，外族入侵和地方军阀叛乱时有发生，战祸不断，民不聊生，杜甫殷切期望的“致君尧舜上，再使风俗淳”的理想已彻底破灭。深秋时分，年迈的诗人独自登上夔州城楼。夔州是一座山城，它建在白帝山的山腰，其城楼曾被杜甫写成“缥缈之飞楼”。城楼俯瞰着奔腾湍急的瞿塘峡，杜甫曾描写峡中的水势是“众水会涪万，瞿塘争一门”，又写其情状是“高江急峡雷霆斗，古木苍藤日月昏”。山川景物堪称形胜，又正值秋高气爽，木叶脱落，诗人放眼远眺，远近的景物历历在目。凌厉的秋风中夹杂着哀怨的猿鸣，纷飞的黄叶增添了肃杀之气。滔滔的江水滚滚而来，使诗人心潮澎湃，思绪万千。故国远在万里之外，百年人生已临近终点，天涯羁旅，抱病登台，此时此景，情何以堪？此诗以“登高”为题，它绘声绘色地描写了登高所见之景，但那些景物都是用来渲染气氛的，它真正的着力之处在于抒写登高所感。诗人所感受的绝非爽朗愉悦之情，而是苦闷、忧愁乃至痛苦、绝望。登高所感如此，真不知何苦要来登高！也许诗人本来是抱着解闷消愁的目的而来登高的？他没有料到登高眺远反而触动了他的愁肠。我知道杜甫曾做过类似的傻事，他在两年前的冬至那天写道：“愁极本凭诗遣兴，诗成吟咏转凄凉。”如今又想凭借登高来“遣兴”，没想到登高眺远后更“转凄凉”！

登高眺远使人伤感，似乎是古代诗人的传统。《楚辞·招魂》中早就说过：“湛湛江水兮上有枫，目极千里兮伤春心，魂兮归来哀江南！”春天眺远尚且伤心，何况黄叶纷飞的秋天！避乱他乡的王粲本想借登楼来销忧，不想既登之后反而悲不自胜：“悲旧乡之壅隔兮，涕横坠而弗禁。”李白虽曾豪迈地宣称“登高壮观天地间”，但像他那样豪气干云的诗人千古能有几人？杜甫是不用说了，早在长安时期，他与高适、岑参等人一同登上慈恩寺塔，就已“登兹翻百忧”，透过高塔远景看到了笼罩着山川景物的愁云惨雾。在寓居成都时，诗人在百花盛开的春日登楼眺望，却写出了“花近高楼伤客心，万方多难此登临”的沉痛诗句。及至他在迟暮之年漂泊到荆湘一带，更是每次登高都会黯然伤神。在白帝城楼上，他“泣血迸空回白头”。在岳阳楼上，他“凭轩涕泗流”。其他诗人也常有登高伤怀的经历。韩愈害有恐高症，他自称冒险登上华山绝径后竟然“悔狂已咋指，垂诫仍镌铭”，李肇在《国史补》中因此附会说：“韩愈好奇，与客登华山绝峰，度不可返，乃作遗书，发狂恸哭。华阴令百计取之，乃下。”如今在华山苍龙岭山腰的石壁上还刻着“韩退之投书处”六个大字，是一个失败的登高记录。此外，韩愈在贬谪途中经过秦岭，有“云横秦岭家何在，雪拥蓝关马不前”之叹。柳宗元在柳州城楼上远眺，看见的是“岭树重遮千里目，江流曲似九回肠”。晚唐诗人许浑悲叹“一上高城万里愁”，连性格豪放的杜牧也声称“百感衷来不自由，角声孤起夕阳楼”。“一生襟抱未曾开”的李商隐更是视登高如畏途：“花明柳暗绕天愁，上尽重城更上楼。”仿佛他是被人强拉着一步一步登上城楼的，这与王之涣的“欲穷千里目，更上一层楼”真是天差地别的两种登楼状态。

宋代的诗人性格比较沉静、平和，作诗抒感也不像唐人那样张扬，但他们登高望远时也难免流露出淡淡的忧愁。曾巩在《登多景楼》中说：“老去衣襟尘土在，只将心目羡冥鸿。”王珪在《游赏心亭》中说：“万里江山来醉眼，九秋天地入吟魂。”前者因自身困于宦途而对自由飞翔的鸿雁心生歆羡，可见心存抑郁。后者境界开阔，可是如此江山竟入“醉眼”，分明也有忧思。黄庭坚登上快阁，所见之景是“落木千山天远大，澄江一道月分明”，相当俊爽开朗，可是他接着就说：“朱弦已为佳人绝，青眼聊因美酒横。万里归船弄长笛，此心吾与白鸥盟。”满纸不可人意清晰可睹。及至宋室南渡，陈与义在岳阳楼上发出浩叹：“白头吊古风霜里，老木苍波无限悲。”陆游在泸州南定楼上长吟：“江山重复争供眼，风雨纵横乱入楼。”豪壮之中自寓悲慨之情。戴复古甚至讨厌江阴浮远堂前没有山岭遮挡他的视线：“最苦无山遮望眼，淮南极目尽神州！”宋代的词人写到登高眺远时更加忧思难任，晏殊笔下的登高凄恻忧郁：“昨夜西风凋碧树，独上高楼，望尽天涯路。”柳永干脆宣称：“不忍登高临远，望故乡渺邈，归思难收。”辛弃疾是豪放词的大家，可惜他报国无门，心情郁闷，登高望远时竟也觉得：“遥岑远目，献愁供恨，玉簪螺髻。”

我们从古诗中可以得出如下结论：当你心情欠佳的时候，千万不要登高眺远。李后主写过一篇《却登高文》，就是说心情郁闷时不愿登高。黄季刚先生在逝世前两天，适逢重九而郁郁寡欢，作诗说：“秋气侵怀正郁陶，兹辰倍欲却登高。”即使豪放如李白，当他满怀乡愁之时，其登楼之词也说：“平林漠漠烟如织，寒山一带伤心碧。暝色入高楼，有人楼上愁。”柳宗元曾在贬谪地突发奇想：“若为化得身千亿，散上峰头望故乡。”其实要是他真的如愿登上峰头，恐怕眼前之景与李德裕在崖州城上所见者一样：“青山似欲留人住，百匝千遭绕郡城。”宋末汪元量的话正是对试图登高望乡者的忠告：“愁来莫上望乡台！”也许更多的人登高眺远的原因是“所谓伊人”正在远方，那就请他们听听欧阳修的劝告：“楼高莫近危栏倚！”假如你登楼远眺的话，定会看见“平芜尽处是春山”，从而想到“行人更在春山外”。那么何时才宜于登高呢？辛弃疾说得好：“少年不识愁滋味，爱上层楼，爱上层楼，为赋新词强说愁。”只有当你“不识愁滋味”的时候，才可以“爱上层楼”。我认为欧阳修和汪元量的话是苦口婆心的忠告，希望读者朋友虚心听从。我特意选录了杜甫的《登高》，就是想提醒大家不要步这位心怀百忧又勉强登高的老人的后尘。

（2004 年 12 月 1 日）

送别

送元二使安西

唐·王维

渭城朝雨浥轻尘，客舍青青柳色新。

劝君更尽一杯酒，西出阳关无故人。

黄鹤楼送孟浩然之广陵

唐·李白

故人西辞黄鹤楼，烟花三月下扬州。

孤帆远影碧空尽，唯见长江天际流。

谢亭送别

唐·许浑

劳歌一曲解行舟，红叶青山水急流。

日暮酒醒人已远，满天风雨下西楼。

雨霖铃

宋·柳永

寒蝉凄切，对长亭晚，骤雨初歇。都门帐饮无绪，留恋处、兰舟催发。执手相看泪眼，竟无语凝噎。念去去、千里烟波，暮霭沉沉楚天阔。

多情自古伤离别，更那堪、冷落清秋节。今宵酒醒何处？杨柳岸、晓风残月。此去经年，应是良辰、好景虚设。便纵有、千种风情，更与何人说！

“黯然销魂者，唯别而已矣！”当江郎尚未才尽的时候，他在《别赋》中开门见山地推出了这两句惊心动魄的警句。的确，在幅员辽阔、山重水复的神州，在交通不便、通讯不畅的古代，还有什么比离愁别恨更使人忧愁悲伤的呢？在人们经受痛苦的整个过程中，无疑是在初尝此痛的刹那之间感受最为深切，受到的心理冲击力也最大，比如病人的肌体刚接触注射器的针头，或锒铛入狱的犯人听到身后“砰”的一声关上铁门。离别也是一样，陈师道有诗云“去远即相忘”，姜夔有词云“人间别久不成悲”，虽然或许是正言反说，但客观上说出了一个道理，最使人伤心欲绝的是离别的开端，也就是送别。

《庄子·山木》中写过一次送别：“君其涉于江而浮于海，望之而不见其崖，愈往而不知其所穷，送君者皆自崖而反，君自此远矣！”我明知这不过是借以说理的寓言，但每次读到这里，总会深受感动，觉得貌似无情的庄子实为多情之人，他揭示了送别之悲的奥秘：行者距离送者越来越远。753 年，王维写诗送别日本友人晁衡："积水不可极，安知沧海东？九州何处远，万里若乘空。……别离方异域，音信若为通！"也表达了类似的意思：友人远去，且处异域，不但无法相见，连通信也难以实现。青年诗人王勃虽曾在送别之际故作壮语："海内存知己，天涯若比邻。无为在歧路，儿女共沾巾。"但现实中的天涯毕竟无法变成比邻，一般人还是会挥泪相别的，即使是王勃，在他的另一首送别诗中就自称："穷途唯有泪，还望独潸然。"

送别是唐诗中的一大主题，大历年间甚至出现了专以写送别诗闻名的诗人钱起与郎士元，当时有这样的传说："自丞相以下，更出作牧，二公无诗祖饯，时论鄙之。"其实唐代著名诗人无不长于写送别诗，王维集中送别诗的数量多达七十余首，径以"送别"为题的就有两首，他最著名的送别诗首推《送元二使安西》。此诗在唐代就被谱入乐府，广为传唱，至"西出阳关无故人"一句则反复歌之，称为《阳关三叠》，又称《渭城曲》。中唐刘禹锡所云"更与殷勤唱渭城"，白居易所云"听唱阳关第四声"，都是指此而言。当然，送别时唱歌抒情，是古已有之的传统。汉人王式说："客歌《骊驹》，主人歌《客毋庸归》。"服虔认为《骊驹》是存于《大戴礼》中的逸诗，是客人向主人辞行时所唱的歌。南朝梁代刘孝绰诗中已出现"骊歌"一词，就是指送别之歌。李白在《灞陵行送别》中说："正当今夕断肠处，骊歌愁绝不忍听。"可见盛唐时已有现成的送别歌曲可唱。但王维此诗后来居上，逐渐成为流传最广、最久的送别之歌。安西远在西域，阳关是内地通向西域的必经之地。一出阳关，就是穷荒绝域，居民也不再是大唐的人民，当然难以遇见故人。朝雨浥尘，杨柳青青，诗人在渭城为远赴绝域的友人饯行，此情此景，万千话语都不知从何说起，只好一个劲地劝友人饮酒。

古人送别时似乎总要饮酒，陈子昂《春夜别友人》说："银烛吐青烟，金樽对绮筵。"李白《金陵酒肆留别》说："金陵子弟来相送，欲行不行各尽觞。"为什么送行一定要饮酒呢？北宋夏竦的《鹧鸪天》说："不如饮待奴先醉，图得不知郎去时。"这是送行者的心思。黄庭坚在《夜发分宁寄杜涧叟》中说："我自只如常日醉，满川风月替人愁。"这是行人的感受。他们似乎都想用沉醉来麻木离别的痛苦，怪不得王维要"劝君更尽一杯酒"了。许浑的诗说得更加清楚：行人的客舟已经解缆远去，送行者却烂醉如泥，待到日暮酒醒，行人早已不见踪影，一次难忍难堪的离别便打发过去了。当然，以酒浇愁总是自欺欺人，即以许浑而言，当他从醉中醒来，在满天风雨中独自走下西楼时，难道真的不再感觉离别的痛楚？对于"满天风雨下西楼"一句，刘永济评曰："末句七字中别后之情，殊觉难堪，此以景结情之说也。"相反，如果是行人在醉后被人扶上了船，就像柳永词中所写，他竟然不知道"今宵酒醒何处"。可是等他醒来，出现在眼前的竟是一个完全陌生的环境："杨柳岸、晓风残月。"风物凄清，四顾寂寥，此情此景，人何以堪？

既要唱歌，又要饮酒，古人的送别安排在什么场所呢？一是长亭。古人在道路上建亭以供行人休息，每隔十里者称为长亭，每隔五里者称为短亭，正如庾信《哀江南赋》中说："十里五里，长亭短亭。”靠近城市的长亭自然而然成为人们送别的场所，即将与张生相别的崔莺莺恨恨地说：“遥望见十里长亭，减了玉肌。”柳永词中的一对恋人在骤雨初歇的黄昏依依惜别，也把泪水洒在十里长亭。二是酒楼或倚城临江的其他楼阁。李白曾在武昌的黄鹤楼送别孟浩然，又在宣州的谢朓楼送别李云，王昌龄曾在京口的芙蓉楼送别辛渐，杜甫曾在江陵的仲宣楼送别王郎，都写出了传诵千古的送别名篇。长亭也好，其他亭台楼阁也好，既可遮蔽风雨，又可登览江山，正是送别的好去处。试看崔莺莺家为张生送行，先派人在十里长亭设下筵席，让张生与莺莺在长亭内饮酒话别。莺莺在前往长亭的路上看到一派秋色：“碧云天，黄花地，西风紧，北雁南飞。”当然在离人眼中，再好的景色也蒙上了一层凄凉之雾，所以莺莺又看见了“晓来谁染霜林醉，总是离人泪”和“下西风黄叶纷飞，染寒烟衰草萋迷”。同样的道理，再精美的酒食在离人嘴里也没有滋味，所以莺莺说：“将来的酒共食，尝着似土和泥。假若便是土和泥，也有些土气息，泥滋味！”

如果说离别之人没有心情在亭台楼阁上欣赏风景，那么开阔的视野至少有一个好处，便是送行者可以目送行人，直到对方消失在远处。古人的主要交通工具是舟船和车马，速度都不是很快，送行者可以久久地凝视它们离开。《三国演义》写刘备在长亭为徐庶送行，两人泣别后，“玄德立马于林畔，看徐庶乘马与从者匆匆而去。玄德哭曰：‘元直去矣！吾将奈何？’凝泪而望，却被一树林隔断。玄德以鞭指曰：‘吾欲尽伐此处树木。’众问何故。玄德曰：‘因阻吾望徐元直之目也！’”古诗中也经常写到这种情景，李白在黄鹤楼上送别孟浩然，举目远眺，直到“孤帆远影碧空尽，惟见长江天际流”。王维在齐州送祖咏，看着祖咏所乘之舟渐渐远去：“解缆君已遥，望君犹伫立。”如果行人乘的是马，则出发之际会听到“萧萧班马鸣”。马是有灵性、通人情的动物，蔡文姬《悲愤诗》中写她离开南匈奴归汉时与两个儿子永诀的情景：“马为立踟蹰，车为不转辙。”江淹《别赋》中形容行人依依不舍之情：“舟凝滞于水滨，车逶迟于山侧。棹容与而讵前，马寒鸣而不息。”舟车之迟疑也许出于驾者之所为，而马的踟蹰、嘶鸣却是其主动行为。假如是在雪地上送别，则行人骑马离开后“雪上空留马行处”，那一串渐远渐行最终消失在茫茫白雪中的马迹，会牵引着送行者的目光和思绪直到天涯。

古人的送别情景已随着那个时代一去不复返了。如今我们拥有无比快捷的交通工具和通信工具，到很多地方都是朝发夕至，而且一到目的地就可以打电话、发电子邮件报平安，无论是送行者还是行人，似乎都无须忍受离愁别恨的煎熬了。可是我们在获得物质文明的快捷和便利的同时，是否也失去了什么？

1986 年 8 月，我辞别妻子和年方三岁的女儿，独自前往美国，妻子到上海虹桥机场为我送行。那是我们结婚四年来第一次真正的离别，也是我平生第一次出国、第一次坐飞机旅行。办好登机手续后，妻子送我走到海关的入口。我交验了护照及其他证件，一切都很顺利。我看时间尚早，便想走出去再与妻子说几句话，可是工作人员厉声制止，并一下把我推进拥挤的人群。等我再回过头去，已看不到妻子的身影了。后来妻子向我描述她当时的感受：她原以为我办好手续后还能走出来与她道别的，没想到我一进那扇玻璃门就不能再出来，而且很快消失在人群中了。“当时简直觉得你是被抓进牢房了，所以一进去就再也不能出来了！”她走出机场仰望天空，想目送我的飞机起飞，结果也是徒劳。起飞的飞机倒是看到了几架，可是谁知道我坐的是哪一架？而且那些飞机很快就钻进云层，消失得无影无踪。

富有旅行经验的人到机场或火车站去送行时也许不会像我们那样惊慌失措，但也无法获得古人送别的那种情调和氛围了。虽然你们可以在机场的安检门外“执手相看泪眼”，但狭窄的空间、乱哄哄的人群都不容许你们高唱骊歌，更无法“劝君更尽一杯酒”，通告飞机即将起飞的一遍又一遍的广播还会使你们心慌意乱。虽然你可以站在火车站的月台上凝视车窗里的行人，但火车顷刻之间便风驰电掣，不见踪影，你无法从容地注目“孤帆远影碧空尽”，更看不到“雪上空留马行处”。总之，在现代生活中，送别的空间与时间都被最大程度地压缩了，我们在获得快捷和便利的同时也失去了从容和细腻，更准确地说，是失去了生活中的诗意。

让我们再读一遍王维、李白、许浑、柳永写送别的作品吧，看看古人的送别是何等从容，何等富有情趣！长亭也好，其他亭台楼阁也好，它们自身便是美丽的建筑物，还往往带有幽美的山水背景，送别活动便发生在充满诗情画意的环境中。饮几杯美酒，唱一曲骊歌，送别活动的内容多么丰富多彩，用时髦的话说，简直是一项美丽的行为艺术。行人上路之后，送行者可以目送舟船或车马直到天边。即使目力已穷，“平芜尽处是春山”，也明确地知道“行人更在春山外”。此情此景，使人们深刻地体会到离愁别恨那“黯然销魂”的滋味。正如“销魂”一词既可指极度悲伤，也可指极度欢乐一样，离愁别恨难道不是人生的可贵体验，难道不值得人们细细品味、反复咀嚼？反观今人，送别的行为是那么匆忙，感情也变得那么粗糙，我们的心灵不能从中得到一丁点的滋润和淘洗。现代的诗人再也写不出送别的好诗，因为我们的生活日益粗鄙化，已经没有多少诗意可供挖掘了。在这个维度上，我们这些享受着飞机和高速火车的现代人与驾舟骑马的古人相比，究竟是谁生活得更幸福呢？究竟是谁诗意地栖居在大地上呢？

需要补充的是，古代写送别的诗歌中还有特殊的一类，就是关于生离死别的悲歌，最好的作品首推杜甫的“三吏”“三别”。“三别”是一组直接描写战乱时期百姓生离死别的诗，《新婚别》写一位“暮婚晨告别”的新娘对前往战场的丈夫倾吐衷肠，《垂老别》写拄杖而行的垂暮老翁被征入伍时与老妻的惜别之辞，《无家别》写家中已空无一人的被征者离家时的喃喃自语，字字血泪，不忍卒读。“三吏”也写了类似的情景，例如《新安吏》，写的是杜甫路经新安，看到被征入伍的尚未成年的男丁与家人泣别的情景：“肥男有母送，瘦男独伶俜。白水暮东流，青山犹哭声。莫自使眼枯，收汝泪纵横。眼枯即见骨，天地终无情！”那种特殊的送别情景发生在特定的历史时期，在平常时代的日常生活中难得一见，但它们依然会强烈地叩动读者的心弦，因为同情原是人类的本能。我在20世纪70年代曾目睹过类似的送别场面。地处江南的琼溪公社本来就人多地少，几年来又陆续接受了苏州、太仓县城以及琼溪镇的许多插队知青，已经处于饱和状态，新近从琼溪中学毕业的学生便被发送到苏北黄海之滨的农场去安身。一天傍晚我偶然经过小镇西头的轮船码头，看到一条满载着少男少女的轮船即将起航，岸上则挤满了前来送行的亲属。暮色苍茫，船上、岸上哭声震天。尽管眼前并没有山岭，只有河水静静地向东流淌，在船头船尾的汽灯光下泛起粼粼波光；尽管我知道船上的少年们不过是到几百里外的农场去务农，前方并没有什么危险在等着他们，我还是想起了“白水暮东流，青山犹哭声”这两句诗，而且觉得杜诗就是眼前景象的实录，我的心受到强烈的震撼。但愿永远不再有类似的生离死别发生在人间。

（2005年1月29日）

送杨氏女

唐·韦应物

永日方戚戚，出门复悠悠。
女子今有行，大江溯轻舟。
尔辈况无恃，抚念益慈柔。
幼为长所育，两别泣不休。
对此结中肠，义往难复留。
自小阙内训，事姑贻我忧。
赖兹托令门，仁恤庶无尤。
贫俭诚所尚，资从岂待周。
孝恭遵妇道，容止顺其猷。
别离在今晨，见尔当何秋？
居闲始自遣，临感忽难收。
归来视幼女，零泪缘缨流。

送子龙赴吉州掾

宋·陆游

我老汝远行，知汝非得已。
驾言当送汝，挥涕不能止。
人谁乐离别，坐贫至于此。
汝行犯胥涛，次第过彭蠡。

波横吞舟鱼，林啸独脚鬼。
野饭何店炊，孤棹何岸舣？
判司比唐时，犹幸免笞棰。
庭参亦何辱，负职乃可耻。
汝为吉州吏，但饮吉州水。
一钱亦分明，谁能肆谗毁？
聚俸嫁阿惜，择士教元礼。
我食可自营，勿用念甘旨。
衣穿听露肘，履破从见指。
出门虽被嘲，归舍却睡美。
益公名位重，凛若乔岳峙。
汝以通家故，或许望燕几。
得见已足荣，切勿有所启。
又若杨诚斋，清介世莫比。
一闻俗人言，三日归洗耳。
汝但问起居，余事勿挂齿。
希周有世好，敬叔乃乡里。
岂惟能文辞，实亦坚操履。
相从勉讲学，事业在积累。
仁义本何常，蹈之则君子。
汝去三年归，我倘未即死。
江中有鲤鱼，频寄书一纸。

临别赠言，是千古相沿的习俗。古代朋友相别，多以进德修行之言相勉励。相传李陵送苏武归汉，希望他：“努力崇明德，皓首以为期。”杜甫送严武入朝，竟劝勉对方说：“公若登台辅，临危莫爱身。”那些话当然都是至理名言，但是义正词严，多数的读者恐怕不会爱听。夫妻或情人的离别之情缠绵悱恻，他们的临别赠言也格外体贴入微、絮絮叨叨，正如牛希济词中所说：“语已多，情未了，回首犹重道。”有时他们过于悲切，以至于说不出话来，就像柳永所说：“执手相看泪眼，竟无语凝噎。”王实甫曾记下崔莺莺在十里长亭送别张君瑞时的一番叮咛：“到京师服水土，趁程途节饮食，顺时自保揣身体。荒村雨露宜眠早，野店风霜要起迟。鞍马秋风里，最难调护，最要扶持！”绵绵的爱意从一连串的叮咛中流淌出来，感人至深。可是夫妻或情人之间的叮咛事涉隐私，“细语人不闻”，更不会写成文字让大家阅读，只有在虚构的小说戏曲中才能读到。我想向读者介绍的诗词中的叮咛不是上述两类，而是父母对儿女的临别赠言。

第一首诗是783年韦应物送别女儿时所作，那年诗人四十七岁，正在滁州刺史任上。“杨氏女”是诗人的长女，因出嫁杨氏，故得此称。全诗从女儿出嫁之际写起：接连几日的悲痛之后，女儿终于登上了前来迎亲的船只，诗人由此回想起一连串的往事。韦应物四十岁时丧偶，这对伉俪情深的诗人是一个沉重的打击。从那以后，诗人独力抚养两个女儿。他怜悯孩子们过早失去了母爱，对她们格外慈祥。妻子去世时幼女尚小，长女便承担了抚育妹妹的责任。一朝相别，姐妹两人哭个不停。诗人自己也悲痛欲绝，但是女大当嫁，又怎能长久留在家中呢？想到女儿自幼丧母，没有得到本该由母亲进行的教导，嫁到夫家后能否很好地与公婆相处，诗人对此忧心忡忡。于是他对女儿千叮万嘱，语重心长，安慰、勉励、教导、告诫……最后终于忍不住内心的悲痛，收起教诲的口吻，说出了：“别离在今晨，见尔当何秋？”及至舟行已远，诗人独自返家，看到幼女，又不禁泪如雨下。

第二首诗是1202年陆游送别次子陆子龙时所作，那年诗人七十七岁，正在山阴闲居。陆子龙将往吉州任司理参军，那是属于掾吏一类的低级官职。这样的小官在宋代虽然不再像唐代那样会挨鞭打了，但职位低下，常要折腰参拜上司，陆子龙何以要远离年迈的父亲前去就此微职？原因全在家境贫穷啊！诗人送别爱子，想到他将要经过波浪滔天的鄱阳湖，水中有吞舟之鱼，岸上有独脚之鬼。他将在哪个村店外露天用餐，他的一叶孤舟又将停靠在何处岸边？虽然子龙已经五十三岁，且早已有了儿女，诗人依然对他谆谆教导：官职虽低，仍需忠于职守，尤其要清正廉洁。孙女即将成人，要积聚俸钱准备嫁妆。孙儿正在读书，要为他挑选一位好老师。至于我自己，则安贫乐道，你在外不用惦念。诗人又想起他在吉州有几位老朋友，他们中有名位崇高的退休大臣，也有清高耿直的著名诗人，子龙应该前去拜谒，但切勿有所请求。还有一些世交和同乡，也都是德才兼备之士，子龙应该与他们交游，以收切磋砥砺之功，争取成为品德完美的君子。最后，诗人希望儿子到任后常给家里来信。这一番吩咐，有担心，有记挂，有劝勉，有宽慰，有筹划，有告诫，有请求，委曲周详，无微不至。不像是一首经过构思推敲的诗，倒像是一位老人出自肺腑的口语的直录。

亲爱的读者，你在生活中曾听到这样的一番叮咛吗？我相信只要你曾有辞别父母到他乡去学习或工作的经历，你一定听到过类似的一番话语。那么，当你听到这番话时，你心中有何感想呢？你觉得父母的话语重心长，从而深受感动，还是嫌他们说得太啰唆，翻来覆去，颠三倒四？你有没有嫌他们的话无甚深意，甚至迂腐可笑？朱自清曾回忆父亲送他上火车时的经历：“他嘱我路上小心，夜里要警醒些，不要受凉。又嘱托茶房好好照应我。我心里暗笑他的迂；他们只认得钱，托他们只是白托！而且我这样大年纪的人，难道还不能料理自己么？”你曾有过与朱自清类似的想法吗？如果是的话，你知道朱自清接下去说的话吗？他说的是：“唉，我现在想想，那时真是太聪明了！”

我十四岁那年，离家到苏州去读高中。苏州离琼溪镇不过二百里路，但对于从未出过远门的我来说，也算是远行了。况且那是我平生第一次离开父母膝下，就像小鸟初次飞出窝去，对外面的世界既好奇，又有点担心。父母亲对我很不放心，在我动身前半个月就开始嘱咐我，要注意这个，要当心那个。父亲叮嘱我的话涉及学习与待人接物，母亲则更关心我的日常生活。我对母亲的话完全信服，她确实是做家务的能手，我们全家六口人的一日三餐和缝补洗涤都是她在下班的时间里一手包办的，她的指导绝对是金玉良言。除了口头的传授以外，她还手把手地为我办了一期缝补袜子和布鞋的短训班。对父亲的话，我是将信将疑。在学习方面，父亲自己只读到初中一年级就辍学了，他对数学、物理等功课一窍不通，能指点我的无非是如何刻苦读书的老生常谈罢了。至于待人接物之道，父亲也并不精通。他性格温和，对人和气，是一大优点。但母亲常说他轻信他人，容易上别人的当。父亲对我的嘱咐比母亲更多，我也一边听一边点头，但我觉得他不过是纸上谈兵，心里并不太在意。有时我甚至觉得他的话有点啰唆，说的道理又很浅显，不必如此重复。离家的那天，母亲领着弟妹在晨曦中送我从家门走到轮船码头，一路上她又千叮万嘱，直到我踏上跳板才停止。父亲则与我一起跋涉了一整天，先坐轮船到县城，再换乘汽车到苏州，在暮色苍茫中把我送进苏州高级中学的校园。第二天待我办完报到手续，他才离开。我送父亲走到公共汽车站，一路上他又把已经说过多次的话重复了一遍。我依旧边听边点头，也依旧心不在焉。许多年之后，我才与朱自清一样，明白了自己当年不过是自作聪明，实际上是多么愚蠢！

去年8月，我与妻子送女儿赴美留学。女儿虽已二十一岁，但还是第一次离家远行。想到她初次离开我们就要远渡重洋，到地球的另一边去，在举目无亲的环境里独自生活，我和妻子一百个不放心。临行之前，妻子足足用了半个月帮女儿打点行李。母女俩制订了一份巨细无遗的购物清单，连擦皮鞋的刷子和洗碗的抹布都没有遗漏，她们的劳动成果是把两个大号航空箱和一个小箱都塞得无缝插针。在准备行李的同时，我和妻子也开始叮嘱女儿。我和妻子并没有事先商量，却有一个大致上的分工。我专门指导女儿在旅途中应注意的事项，我十多年前曾去过美国，多少有一点经验。女儿带着那么重的行李，又要在途中转机四次，这让我非常担心。于是我不厌其烦地提醒她一定要问清楚转机时是否需要自己照管托运的行李，如何保管好随身携带的现金，如何从行李转盘上拎下箱子，过海关时如何与海关官员对话，等等。妻子则更关心女儿到达目的地后的情况，临时寄住在中国同学家里应送她们什么小礼品，住进预租的公寓后如何挂窗帘，如何整理床铺，如何与室友相处，乃至如何对付一日三餐，等等。还有许多事属于我们的公共话题，比如怎样与美国的老师、同学打交道，怎样适应美国大学的教学方式，怎样随着天气的冷暖变化和室内外的温差而更换衣服，等等。说实话，有些事情我和妻子并没有经验，甚至是道听途说的，也硬充内行，向女儿面授机宜。事实上刚从南京大学计算机系毕业的女儿早通过网络把有关情况了解得一清二楚，但她仍然耐心地听我们唠叨，没有对我们的喋喋不休表示不耐烦。离别的时刻终于来临了，我们送女儿来到上海浦东机场，托运了行李，领取了登机牌。我和妻子抓紧最后的关头，把已经说过许多遍的话压缩成精编版，再重复一遍，直到女儿红着眼圈走进海关的玻璃门，消失在茫茫的人海中。我和妻子怅然若失，觉得还有许多重要的话没来得及对女儿说！

俗话说："当家方知柴米贵，养儿方知父母恩。"在我自己当了父亲，有了送别孩子并对之千叮万嘱的亲身经历之后，回头重读韦应物和陆游送别儿女的诗，感慨万千。应该承认，韦应物对女儿的嘱咐，无非是让她嫁到夫家后要甘于贫俭，孝顺老人，对于成长于书香门第的女儿来说，即使自小失恃，也不会对这些基本的教养有所不知。至于陆游的送子诗，其对象竟是年已五十三岁的陆子龙。在赴官吉州之前，陆子龙早以父恩补将仕郎，又曾出仕武康尉，并非初出茅庐的黄口小儿。如果陆子龙本人生子稍早的话，他自己也要写诗送别儿女、对他们教诲一番了，怎么还要让老父亲来教诲他！况且陆游诗中虽然千叮万嘱，但内容不外是安分守己、廉洁奉公、抚养儿女、结交君子，真可谓老生常谈，陆子龙岂能不懂，又有何必要再来一番耳提面命？然而，韦应物与陆游的诗仍不失为天壤间的第一等好诗，其奥秘就在于它们虽然是质朴无华的老生常谈，却是天伦之情的自然流露。父爱与母爱，是天地间最真挚、最纯洁、最深厚的情感。儿女的一举一动，一颦一笑，莫不牵动父母的心肠。无论儿女有多大年龄、有多么成熟，他们在父母眼中永远是需要呵护的孩子，永远是需要教诲的幼童。战国时王孙贾外出，他的母亲说：“汝朝出而晚来，则吾倚门而望。汝暮出而不还，则吾倚闾而望。”一旦儿女即将远行，“倚门而望”的对象即将远走天涯，父母怎能不对他们千叮万嘱！尽管父母的话往往道理简单、语言质朴，甚至颠来倒去、语无伦次，但那实在是人间最美丽、最动人的语言，不但值得儿女们在离别之际耐心倾听，而且会在他们心中留下永不磨灭的温馨记忆。

韦诗最后说：“别离在今晨，见尔当何秋？”陆诗最后说：“江中有鲤鱼，频寄书一纸！”我和妻子送别女儿时说的最后一句话是：“一到美国就打电话回家！”我觉得普天下的父母送别儿女时的千言万语，最后都会归结到这一点。从这个意义上说，父母的叮咛就是关爱，千叮万嘱就是千万重的关爱。谁能拒绝这样的关爱呢？

（2005 年 1 月 16 日）

梦天

唐·李贺

老兔寒蟾泣天色，云楼半开壁斜白。
玉轮轧露湿团光，鸾佩相逢桂香陌。
黄尘清水三山下，更变千年如走马。
遥望齐州九点烟，一泓海水杯中泻。

梦李白

唐·杜甫

浮云终日行，游子久不至。
三夜频梦君，情亲见君意。
告归常局促，苦道来不易。
江湖多风波，舟楫恐失坠。
出门搔白首，若负平生志。
冠盖满京华，斯人独憔悴。
孰云网恢恢，将老身反累。
千秋万岁名，寂寞身后事。

江城子

乙卯正月二十日夜记梦

宋·苏轼

十年生死两茫茫。不思量，自难忘。千里孤坟，无处话凄凉。纵使相逢应不识，尘满面，鬓如霜。　夜来幽梦忽还乡。小轩窗，正梳妆。相顾无言，惟有泪千行。料得年年肠断处，明月夜，短松冈。

梦是一个多么神奇的境界！在现实世界中绝无可能发生的事，都可能乘着梦想的翅膀出现在你眼前。已经一去不复返的往事，也能在梦中重新上演。你能在梦中重逢死去多年的亲友，也能在梦中飞越无比广阔的时空距离。正因如此，梦境历来是诗人最钟爱的国土。古往今来，诗国中留下了多少记梦的名篇！李白梦游云霓明灭的天姥山，岑参在梦中行尽千里江南去寻访情人，陆游在梦中骑着铁马渡过冰河，欧阳修在梦中吟出了“夜凉吹笛千山月，路暗迷人百种花”的佳句……

我是个多梦的人，几乎每天夜晚都要进入梦乡，甚至中午小睡片刻也会做个短梦，妻子和女儿常嘲笑我年过半百还停留在“多梦时节”。自己没有诗才不会写诗记梦，便常常读些古人的记梦诗，倒也不时得到会心的一笑，但更多的时候直读得热泪盈眶。

我缺乏想象力，即使在梦中也不敢像李贺那样飞上万仞青霄去俯瞰大地山河。我平生最豪放雄壮的一个梦发生在幼年时：我独自攀登泰山，沿着弯弯曲曲的山路向着玉皇顶走去。突然，前方的草从里窜出一条大蛇，横在路中央昂首吐信，挡住了我的去路……天亮后，我把梦中的遭遇告诉父亲。其实那时我不但从未登过泰山，而且压根没有任何登山的经历。我自幼随着父母生活在长江边的一个小镇上，周围几十里都是一望无际的大平原，看不到任何山岭的影子。那年头老百姓的日用词汇表中根本没有“旅游”这个词，父母亲又终年劳碌，我哪里有机会见识远在千里之外的泰山？奇怪的是，我却清清楚楚地记得梦中所登的是泰山，还知道它的顶峰是玉皇顶，其实那些地名都是我从书上读来的。父亲听了我的叙述后，脸色变得十分严肃，问我后来究竟登上了玉皇顶没有。我含含糊糊地回答说登上去了，父亲又反复盘问我是怎么登上去的：是那条大蛇自己游到别处去了，还是我从旁边的小路绕过去了？我其实已记不清梦中遇蛇以后的细节了，或许遇蛇后我就从梦中惊醒了，但我深知父亲是个很迷信的人，他尤其相信梦中发生的事都是现实生活的预兆。也许是受了什么占卜之书的影响，他坚信梦中捉到鱼虾或捡到鸟蛋都是不祥之兆，而梦到粪便倒反而是吉兆，等等。那时父亲的境遇一年不如一年，就格外希望生活中出现某种转机，哪怕是梦中的吉兆也会使他兴奋好几天。于是我就顺着他的愿望胡编起来，说自己后来不但登上了玉皇顶，还看到了一轮旭日。父亲兴奋得两眼闪光，但还有几分怀疑，几天后又再次盘问我梦中的细节。若干年后，我高中毕业，恰逢“文革”爆发，被发配到农村去插队，父亲还旧事重提，说我当年在梦里肯定没有登上泰山山顶，所以命中多有磨难……

梦既然能泯灭时光的阻隔，人们就有可能在梦中遇见生不同时的前辈，据说孔子经常梦到周公，如果好长一阵子没梦见周公，他就叹息说："甚矣吾衰也，久矣吾不复梦见周公！"刘勰曾在梦中抱着礼器随孔子南行，醒来后大为欣喜。韩愈则常梦见李白、杜甫，作诗说："夜梦多见之，昼思反微茫。"我的心坎里也珍藏着许多位敬仰的古人，却从来不曾与他们在梦中相见。然而机会终于来临了。1990 年的一天，当时我正在写《杜甫评传》，也许是日有所思、夜有所梦的缘故吧，我忽然在梦中见到了杜甫。他的模样就像蒋兆和所画的杜甫像，清癯，憔悴，愁容满面。他还开口说起话来，操着浓重的河南口音，可惜我没记住他究竟说了些什么。醒来后，我简直不敢相信刚才的梦境。我真的梦见杜甫了？名垂千古的诗圣竟然屈尊来到我这个凡夫俗子的梦中，是否意味着我的一瓣心香终于感动了他？

梦本来就是幻想的产物，而幻想正是灵感不可或缺的有力羽翼，诗人在梦中获得灵感本是理所当然的事。我从未在梦中写过诗，只有一次在梦中读诗、解诗的经历。那是宋代一位无名诗人的两句歪诗："蛙翻白出阔，蚓死紫之长。"我从前曾在一种诗话里读到它们，当时一笑了之，没有深究其含意究竟是什么。那夜在梦中突然想到这两句诗其实都是指字形而言，青蛙死后白色的肚皮朝着天，四只脚则蜷曲着伸向两边，状如一个"出"字。一条深紫色的死蚯蚓弯弯曲曲地横在地上，状似一个草书的"之"字。两句诗虽然算不上什么佳句，但构思还是相当新颖的。这种读法似乎从未有人说过！我兴奋得从梦中惊醒过来，诧异为什么这两句早已淡忘的歪诗会突然入梦？更诧异自己怎么会在梦中对它们得出了全新的解读？没想到几个月后，我读到了西北师范大学尹占华教授写的《论打油诗》，方知古人早已解这两句诗为“死蛙翻腹似‘出’字，死蚓如‘之’字”。我在梦中的一番思考全是白费力气！但无论如何，那个梦倒是值得一提的，我做梦时根本不知道古人曾有此解，我的解读的确是独立思考的结果。可惜我没有在梦中解读什么重要的诗篇，像苏东坡在梦中听到杜甫畅谈其《八阵图》诗的旨意，真是千载难遇的好梦了。

我最喜爱的记梦诗不是那些描写迷离恍惚的天国、仙境的，那样的境界高不可攀。我喜爱在梦境中重现人间生活的朴实无华的作品，诗人们与亲旧故友在梦中相逢的描写尤其使我感动。据说战国时的张敏曾多次在梦中寻访好友高惠，可是每次都迷路而返。沈约送别范岫的诗中说：“梦中不识路，何以慰相思？”后代的诗人或他们的亲友却常常在梦中飞越千山万水去看望对方，即使是幽明两界的重关险阻也隔不断他们的刻骨相思。杜甫的《梦李白》、苏轼梦见亡妻的《江城子》就是最杰出的代表作。

我做得最多的梦是平生往事的重现，说来也怪，我很少梦到考进大学以后的情景，我的梦境总是停留在三十岁以前。或者说我很少梦到比较愉快的经历，而总是在梦中重返那些饱经磨难的岁月。我曾在哈佛大学做过访问学者，还曾到全南大学和新竹清华大学当过客座教授，那些经历都是比较愉快的，然而无论是哈佛的气象万千的图书馆，还是后两所大学的美丽校园，都从未在我的梦中留下任何踪影。我常常梦到的总是我插队的那个江南小村，那间在冬季的狂风中摇摇欲坠的小茅屋，以及淮北那个我曾做过“亦工亦农”的凌乱不堪的小车间。我无数次在梦中回到那个小车间，总是看到车间里寂寥无人，几台微型车床锈迹斑斑，操纵杆上结满了蜘蛛网。我心里充满了恐惧，很想找人打听：厂里发生什么事了？螺丝车间是不是彻底停产了？那样的话我们这些知青靠什么为生呢？可是厂里人影也不见一个，只有满地的落叶随风乱窜，仿佛那是一座荒废多年的古刹。我从梦中惊醒时，心还在突突地乱跳，要过好久才能回到眼前的真实世界中来。

我梦见最多的人是我的父亲。父亲早在三十年前就抛下母亲和我们兄妹四人独自离去了，可是他曾无数次走进我的梦境。梦中的父亲总是面容枯瘦，愁眉不展，惊恐不安，依然是他生前被批斗、被游街示众、被关进“群专”、被发配去劳改时的模样。梦中的我也像父亲一样绝望，一样孤苦无助，想不出任何办法来解救父亲，也说不出任何话语来安慰他。然后，我突然惊醒过来，看到月光或灯光从窗户里洒进来的光斑，听到从远处传来的火车或轮船的汽笛声，便安慰自己梦中的事情早已成为过去，父亲早已长眠在钟山南麓的密林中。《琵琶记》里赵五娘为饿死的公公婆婆画真容时说：“我待要画他个庞儿带厚，他可又饥荒消瘦。我待要画他个庞儿展舒，他自来长恁面皱！”我多么希望在梦中见到父亲的另一副面容：不那样枯瘦，不那样愁苦，不那样惊恐不安，可是这个希望总是落

元·刘贯道·梦蝶图

空。弗洛依德在《精神分析引论》中说："父母在梦中表现为皇帝及皇后或国王及王后或其他高贵人物。"那真是十足的胡说八道！对我来说，父母在梦中依然是父母，而且依然是卑微、穷苦的草根百姓。也许是愁眉苦脸的父母在我心头烙下了太深刻的印象，所以总是以那样的面目频频入梦吧。

父亲离开人世已经三十年了，母亲病故也已十二年了。我当然很愿意在梦中与他们相见，可是我又怕在梦中见到他们的愁苦面容。我明白梦中所见只是幻觉而已，庄子说："梦饮酒者，旦而哭泣。梦哭泣者，旦而田猎。"唐人李山甫说："梦里输赢总未真。"尽管如此，像我梦见父母亲的那种梦境仍是使人不愿重逢的。按理说，既然梦中所经历的境遇往往是与事实相异或干脆相反的，那么人们应该情愿梦见坏事才对。假如你在梦中春风得意、诸事顺利，醒来后难免大感失落。唐人权德舆有一句有趣的诗："举人看榜闻晓鼓。”试想一个举子正抬头看着自己金榜题名，却忽然被晓鼓惊醒，方知刚才的一番喜悦只是南柯一梦，那是多么煞风景！而在梦中遭遇不幸，醒来得知那只是虚惊一场，反而会给人带来欣慰之感。可是这样的推理必需一个前提，就是所梦见的纯属虚幻。否则的话，你在梦中经历的不幸之事全是曾经存在过的真实，即使你梦醒后会有几分得到解脱的轻松感，仍会使你泪湿衾枕，因为那些经历使人不堪回首。

我一定会继续做梦，也会继续读前人的记梦诗。也许人生本来就是一场大梦？

（2004年8月27日）

临江仙

夜登小阁，忆洛中旧游

宋·陈与义

忆昔午桥桥上饮，座中多是豪英。长沟流月去无声，杏花疏影里，吹笛到天明。　　二十余年如一梦，此身虽在堪惊。闲登小阁看新晴。古今多少事，渔唱起三更。

虞美人

听雨

宋·蒋捷

少年听雨歌楼上，红烛昏罗帐。壮年听雨客舟中，江阔云低、断雁叫西风。　　而今听雨僧庐下，鬓已星星也。悲欢离合总无情，一任阶前、点滴到天明。

梁启超说："老年人常思既往，少年人常思将来。"他又叹息说："伤哉，老大也！浔阳江头琵琶妇，当明月绕船，枫叶瑟瑟，衾寒于铁，似梦非梦之时，追想洛阳尘中春花秋月之佳趣。西宫南内，白发宫娥，一灯如穗，三五对坐，谈开元、天宝间遗事，谱《霓裳羽衣曲》。青门种瓜人，左对孺人，顾弄孺子，忆侯门似海、珠履杂遝之盛事。拿破仑之流于厄蔑，阿刺飞之幽于锡兰，与三两监守吏或过访之好事者，道当年短刀匹马，驰骋中原，席卷欧洲，血战海楼，一声叱咤，万国震恐之丰功伟烈，初而拍案，继而抚髀，终而揽镜。呜呼！"的确，回忆是老年人的专利，也是人生渐入老境的象征。三年前我鬼使神差地动笔写了一本《浮生琐忆》，完稿后猛然想起梁任公的这番话，不禁大吃一惊。揽镜自照，果然看到一个两鬓苍苍的老人！

那么，是什么使得老年人屡屡回忆过去呢？仔细考察梁任公所举的几个例子，白居易《琵琶行》中的商人妇回忆的是年轻时"今年欢笑复明年"的欢乐生活，元稹《行宫》中的白头宫女回忆的是唐玄宗时代的盛世光景，汉初在长安城东种瓜的邵平回忆的是自己在秦朝封东平侯时的荣华富贵，拿破仑、阿刺飞（今译“阿拉比”，19 世纪埃及民族解放运动领袖）回忆的是当年叱咤风云的丰功伟绩。一句话，他们回忆的都是人生过程中的“盛时”。为什么人们喜欢回忆盛时？很简单，“盛时”是人生中最充实、最愉快、最有意义的阶段，要是没有它，人生会变得枯燥乏味、琐屑卑微、毫无意义。当人们在垂暮之年回首平生时，盛时就是低矮丘陵中突起的一座奇峰，是迷茫夜色中闪烁的一点灯光，他们的全部注意力都被它独占了。人们的集体记忆也是一样，唐代安史之乱后，人们最爱回忆的就是开元、天宝年间的盛世光景，杜甫在《忆昔》中深情地回顾：“忆昔开元全盛日，小邑犹藏万家室。稻米流脂粟米白，公私仓廪俱丰实。九州道路无豺虎，远行不劳吉日出。齐纨鲁缟车班班，男耕女桑不相失。”直到五代，王仁裕还写了《开元天宝遗事》以追记其盛况。北宋灭亡后，孟元老撰《东京梦华录》以追忆汴京的繁华。南宋灭亡后，周密撰《武林旧事》以追忆杭州的繁华。可见在一个民族的集体意识中，最爱回忆的就是故国的盛世。

再让我们看看古代诗人对生平的回忆：758 年，五十八岁的李白被长流夜郎，途中作诗赠辛判官说：“昔在长安醉花柳，五侯七贵同杯酒。气岸遥凌豪士前，风流肯落他人后？夫子红颜我少年，章台走马着金鞭。文章献纳麒麟殿，歌舞淹留玳瑁筵。”759 年，李白又作诗赠李之遥说：“翰林秉笔回英盼，麟阁峥嵘谁可见？承恩初入银台门，著书独在金銮殿。龙驹雕镫白玉鞍，象床绮席黄金盘。

当时笑我微贱者，却来请谒为交欢。”765 年初，五十四岁的杜甫即将辞去幕职，作诗说：“忆献三赋蓬莱宫，自怪一日声辉赫。集贤学士如堵墙，观我落笔中书堂。往时文采动人主，此日饥寒趋路旁。”766 年，杜甫在夔州再次回忆那段往事：“快意八九年，西归到咸阳。许与必词伯，赏游实贤王。曳裾置醴地，奏赋入明光。天子废食召，群公会轩裳。”众所周知，李白一生中最得意的经历是天宝初年供奉翰林时赋诗御前、平交王侯，杜甫一生中最得意的事情是四十岁时向朝廷献赋得到玄宗赏识，待制集贤院，并当众考试文章。对于两位曾热心求仕且诗名盖世的诗人来说，以文章惊动人主当然是最为荣耀的得意之举，除此之外，他们的整个人生中没有什么耀眼的亮点了。无怪他们要在诗歌中一再回忆那段转瞬即逝的光荣时刻，且语带夸耀，喜形于色。

1162 年，二十三岁的辛弃疾在济州率五十壮士攻入金军大营，生擒叛徒张安国，铁骑渡江，投奔南宋。到了晚年，辛弃疾在词中再三回忆那段壮声英概的战斗经历：“醉里挑灯看剑，梦回吹角连营。八百里分麾下炙，五十弦翻塞外声，沙场秋点兵。”“壮岁旌旗拥万夫，锦襜突骑渡江初。燕兵夜娖银胡簶，汉箭朝飞金仆姑。”1172 年，四十八岁的陆游到南郑从军，在抗金前线停留了八个月，那一段经历使他终生难忘，并在诗中反复回忆。十三年后，诗人回忆说：“我昔从戎清渭侧，散关嵯峨下临贼。铁衣上马蹴坚冰，有时三日不火食。山荞畬粟杂沙碜，黑黍黄床如土色。飞霜掠面寒压指，一寸赤心惟报国。”二十年后，他又回忆说：“四十从戎驻南郑，酣宴军中夜连日。打球筑场一千步，阅马列厩三万匹。华灯纵博声满楼，宝钗艳舞光照席。琵琶弦急冰雹乱，羯鼓手匀风雨疾。”辛弃疾和陆游都以文学家而名垂青史，但他们自己最看重的人生事业却是抗金复国。前者曾在青年时代驰骋疆场、亲冒锋镝，后者亦曾在壮年时亲临前线、冲掠敌阵。虽然那两段经历都不足一年，却是他们的人生记录中最为激动人心的时刻，无怪他们铭记在心，梦寐难忘。辛词有句云“梦回吹角连营”，陆诗有句云“铁马冰河入梦来”，在梦境中屡屡重现的经历，正是刻骨铭心的记忆。

那么，要是人生中压根没有上述的“盛时”，情况又将如何？换句话说，如果是一个普通人，生平既没有像李、杜那样以文章惊世，也没有像辛、陆那样曾从事轰轰烈烈的崇高事业，当他们渐入老境时，又该回忆什么呢？其实情况是一样的，任何人的一生中总有他自己曾感到幸福的短暂时刻，总有他自己梦寐难忘的特殊情景，那些时刻和情景会在他心中勾起永久的回忆。记忆是属于我们个人的，回忆是发生在我们内心的，即使我们所回忆的事情在旁人眼中平常无奇、平淡无味，但它们仍是我们心中最珍贵的收藏品，是我们精神世界中的无价之宝。萤火虫的光芒当然不能与华灯或明月相比，但当它在昏暗的夜色中熠熠闪耀时，却也是引人注目的一个亮点。同样，每个人的一生中总有相对而言的亮点，它们会吸引我们回首往事时的主要目光。钱穆说得好：“能追忆者，此始是吾生命之真。其在记忆之外者，足证其非吾生命之真。”尽管我们记得的不过是一些平凡琐屑的往事，但只有它们才能为我们的人生注入生气、赋予意义，只有它们才是我们的“生命之真”。我没有选录上文所提到的李、杜、辛、陆回忆平生的作品，而把陈与义、蒋捷的两首词介绍给大家，就是因为后者更能叩动我辈普通人的心弦。

陈与义的《临江仙》大约写于1136年春，当时他正告病闲居在湖州青墩镇的僧舍中。此时上距靖康事变已经九年，九年来陈与义先是奔走避乱，后又浮沉宦海，心情一直欠佳。在一个雨霁初晴之夜，诗人闲登小阁，思绪不知不觉地回到了青年时代。洛阳城南的午桥庄，自唐代以来就是著名的游赏胜地。诗人在午桥上聚友夜饮，满座宾客都是豪杰之士。桥下的流水静静地流淌，泛起滟滟的月光。杏花横斜，月影满地，众人在悠扬的笛声中举杯痛饮，直到天明。其实那只是一次普通的月夜聚饮，然而又是一段多么愉快的经历、一片多么难忘的情景！时隔二十多年，诗人心中还如此清晰地记得那次聚会的满座嘉宾和彻夜狂欢，记得那夜的长沟流月和杏花疏影。至于其后经历的二十余年的漫长岁月，倒反而迷茫得像一个短暂的梦。

我三十多岁时第一次看电影《魂断蓝桥》，第一次听到那首根据彭斯的诗歌改编的歌曲《友谊地久天长》：“怎能忘记旧日朋友，还有过去的好时光？”顿时百感交集，热泪盈眶。我当然不会忘记旧日的朋友，但是我也能怀想“过去的好时光”吗？在我黯淡无光的生命中，也有难以忘怀的亮点吗？

在我的记忆中，父母亲一辈子都在为柴米油盐而忧愁、烦恼。我时常看到他俩愁眉苦脸地在煤油灯下盘算：学期即将结束，几个孩子的学费不能再拖欠了。寒冬将至，今年小妹必须添一件棉衣，小弟则要添一件罩衫，一共得花几块钱？布票和棉絮票够不够？……只有当我们翻看照相本中几张颜色发黄的老照片时，他俩才会舒展眉头，指着照片告诉我们：这是太湖边的鼋头渚，那是苏州的虎丘塔。照片中的父亲穿着西装，母亲穿着旗袍，面目有点模糊了，但依然显得神采奕奕。接着他俩就你一言我一语地回忆起那段时光来，眼睛闪闪发亮。这也难怪，父母亲一生中春风得意的时刻只有他俩从相爱到结婚的那一年半，那就是他们一生中的“盛时”和亮点。

那么我呢？在我五十多年的人生历程中，当然也有一些难以忘怀的亮点，比如我与未婚妻结伴寻访鬼脸城的遗址，在荒烟蔓草中沿着弯弯曲曲的小路携手而行；又如我通过了博士论文答辩，在二三百位听众雷鸣般的掌声中向答辩委员们鞠躬致谢；再如我与母亲、妻子带着女儿在玄武湖公园里观看菊花展览，母亲抱着我的女儿兴致勃勃地站在花丛中让我摄影……那些情景历历在目，永世难忘。但是假如我要像陈与义一样写诗回忆往事的话，我会想起年代更早的一些生活断片：

在“三年困难时期”，秋收之后，琼溪镇上的人们纷纷跑到田野里去“拾秋”，就是拾取散落在地里的粮食。一个阴云密布的下午，我偶然在一条田埂边发现土里散落着许多赤豆。赤豆颗粒很小，有的还深深地陷在泥土里，这也许是农民或镇上的大人对之不屑一顾的原因。我人小力微且人穷志短，就蹲下身来耐心地把赤豆一颗一颗地挖出来。我在凛冽的寒风中劳作了一两个小时，终于在口袋里装满了连泥带豆的战利品凯旋。母亲看到赤豆大喜过望，当下把它淘洗干净，熬成一锅赤豆汤。那是多么可口的汤啊，虽然我当时并不知道“红豆汤”是写进《圣经》的著名食品，但我一边与家人共享美味，一边听着父母亲夸我“懂事”，心里美滋滋的，可谓身心俱泰。

在“三年困难时期”与“四清”之间的某一年春节，从年初一到年初五，琼溪镇上接连放映五部电影，其中包括两部很精彩的故事片。那年父母亲的心情也很好，竟破例同意我们观看全部片子。在一个大雪纷飞的夜晚，全家人看完了越剧戏曲片《追鱼》，有说有笑地回到家里。母亲说天太冷了，煮了一锅年糕汤让我们驱驱寒气。我们一边喝着又香又甜的年糕汤，一边热烈地谈论电影中的人物和情节。我望着窗外纷纷扬扬的雪花，心里温暖如春。

这些往事平凡琐屑，微不足道。当它们正在发生的时候，没有人会认为它们是值得记忆的，更不会想到它们竟会在几十年后使人反复回首。可是它们在我们心中长期埋藏以后，就像松脂变成琥珀、陈粮酿成醇酒，久远的旧梦反而变得清晰可睹，平凡的琐事竟然变得回味无穷。杜甫在五十岁那年回忆说：“忆年十五心尚孩，健如黄犊走复来。庭前八月梨枣熟，一日上树能千回。”幼童爬树摘果，如此琐碎的小事，为什么诗人要郑重其事地作诗回忆？王安石四十八岁时在汴京重游西太一宫，回忆说：“三十年前此地，父兄持我东西。今日重来白首，欲寻陈迹都迷。”幼年时由父兄带领着游赏风景，是人生中最为平常的经历，为什么那段回忆会使“拗相公”如此伤感？纳兰性德悼念亡妻，回忆说：“被酒莫惊春睡重，赌书消得泼茶香。当时只道是寻常。”醉后春睡、赌书茶泼（这是用李清照《金石录后序》中的典故），这些年轻夫妻间常有的生活情景，为什么让词人记忆犹新且黯然神伤？纳兰词中的“当时只道是寻常”一句发人深省：当时只以为是极为平常的小事，日后竟成为无比珍贵的回忆。当然，正如北宋朱服所说：“而今乐事他年泪。”当我们事隔多年之后再来回忆，快乐的往事常常会引得我们泪流如雨。

除了少数幸运儿之外，人在一生中总会遇到悲欢离合的人生百态，总会尝遍酸甜苦辣的人生百味。当多情而敏感的诗人回首平生时，心中怎能不涌起层层波澜？李白晚年，曾作长诗赠江夏太守韦良宰，回忆平生，良多感慨。杜甫晚年，也曾作《壮游》一诗，从“七龄思即壮，开口咏凤凰”的童年直写到“秋风动哀壑，碧蕙捐微芳”的暮年，波澜起伏，思绪飞扬。李后主被俘后，作词忆旧，从“凤阁龙楼连霄汉，玉树琼枝作烟萝”的荣华氛围转入“最是仓皇辞庙日，教坊犹奏别离歌，垂泪对宫娥”的悲惨场面，词意凄凉，读之伤怀。李清照南渡之后，在元宵之夜竟“如今憔悴，风鬟霜鬓，怕见夜间出去”，回想昔年此夜“铺翠冠儿，捻金雪柳，簇带争济楚”的欢乐情景，抚今追昔，低回欲绝。在追忆平生的古代诗词中，最简洁、最凝练的无过于蒋捷的《虞美人》。蒋捷所回忆的只是生活中的一个细节——听雨，可是这个细节贯穿了他的整个人生，从风流潇洒的少年，经过流离失所的壮年，再到壮心销尽的老年。这个细节曾发生在不同的场合，从红烛罗帐的歌楼，变为漂泊江湖的客舟，终归晨钟暮鼓的僧庐。个人的悲欢离合，国家的盛衰兴亡，以及由它们引起的迟暮之感和沧桑之感，都通过三个不同的听雨场景淋漓尽致地表达出来了。如此丰富的人生经历，却归纳为三幅剪影式的生活画面。如此深沉的人生感慨，却是娓娓道来，不动声色。这是一个阅尽沧桑的老人半夜梦回的一声叹息，它夹杂在点点滴滴的夜雨声中，显得格外深沉、苍凉。在我读过的诗词作品中，只有我的太老师胡小石先生的一首五言绝句与此词的境界比较接近。抗日战争时期，胡先生漂泊到重庆，聆听了旧时相识的梨花大鼓艺人董莲枝的演唱，作诗赠之："听汝秦淮碧，听汝汉水秋。听汝巴山雨，四座尽白头。"国破家亡的时势，流离失所的境遇，万千感慨都纳入四句平淡无奇的诗中，感人至深。

回忆，尤其是老年人对平生往事的回忆，是会导致伤感和忧郁的。但是伤感中往往夹杂着安慰，忧郁中往往混合着甜蜜，那种滋味真可说是"黯然销魂"。罗素主张老年人不要"过分沉湎于往事"，因为"人不能生活在回忆当中，不能生活在对美好的往昔的怀念或对去世的友人的哀念之中"，但是罗素一生安富尊荣，又健康地活到九十八岁的高龄，他的话对我辈普通人来说未免有点高而不切。倒是陀思妥耶夫斯基的话听来比较亲切，他在《穷人》中说："高兴的回忆也好，悲伤的回忆也好，总是痛苦的。……可是就连这种痛苦也是甜蜜的，所以每逢我的心变得沉重、疼痛、疲倦、悲伤的时候，回忆就使我的心振作起来，复活起来。”亲爱的读者，如果你已经进入老境，就请细细品味陈与义和蒋捷的词吧，它们会帮助你回忆平生，并重新唤起你对生活的热爱；如果你还处在青年阶段，也不妨读读这两首词，它们会让你对人生道路的坎坷艰辛做好心理准备。当然，它们也会提醒你：回忆往事是老年人的专利。年轻人应该像梁启超所说的那样，不要忙着回想过去，而要多多思考将来。

（2005 年 3 月 6 日）

白发

秋浦歌

唐·李白

白发三千丈，缘愁似个长。

不知明镜里，何处得秋霜！

鹧鸪天

宋·辛弃疾

壮岁旌旗拥万夫，锦襜突骑渡江初。燕兵夜娖银胡䩮，汉箭朝飞金仆姑。　　追往事，叹今吾。春风不染白髭须。却将万字平戎策，换得东家种树书。

在人生走向衰老的过程中，最明显的标志便是头上的白发了。人生短促，仿佛青壮年时代还在眼前，转瞬之间白发便出现了。李白惊叹说：“君不见高堂明镜悲白发，朝如青丝暮成雪！”朝夕之间，满头青丝便变得雪白，这是多么惊心动魄！惊定之后，诗人难免要顺理成章地追问，这白发究竟是从何而来的呢？李白开始时认为自己的头发是被秋霜染白的，他对此大惑不解：自己好好地待在室内对着明镜，何以会秋霜满头？他很快就明白了，原来头发是被心中的无穷愁思催白的！李白揭示的奥秘被后代诗人反复地吟咏过，宋人陈师道的名句“发短愁催白”便是其中最简洁的一例。有些诗人不如李白聪明，他们对白发的来历有种种不同的理解。杜甫认为是江边的梅花催白了他的头发：“江边一树垂垂发，朝夕催人自白头。”中唐诗人雍裕之认为柳絮会染白头发，就告诫它们不要靠近自己的双鬓：“缘渠偏似雪，莫近鬓毛生！”杜牧说悲哀的边笳声会催生白发：“游人一听头堪白。”韩愈责怪友人张署的诗歌增添了自己的一半白发：“吟君诗罢看双鬓，斗觉霜毛一半加。”宋人朱弁出使金国被拘留，他说是大漠的春风吹白了他的头发：“绝域东风竟何事，只应催我鬓边华！”陆游则归因于羁旅之愁：“万里羁愁添白发。”苏轼却责备自己的多情：“多情应笑我，早生华发。”黄庭坚的想法最平实，他说白发是自然而然地从头上长出来的：“白发齐生如有种。”黄庭坚写此句时只有二十五岁，正在汝州叶县尉任上。他进士及第后初入仕途，还没有尝过人生艰辛和仕途险恶的滋味，心中不会有多少忧愁，何以会白发齐生呢？可见确实是“有种”的。当然，历史上还是愁催发白的例子更多一些，不过催白的过程迟速不一而已。春秋时伍子胥东奔吴国，路经昭关受阻，一夜之间须发尽白，竟使得守关的士兵对着通缉令上的画像也认不出他来。汉代的苏武出使匈奴被强行扣留，在寒冷荒凉的贝加尔湖边上持着节杖牧羊十九年，“丁年奉使，皓首而归”。史书上没有记载苏武的头发是在何时变白的，但不难想象那是一个难熬的漫长过程。

我认同李白的看法，我相信白发确是与忧愁结伴而来的，我的父亲就是一个确证。父亲一生中留下的照片很少，其中最清晰的一张是 1963 年的合家欢。那年父亲四十一岁，从照片上看，他仍然是满头黑发。但我清楚地记得，七年以后，也就是在父亲被遣送到乡下劳改时，他的头发已经是白多黑少了。每当我到他劳改的村子去看望他时，父亲总是在约定的时刻站在那间兼做羊棚的破屋前，倚门而望。我一转过村口的那棵大柳树，就看到他站在那儿。他的一头乱发在风中飘动着，远远望去几乎已经全白，走近了才能看到白发中还夹着几根黑发。自从“四清”“文革”接踵而至，几年来父亲始终处于忧虑、恐惧之中，即使待在家里也坐立不安，担心会随时被拉出去批斗、示众。父亲头上的一根根白发，正是他心灵承受的一次次煎熬的记录。

白发虽然是老年的标志，初生白发的年龄却是因人而异的。晋代的潘岳在《秋兴赋序》中说："余春秋三十有二，始见二毛。""二毛"是古人专指头发花白的名词，意思是头上有黑、白二色的毛发。大概这是古代初生白发的最早记录，潘岳因此享有专利，后人纷纷把花白的鬓发称为"潘鬓"。其实三十二岁"始见二毛"有什么稀奇？黄庭坚的白发便比潘岳早生好几年。我也曾亲眼见过许多三十岁不到就长出白发的人，比如我当硕士生时的同窗张三夕，他才二十多岁便有好几根白发。他长着一张娃娃脸，脸色又很红润，大家都说他是"少白头"，谁会认为他已经衰老了？当然，一般而言，早生白发总与早衰有点关系，大多数人确是在渐趋衰老时才长出白发的，人们对自己头上最初出现的白发不会无动于衷，敏感的诗人更是如此。只要他们头上出现了一根白发，他们马上会想到：我要老了！老，意味着余生无多，意味着死亡迫近。人莫不好生恶死，所以大家都讨厌白发。只有贾岛由白发如丝而突发奇想："鬓边虽有丝，不堪织寒衣。"欧阳修因此调侃他："就令织得，能得几何？"可见那不过是穷极无聊的胡思乱想罢了。

那么，除了追问其来历外，白发还能给诗人带来什么灵感呢？

首先，白发使诗人感叹衰老之迫近、人生之无常、时光之迅速。这三者常常纠结在一起，它们最集中、最鲜明地凝聚在李白的名句中:“朝如青丝暮成雪!”杜甫困顿于长安，年岁渐老而求仕无望，就再三咏及白发:“数茎白发那抛得?”“游子空嗟垂二毛!”“堂上书生空白头，临风三嗅馨香泣。”等到他仓皇入蜀，更对满头白发极为关注:“有客有客字子美，白头乱发垂过耳。”欧阳修贬谪到荒远的峡州，友人谢伯初从远方寄诗给他，有“多情未老已白发”之句，欧阳的答诗说:“少年把酒逢春色，今日逢春头已白。”双方最关心的都是头上的白发。

其次，白发使人感受到衰老，而老人最喜回忆往事，于是诗中常有白发人来讲述旧事。元稹说:“白头宫女在，闲坐说玄宗。”明人杨慎说:“白发渔樵江渚上，惯看秋月春风。一壶浊酒喜相逢。古今多少事，都付笑谈中。”《三国演义》的作者把这首词置于卷首，真是独具慧眼。当然，诗人自己在诗中回忆往事感人更深。欧阳修告老退休时，追思曾劝导自己急流勇退的前辈杜衍:“门生今白首，墓木已苍烟。”王安石带着详定试卷的任务来到试院，想起自己少时对这种诗赋考试颇为轻视的往事，不禁慨叹:“圣世选才终用赋，白头来此试诸生。”这是何等深沉的人生感慨!陆游怅然追忆平生，慨叹自己有志难酬:“戍楼刁斗催落月，三十从军今白发。”辛弃疾回忆少时“马作的卢飞快，弓如霹雳弦惊”的壮举，叹息说:“可怜白发生!”这种烈士暮年的悲愤心情是何等感人!

最后，既然白发使人生厌，人们就会想方设法来对付它。最原始的办法是“镊白”，就是用镊子把白发拔去。据《南史》记载，齐高帝萧道成让人给他拔白发，五岁的曾孙正在旁边玩耍。齐高帝问孩子：“儿言我谁耶？”孩子回答：“太翁。”高帝对左右说：“岂有为人作曾祖而拔白发者乎？”就把镜子、镊子都扔掉了。这个办法只在头发变白的初级阶段才有效，假如等到白多黑少或满头银丝时再来“镊白”，那是很荒唐的事。另一个办法是染发，也记载于《南史》。南齐人何长瑜曾作诗嘲笑陆展：“陆展染白发，欲以媚侧室。青青不解久，星星行复出。”当时还没有高质量的染发剂，陆展的染发效果欠佳，不久又长出了丝丝白发。这个办法到现代就大行于世了，随着高效染发剂的发明，染发的人越来越多。人们染发的动机也大有发展，除了“媚侧室”也即“取悦情人”以外，还有为做官、为美观等其他目的。试看某些正在台上的高官，乌黑油亮的一头青丝。一旦罢官下台，不再有心情染发，就“朝如青丝暮成雪”了。唐人杜牧曾认为白发对所有的人都是公正的：“公道世间唯白发，贵人头上不曾饶。”他没想到后世的贵人能用染发的妙法来躲避白发。当然，染发剂的价格并非高不可攀，平头百姓也消费得起，可见当今的世道也还是公道的。“镊白”也好，染发也好，似乎都不为古代的诗人看好，除了南宋词人吴渊曾有“岁月匆匆留不住，鬓已星星堪镊”的句子外，多数的诗人仍是一味地埋怨白发不能变黑。黄庭坚说：“鬓上光阴绿不回。”陆游说：“双鬓向人无再青！”是啊，头发一旦变白，如何才能再变黑呢？辛弃疾大概是看到冬天枯黄的草木被春风一吹，便又变绿变青，于是慨叹：“春风不染白髭须！”白发（以及白须）能像草木一样，春风一吹便再度变青，那是多么美好的理想！可惜辛词中明明有一个“不”字，我们只好随着诗人一起摇头叹息了。

我对自己的白发倒能安然处之。我最初集中长出来的一批白发出现在四十七岁时，那年我独自在韩国的光州过春节。一天清晨我对镜梳头，突然发觉头上陡然增添了许多根白发，两鬓简直是一片斑白了。我吃了一惊，原以为自己曾长期孑然一身，又南北飘荡许多年，早已磨炼出一副铁石心肠，就决定春节不回南京与妻女团圆，想利用这个漫长的寒假躲在全南大学的外教公寓里安安静静地读点书。没想到我究竟抵挡不住对妻女的思念，相思和孤独感还是击倒了我，那新生的根根白发就是它们留下的伤痕！从那以后，我的白发就越来越多了，以至于动辄想起陆游的一句诗：“白发种种来无情。”我对白发的态度是“既来之，则安之”，不拔也不染，让它任意生长。曾有友人劝我染发，我回答说：“我从小仰慕白发苍苍的老教授，现在自己也当了教授，学问虽是八字没一撇，头发倒可喜地变得花白，总算有点像教授的样子了。你让我把白发重新染黑，岂不是个馊主意！”这当然是玩笑话，我并不希望像伍子胥那样一夜之间须发尽白，但我确实毫无染发的念头。我年过半百，脸上又刻着许多皱纹，要是把头发染得乌黑，岂不像个老怪物！我最佩服苏东坡对白发的态度，他虽然四十岁时就已“鬓如霜”了，但日后作诗并不常常写到白发。他五十六岁那年的重阳节，刘景文寄诗问他：“四海共知霜鬓满，重阳曾插菊花无？”东坡得诗大喜，他的和诗中却只字未及白发。直到他六十一岁被贬惠州，还作诗说：“白头萧散满霜风，小阁藤床寄病容。报道先生春睡美，道人轻打五更钟。”也并不因白发萧散而忧伤欲绝。苏东坡对白发的态度是顺其自然，我希望在这一点上以他为师。

况且我从心底里敬重满头银发的老人，那不但是阅历和成熟的标志，也往往是睿智和慈祥的象征。我二十五年前初次谒见恩师程千帆先生时，他就是满头白发的老人了。几年以后，程先生的白发变得更加稀薄，在阳光下远远望去像一团银色的烟雾。我的相册里保存着一张先生的照片，光线从背面逆射过来，把他的白发照得通透闪亮，以至于上端的边限相当模糊。不知何故，我特别喜爱那张照片。是闪亮的白发增添了几分仙风道骨的风采，还是眉目之间少了一丝刚毅而多了几分和蔼？我说不清楚，但就是喜欢。我的师兄弟们也有同感，先生故去后，我们为先生布置灵堂，大家共同选中的遗像就是那一张。我常常取出相册来瞻仰那张照片，我愿意让先生永远以那样的形象存活在我的心中。

白发在西方的诗歌中似乎没有受到同样的重视，虽说我读过的西方诗歌很少，但是就所占比例而言，我仍能得出这样的感觉，因为我只记得爱尔兰诗人叶芝写过：“当你老了，白发苍苍，睡眼蒙眬，在炉前打盹。”还记得俄罗斯诗人普希金的一句诗：“在白发上可轰响不了哗啦棒的疯狂游戏！”我曾思索过其中的理由，并猜测那是因为西方人的头发本是金黄色乃至亚麻色的，颜色很浅，即使变白了也并不太显眼，不像我们的头发由黑变白那样触目惊心，西方的诗人也就对白发熟视无睹了。

（2004年10月2日）

拟挽歌辞

晋·陶渊明

荒草何茫茫，白杨亦萧萧。
严霜九月中，送我出远郊。
四面无人居，高坟正嶕峣。
马为仰天鸣，风为自萧条。
幽室一已闭，千年不复朝。
千年不复朝，贤达无奈何。
向来相送人，各自还其家。
亲戚或余悲，他人亦已歌。
死去何所道，托体同山阿。

思王逢原

宋·王安石

蓬蒿今日想纷披，冢上秋风又一吹。
妙质不为平世得，微言惟有故人知。
庐山南堕当书案，湓水东来入酒卮。
陈迹可怜随手尽，欲欢无复似当时。

过永乐文长老已卒

宋·苏轼

初惊鹤瘦不可识，旋觉云归无处寻。
三过门间老病死，一弹指顷去来今。
存亡惯见浑无泪，乡井难忘尚有心。
欲向钱塘访圆泽，葛洪川畔待秋深。

夜归偶怀故人独孤景略

宋·陆游

买醉村场半夜归，西山落月照柴扉。
刘琨死后无奇士，独听荒鸡泪满衣。

示儿

宋·陆游

死去元知万事空，但悲不见九州同。
王师北定中原日，家祭无忘告乃翁。

死亡，这是任何人都无法回避的最终归宿。古往今来，有多少狂妄而又贪婪的帝王如秦始皇及其后继者，沉溺在臣民们“万寿无疆”的颂扬声中，幻想着让他们的罪恶生命随同其暴政永世长存。又有多少愚蠢得自欺欺人的术士，不辞辛苦地炼丹、服药，幻想着让其毫无乐趣、毫无意义的生命永远苟延下去。可是死神总是毫不留情地及时降临，把他们的黄粱美梦击成齑粉。鲁迅幼时看到舞台上的无常鬼嘴里唱道：“那怕你，铜墙铁壁！那怕你，皇亲国戚！”那两句唱词把死神的铁面无私刻画得淋漓尽致。对于生活在暴政下的人民来说，最盼望的事莫过于死神及时前来召唤暴君。庆父不死，鲁难未已。在某些暗无天日的时代里，死神实在是能够终止暴君施暴的唯一力量。难怪夏代的人民诅咒那位自比太阳的桀：“时日曷丧，予及汝皆亡！”对于普通人来说，只要你没有像帝王、术士一样失去理智，就一定会明白死亡是一件最自然不过的平常之事，是生命的最后一个阶段，也可说是生命的最终目的地。陶渊明在《自祭文》中把死亡视为回家：“陶子将辞逆旅之馆，永归于本宅。”

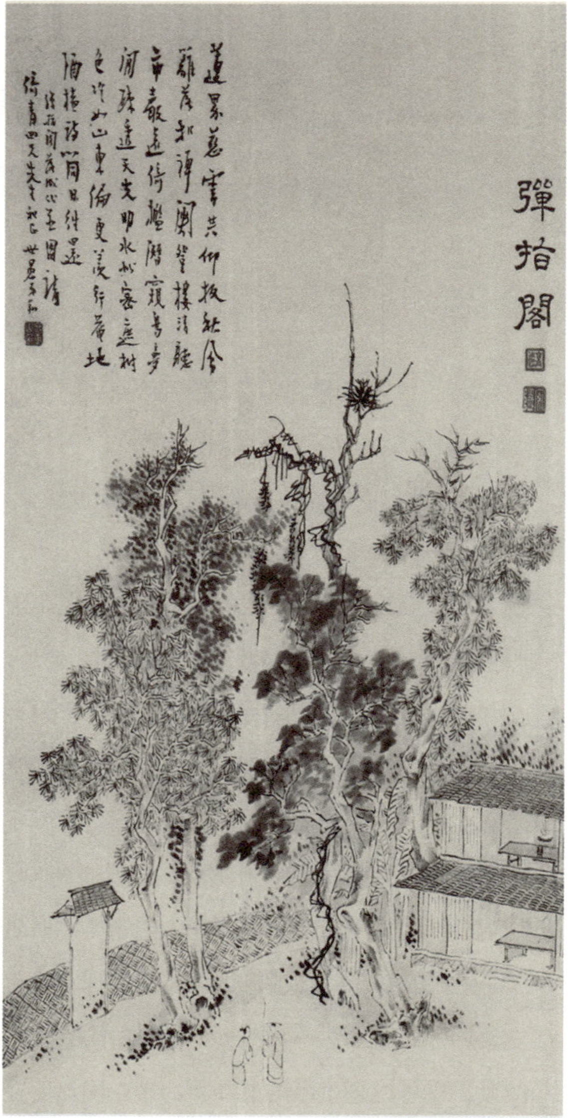

宋·高翔·弹指阁图

韩愈指出人生的道路条条通向死亡："浮生虽多途，趋死惟一轨。"真是至理名言。

然而，死亡毕竟是一件痛苦的事情。对于死者而言，他即将去到一个完全陌生的世界，难免产生恐惧和猜疑。法国的颓废派诗人波德莱尔曾作《远游》以歌颂死亡："呵，死亡，年老的船长，时间到了，起锚吧！这个国度使我们厌倦，呵，死亡，快快扬帆！虽说天与海都像墨一般漆黑，我们那颗你所认识的心却充满光辉！"波德莱尔的态度未免过于浪漫，对于"天与海都像墨一般漆黑"的未知世界，一般人总是心存畏惧，不会希望"快快扬帆"的。死亡就像是宇宙中的黑洞，只见大量的物质（包括光线）被吞噬进去，却从未见有一丝光线从中透露出来。古往今来无数的亡灵奔向死神统治的黑暗王国，他们一旦渡过那条忘川，就把人间的一切彻底遗忘，从未向留在人间的亲朋好友发回任何信息。死者在那个陌生的世界里境况如何？他们是在伊甸园里享乐，还是在炼狱之火里经受煎熬？一切都无从知道。《庄子·至乐》中记载髑髅的话说："死，无君于上，无臣于下，亦无四时之事，从然以天地为春秋，虽南面王乐不能过也。"也就是说死比生更为快乐，但那番话是庄子在梦中所闻，是十足的悠谬之言，不足为凭。况且庄子在《秋水》篇中写神龟"宁生而曳尾涂中"，也不愿"死为留骨而贵"，可见他又认为生胜于死，庄子的生死观是十分混乱的。总之，死亡是一个完全不可知的漆黑一片的陌生世界，人们一旦涉足那里就永远不能回来，一般人当然不愿轻易地到那里去。晋人最称旷达，但王羲之仍引《庄子·德充符》中所载孔子之言：“死生亦大矣！”还说：“岂不痛哉！”

死亡对于生者更是摧心裂肺的痛苦。正如古希腊的伊壁鸠鲁所说：“死不是死者的不幸，而是生者的不幸。”子夏丧子，悲痛得双目失明，后人遂把丧子称为“丧明之痛”。人们还把最悲痛的事称为“如丧考妣”，貌似旷达的阮籍丧母后，“举声一号，呕血数升”。颜渊死，孔子“哭之恸”。孔子死后，弟子守丧三年才互相告别，“相向而哭，皆失声”。庄子虽在妻子死后“鼓盆而歌”，后人却把丧妻称作“鼓盆之戚”，戚者，悲也。潘岳的诗大多境界不高，其悼亡诗却悲情难抑，感人至深。纳兰性德丧妻后，作悼亡词五十余首，哀感凄绝，令人不忍卒读。古人重视友谊，朋友的死亡也使他们如丧亲人。东汉张劭死，其友范式素车白马，千里奔吊。217 年瘟疫爆发，“建安七子”中多人同罹此灾，曹丕写信给吴质，惊呼：“痛可言邪！”嵇康、吕安无罪被诛，其友向秀作《思旧赋》，成为古今哀悼文字中的名篇。西方的诗人也有类似的情况，席勒死，歌德哀叹说：“我的生命的一半已经离我而去了！”对于生者来说，死亡的最大悲哀在于它使我们与亲爱的人永久离别。向秀在《思旧赋》中问道：“形神逝其焉如？”乃是生者对死亡之悲哀本质最深刻的追问。江淹的《恨赋》描写了人间各式各样的死亡之恨，最后说：“自古皆有死，莫不饮恨而吞声。”此语如指死者，则只可能发生在死亡之前，那种痛苦很快就会被死亡一刀斩断。只有死亡留给生者的恨才会绵绵不绝，永无尽期。

那么，感情最为敏锐的诗人如何看待死亡呢？据说死与爱一样是西方文学中永恒的主题，中国诗歌的本质功能是抒情，中国的诗人们当然也不会漠视死亡这个深哀巨痛的主题。于是我们在古典诗歌中读到了无数的描写生离死别的篇章，它们感人肺腑，催人泪下，它们让读者在深深的感动中更加理解死亡的意义，同时更加珍惜生命的价值。

陶渊明的《拟挽歌辞》以最理性的态度和最平实的语言抒写了他对死亡的理解。人们或以为先秦的诸子百家中道家对死亡的态度最为豁达，其实不然。庄子虽然时时以相对主义的观念来泯灭生与死的区别，可是那种自欺欺人的态度并不能消除对死亡的恐惧，所以庄子大讲养生，甚至主张“曳尾泥中”式的苟活，千方百计地延迟死亡的来临。我最钦佩儒家对死亡的态度，他们对死亡本身采取了不可知的搁置态度，孔子说：“未知生，焉知死？”这句话貌似平实，其实是深思熟虑的结论。既然自古以来从未有死者从冥界再渡忘川重返人间，那么人们关于死后的一切言说都是无知妄言。儒家有鉴于此，乃把所有的思考集中于生而不是死，而且主张通过生前的建树来获得死后的不朽，借此消解死亡的不利影响。在我看来，这是对于死亡的最通达、最自然的态度。陶渊明认同儒家重视事功的人生观，但在此诗中只凸显了儒家对死亡的自然主义的态度。严霜九月的时令，草树萧瑟的景物，构成了寂寥凄凉的环境。死者被埋进荒郊孤坟，墓门既闭，便进入永久的黑暗之中，即使是贤达之士也无可奈何了。“千年不复朝”一句语淡而情悲，它说出了死亡最可悲哀的性质。然后诗人笔锋一转，描写了生者的情形：送葬者各自还家，亲戚尚有余哀，他人却已唱起歌来。对此，死者还有什么话可说呢？他只能让身体复归于大地而已。此诗以死亡为主题，但全诗对死后之事不着一言，正是对“未知生，焉知死”的形象化阐释。学者们对陶渊明尊儒还是崇道争论不休，在我看来，他在最根本的人生观上还是服膺儒家的，此诗便是一个明证。

可与陶诗对读的是陆游的《示儿》。陆游是热切期望建功立业的爱国志士，他最希望的人生归宿是捐躯疆场，马革裹尸。陆游强烈地希望杀身成仁，这说明他对儒家生死观的强烈认同。陆游在八十四岁时还写了《异梦》一诗：“山中有异梦，重铠奋雕戈。敷水西通渭，潼关北控河。凄凉鸣赵瑟，慷慨和燕歌。此事终当在，无如老死何！”可见他始终把生前功业的建树视为人生最根本的价值。《示儿》是陆游的绝笔诗，此时一切事功建树当然都谈不上了，“死去元知万事空”，正是对“焉知死”的另一种表述。然而诗人对他毕生追求的事业有太强烈的希冀，临终前仍然念念不忘。这正是对儒家以生前建树来实现生命之不朽的信念的认同，唯其如此，诗人才会在绝笔诗中对儿孙殷殷嘱咐。《示儿》虽仅寥寥二十八字，但它以强烈的感情和明确无疑的语气表达了诗人关于生命和死亡的信念，可以视为关于生死问题的座右铭。

当然，古代诗歌中最常见的关于死亡主题的佳作是悼念死者的，生离死别毕竟最能叩动读者的心弦。《诗·小雅·蓼莪》是哀悼父母的名篇，后代的同类作品无出其右者。潘岳、元稹、韦应物、苏轼、贺铸、纳兰性德等人悼念亡妻的诗词都情真意挚，感人至深。孟郊、韩愈、梅尧臣、王安石和清代诗人郑珍都写过哀悼夭折的儿女的诗，是对“丧明之痛”的具体抒写，也令人不忍卒读。凡此种种，都是悼念亲人的。蔡文姬在《悲愤诗》中说：“天属缀人心，念别无会期。存亡永乖隔，不忍与之辞。”虽是写的生离，其实无异于死别。诚然，亲人是骨肉至亲的“天属”，一旦幽明永隔，其哀痛必然是摧心裂肺的。虽说痛苦也是人生的必要体验，但我实在不忍心让读者来体会上述古诗中所抒写的深哀巨痛，我也祝福读者远离那种痛苦的不幸经历。以羊易牛，还是让我们读几篇哀悼亡友的古诗吧。

王令是才高命蹇的北宋诗人，一生穷困，卒于二十八岁的华年。他是王安石的忘年交，性格孤傲的王安石十分器重这位比自己年轻十一岁的挚友。1059 年王令死后，王安石深感哀痛，亲自为他作墓志铭，次年又作诗悼之。诗中悲叹王令怀才不遇的悲惨命运，又追忆前年两人在鄱阳一起读书饮酒的愉快经历，颔、颈两联都是世所传诵的名句。然而最使我感动的却是首联。诗人此时正在汴京，王令则葬在常州武进县。秋风又起，诗人遥想千里之外的孤坟一定是蓬蒿纷披。这两句突兀而来，触绪无端。字面上只是写景，字里行间却浸透了沉郁苍凉的哀思，可谓神来之笔。后人解此联，或引《礼记·檀弓》中“朋友之墓，有宿草而不哭焉”之语。意谓王令安葬已经隔年，墓上已长出宿草（隔年之草），于礼不必再为之哭泣，王安石却依然未能忘情。王安石是读破万卷之人，当然完全可能有这种深层的构思。但即使我们不熟悉《礼记·檀弓》，也毫不影响对此联的解读。诗中只写墓上长满了蓬蒿而只字不及松柏、白杨等常植于墓旁之树木，可见此坟确是一座荒坟，长眠者身后是何等凄凉。秋风本是无情之物，它一年一度地吹来，使得坟上的野草披拂纷纷。秋风无情而诗人有情，对于心中时常思念亡友的王安石来说，秋风中野草纷披的千里孤坟正是万千思绪所系的地方！

独孤景略是陆游极为推重的友人，他的身世仅记载于陆游的诗歌，是一位文武双全而命运不偶的奇士，陆游引之为平生知己。正如诗题所示，此诗是一首“偶怀故人”之诗。1190年的一个秋夜，六十六岁的陆游独自到村店去饮酒，夜半时分才回家。月光斜照着柴门，远处传来几声荒鸡（三更前鸣叫的鸡）的鸣叫，这乡村间常见的夜景触动了诗人的思绪，他忽然想起了已经去世八年的亡友。晋代的祖逖与刘琨是一对志同道合的好友，年轻时曾听到“荒鸡”而“闻鸡起舞”，互相勉励。如今诗人独听荒鸡，想到好友已亡，自己也壮志难酬，不由得涕泪满衣。诗中以古代的爱国志士刘琨代指独孤景略，当然是对好友才德的高度肯定。人们哀悼友人，除了友情难忘以外，最重要的原因就是对死者的美好品质突然消逝感到痛惜，如果那种美好品质未曾为世人所知，痛惜之情就更为深沉。晋代庾亮将下葬，何充叹息说：“埋玉树于土中，使人情何能已？”宋人黄庭坚悼念才高命短的邢惇夫说“眼看白璧埋黄壤”，都表达的是那种感情。从这方面说，王安石和陆游的这两首诗有内在的同一性。对友人的美好品质未为世用的惋惜之情加深了诗歌内蕴的情感力度，使这两首诗成为哀悼友人的名篇。有些论者动辄批评宋诗“无情”或“不及情”，就请读读这两首哀悼亡友的宋诗吧！

我本人虽然还没有到“访旧半为鬼，惊呼热中肠”的年龄，但已有过多次哀悼亡友的经历，我对上述诸诗有深切的体会。

我的第一位亡友名叫赵惠风。赵惠风去世三十多年了，但当时我受到的心灵震撼至今难忘。赵惠风比我年长四五岁，是我一个初中同学的哥哥。当时我的学习成绩比较优秀，举止又有点少年老成的样子，有几个同学的兄长对我很器重。正巧我自己是家中的老大，从小就羡慕小朋友们有哥哥、姐姐的庇护，也就愿意与那些大哥哥们交往。赵惠风就是那样的一位大哥哥。他当时正在外地读高中，假期里回到镇上与我相遇，便与我交谈一番。我们谈了些什么现在已完全忘却了，但肯定不是大哥哄小弟式的谈话，而是平等的交流。几年后，我从苏州高级中学毕业，回到琼溪公社插队务农。此时的我已成为镇上颇有名气的“反动阶级的孝子贤孙”，别人都视我为瘟神而避之唯恐不及。只有少数人对我不改常态，赵惠风就是其中的一位。那时他在镇上的医院里当医生，常穿着白大褂，显得格外温文尔雅。他偶然在街头遇到衣衫褴褛、蓬首垢面的我，总是热情地问长问短，依然把我当朋友看待。然而赵惠风突然跳河自杀了！据说还是为了逃避被逮捕才“自绝于人民”的！消息传来，我简直不敢相信自己的耳朵。赵惠风性格温和，在“文革”中从未参加派性斗争，他的家庭出身也没有什么严重问题，又是新婚不久，为何要“自绝于人民”呢？后来我才知道事情的原委：赵几年前曾加入一个名叫“湘漓学社”的读书会，“文革”中受镇上派性斗争的影响，那个早已解散的读书会被打成“反动组织”，赵被说成是该组织的“骨干分子”，并被县里批准逮捕。有人事先透露了风声，赵便自寻短见了。据说事发的前一天夜里，曾有人看到赵惠风在河边徘徊了很久很久。赵惠风之死是我生平第一次直面一个熟人的死亡，心灵受到极大的震撼。一个经常微笑着的身穿白大褂的青年突然变成了一抔黄土！鉴于自己的身份，我当时没有到赵家去吊唁，至今也不知道赵惠风安葬在何处，但我时常在心中默默地悼念这位忘年交。每当我读到“蓬蒿今日想纷披，冢上秋风又一吹”两句诗，就仿佛看到了赵惠风的孤坟。古人的好诗，真是“于我心有戚戚焉”！

与我同辈的学人中，近年来也有几人离开人世了。最早离去的是陈植锷，最近离去的是曾子鲁。两人所在的学校都未寄来讣告，我在事后半年多才闻其噩耗。

我与陈植锷交往不深，但曾与他同游乐山，又同乘一舟从重庆沿江而下，直到南京，一路上听他高谈阔论，对他的健谈印象很深。大约十年之后，他忽然来信请我复印一份《高丽好大王碑》碑文。我把复印件寄去后，久久没有回音。后来突然听说他已在杭州病故，大吃一惊，就写了一首诗悼念他：“凌云峰顶共登临，指点江山慨古今。三峡涛声犹在耳，十年尘事少关心。辛勤著述兼文史，寂寞疗疴卧武林。吴越相邻非绝国，秋江水冷鲤鱼沉。”

曾子鲁虽属同辈，但比我年长好几岁，是一位忠厚长者。我的老师程千帆先生和他的老师胡守仁先生是好朋友，我们又都喜爱宋诗，渐渐地就交往起来了。但他在南昌，我在南京，相见的机会不多。记得他曾来过我家，两人相对小酌，谈得很愉快。我也到他家去做过客，他还亲自下厨烧了一道喷香扑鼻的“啤酒鸭”。四年以前，我们在复旦大学的一次会议上相逢，我惊讶地发现他竟是满脸病容，这才知道他得了癌症。会后，他带了几大包中药上了火车，说是上海一位有名的中医给配的药，治愈癌症很有希望。没想到一年之后，突然传来了他在半年前病逝的消息。

陈、曾二人并没有王令那样的杰出才华，更不是独孤景略那样的旷世奇士，但他们英年早逝，总是人生的一大损失。对我说来，两位朋友突然离去，使我更加感受到人生的无常，也感受到老境的逼近。他们赠送给我的著作依然插在我的书架上，扉页上的题签笔迹如新，可是物在人亡，他们已经永远离开这个世界，再也不能与我同舟游江，再也不能与我相对小酌了。“陈迹可怜随手尽，欲欢无复似当时。”这真是古今同慨的人生缺憾！

苏轼悼念文长老的诗也值得一读。此诗悼念的对象是一位割断红尘的方外之士，是参透了生死的高僧，他的去世不会像俗人之死那样引起太强烈的情感波动。诗人用淡淡的语气叙述了高僧由生至死的转变过程，即老、病、死，随即又用佛家对时间的相对主义观念消解死亡的悲哀。诗中最精警的句子是“存亡惯见浑无泪”，它是说泪已流干故无泪可流吗？是说对存亡见得多了，心肠变硬，故不再流泪吗？好像是，又好像不是，但它非常真切地写出了阅世已深的诗人对于亲友死亡的感受。大海的潮汐反复冲撞海边的岩石，会使岩石变得千疮百孔。悲痛的狂潮对心灵的反复撞击，也会使情感变得粗糙、麻木。英国诗人丁尼生哀悼亡友的著名诗篇一开头就写海潮反复冲撞冰冷、灰暗的岩石，不知是否含有这层意思。“存亡惯见浑无泪”，语弥淡而情弥深，其实蕴含着对死者的深切哀悼。我初读此诗时还很年轻，还没有经历过亲友死亡的悲痛，把这句诗轻轻地放过去了。如今我年过半百，也有了“存亡惯见”的亲身经历，重读此诗，百感交集。

古诗中也不乏对死亡自身的吟咏，如李贺的“王母桃花千遍红，彭祖巫咸几回死”是说死亡之不可避免，李清照的“生当作人杰，死亦为鬼雄”，文天祥的“人生自古谁无死，留取丹心照汗青”是说如何才能使死亡“重于泰山”，曹植的“谁言捐躯易，杀身诚独难”，清人邓汉仪的“千古艰难惟一死”是说从容赴死之艰难，也都能发人深省。最喜欢直接描写死亡主题的诗人首推李贺，他甚至凭借想象来描绘死者所处的幽冥世界：“秋坟鬼唱鲍家诗，恨血千年土中碧”，“鬼灯如漆点松花”，读来但觉阴气逼人，我就不向读者一一介绍了。

（2004年11月18日）

窦娥冤·滚绣球

元·关汉卿

有日月朝暮悬，有鬼神掌着生死权。天地也只合把清浊分辨，可怎生糊突了盗跖、颜渊。为善的受贫穷更命短，造恶的享富贵又寿延。天地也做得个怕硬欺软，却元来也这般顺水推船。地也，你不分好歹何为地？天也，你错勘贤愚枉做天！哎，只落得两泪涟涟。

寄生草

读史有感

明·康海

天应醉，地岂迷？青霄白日风雷厉，昌时盛世奸腴蔽，忠臣孝子难存立。朱云未斩佞人头，祢衡休使英雄气。

道情

清·郑燮

吊龙逢，哭比干。羡庄周，拜老聃。未央宫里王孙惨，南来薏苡徒兴谤，七尺珊瑚只自残。孔明枉作那英雄汉，早知道茅庐高卧，省多少六出祁山！

古往今来，有多少人对毫无道理可言的命运感到迷惘。杜甫叹息说：“天意高难问！”南宋的张元幹也说：“天意从来高难问！”如果世界本是杂乱无序的，世间的一切事情都出于偶然，人们就没有理由怨天尤人了。事实上人们常常觉得周围的世界是有序的，荀子说：“天行有常，不为尧存，不为桀亡。”说的就是这个意思。既然“有常”，就难免使人猜想冥冥之中有一个至高无上的主宰在安排一切。宗教的产生虽然有种种复杂的原因，但世界的有序性无疑是其前提之一。可是这个“有常”的规律，到底包含哪些内容呢？孔子对此有明确的解答：“天何言哉？四时行焉，百物生焉。天何言哉？”“四时行”与“百物生”显然都属于自然而与人类社会无关。可见在孔子看来，所谓的“天”只体现在自然的范畴之中。我觉得孔子的这个判断真是绝顶聪明，同时也是绝顶的诚实，他把一切不可知的事物摒除在言说的范围之外了。

世上的宗教无一例外都要树立一个至高无上的神，而且往往是一个人格化的上帝。古希腊的色诺芬尼曾说：“如果牛、狮或马都有手，如果它们能像人一样随心所欲地描绘，马就会把众神画成马，牛就会认为牛的形象万世不朽。任何一种动物都会把神的外貌比作自己在世上的同类。”这番话在虔诚的教徒看来真是大逆不道，事实上却是合情合理的推测。那么，人类仿照自身形象或特征创造出来的那个上帝究竟有什么能耐呢？在教徒们心目中，上帝当然是无所不能、无处不在的，这样他才能主宰世间的一切。然而假如我们以实事求是的态度对上帝的能耐进行考察，就不难发现他的本领其实局限于自然的范畴之内，也即孔子所说的“四时行焉，百物生焉”这些方面。至于社会、人事等方面，上帝经常表现出无能或缺席。法国的启蒙思想家霍尔巴赫在他的《袖珍神学》中这样解释“魔鬼”：“上帝一句话就能使他化为乌有，然而他（指上帝——引者）禁忌这样做：上帝非常需要魔鬼，因为他可以把一切只能归咎于他自己的蠢事记在魔鬼的账上。”这番话说得十分刻毒，我则愿意把上帝想象成一位善良的老人，可是我不得不承认上帝在与魔鬼的斗争中经常处于下风，他所宣扬的惩恶奖善的主张在人世间很少得到实现。恰恰相反，人们常常痛心地看到魔鬼的意志在世间畅行无阻。

如果世界真是由“上帝”创造并主宰的，那么我承认“上帝”是一位杰出的科学家和出色的工程师，由他创造的世界是如此奇妙，由他设计的自然规律是如此周密。从浩瀚的宇宙到微小的粒子，整个世界是如此和谐、美丽、精巧，这需要多么巨大的力量、多么高超的智能！只举一个最简单的例子：我们所居住的地球在茫茫的太空中绕着太阳公转，这个圈子的半径约一亿四千九百六十万公里，地球每公转一圈的时间是三百六十五天五小时四十八分四十六秒，几十年间误差则远不到一秒，这是多么惊人的精确度！请对照一下我们人类发明的火车，它沿着固定的铁轨行进，司机一路上还可以任意校正速度，可是要让它用匀速跑完一千公里而把到站的时间误差控制在一秒钟之内，几乎是不可思议的事。相对而言，设计地球的“上帝”是一位多么杰出的工程师！由“上帝”所设计的一切规律，比如物理学和化学的定律，基本上是万无一失的。一旦人们发现了某种例外，那只能说明他们对“上帝”的另一种更微妙的深层设计还没有充分的认识。有人对某些杰出的科学家竟然相信上帝的存在感到大惑不解，其实那是自然的事：科学家越是深入宇宙奥秘的核心，他就越对宇宙的精妙、有序感到震惊和钦佩，从而更加坚信上帝的存在。除了上帝，还有什么力量能设计出如此精妙的大千世界呢？牛顿发现了天体运动和天体力学的奥秘后，坚信那蕴藏在浩瀚宇宙内部的规律都出自上帝的意志，以至于纽约大学历史系教授弗兰克·曼纽在其《牛顿传》中断言：“近代科学源自牛顿对上帝的默想。”1975 年，物理学家杨振宁读懂了数学中的“陈省身–韦伊定理”，忽然领悟道：“客观的宇宙奥秘与纯粹用优美这一价值观念发展出来的数学观念竟然完全吻合，那真是令人感到悚然。这种感觉恐怕和最高的宗教感是相同的吧？”在这些话中，上帝的身影已经呼之欲出了。西谚说：“人类一思考，上帝就发笑。”我觉得不如改说：“科学家一思考，上帝就发笑。”假如科学家经过思考发现了某项宇宙奥秘，从而更加崇拜上帝，上帝也许会莞尔而笑："孺子可教也。"假如哪位科学家自以为已经洞悉上帝的全部设计，上帝一定会捧腹大笑。

相反，在人世间，上帝的存在及其工作成效就大可怀疑了。任何宗教的教义里都有惩恶奖善的原则，并把它视为上帝的意旨。可是有谁看到这个原则曾实现来着？我因此认为，"上帝"的知识和才能其实局限在理工科的范围之内，他对人文、社会学科是一窍不通的。我又认为当年由教皇来审判伽利略，真是彻底的错位。事实上只有优秀的科学家才真能充当"上帝"的代言人，教皇哪里懂得蕴藏在宇宙现象后面的"上帝"的智能！教皇所宣称的上帝意志则是彻头彻尾的胡说八道，连上帝本人对那些教义所涉及的人世间的原则也是一无所知的，更不要说将它们付诸实施了。牛顿说："要想通过事物的现象来了解上帝，实在非自然哲学莫属。"仅凭这句话就足以剥夺教皇对上帝意志的解释权。尼采口出狂言："上帝死了！"举世以为名言，其实真正的上帝何曾死去？那个作为杰出的科学家和工程师的上帝是永世长存的，他精心设计的宇宙奥秘将永远赢得科学家和工程师们五体投地的崇拜。尼采认为"死了"的只是宗教人士虚构出来的人类命运的主宰罢了。那个虚幻的上帝本来就不曾存在过，又何谓"死了"？

中国人似乎从未创造出一位全知全能的人格化上帝来，但是在一般人的心目中，冥冥之中也存在着一种至高无上的力量，是它在主宰着人们的命运。人们有时称呼这种力量为"天"，有时又称它为“神”，偶尔也称之为“上帝”，例如《易·豫》说：“先王以作乐崇德，殷荐之上帝，以配祖考。”《国语·晋语》中也有“天子祀上帝，公侯祀百辟”的话。《庄子·天运》说：“监照下土，天下戴之，此谓上皇。”所谓“上皇”，含义也同于“上帝”。等到道教兴起之后，信徒们才创造出玉皇大帝等一系列神祇之名，从印度传来的佛教又带来了一大群菩萨。我们的先民遇到命运的不公正待遇时，往往难以认准一个确定的倾诉对象，只好漫无目的地对天悲鸣。司马迁在《屈原贾生列传》中说：“夫天者，人之始也。父母者，人之本也。人穷则反本，故劳苦倦极，未尝不呼天也。疾痛惨怛，未尝不呼父母也。”父母听了你的倾诉后当然会用温情脉脉的安慰来抚平你心头的创伤，高高在上的苍天却总是装聋作哑，仿佛人间的一切苦难、不公都与他无关。于是司马迁对苍天发出了严厉的责问：“或曰：‘天道无亲，常与善人。’若伯夷、叔齐，可谓善人者非邪？积仁洁行如此而饿死！且七十子之徒，仲尼独荐颜渊为好学。然回也屡空，糟糠不厌，而卒蚤夭。天之报施善人，其何如哉？盗跖日杀不辜，肝人之肉，暴戾恣睢，聚党数千人横行天下，竟以寿终。是遵何德哉？此其尤大彰明较著者也。若至近世，操行不轨，专犯忌讳，而终身逸乐，富厚累世不绝。或择地而蹈之，时然后出言，行不由径，非公正不发愤，而遇祸灾者，不可胜数也。余甚惑焉。傥所谓天道，是邪非邪？”

如果说司马迁的上述追问是基于史学家对历史事实进行的归纳，那么关汉卿笔下的苦命女子窦娥则以她的亲身遭遇为依据对苍天发出了更加严厉的控诉。司马迁的追问仅仅怀疑天道的是非，窦娥却把控诉的矛头直指天地鬼神自身的品质，责备它们“怕硬欺软”“顺水推船”“不分好歹”“错勘贤愚”！这些罪名本来都是人们用来批判人间的贪官、昏官的，可见在窦娥眼里，所谓的天地鬼神与人间的贪官昏官原是一丘之貉，它们根本没有资格承受人间的崇拜和敬仰，所以她直斥它们“何为地？”“枉做天！”这种来自民间的控诉少了几分温柔敦厚，多了几分尖锐泼辣，从而更加痛快淋漓，更加具有震撼人心的批判力量。

那么，在古人心目中，冥冥之中到底有没有人类命运的主宰呢？换句话说，杜甫所追问的“天意”到底是否存在呢？

在远古的时代，人们的力量远远不足以掌握自身的命运，当然会把掌管命运的权力托付给不可知的神秘力量。但古代的哲人们很快就开始怀疑所谓的“天道”了。早在春秋时代，郑国的子产就说过：“天道远，人道迩，非所及也，何以知之？”对“天道”也即“天意”采取了不可知的态度。作为一个思想流派的儒家是“不语怪力乱神”的，他们把“神”与“怪力乱”并列为不予言说的对象，说明在他们的学说中根本没有为天地鬼神留下一席之地。孔子及其弟子偶然言及“天”或“命”，例如“死生有命，富贵在天”之类，其实都是指命运中不可预测的偶然性而言，并不真的认为冥冥之中有一位神祇在主宰人们的死生和富贵。老、庄的天命观具有自然主义的倾向，法家则极其重视人事，他们对天意都采取了不置可否的态度。只有墨子尊天事鬼，还说过“天之行广而无私，其施厚而不息，其明久而不衰”，但他同时又否定命定论，特设专章以论“非命”，可见他对于作为人类命运主宰的“天意”仍持保留态度。可惜先秦思想家们的清晰思想在后代逐渐蒙上了一层灰尘，汉代的董仲舒之流更把它弄得乌烟瘴气。东汉的王充常被今人视为“唯物主义者”，事实上他一向坚持命定论，在他的《论衡》中花费很大的篇幅来论证人生的一切都是命中注定的。当然王充对人间的种种不公正并未视而不见，《论衡》中诸如“才高行洁，不可保以必尊贵；能薄操浊，不可保以必卑贱”之类的话也是随处可见的，那些话语正是对“天意”的否定。

到了南朝，发生了一次关于天命的著名讨论。南齐的范缜坚持“神灭论”，同时也反对因果报应之说。竟陵王萧子良诘难范缜说：“君不信因果，何得富贵贫贱？”范缜回答说：“人生如树花同发，随风而堕。自有拂帘幌坠于茵席之上，自有关篱墙落于粪溷之中。坠茵席者，殿下是也。落粪溷者，下官是也。贵贱虽复殊途，因果竟在何处？”人们纷纷赞叹范缜论辩的巧妙，事实上他的论证在逻辑上存在着根本性的漏洞。风吹花落，飘坠异处，表面上看来都是出于偶然，事实上却受到物理学规律的制约。一朵花在枝头的位置，它飘落时所受到的风向、风力，这些因素决定了它坠落的地点在何处。一句话，树花飘落的去处是合乎逻辑的，是有因果可循的，不妨说这是由那位身兼科学家和工程师二任的“上帝”决定的。至于人们的不同命运则很难用因果来解释了，因为存在着太多的偶然性，以至于我们无法相信它是由一位主宰在掌管的，除非那位主宰是个喜怒无常、毫无理性的家伙。

以上的讨论也许过于沉闷了，还是让我们回到诗歌的领域里来吧。对于人世间的种种不公正，对于命运的毫无逻辑，敏感的诗人当然有着最深切的体会。在《诗经》中，我们读到了“悠悠苍天，此何人哉”（《王风·黍离》），“天实为之，谓之何哉”（《邶风·北门》），“倬彼昊天，宁不我矜”（《大雅·桑柔》）等吁天而诉的篇章，诗人甚至直接谴责苍天的昏聩：“民今方殆，视天梦梦。既克有定，靡人弗胜。有皇上帝，伊谁云憎？”（《小雅·正月》）在《楚辞》中，我们既读到了对“蝉翼为重，千钧为轻。黄钟毁弃，瓦釜雷鸣”的不公正现象的批判（《卜居》），又读到了对苍天的直接追问：“皇天之不纯命兮，何百姓之震愆？”（《哀郢》）《天问》则全篇都是对上苍的愤怒喝问，屈原一口气提出了一百七十二个问题，质疑和问难宇宙之不可思议和人事之错乱无序。我觉得《天问》中关于宇宙的问题，上帝完全有能力做出解答。而关于人事的问题，诸如“天命反侧，何罚何佑”，恐怕上帝也只能敬谢不敏，因为那实在是毫无逻辑、毫无理由的一片乱象。

到了汉代，士大夫诗人的批判声音渐趋消歇，只有匿名的“秦客”和“鲁生”在赵壹的赋中留下两首诗，前者曰：“河清不可俟，人命不可延。顺风激靡草，富贵者称贤。文籍虽满腹，不如一囊钱。伊优北堂上，抗脏倚门边。”然而民间的诘问不绝于耳。“直如弦，死道边。曲如钩，反封侯。”“举秀才，不知书。察孝廉，父别居。寒素清白浊如泥，高第良将怯如鸡。”人民用歌谣对不合理、不公正的社会现象进行尖锐辛辣的讽刺，如果在这些歌谣中加上一句“为什么”的追问，它们就是出于民间的《天问》了。

在唐宋以后的诗歌作品中，对不公正的命运的诘问成为最重要的主题倾向之一，以至于韩愈在送孟郊的序文中提出了“物不得其平则鸣”的著名原则。诗人们揭示出人世间的种种不平之事，向主宰人类命运的苍天提出了严厉的诘问。对于贤能之士终生贫贱、无德无能者反居高位的现象，李白说：“路逢斗鸡者，冠盖何辉赫。……世无洗耳翁，谁知尧与跖？”杜甫说：“纨袴不饿死，儒冠多误身。”对于历史人物的不公平遭遇，王维说：“卫青不败由天幸，李广无功缘数奇。”元稹说：“邓攸无子寻知命！”对于贤士怀才不遇、报国无门，崔珏痛悼李商隐：“虚负凌云万丈才，一生襟抱未曾开。”罗隐追悼历史上的才士：“洛阳贾谊自无命，少陵杜甫兼有文。”陆游则慨叹自身之不遇：“元知造物心肠别，老却英雄似等闲。”对于民间的贫富悬殊、苦乐不均，杜甫说：“朱门酒肉臭，路有冻死骨。”北宋的张俞说：“遍身罗绮者，不是养蚕人。”南宋的李好义追问：“谁在玉楼歌舞，谁在玉关辛苦？”对于人民无辜遭受战乱、灾荒的惨痛遭遇，李白诘问：“白骨成丘山，苍生竟何罪？”王令谴责说：“群农聚哭天，血滴地烂皮。苍苍冥冥远复远，天闻不闻不可知！”晚唐怀才不遇的罗隐甚至对着滔滔的黄河大发牢骚：“莫把阿胶向此倾，此中天意固难明。解通银汉应须曲，才出昆仑便不清！”清人王昙甚至抱着琵琶到项羽庙前去哭诉命运之不公：“江东余子老王郎，来抱琵琶哭大王。如我文章遭鬼击，嗟渠身首竟天亡！”概括能力最强的杜甫把这一切纳入一句诗，那便是：“天意高难问！”是啊，面对着如此不公正的人间，谁能解释清楚其中所蕴藏的天意究竟是什么？善良的弱女子窦娥平白无故地遭到恶棍的肆意陷害，又遭到贪官的严刑逼供，她孤立无援，沉冤莫白，便以满腔血泪向天地鬼神提出了严厉的控诉。虽然关汉卿为她安排了“感天动地”的结局，但毕竟只是文学中的虚构。古往今来无数的冤魂屈死在贪官、昏官的冤狱之中，几曾真见有六月飞雪？

诗歌本应是不平之鸣，诗人本应是人民的代言人，优秀的诗人除了慨叹自身的命运之外，更应该对普天下的不公正现象发出愤怒的抗议。明人康海的《寄生草》和清人郑燮的《道情》便是此类作品，它们揭示的不仅是自身所遭受的不公正，而且是普天下古往今来的不公正。正因如此，它们抒发的不平之鸣就更为深沉、更为激烈。出自文人之手的这两首曲子当然比关汉卿为窦娥代拟的《滚绣球》稍微含蓄一些，郑燮的曲中还带有几分消极逃避的意味，但它们毕竟对所谓的天意提出了诘问，其感情维度与《滚绣球》如出一辙。当我们的命运中出现不公正的时候，读读这样的诗歌，至少有两重好处：一是你会感觉到你在人世间并不是彻底孤立无援，你只是无数不幸之人中的一员，你的不幸肯定会得到同病相怜者的同情，这种同情心是可以穿透时空间隔的。二是你会彻底抛弃对天地鬼神的幻想，古往今来无数的事例已经证明天意是高难问的，冥冥之中并不存在为人间主持正义的力量。与其把求助的目光望着高高在上的苍天，不如转过身来求助于包括自身在内的人间。人间的问题只能由人间来解决，“上帝”只是一位精通理工科的杰出人才，我们可以向他索取真理，但别指望能从他那儿找到正义，他对人文、社会的问题是无能为力的。

最后要补充的一点是，当你在生活中遭遇到不顺利、不公正时，不妨自己动手写诗抒发愤懑，并谴责那位尸位素餐的命运主宰（如果他是存在的话），这是我们不容剥夺的神圣权利，正如郑燮所说：“难道天公，还钳恨口，不许长吁一两声？”

（2004 年 11 月 13 日）

故乡

回乡偶书二首

唐·贺知章

少小离家老大回，乡音无改鬓毛衰。
儿童相见不相识，笑问客从何处来。

离别家乡岁月多，近来人事半消磨。
唯有门前镜湖水，春风不改旧时波。

静夜思

唐·李白

床前明月光，疑是地上霜。
举头望明月，低头思故乡。

旅次朔方

唐·刘皂

客舍并州已十霜，归心日夜忆咸阳。
无端更渡桑干水，却望并州是故乡。

故乡，一个多么亲切的名词！《礼记·檀弓》记载古语说“狐死正丘首”，即狐狸死的时候要把头朝着生前所居的山丘。陈澔解释说：“狐虽微兽，丘其所窟藏之地，是亦生而乐于此矣。故及死而犹正其首以向丘，不忘其本也。”屈原被逐出郢都，流落江夏，作《哀郢》抒发思乡之情：“鸟飞反故乡兮，狐死必首丘！”连鸟兽都懂得思念故乡，何况作为万物之灵的人！故乡不仅是生我养我的那个地点，而且是祖祖辈辈生息繁衍的家园，我们的生命之根就深深地扎在那片土壤里。当孔子离开鲁国时，叹息说：“迟迟吾行也，去父母国之道也。”当祖籍河东的柳宗元被贬到柳州后，他面对着那些耸若剑铓的海畔尖山，突发奇想：“若为化得身千亿，散上峰头望故乡！”素有安土重迁的习俗的中国人即使被迫离乡背井，远渡重洋，也时时盼望着“树高千丈，叶落归根”的一天。故乡的魔力何等巨大！

744 年，八十六岁高龄的贺知章从长安返回家乡会稽。贺知章一生中虽然没有封侯拜相的大红大紫，但也历仕太常少卿、礼部侍郎、工部侍郎、太子宾客、秘书监等显职，总算是一帆风顺地走完了几十年的仕途。此次他告老还乡，唐玄宗亲自写诗送行，还下诏把“镜湖剡溪一曲”赐给他居住，可谓极其尊荣，善始善终。可是老人一踏上故乡的土地，那些尊荣显赫顿时烟消云散，剩下的只是浓浓的乡音、乡情和亲切的故乡山水。老人乡音未改，儿童却笑着问他是从什么地方来的客人。除了对岁月流逝、人生易老的感叹外，我们还可以从中读出几分惆怅和哀惋。是懊恼自己离乡太早，还是回乡太迟？诗人没有明白道出，但那种复杂的情愫有一点明确的内涵，就是对故乡的热爱。

《回乡偶书》之二的含义更加清晰：岁月荏苒，人事消磨，只有故乡的镜湖之水，依然在春风中碧波荡漾，没有丝毫变化。“人事消磨”四个字，包含着多少沧桑之感！它固然可以指亲友的存亡，也可以指朝廷里人事的变迁。在贺知章告老还乡之前的一段时期里，一代名相姚崇、宋璟都已去世，贤能的张九龄已被排挤，口蜜腹剑的李林甫已经拜相，居心叵测的安禄山已经得宠，这些都是“近来人事半消磨”的具体内容。聪明过人的贺知章对此岂会毫无感觉！无怪他对故乡的镜湖春波感到分外亲切，是啊，与充满着奸诈、险恶的官场相比，与变化莫测的人事相比，故乡的山山水水是多么宁静、多么和谐、多么美丽！

各人有各人的故乡，每个人都认为自己的故乡是天下最可爱的地方。诗人们用他们的生花妙笔，从各个方面抒写自己对故乡的思念和热爱。陶渊明一度出仕，离家乡不过百里之遥，却已有浓厚的思乡之情："羁鸟恋旧林，池鱼思故渊。"孟浩然游览至锦绣江南，却慨叹："我家襄水曲，遥隔楚云端。"苏东坡在金山眺望江上美景，不忘"试登绝顶望乡国，江南江北青山多。"中唐的顾况在归乡途中因渐闻乡音而喜悦："乡关殊可望，渐渐入吴音。"南宋的路德章却因中原沦陷不得归乡而格外觉得乡音的可爱："渐近中原语音好，不知淮水是天涯！"杜甫认为故乡的月色比他乡的更加明亮："月是故乡明。"久贬在外的韩愈甚至觉得故乡的毒虫也是可爱的："照壁喜见蝎！"生性豪放的李白一生云游四海，出蜀后再也没有返回故乡，还写了一首《客中作》："兰陵美酒郁金香，玉碗盛来琥珀光。但使主人能醉客，不知何处是他乡！"仿佛有了美酒就能消解乡愁，然而细读此诗，毕竟还是传达出了淡淡的乡思。试想，只有酩酊大醉才能消解客居他乡的感受，不正说明了在常态下无法忘怀故乡吗？至于《静夜思》，则是万口传诵的思乡曲。深秋之夜，万籁俱寂，皎洁的月光洒在床前。诗人从梦中惊醒，看到床前的月光，还以为是满地的秋霜。是月光的晶莹洁白有如秋霜，是秋夜的寒意使人产生满地皆霜的错觉，还是漂泊异乡的萧条客况引起了清冷之感？突然，诗人从错觉中惊醒过来，他抬头望着天上的明月，浓浓的乡愁涌上心头。多么平常的语言，多么平常的情景，却达到了感人至深、百读不厌的奇妙境界，其奥秘正在于乡愁本来就深埋在每个人的心底，李白用美丽的诗句使它触绪而动，奔涌而出了。

我的故乡在哪里呢？

我的祖籍是河南西平，那曾经是我们全家时常思念的地方，因为我的祖父母生活在那里。父亲少年离乡，后来再也没有回去过，但他常常说起故乡的可爱。我至今保持着童年时的一段记忆：父亲到二十里外的沙溪镇去出差，把正在暑假中的我带去玩几天，说是让我到大地方去见识一下汽车。那天天色刚明，我们便步行出发了。太阳还没升起，东方的地平线上堆着高低起伏的云彩，像是形状各异的山峰。父亲指点着那些云峰叫我看，这一座像什么，那一座又像什么。说着说着，他忽然想起故乡来了，便告诉我故乡有一座嵖岈山，山间峰峦林立，奇形怪状，有像狮子的，有像骆驼的……比这些云山更加美丽。那时我从未见过真正的山，父亲的一番话使我对故乡充满了向往。可惜后来发生了许多不该发生的事，首先是父亲成为阶级斗争的对象了，“四清工作队”“造反派”接二连三地派人到故乡去调查父亲的“罪行”，完全不管他十六岁就已离乡的事实。而故乡居然有人揭发父亲曾在家乡“作恶多端”！不但如此，连一辈子在乡间务农的祖父也受到牵连，村里的“造反派”说祖父虽然成分是中农而不是“地、富”，但他曾唆使儿子参加国民党军队，也算反动分子，决定抓他去游街，连高帽子都糊好了。幸亏一个年高望重的老贫农挺身而出予以喝止，“烂忠厚”的祖父才逃过一劫。这些事使我对故乡的好感荡然无存。若干年后，祖父母随着叔父迁往贵州，如今两位老人都长眠在黔桂交界处的大山里。我与故乡恩断义绝。我至今未曾踏上过故乡的土地一步，嵖岈山的奇丽峰影在我心中越来越淡漠了。

我出生在江苏无锡，牙牙学语时就随着父母迁往苏州，我现

清·李鱓·故园图

在的语音中有少许无锡话的痕迹，那是自幼受母亲影响的缘故，难称乡音。父母亲生前常常说起无锡的一些地名：鼋头渚、惠山、锡山、蠡园……他们一生中的温馨旧梦都尘封在那里。然而直到双亲都离开人世以后，我才有机会来到无锡，来到那些名字非常熟悉、景象则完全陌生的鼋头渚、惠山、锡山、蠡园……景色果然秀丽，但总有一种物是人非的感受。如今的履历表中“籍贯”一栏已经改成“出生地”了，我填表时也把“河南西平”改成“江苏无锡”。在这重意义上，无锡该算是我的故乡了，可是这是一个非常陌生的故乡，我口中不会说它的乡音，心里也没有它的印象。当我在异国他乡“举头望明月”时，会低头思念无锡这个故乡吗？

我自幼生活在一个名叫琼溪的小镇上，那倒是我常在梦中重返的地方。中学校园里的西塔是琼溪一景，它鹤立鸡群地屹立在小镇西头。当年我到苏州去读高中，每次坐轮船或汽车回家，都会在临近小镇时举目远眺，在地平线上搜寻西塔的影子。只要西塔一出现，家便近了。镇上还有许多石桥：关王桥的桥栏像两堵墙，墙外的石墩是我捉迷藏时最好的藏身之地。八字桥是两座相连的石桥，父亲常带着我们兄妹到桥上去散步，观赏桥下“波心荡、冷月无声”的景色。我们在小镇上迁居过四五次，留下了好几处“故居”。那里的一砖一瓦、一草一木，都在我心中刻下了不可磨灭的印象。可是琼溪绝对不是我的故乡，我在那里埋藏着太多不堪回首的记忆。父亲脖子里挂着用细铁丝穿着的二十多斤重的木牌站在街头示众，然后被关进“群专”的黑牢严刑拷打；父亲在万人大会上挨批斗、被逮捕，经受了几年“劳改”的折磨后终于自杀；供销社里如狼似虎的“革命群众”冲进门来抄家，翻箱倒柜地寻找他们幻想出来的“变天账”；母亲和我们兄妹无故受到别人的凌辱和白眼，甚至幼妹与小朋友们玩游戏时也受到欺负……那些记忆像噩梦一样压在我心头，把小镇曾经有过的淳朴、善良的形象压成齑粉。父亲去世的那年秋天，我离开了琼溪镇。几年后母亲从厂里退休，我们全家都永远离开了小镇。我不愿拥有那样的一个故乡。

我成了一个没有故乡可归的漂泊者，每当我看到别人如数家珍地夸耀故乡的风物或兴高采烈地策划回乡的旅程，总是羡慕不已。每当我读起古人吟咏故乡的美丽诗句，总是怅然若失。幸而默默无闻的唐代诗人刘皂写了《旅次朔方》这首诗，它给我带来了同病相怜的抚慰。诗人客居并州已经十个春秋，他日日夜夜地思念着故乡咸阳。然而当他离开并州走向离咸阳更加遥远的地方时，竟依依不舍地把并州看做故乡了。我相信凡是有过同样经历的人都会有同样的感受，我自己就有过几次近似的经历。

1987 年春天，我在美国波士顿郊区的坎布里奇镇已经居住了大半年。我独自到纽约、华盛顿一带去旅行了一次，十天后坐飞机从华盛顿返回，午夜时分飞抵波士顿机场。飞机开始下降了，波士顿的万家灯火渐渐映入眼帘。突然，一种类似于还乡的亲切感涌上心头。我明白自己在波士顿只是个匆匆过客，几个月后我就要离开那儿回中国去，可是那种亲切、兴奋的感觉却挥之不去，而且越来越浓烈，原来我下意识中已经把此地当作自己的家乡了！

十年以后，一个冬日，我坐长途汽车离开韩国东南部的大邱，返回韩国西南方的光州。那时我正在光州的全南大学任客座教授，已在学校的外教公寓里生活了半年。刚下过一场大雪，车走得很慢。等我到达光州车站再换乘出租车返回全南大学时，已经是后半夜了。万籁俱寂，我踩着积雪走进学校的大门，一眼看到一个蘑菇状的高大水塔，孤独地耸立在微月朦胧的夜空中。我顿时兴奋起来，水塔旁边就是我栖身的公寓！我平日里觉得那座水塔奇形怪状的，不大入眼，此时看它却觉得分外亲切。我突然想起刘皂的诗，又想起中唐李端的诗句："在世谁非客，还家即是乡。"古诗真是先得我心！

周作人有一句名言："我的故乡不止一个，凡我住过的地方都是故乡。"但对我来说，有些住过的地方不能维系我的思念，它们不能算是我的故乡。还是苏东坡的看法更合情理，他说："此心安处是吾乡。"东坡晚年被贬往海南，在即将渡海时作诗说："他年谁作舆地志，海南万里真吾乡。"到达海南以后，他食芋饮水，过着与黎族村民一样艰苦的生活，又作诗说："我本海南民，寄生西蜀州。"无论所住的地方是远是近、是苦是乐，只要你在那儿觉得安心适意，也就可以视之为故乡了。

如今我已在南京生活了二十多年，我与妻子是在南京相识的，我的女儿是在南京出生的，我的父母亲安葬在南京，我在南京拥有自己的一片屋檐来遮蔽风雨，我自拟的一副斋联说："青灯有味，云影天光半亩水；白发多情，霜晨月夕六朝山。"我已把南京视为自己的故乡了。尽管我至今不会说南京的方言，也不熟悉南京的大街小巷，土生土长的南京人也许不肯认我为同乡，但有朝一日我举家迁离南京的话，一定会像刘皂一样依依不舍地回首眺望。六朝青山，十里秦淮，请接纳我这个来自异乡的漂泊者，请允许我称你为故乡吧！

（2004 年 9 月 11 日）

旧游

再游玄都观

唐·刘禹锡

百亩庭中半是苔，桃花净尽菜花开。
种桃道士归何处，前度刘郎今又来。

题西太一宫壁二首

宋·王安石

柳叶鸣蜩绿暗，荷花落日红酣。
三十六陂春水，白头想见江南。

三十年前此地，父兄持我东西。
今日重来白首，欲寻陈迹都迷。

和子由渑池怀旧

宋·苏轼

人生到处知何似？应似飞鸿踏雪泥。
泥上偶然留指爪，鸿飞那复计东西。
老僧已死成新塔，坏壁无由见旧题。
往日崎岖还记否，路长人困蹇驴嘶。

《列子》中有一个寓言："郑人有薪于野者，遇骇鹿，御而击之，毙之。恐人见之也，遽而藏诸隍中，覆之以蕉，不胜其喜。俄而遗其所藏之处，遂以为梦焉。"其实即使你清清楚楚地记得往事发生的地点，甚至再次来到旧游之地，你也会有往事如梦的感觉。苏轼有一句诗说得最好："回首旧游真是梦！"

805年，刘禹锡任屯田员外郎时，曾游长安玄都观，当时观内尚无桃花。同年九月，刘禹锡被远贬连州（今广东连州），走到半路又改贬朗州（今湖南常德）。十年后，刘禹锡回到长安，听说有道士在玄都观里手植仙桃，满观花如红霞，就写了一首《元和十年自朗州承召至京戏赠看花诸君子》："紫陌红尘拂面来，无人不道看花回。玄都观里桃千树，尽是刘郎去后栽。"《旧唐书》记载说，此诗惹怒了执政者，刘禹锡回到长安后只待了一个月就被再次贬为播州刺史（后改为连州）。其实诗人再次被贬并非因诗获祸，与他同时返回长安的柳宗元等人并未写诗讥刺新贵，也同样再度被贬为远州刺史。但是刘禹锡被贬到最为荒远、"非人所居"的播州（今贵州遵义），当与此诗得罪了权贵有关。时光又流逝了十三年，828年，刘禹锡被召回长安，再游玄都观，发现观内“荡然无复一树，唯兔葵燕麦动摇于春风耳”，于是写了这首《再游玄都观》。后人论此诗，大多关注诗中的讥刺之意，清人王尧衢甚至责备说：“诗至中唐，渐失风人温厚之旨。”的确，刘禹锡的两首诗都充溢着强烈的讽刺，后者尤甚。当年红霞般的千树桃花已荡然无存，种桃道士也杳无踪影，这不是讥讽烜赫一时、仅如昙花一现的新贵又是什么！然而除此之外，刘诗中也充满了时光迅速、世事无常的深沉感慨，试想他三次游览玄都观，其间竟相隔了二十三年，人生能有几个二十三年呢？况且玄都观里的景色竟然有那么大的变化，从初无一树，到千树桃花，再到荡然无复一树，这简直是缩微版的沧海桑田。即使诗人没有亲历宦海浮沉的感受，他面对着此情此景也会黯然销魂的。

与刘禹锡《再游玄都观》有相似本事的诗是822年王播在扬州惠昭寺所写的《题木兰院二首》。王播其人，少年丧父后流落扬州，寄食于惠昭寺。每天听到打钟，便赶往饭堂混在众僧中蹭饭吃。日子久了，寺僧们开始讨厌他，一次故意先开饭，后打钟，让王播扑了个空。三十年后，王播以淮南节度使的身份开府扬州，重游惠昭寺木兰院，看到他从前在壁上的题诗已被寺僧用碧纱笼罩起来，大为感慨，题诗二首，其二云：“上堂已了各西东，惭愧阇黎饭后钟。三十年来尘扑面，而今始得碧纱笼。”应该说，王播诗中的感慨也很深沉，那也确是人们遭遇世态炎凉时常会产生的情绪，可是王播为官政声不佳，影响了人们对他的同情。苏轼就嘲笑他“虽知灯是火，不悟钟非饭”，还故意做翻案文章说：“斋厨养若人，无益只贻患。乃知饭后钟，阇黎盖具眼。”说寺僧们玩“饭后钟”的把戏是为了激励王播发愤图强，当然是戏言，可是王播对寺僧仅记其怨而全忘其德的做法显然不够忠厚，王诗的意义远逊于刘禹锡诗。

1068 年，四十八岁的王安石应召入京任翰林学士，重游汴京西南八角镇的西太一宫，有感而题诗。此时诗人受到宋神宗的重用，正准备大展宏图，实行变法，但也留恋江湖，尤其怀念曾闲居多年的江南，心情十分复杂。两首题壁诗字里行间流露出彷徨、迷惘之感，就是那种心情的自然体现。当然，从内容而言，两首诗都是对往日游踪的追忆。三十六陂是汴京附近的蓄水塘，柳叶绿暗，荷花红酣，正是典型的江南水乡风光，这当然会勾起诗人对江南的怀念。王安石本是江西临川人，但在家乡并无田产，其父王益游宦四方，少年的王安石也随之四处迁徙，到十七岁时随父移居江宁（今江苏南京）。两年后，王益去世，葬于江宁，其家人即定居于此。王安石二十二岁进士及第后即往扬州、鄞县等地任职，他的母亲仍在江宁居住，那儿仍是他梦魂萦绕的地方。1061 年，王安石在汴京任知制诰，其母卒于任所，他扶柩回江宁居丧，在钟山脚下一住七年。江宁，古称“江南佳丽地，金陵帝王州”的江宁，是王安石的第二故乡。当诗人面对着柳绿荷红的一陂春水时，他怎能抑制对江南的思念！如果说王安石在第一首诗中的思绪从汴京飞向江南，是实现了空间的转换，那么他在第二首诗中则让思绪实现了时间的倒流，他深情地回忆起三十二年前的往事。原来诗人十六岁时，曾随其父到过汴京，并游览过西太一宫。当年父亲和长兄（王安仁）带领自己到处游赏的情景历历在目，可是时光奔流，人事变迁，如今父亲墓木已拱，自己和兄长则天各一方，自己也从红颜少年变成白发老翁。今日独自重游旧地，要想寻找当年的旧迹，只觉得一片迷惘。这两首诗语气从容不迫，字句平淡无奇，蕴含的感慨却极其深沉，表现出举重若轻的非凡笔力。十八年后的一个秋日，也就是在王安石去世几个月后，苏轼来到西太一宫，他看到壁上的这两首题诗，凝视久之，叹息说:“此老野狐精也！”并次韵和诗二首，说:“闻道乌衣巷口，而今烟草萋迷。”作为王安石的政敌，苏轼的赞叹当然是出诸肺腑。苏轼的和诗中同样充溢着深沉的今昔之感，当是受到王安石原作的感染。

1056年，二十一岁的苏轼与其弟苏辙在父亲苏洵的带领下赴汴京赶考，路经渑池（今河南渑池），借宿寺庙，得到住持奉闲的热情接待，兄弟二人还在寺壁上题诗留念。1061年，苏轼自汴京前往凤翔府（今陕西凤翔）赴任，苏辙送他到郑州西门之外，然后返回汴京侍奉苏洵，苏轼则继续西行，又一次路过渑池。苏辙返回汴京后寄来一首《怀渑池寄子瞻兄》，苏轼作此诗和之。正是隆冬季节，积雪的路上一片泥泞，苏辙的来诗中有“相携话别郑原上，共道长途怕雪泥”之句，当是写实。或许是诗人果真看见了鸿雁在雪地上留下的爪印，或许是行人的足迹使诗人产生了联想，他忽然觉得到处飘荡的人生就像鸿爪印雪一样，雪地上偶然留下几个爪痕，飞鸿却早已不知去向了。是啊，诗人五年前由西往东路经渑池，此时则由东往西再次经过此地，萍踪漂泊，忽东忽西，与迁徙无定的鸿雁何异？那么，诗人在渑池留下了什么痕迹呢？往日结识的老僧奉闲已不在人世，寺内新添的一座舍利塔内埋葬着他的骨灰。寺内的那堵墙壁也已剥落、倾倒，再也找不到兄弟二人当年的题诗了。诗人又想起一件往事：五年前他与苏辙骑着蹇驴前往渑池，人困驴嘶，崎岖的山路却漫无尽头。这样看来，诗人在渑池留下的痕迹真如雪泥鸿爪，事隔五年后已经无迹可寻。然而它们清晰地保存在诗人心中，诗人对往日游踪的追忆中还夹杂着对同胞手足的思念、对邂逅相识的友人的怀念以及对人生坎坷的感喟，真切生动，纵使时光流逝也难以磨灭。鸿雁无情而诗人多情，其人生历程中的某一片段难道真的像转瞬即逝的雪泥鸿爪？

苏轼自称“多情应笑我，早生华发”，多情之人当然会对人生道路中的每个轨迹点都满怀依恋之情。他在杭州登览西湖畔的法惠寺横翠阁，忽然兴感：“雕栏能得几时好，不独凭栏人易老。百年兴废更堪哀，悬知草莽化池台。游人寻我旧游处，但觅吴山横处来！”他在徐州夜宿燕子楼，揣想后人会在此凭吊自己：“异时对、黄楼夜景，为余浩叹。”连后人的追怀都有所预测，自己对平生游踪当然更是铭记在心，永世难忘。即使是荒远偏僻的贬谪之地，诗人也是桑下三宿，即生恋情。1084 年，苏轼离开黄州，在茫茫夜色中渡过长江，忽然听到隔江传来一阵隐隐的鼓角之声，作诗说：“黄州鼓角亦多情，送我南来不辞远。”他甚至希望能有机会重来黄州：

“他年一叶溯江来，还吹此曲相迎饯！”1100年，已届垂暮之年的苏轼遇赦北归，离开谪居三年的儋州，竟然萌生了依依惜别之情：“我本海南民，寄生西蜀州。忽然跨海去，譬如事远游。”又说：“九死南荒吾不恨，兹游奇绝冠平生。”显然，诗人所依恋的旧游不一定要发生在名闻遐迩的名胜之地，也不一定要具备“四美具，二难并”的完美背景，一处毫不起眼的平常山水，几个普普通通的知心朋友，都可能形成一次难忘的游历。元丰三年（1080）正月，刚刚经受了“乌台诗案”的苏轼在御史台差役的押送下前往黄州贬所。二十日，苏轼路经麻城春风岭，看到溪水潺潺，梅花盛开，不由得诗兴大发，吟出了“幸有清溪三百曲，不辞相送到黄州”的深情诗句。次年正月二十日，苏轼与布衣之交潘大临、古耕道、郭遘等人在黄州城东的女王城相聚，他忽然想起一年前的情景：“去年今日关山路，细雨梅花正断魂。”在以后的两年中，每逢正月二十日，苏轼都与友人结伴出游，每次都写诗纪游。在1082年所写的那首诗中，有两句堪称警句：“人似秋鸿来有信，事如春梦了无痕。”说旧游如梦，只是形容其迷惘、朦胧，并非当真了无痕迹。否则的话，诗人又怎能年年此日携友来此，旧地重游？在1083年写的那首诗中，苏轼甚至说：“岂惟见惯沙鸥熟，已觉来多钓石温。”连沙鸥、钓石都与诗人结下了友谊，那样的梦也就称得上温馨旧梦了。

我一生中没有经历过刘禹锡那样的大起大落，离开农村后一直没有机会回以前插队的村子去看看，至今不知我住过六年的那座茅屋是否还孤零零地站在清澈如镜的赵浜岸边，也不知春天里赵浜四周是否依然可见桃花含烟、柳丝蘸水？我相信，假如我有机会回到赵浜村，假如我重新走进那座曾为我遮蔽风雨的茅屋，心中肯定会感慨万千，但是绝不会产生“前度刘郎今又来”的感受。弹指之间，我离开赵浜已经三十年了。当年与我一起冒着日晒雨淋在田间耕作的社员们，有的可能已不在人世了。当年常在地头滚成泥孩子的“猴子”和“细娘”（赵浜人对男孩、女孩的称呼），如今肯定已经为人父、为人母，他们多半不认识我这个曾在赵浜生活过的外乡人了。我离开赵浜时还是一个插队知青，而且是一个顶着“反动阶级的孝子贤孙”帽子的毫无出路的知青，而今的我已经成为一个大学教授了。但是除了证明岁月沧桑之外，这又有什么特别的意义呢？村民们多半不会在意我身份的变化，他们当年虽也常把“接受贫下中农的再教育”的话挂着嘴边，私下里却一致认定我最适合到中学去当民办教师，也许他们还会自诩有先见之明呢。听说赵浜一带已办起不少小工厂，污染相当严重，也许赵浜的水已不像从前那样清澈，也许我的茅屋背后不再有一大片金黄色的菜花，晚上睡在屋内也听不到蛙声如鼓了。我不知道，但心有隐忧。我至今未有重返赵浜的打算，就让它以旧日的倩影永远保存在我心中吧。

我少年时从未到什么风景名胜去游玩过。有一年父母亲偶然到南京去探望外公、外婆，也只带了小弟和幼妹随行，而把正在读初中的我与正读高小的小妹两人留在家里。他们回来后兴高采烈地谈论南京的玄武湖、中山陵等名胜，我和小妹又羡慕，又失望。然而我也有类似于王安石的记忆：1963 年，我考上了苏州高级中学。苏州高级中学是非常难考的省级示范中学，那年整个琼溪初中的毕业生中只有我一人收到了该校的录取通知书，那意味着我必须独自前往苏州上学。那时我虽已十四岁了，但尚是个从未出过远门的乡下孩子，父母亲不放心让我独自出门，便商定由父亲送我前去。那天我们一大早就坐小汽轮离开琼溪，中午到达太仓县城，下午换乘长途汽车前往苏州。我以前乘坐过的现代化交通工具只有小汽轮，当它“噗噗噗”地喘着粗气在河里行进时，比岸上的步行者快不了多少。此刻我坐着汽车在公路上奔驰，看到车窗外的树木飞一般地掠向后方，与公路平行的宽阔河面上的货船却仿佛是静止不动的，心里充满了新奇感。车过昆山，父亲忽然指着窗外说：“看，火车！”我顺着他指的方向望过去，果然看到一列火车在远处飞驰而过，车头上方冒出一道黑烟，威风凛凛。那是我生平第一次看到火车，不由得兴奋无比。当然，我感受更深切的是父亲就坐在我的身边，我紧挨着他魁梧的身体，心里非常踏实。……许多年之后，人到中年的我独自坐汽车重经此地。我望着窗外那条宽阔的河流，看到一排长长的拖船在平静的河面上缓缓行驶，如睹故人。车近昆山时，突然传来一声尖锐的汽笛，远处驰过一列火车。顿时，我想起了“三十年前此地，父兄持我东西”的诗句。此时父亲早已不在人世，我自己也已两鬓染霜了。旧地重临，风物如故，然而岁月的痕迹又到何处去寻觅呢？王安石的这首诗，年轻的读者也许会嫌它质木无文。可是一旦你阅历稍深，尤其是当你有了“半世交亲随逝水”（黄庭坚句）的亲身经历之后，再读此诗，一定会产生类似于黄庭坚读陶诗的感受："血气方刚时读此诗，如嚼枯木。及绵历世事，知决定无所用智，每观此篇，如渴饮水，如欲寐得啜茗，如饥啖汤饼。"

苏轼的"雪泥鸿爪"一诗没有包含刘禹锡、王安石诗那样特殊的人生内容，它所抒发的旧地重游的感慨具有更加宽泛的普适性。人非草木，孰能无情？旧地重游，岂能无感？杜甫有句云："寺忆曾游处，桥怜再渡时。"白居易有诗云："梁苑城西二十里，一渠春水柳千条。若为此路今重过，十五年前旧板桥。曾共玉颜桥上别，不知消息到今朝。"前者是事隔不久的偶然重游，后者是十五年后的深情记忆，但触动诗人情怀的都是一条普通的板桥而已。即使是经常来往之地，诗人也不会无动于衷。请看范成大的《横塘》："南浦春来绿一川，石桥朱塔两依然。年年送客横塘路，细雨垂杨系画船。"横塘位于苏州西南，距诗人隐居的石湖不足十里，诗人年年都到这里来送客。然而诗人再度来此，依然触景生情。当年我在苏州读中学，曾多次路经横塘，因为它是步行前往灵岩山的必经之地。"石桥朱塔"已不见踪影，"细雨垂杨"则历历在目，我与同游的同学吟着范成大的诗句，未更世事的我们竟也从诗中体味出一丝惆怅。当然，最使人感慨万千的是事隔多年后的旧地重游，尤其是来到埋葬着你的青春年华的地方。

1988 年冬天，我带着妻子和年方五岁的女儿来到阔别二十年的苏州高级中学校园。正是寒假期间，校园里寂寥无人。我们沿着小径登上道山，山坡上依然树木扶疏，山顶的道山亭却已改建成一间宽敞的教室。我们又来到春雨池边，池中依然波平如镜，立达楼在池中的倒影依然清晰如画。我走到池边低头照影，水中映出的却是一个满面风霜的中年人，不复是当年的红颜少年了。我们又来到与校园一街之隔的沧浪亭，我一走过那熟悉的石桥、照壁，就看到了更加熟悉的亭台楼阁。我向妻子一一介绍：这是藕香水榭，当年我常与同学陈本业带着一摞书本来此复习功课。那是印心石室，当年我常与陈本业钻到里面捉迷藏。女儿最感兴趣的是那曲折的回廊，回廊的墙壁上嵌着各种形状的漏窗。她又发现了一棵大树，树干离地不远就分岔成两枝，便央求我把她举到树上去留影。我抚摸着长满苔藓的粗糙树皮，忽然想起“木犹如此，人何以堪”的古语。此树并不是我亲手栽种的，我也不记得二十年前此树是什么模样，但二十年的风霜雨雪肯定使它更加苍老了。那天我在苏州高级中学校园和沧浪亭里徘徊了半天，百感交集。是缅怀早已消逝的青春年华，还是追寻迷茫朦胧的人生踪迹？我说不清楚，只觉得一股浓重的惆怅伤感之情涌上心头。

旧游，作为人生某一片断的形象性标志的旧游，它转瞬即逝，真的很像鸿雁偶然印在雪地上的爪印。然而一旦你重临旧地，它会立即唤醒沉埋在心灵深处的鲜活记忆。从这个意义上说，旧游都是“此情可待成追忆”的心灵记录，难道真的像雪泥鸿爪吗？

（2005 年 4 月 19 日）

登幽州台歌

唐·陈子昂

前不见古人，后不见来者。
念天地之悠悠，独怆然而涕下。

与诸子登岘山

唐·孟浩然

人事有代谢，往来成古今。
江山留胜迹，我辈复登临。
水落鱼梁浅，天寒梦泽深。
羊公碑尚在，读罢泪沾襟。

苏台览古

唐·李白

旧苑荒台杨柳新，菱歌清唱不胜春。
只今惟有西江月，曾照吴王宫里人。

越中览古

唐·李白

越王勾践破吴归，义士还家尽锦衣。
宫女如花满春殿，只今惟有鹧鸪飞。

蜀相

唐·杜甫

丞相祠堂何处寻，锦官城外柏森森。
映阶碧草自春色，隔叶黄鹂空好音。
三顾频烦天下计，两朝开济老臣心。
出师未捷身先死，长使英雄泪满襟。

乌衣巷

唐·刘禹锡

朱雀桥边野草花，乌衣巷口夕阳斜。
旧时王谢堂前燕，飞入寻常百姓家。

台城

唐·韦庄

江雨霏霏江草齐，六朝如梦鸟空啼。

无情最是台城柳，依旧烟笼十里堤。

楚城

宋·陆游

江上荒城猿鸟悲，隔江便是屈原祠。

一千五百年间事，只有滩声似旧时。

中吕·山坡羊

潼关怀古

元·张养浩

峰峦如聚，波涛如怒，山河表里潼关路。望西都，意踟蹰，伤心秦汉经行处，宫阙万间都做了土。兴，百姓苦；亡，百姓苦。

人类是自恋的动物，我们对自身创造的一切都怀着特别浓厚的兴趣。我们看到草木繁茂的巨大陨石坑，或被风沙侵蚀得奇形怪状的蘑菇状石柱，会对它们所经历的漫长得不可思议的时间感到眩晕，也会对那鬼斧神工的巨大力量感到震惊，但我们不会产生崇拜、缅怀或伤感的情绪，因为那些物体与人的活动无关。然而当我们面对埃及的金字塔、中国的万里长城时，虽然明知它们的历史不过几千年，这在地质学或天文学的时间尺度下不过是短短的一瞬，却依然会由衷地赞叹它们的悠久历史。我们也明知金字塔的高度或长城的长度与自然形成的山脉相比简直不足挂齿，却依然会由衷地赞美先民们的巨大创造力。潜伏在内心深处的情感纽带会使我们在古迹面前流连忘返、顶礼膜拜，或赞叹歌咏，或惆怅伤感。

孟浩然的《与诸子登岘山》最典型地表达了感情丰富的诗人对于古迹的感受。孟浩然登上襄阳南郊的岘山，既看到了鱼梁、梦泽等山川风景，也看到了古迹——纪念西晋羊祜的“羊公碑”。“江山留胜迹”一句，说出了诗人登临的双重目的：既为欣赏自然的美景，更是为了寻访古人留下的遗迹。羊祜镇守襄阳颇有政绩，还留下不少与岘山有关的佳话。他曾在岘山上对同游的邹湛等人说：“自有宇宙，便有此山。由来贤达胜士，登此远望，如我与卿者多矣，皆湮灭无闻，使人悲伤！”邹湛回答说：“令闻令望，必与此山俱传。至若湛辈，乃当如公言耳！”孟浩然诗中的感叹与羊、邹二人的对话如出一辙，他们都把天长地久的宇宙与过眼风灯的人生进行对比，从而兴感无由。不同的是，羊祜的感叹是原创性的，况且他的人生已由功业建树而获得了不朽，他登临岘山的言行已定格为历史记录，还留下了物质形态的“羊公碑”，也即著名的“堕泪碑”。而孟浩然则在岘山上发思古之幽情，同时也抒发自身对于宇宙、人生的感受。孟浩然的感叹实际上包含了自己与古人的双重人生感受，所以更加丰富，更加深沉，这正是优秀的怀古诗的普遍情形。

古迹的性质各不相同，有的地方曾是古代的英雄豪杰、志士仁人的人生舞台，后人来此缅怀前人的流风余韵；有的地方留下了古代著名建筑物的遗址，后人来此凭吊已成历史记录的昔日辉煌。

697 年，陈子昂从军来到幽州。他登上幽州台，举目远眺，怀古伤今，感慨万千。幽州台本是战国时燕昭王筑台揽贤的地方，后来他果然得到了乐毅那样的盖世英才。怀才不遇的陈子昂来此登眺，古代的明君贤臣早已不见踪影，后来的英才又在何方？他瞻前顾后，备感寂寞。宇宙茫茫，地老天荒，人生却只是短短的一瞬，想到这里，怎不让人怆然泪下？

760 年春，刚到成都、卜宅尚未安顿的杜甫来到南郊参拜诸葛亮祠堂。金圣叹评此诗首联说:“先寻祠堂，后至城外，妙。是有一丞相于胸中，而至其地寻其庙。”的确，杜甫前往武侯祠，不是因游其地而乘便探访名胜，而是早已仰慕诸葛亮，故一到成都便寻觅其祠，以凭吊先贤。祠堂中草绿莺啼，寂寥无人，诗人想起诸葛亮一生鞠躬尽瘁，却壮志未酬，不由得一洒英雄相惜之泪。

1178年，陆游出蜀东归，途经归州，泊舟在长江南岸。诗人看到江边的山谷间有一座荒芜的楚王城，破败不堪，猿鸟悲鸣。他转而眺望江北，巍峨的屈原祠清晰可睹。楚王城原是楚国的发祥地，屈原则是忠心事楚最后以死殉国的楚国大夫，这隔江相望的一城一祠，怎能不使报国无门的陆游感慨万分！岁月已经流逝了一千五百年，其间经历了多少世事沧桑，只有西陵峡的江水依然像暴风骤雨般的日夜喧腾。

陈子昂在幽州台上追怀燕昭、乐毅，杜甫在武侯祠里凭吊诸葛亮，陆游在归州江边缅怀屈原，都是胸怀大志的后人对功高德尊的前人的追思，可说是异代的惺惺相惜。这大概是古代怀古诗的一大类型，相当常见。当范成大在使金途中经过邯郸，在马头酾酒祭奠蔺相如墓时，他决心要像前贤一样用生命来捍卫国家的尊严:“兹行璧重身如叶，天日应临慕蔺心！”当辛弃疾在京口的北固亭上怀想孙权、刘裕等人的英雄业绩时，心中涌起的正是“凭谁问，廉颇老矣，尚能饭否”的壮烈情怀。

当普通人见到古代英雄人物的遗迹时，虽然说不上惺惺相惜，但也会产生类似的情感，那就是崇敬。我曾在暮色苍茫中走进河南汤阴的岳庙，当时岳飞手书的《出师表》碑文已昏暗不可辨认，连“丈八金身”的岳飞塑像也已眉目不清。我还曾在闹哄哄的人群中“前呼后拥”地走进孔林，想在“子贡庐墓处”留个影都很难避开那些喧哗不已的游客。但那些情形并没有破坏我的心情，我在昏暗中仿佛看到了岳飞像眉宇间的勃勃英气，我在充溢着孔林的嘈杂声中保持了内心的肃穆和庄严。去年冬天，我来到珠江口的虎门。导游引导我们参观了鸦片战争纪念馆，馆内有一个面积几百平方米的长方形水池，据说是当年林则徐开挖的销烟池。如今池内碧波荡漾，但闭目一想，当年在海水中投入鸦片和石灰后沸腾翻滚的状态仿佛可睹。我又来到虎门炮台，几尊锈迹斑斑的铁炮默默地躺在炮台内。从巨石垒成的炮眼望出去，珠江口已变得宽阔无边，完全是大海的样子了。导游说那片浩瀚的水面就是零丁洋。零丁洋！我顿时激动万分，“惶恐滩头说惶恐，零丁洋里叹零丁”的诗句在耳旁响起，文天祥的高大形象浮现在波光粼粼的水面上。当年文天祥正是在驶经这里的元军战船上严词拒绝了敌人要他写信劝降宋军的要求，并挥毫写下了“人生自古谁无死，留取丹心照汗青”的人生格言。今年盛夏，我和妻子、女儿冒着摄氏三十八度的高温从西安出发驱车二百多公里，专程拜谒韩城郊外的太史祠。我们登上矗立在黄河边上的小山冈，穿过刻着“高山仰止”的牌坊，走到司马迁的墓前。墓顶上长着五株古松，苍劲挺拔，直指天穹。我用清水代酒，酹在墓前祭奠那位忍着奇耻大辱发愤著书的太史公。骄阳似火，水一浇到滚烫的地面上，立刻被吸得无影无踪。我们排成一

清·高岑·金山寺图

行，朝着坟墓恭恭敬敬地鞠了三个躬。人行至此，怎能不起缅怀之情且肃然起敬！

古迹大多经历了漫长的岁月，秦砖汉瓦记录了历史的沧桑，败壁颓垣诉说着朝代的兴亡。甚至早已沦为田野的废墟也会引起人们的缅怀，尤其是在某个朝代灭亡不久之时。殷亡后，殷室后裔箕子路经殷墟，作歌曰："麦秀渐渐兮，禾黍油油。彼狡童兮，不与我好兮！"周亡后，周室大夫路经宗周废墟，作歌曰："彼黍离离，彼稷之苗。行迈靡靡，中心摇摇。知我者谓我心忧，不知我者谓我何求。悠悠苍天，此何人哉！"时代虽异，歌辞的内涵竟是如此一致。甚至在"自南朝之宫体，扇北里之倡风"的《花间集》中，也有鹿虔扆因看到前蜀亡国后的"金锁重门荒苑静"而作的《临江仙》："烟月不知人事改，夜阑还照深宫。藕花相向野塘中。暗伤亡国，清露泣香红。"然而此类兴亡之感往往融入了太多的身世之感，一旦事过境迁，后代的读者不再有切肤之痛，就难以引起共鸣，倒是那些因时代相隔太久而渐趋朦胧的兴亡之感更能引起读者关于世事沧桑的感受。安史之乱前夕，年已老迈的唐玄宗月夜登楼，听歌者唱李峤的《汾阴行》："山川满目泪沾衣，富贵荣华能几时？不见只今汾水上，唯有年年秋雁飞。"感动得凄然泪下。不久玄宗在奔蜀途中重听此诗，又慨叹不已。《汾阴行》所咏的是汉武帝建于汾阴的后土祠，为何使九百年后的唐玄宗深受感动？原因就在于李峤此诗，尤其是歌者所唱的末尾四句，是对时代变迁、盛衰交替的世事无常之规律的形象表述，也是对自然界的江山风景亘古如斯、人世间的富贵荣华却转瞬即逝的现象的深沉感慨。晚唐沈彬的《再过金陵》中有句云“江山不管兴亡事”，颇可用来概括这类主题。广为传诵的咏怀古迹的诗大多属于此类，李白的《苏台览古》与《越中览古》就是其代表作。

“苏台”即姑苏台，是春秋时吴王夫差与美女西施行乐之处，旧址在苏州西郊的灵岩山。“越中”指会稽，春秋时越国的国都，就是现在的绍兴。夫差因骄奢淫逸而亡国，勾践则卧薪尝胆而灭吴兴越，是古代最有名的兴亡故事。李白的两首诗分别咏吴、越两处古迹，当非出于巧合。后代的评论者也常常把两首诗互相对照，如刘永济说：“两诗皆吊古之作。前首从今月说到古宫人，后首从古宫人说到今鹧鸪，皆以见今昔盛衰不同，令人览之而生感慨，而荣华无常之戒即寓其中。”我更感兴趣的是，夫差是亡国之君的典型，其古迹留给后人的当然是警诫和教训；勾践是奋发有为之霸主的典型，其古迹能给后人以激励和启迪。也就是说，苏台与越中这两处古迹的意义是截然不同的。要是让历史学家或政治家来言说它们，肯定会揭示出正反两面的深刻意义。可是在诗人眼中，它们却都是岁月无情、繁华易逝的象征。苏台上杨柳又新，明月依旧，可是吴王宫里的美人西施到哪里去了呢？当年勾践破吴归越，会稽城中将士衣锦，宫女如花，如今却只见鹧鸪乱飞。苏台也好，越中也好，它们都曾有过花团锦簇的繁华，如今安在哉？这种感受混杂着世事无常的伤感情调，但并不是一切终归虚无的幻灭感，因为湮灭无痕的仅是荣华富贵而不是整个人类社会，更不是整个世界。况且在李白看来，荣华富贵转瞬即逝，所以它不足贵、不可恃，这种价值观正是他蔑视权贵、睥睨公卿的傲岸气概的精神底蕴。在其他诗中，李白更加明确地说：“昔人豪贵信陵君，今人耕种信陵坟！”又说：“屈平词赋悬日月，楚王台榭空山丘。……功名富贵若长在，汉水亦应西北流！”

我曾住得较久的两个城市是苏州和南京，它们都是历史悠久的古城，有许多古迹让我游览凭吊。我在苏州读高中时，很喜欢游山玩水，一到星期天就与同学结伴出游。我们由近及远，最早游览的是与苏州高级中学近在咫尺的沧浪亭，那是宋代诗人苏舜钦的故居。接下来是离城较近的虎丘、寒山寺等地。再往后则是离城几十里的灵岩山、天平山。灵岩山上有吴王夫差为西施修建的馆娃宫，也就是李白所咏的“苏台”。“予生也晚”，此地早在东晋末年就改建成佛寺了，不过寺后的花园里仍保留着一口“西施井”，据说西施曾在井边对影梳妆。假如我们已读过李白的《苏台览古》的话，也许会把后面两句改写成：“只今惟有井中水，曾照吴王宫里人。”当然，当时我与同游的陈本业正在“少年不识愁滋味”的时代，虽然那黑黝黝的井底以及那座爬满藤蔓的砖塔使我们产生了对远古时代的遐想，却并未引起什么兴亡之感。为了省下买门票的钱，我与陈本业去得最多的古迹是根本无人看管的瑞光塔与南门古城墙。瑞光塔在盘门附近，它建于三国时代，历史比城北的北寺塔还要悠久，可惜年久失修，破败不堪。远远望去倒还有一个线条优美的轮廓，走近一看简直惨不忍睹。塔的四周散落着许多破砖碎瓦，都是大风从塔上吹落下来的。每个窗口都长满了杂草和小树，成群的乌鸦噪鸣着飞进飞出。南门两侧的城墙也很破败了，墙的下半截还可看到城砖，上部则全是泥土，还种着一畦一畦的蔬菜，很像一条土堤。其实城墙上并没什么好玩，不过那里人迹罕至，只有挑着粪桶的农民偶然经过，我们可以悠闲地散步。我与陈本业常在傍晚爬上城墙，眺望落日。绕城而流的大运河上，大大小小的船只穿梭般地来往，落日的余辉映在河面上，荡漾着金色的波光。我们在那些古迹面前并未产生沉重的沧桑之感，但一想起它们所经历的漫长岁月，心头就隐隐的有几分怅惘。

自从三十岁时移居南京，我已在石头城下度过了二十多个春秋。南京是六朝古都，遍地都是古迹。古往今来，多少诗人在南京写过咏怀古迹的名篇！南朝的谢朓夸耀“江南佳丽地，金陵帝王州”，唐代的李白慨叹“吴宫花草埋幽径，晋代衣冠成古丘”。南京上演过许多亡国的悲剧，为诗人们提供了吟咏不尽的兴亡之感，晚唐许浑的“玉树歌残王气终，景阳兵合戍楼空”，杜牧的“商女不知亡国恨，隔江犹唱后庭花”，李商隐的“三百年间同晓梦，钟山何处有龙盘”，都歌唱着同样的主题。词人们对此也不能无动于衷，王安石叹息说：“六朝旧事随流水，但寒烟衰草凝绿！”周邦彦追问：“佳丽地，南朝盛事谁记？”元人萨都剌更是以两首有关南京的怀古词而享誉词史，词中的警句如：“六代豪华，春去也，更无消息。”“指点六朝形胜地，唯有青山如壁。”“伤心千古，秦淮一片明月！”谁读了都会黯然神伤。南京的古迹几乎都曾在怀古诗词中出现过，有的还被反复歌咏，以至于你一走近某个古迹，马上就会联想到古人的诗句。比如秦淮河畔的乌衣巷，如今已是毫不起眼的寻常巷陌，也很难看到翩翩飞舞的燕子，但只要你一看到乌衣巷的路牌，心中肯定会浮现刘禹锡的诗句。同样，如果你在蒙蒙细雨中登上玄武湖畔的台城，俯瞰湖中的烟柳长堤，尽管你知道这里并不是韦庄吟咏过的古台城，但仍会想起“无情最是台城柳，依旧烟笼十里堤”的诗句。

当我开始在南京生活时，已经读过不少怀古诗词，我的身份也从插队知青变成以唐宋诗歌为研究方向的研究生。我对南京古迹的兴趣，全都源于古代的诗词。我相信这也是许多游人的共同心理，他们正是受到那些优美动人的怀古诗词的吸引，才不远千里前来寻访古迹。难怪各地的名胜古迹，往往树碑悬匾，铭刻着历代诗人的名章迥句。那些怀古诗词传诵千古，已经成为古迹密不可分的组成部分了。

怀古诗带给读者的并不只是惆怅伤怀的沧桑之感，它有时也会启迪人们的思考，元人张养浩的散曲《山坡羊》就是一例。潼关依山带河，素称险要。古往今来，它阅尽了人间的兴亡。在潼关西边的长安更是历代争战的中心，杜甫说“闻道长安似弈棋”，王安石说“闻道长安吹战尘”，可见“长安”之名不符其实。张养浩在凭吊秦宫汉阙留下的废墟时，发出了深沉的慨叹：“兴，百姓苦；亡，百姓苦！”这两句堪称神来之笔，也是怀古诗中罕见的警句。是啊，历史上无数次的改朝换代，曾发生过多少“争地以战，杀人盈野；争城以战，杀人盈城”的战争，留下了多少“往往鬼哭，天阴则闻”的古战场。亲爱的读者，当你来到那些古战场时，你是否会想起“一将功成万骨枯”的诗句，而为葬身沙场的无辜百姓一掬同情之泪呢？当你凭吊与朝代兴亡有关的古迹时，你是否会想起张养浩的这首《山坡羊》，从而对历史进行深刻的反思呢？

（2005 年 7 月 10 日）

山石

唐·韩愈

山石荦确行径微，黄昏到寺蝙蝠飞。
升堂坐阶新雨足，芭蕉叶大栀子肥。
僧言古壁佛画好，以火来照所见稀。
铺床拂席置羹饭，疏粝亦足饱我饥。
夜深静卧百虫绝，清月出岭光入扉。
天明独去无道路，出入高下穷烟霏。
山红涧碧纷烂漫，时见松枥皆十围。
当流赤足踏涧石，水声激激风吹衣。
人生如此自可乐，岂必局束为人鞿。
嗟哉吾党二三子，安得至老不更归！

出颍口初见淮山是日至寿州

宋·苏轼

我行日夜向江海，枫叶芦花秋兴长。
长淮忽迷天远近，青山久与船低昂。
寿州已见白石塔，短棹未转黄茅冈。
波平风软望不到，故人久立烟苍茫。

王夫之说："不能作景语，又何能作情语邪？古人绝唱句多景语，如'高台多悲风''胡蝶飞南园''池塘生春草''亭皋木叶下''芙蓉露下落'，皆是也，而情寓其中矣。以写景之心理言情，则身心中独喻之微，轻安拈出。"的确，古代的优秀诗人都善于将深挚的感情寄寓在鲜明的景物描写中，从而使读者在阅读过程中触景生情。当然，如果读者有机会亲眼看到类似的景象，就能对古诗产生更深切的共鸣。明人王世贞说得好："实境诗于实境读之，哀乐便自百倍。"495年春天的一个傍晚，谢朓登上建康城（今江苏南京）西南的三山观景，写出了"余霞散成绮，澄江静如练"的诗句。726年的一个秋夜，李白登上金陵城西的孙楚楼，看到月光下的清澈江水，长吟道："解道澄江静如练，令人长忆谢玄晖！"819年，韩愈前往潮州贬所途经增江口（在今广东广州增城），适逢大水泛滥，写诗纪实："云昏水奔流，天水漭相围。三江灭无口，其谁识涯圻。暮宿投民村，高处水半扉。"1094年，苏轼在前往英州贬所的途中经过当涂的慈湖夹（在今安徽当涂），目睹了韩诗所写景象的重现，叹息说："我行都是退之诗，真有人家水半扉！"上述两组例子有很大的不同，前者发生在同一个地点，后者却相隔千里之遥；前者是赏心悦目的美景，后者却是惨不忍睹的灾情，但它们都是诗人与读者在同样的景象面前达成了跨越时空的心灵交流。如果我们在这种心态下体味古代的写景诗，肯定会对古代诗人栩栩如生的描写拍案叫绝，也会对诗人寄寓在景象中的"独喻之微"深有会心，是否亲临诗中所写的地点倒并不是必要条件。

韩愈的《山石》写于何时、何地？王元启认为是 799 年作于徐州，方世举认为是 801 年作于洛阳，王鸿盛则认为是 803 年至 805 年间在阳山或 819 年在潮州时所写，因为诗中所写景物有岭南的特色，众说纷纭，莫衷一是。我觉得诗中似乎有意隐去具体的地名，而标题仅取首句中"山石"二字，也类似于"无题"，所以我们不必落实其时其地，只把它看作一次普通的游山即可。然而诗中所写的游历过程是多么真切、细致！所写的景物是何等栩栩如生！ 1064 年春，苏轼在凤翔与二三友人游南溪，解衣濯足，高咏韩愈的《山石》诗，"慨然知其所以乐，而忘其在数百年之外也"。为什么苏轼能与异代的韩愈"相视而笑，莫逆于心"(《庄子·大宗师》中语)？原因就在于韩诗高度的写实性和高超的写景手段，正如清人何焯所评："直书即目，无意求工，而文自至。一变谢家模范之迹，如画家之有荆、关也。"查晚晴则评曰："写景无意不刻，无语不僻，取径无处不断，无意不转。屡经荒山古寺来，读此始愧未曾道着只字，已被东坡翁攫之而趋矣。"我相信，只要我们有类似的经历，只要我们偶尔到一处“荒山古寺”去“偷得浮生半日闲”，只要我们看到了出没于巨大岩石间的羊肠小道、在暮色浓重的佛殿前来往飞翔的蝙蝠、斑斑驳驳的墙壁上模糊的壁画、夜晚漏进窗棂里的一缕月光，以及盛开的山花、潺潺的溪流和参天的古木……甚至只看到其中的某个部分，都会想起韩愈的《山石》。前年深秋，我与妻子偶然来到岭南的丹霞山，在建于清初的古刹别传寺里借宿了一晚，次日清晨踩着露水下山。我虽然没有像苏轼那样次韵追和《山石》，但一路上心里不断浮现出诗中的句子，觉得韩诗简直就是我此次游踪的实录，而且是我此时心情的实录。沈括说韩诗“终不是诗”，王夫之说韩诗“于心情兴会一无所涉”，我怀疑他们压根没有读过《山石》。

1071年深秋，苏轼在前往杭州的途中由颍口（今安徽寿县正阳关）入淮，作诗纪行。苏轼此行是因受政敌诬陷而外放，心情抑郁，首句中微露此意。王文诰对此句有准确的解读：“此极沉痛语，浅人自不知耳。”然而全诗的重点是抒写在淮河上行舟的感受：波平风软，小舟在宽阔的河面上缓缓行进。水天相接，竟不知天之远近。诗人只觉得远远的青山在船舷的衬托下忽高忽低，时间就在这单调的动作中不知不觉地流淌着……此诗纯用白描，且故呈不衫不履之态，然而清人方东树说它“奇气一片”，原因就在它不以个别字句的新奇取胜，而以整体的艺术效果见长。苏轼自己也对它甚为钟爱，时隔二十三年之后，他在南谪途中经过虔州（今江西赣州），重书此诗，跋云：“余年三十六，赴杭倅过寿，作此诗。今五十九，南迁至虔，烟雨凄然，颇有当年气象也。”二十三年后还能唤起诗人的清晰记忆，可见此诗描摹景物是多么成功。如今我们很少有机会乘坐木船缓缓行驶了，但假如你坐轮船经过长江的荆江段，两岸是一望无际的江汉平原，远处的青山随着船舷的摆动上下起伏，你一定会想起“长淮忽迷天远近，青山久与船低昂”的诗句来。我读此诗时还有一个奇特的联想，那就是契诃夫在《草原》中对俄罗斯草原风光的描写：白杨树、风车、白嘴鸦……多么单调、沉闷的景物，然而它们在契诃夫笔下竟然有声有色，使人百读不厌。天才手中的一支笔，真具有点铁成金的神奇功能！

此类惟妙惟肖的写景在古典诗歌中相当常见，曾使我联想起某种亲身经历的唐诗就能信手拈来一束：

温庭筠《商山早行》：“鸡声茅店月，人迹板桥霜。”——在我读高中的时候，一连几年的大年初四，我都在熹微的晨光里送好友姚伯良走出琼溪镇去。姚伯良是除夕那天从太仓县城回家来过年的，他一回到镇上，就把他的自行车送到我家，借给我学骑几天，直到年初四才来取车骑回县城去上班。姚伯良推着车，与我一起走过镇西头的那条石桥，在积着浓霜的桥面上留下一道车辙和两行脚印。此时天边的启明星犹在闪亮，附近的村庄里传来彼此呼应的鸡鸣。

柳宗元《雨后晓行独至愚溪北池》：“高树临清池，风惊夜来雨。”——我在赵浜插队时，常常看见此景。夜雨晓霁，树头的枝叶上积满了雨水，一阵风过，水珠纷纷坠落。有些顽童专等别人走到树下的时候，猛然摇动树干，然后一溜烟地逃开去，让别人淋成落汤鸡。去年我到马来西亚访问，在太平州的公园里看到许多高大的“雨树”。陪我游园的当地友人说，这种树的枝叶最能积蓄雨水，大风一吹便在树下形成一阵急雨，故得此名。我当即向他们介绍柳宗元的诗句，大家啧啧称赏。

贾岛《望山》:“阴霪一以扫，浩翠写国门。长安百万家，家家张屏新。”——2001年秋天，我到花莲东华大学访问，住在学校的招待所“素心村”里。花莲东华大学的校园非常宽广，我清晨在室外随意散步，心旷神怡。校园内外没有任何高层建筑物遮挡视线，往西望去，巍峨的中央山脉横亘在天边，一览无余，宛如一架画着山水长卷的巨型屏风，校园里的建筑便成了屏风上的点缀。初日的光芒射到山上，给苍翠欲滴的群山镶上一道金黄色的花边，山体上纵横交错的褶皱清晰可睹。山腰有薄雾缭绕，山巅却又钻出云层，在阳光下熠熠闪亮。这是我平生见过的最美丽的校园，此外还有哪个校园将自身整个地镶嵌在一架山水屏风中间?

贾岛《宿山寺》:“流星透疏木，走月逆行云。”——贾岛夜宿山寺时看到的奇景，李庆甲《瀛奎律髓汇评》中引清代无名氏之评语:“尝见此景，诧君拾之。”我深有同感，我也曾见过类似的夜景。那夜我们刚在丹霞山的别传寺里住下，忽然听到窗外传来一阵唱经之声，妻子便拉着我出门循声寻访。等我们赶到那间小阁，唱经的僧人正放下木鱼准备下课，我们便留在露台上观赏夜景。四周都是黑黝黝的山峰，头顶上方倒是星月皎洁，甚至透过大树的繁茂枝叶的缝隙也能看到闪亮的星星。几片薄罗般的轻云向着月亮飘浮过来，初看还以为是月亮在奔向云彩，定睛细看才发现月亮仍然安安静静地嵌在乌蓝色的夜空里。

方干《旅次洋州寓居郝氏林亭》：“蝉曳残声过别枝。”——童年时代的我常常跑到野外去玩耍，夏秋季节有一项活动便是逮知了。琼溪镇上的顽童都喜欢逮知了，物竞天择，小镇附近的知了都爬到高高的树顶上躲避灾难。于是我们发明了先进的逮蝉工具：在一根长长的竹竿顶端绑上一个竹篾圈子，再将它糊上好几层蜘蛛网。我们手持长竿，耳目并用地追踪知了。一旦发现了它，便慢慢地将竹篾圈从背后靠近它，然后猛地一按，知了的双翅便被蛛网牢牢地黏住了。有些高手的技巧简直与《庄子·达生》中专事“承蜩”的“痀偻丈人”一样娴熟：“犹掇之也。”据清人林云铭说，那位“痀偻丈人”也是用长竿来黏蝉的，只是不知他所用的黏合剂是不是蜘蛛网。当然，我们偶然也有失手的时候，只听到“吱——”的一声，漏网的知了拖着袅袅的余音飞向别的树木去了。

崔道融《溪上遇雨》：“坐看黑云衔猛雨，喷洒前山此独晴。忽惊云雨在头上，却是山前晚照明。”——我在江南种地时，见惯了突然而来、突然而去的阵雨。往往是太阳西斜的时分，我们正在稻田里弯着腰耘稻，突然天色变了，从地平线上翻滚而起的乌云一下遮住了阳光。不一会，乌云下面垂下一个乌黑的平行四边形来，那就是密集的雨线。如果风向正是朝着我们的，队长便大叫一声：“歇手！”顷刻之间我们便作鸟兽散，纷纷奔逃回家。果然，片刻之后，黑云已经盖到头顶上，比黄豆还大的雨点噼噼啪啪地猛砸下来。此时天边的乌云却已消散得无影无踪，斜阳的光芒照射过来，粗大的雨线变成一根根“银竹”。（李白诗：“白雨映寒山，森森似银竹。”）

许浑《早秋韶阳夜雨》：“阴云迎雨枕先润，夜电引雷窗暂明。”——我在赵浜插队时，村里没有通电。点灯的煤油也不够，入夜后我的茅屋里常常是漆黑一片。夏秋季节，许浑所写的景象经常重现。傍晚天色就转阴了，但密云不雨，仿佛是为一场特大雷雨久久地蓄势。空气越来越潮湿，席子上湿漉漉的。突然，一道闪电把窗外照得亮如白昼，一切物体都在这转瞬即逝的电光中静止不动了。如果赵浜对岸正好有人在水桥上行走，他便立刻变成一尊纹丝不动的白石雕像，就像被孙悟空施了定身法一样。片刻之后，暴怒的雷声便在头顶上炸响了。我很佩服许浑的描写能力，但我的生活经验毕竟比他更丰富，我脑海中还留着更独特、更鲜明的“夜电”印象。一天我从生产队的渔棚里赊了一只一斤多重的甲鱼，想收工后带回镇上孝敬母亲。没想到黄昏就下起大雨，等到天黑，雨势还没有停的意思。我怕甲鱼死掉变臭，便硬着头皮冒雨上路了。夜色漆黑，我小心翼翼地在熟悉的小路上慢慢行走，天边时隐时现的闪电送来一线微光。突然，一道火树般的电光在头顶上方闪过，在照得雪亮的路面上投下一个清晰的人影：他左手持伞，右手提着一只倒挂的甲鱼，那甲鱼虽是一个静止的剪影，却分明是张牙舞爪的态势的定格。要是许浑有此经历，他不知会写出何等生动的诗句来！

唐人善于写景，宋人则深知写景之难。梅尧臣论诗说："必能状难写之景，如在目前；含不尽之意，见于言外，然后为至矣。"的确，大自然中本有无穷的美景，可惜要将它们写得"如在目前"，却是难上加难。南宋的章甫说"好景满前难着语"，真是深知甘苦之言。苏轼曾在腊日游杭州孤山，有诗记游："兹游淡薄欢有余，到家恍如梦蘧蘧。作诗火急追亡逋，清景一失后难摹。"陈与义曾对着鸟语花香的春景慨叹说："忽有好诗生眼底，安排句法已难寻。"连苏轼、陈与义都有力不从心之感，遑论他人！只有陆游曾自诩说："诗情也似并刀快，剪得秋光入卷来。"如此豪情万丈，难怪他要自称"放翁"了。况且前人在写景方面已经佳作如林，有的好景早已被前人描写得殆无余蕴，连李白都有"眼前有景道不得，崔颢题诗在上头"之叹，何况宋人？宋初的王禹偁在春日的清晨看到园子里的桃杏被大风刮断了几枝，断下的枝头依然鲜花盛开，作诗说："两株桃杏映篱斜，装点商州副使家。何事春风容不得，和莺吹折数枝花。"应该说那种景象是相当罕见的，王禹偁的诗也清新可诵，可是其子嘉祐却指出杜甫早已写过"恰似春风相欺得，夜来吹折数枝花"的句子。宋人尚且如此，何况今人？亲爱的读者，如果你看到了某种美景而心有所感，但一时想不出与之相称的好句子，那么千万不要着急，你只要寻找一首有关的古诗来吟咏就行了，那同样会使你诗思如潮。连李白、苏轼都曾这样做过，我辈又何乐而不为呢？

（2005 年 4 月 23 日）

宿甘露僧舍

宋·曾公亮

枕中云气千峰近，床底松声万壑哀。

要看银山拍天浪，开窗放入大江来。

寒夜

宋·杜耒

寒夜客来茶当酒，竹炉汤沸火初红。

寻常一样窗前月，才有梅花便不同。

窗户是人类的建筑中最有意味的部分，要是一座建筑物压根没有窗户，那一定会了无生气且阴森可怖。只有监狱和一些厂房才会不开窗户，或只在墙壁的高处挖一个小小的洞口，远远望去像是魔鬼诡谲的眼睛。当然，碉堡上的洞口更像是恶魔的独眼，它里面真的会喷出仇恨的毒焰来，但我们常把那个黑黝黝的洞口称为枪口而不叫它窗户。反之，假如一座房屋镶着宽大的窗户，便使人感到坦诚可信且和蔼可亲，相信那里面多半是住着善良、真诚的人们。我知道建筑学家对窗户一定有许多精深的理论，对采光、美观等因素有许多细密的考量，但我对窗户的意义有自己的理解：远古的人们建筑房屋是为了躲避风雨和野兽，最初恐怕没有想到要开窗户。可是当人们躲进黑洞洞的房屋以后，却又怀念起外边的大自然来了，人们便发明了一个两全的办法，在房屋上挖出几个小洞，以便向外张望，来保持与自然的联系，那种小洞便是窗户。

我的父母终身穷苦，一辈子住在别人家的屋檐底下。租来的房子总是住不安稳的，于是我家经常搬迁，从这家的屋檐底下搬到那家的屋檐底下。单是在我家住得最久的琼溪镇上，我们便搬过四次家。每个住处都有不同的窗户，有三处的窗户给少年时代的我留下了深刻的印象。

第一处的窗户在二楼，几扇窗户都是木格窗框镶着明瓦。所谓明瓦，便是磨得薄薄的大蚌壳。明瓦是半透明的，晴天会透进较多的光线来，在屋里可以看书。可是即使你把眼睛贴着窗子往外看，也绝对看不清窗外的任何东西。幸好窗户外面就是一片黑乎乎的屋顶，瓦楞里长着几株狗尾草似的瓦松随风摇摆，此外没有什么东西值得我们透过窗户去观看。碰到阴雨天，明瓦的透光性便远远不够了。下午三四点钟，我就必须把书本紧贴着窗子才能勉强看清书上的字。母亲看到了就大声喝止：“不昏不亮，会把眼睛看坏的！”

第二处的窗户在一楼，窗子是玻璃的，共有两扇，窗外是一个小小的天井。那个天井最能证明“井”字在这个词中是绝对不可替代的，它三面都是高墙，只有一面朝着我们的窗口。我们爬出窗去站在天井中央，一抬头便会想起“坐井观天”的成语。天井里长着许多杂草，还有一株瘦骨伶仃的桃树，春天枝头缀着鲜艳的桃花，还有蜜蜂嗡嗡地绕着飞舞。我们从未见过那棵桃树结果，我怀疑是营养不良且终年不见阳光的缘故，房东的老太太却说它本是一株雄树。虽然我们在春天可以从窗户里观赏桃花，但最有趣的窗景还是在秋夜。无数的飞蛾朝着窗里的灯光扑来，几只狡猾的蚊子也混迹其中。飞蛾和蚊子被玻璃挡在窗外，急得像热锅上的蚂蚁，在玻璃上爬上爬下，想找到缝隙钻进窗来。还有一些冒失的大型飞蛾在玻璃上撞得咚咚地响。突然，壁虎出现了。经常来光顾的壁虎有两条，它们各自巡视一扇窗户，从不争斗，也许本是一对夫妻。后来又出现了几条小壁虎，多半是它们生儿育女了。壁虎用它们五瓣梅花状的脚爪紧贴着玻璃，白色的肚皮朝着我们，偶然歪过头来斜睨一下窗里的人，但经常只管目不转睛地盯着飞蛾们。壁虎慢慢地朝猎物靠近，然后呼地伸出头去，一口咬住猎物，咽喉一鼓一鼓地往下吞咽，有些较大的飞蛾进了壁虎肚子还能挣扎一阵。我们隔着玻璃仔细地观看壁虎狩猎，觉得有趣极了，有时甚至忘了手中的作业。我家在那所房屋里住了好几年，我便接连几个秋季观察壁虎捕食，恐怕写《昆虫记》的法布尔也不会比我观察得更多、更细了。

第三处的窗户最没意思了，这正象征着我家每况愈下的境遇。用母亲的话说，就是："王小二过年，一年不如一年！"那也是两扇玻璃窗，它们的对面就是一堵墙壁，两者相距不足一米。我坐在窗前，所能看见的全景就是那堵墙壁。墙壁很旧很脏，有的地方石灰脱落了，还长着苔藓，斑斑驳驳的，形成颜色各异、大小不一的许多板块。我眯起眼睛凝视着它，忽然觉得它很像一幅地图，还是一幅凹凸不平稍呈立体状的世界地图。那些雨水流淌的痕迹重重叠叠，纵横交叉，便是地图上的河流。我兴奋起来，开始把各个板块想象成某个大洲、某个岛屿、某个国家，或某个湖泊、某个海洋。有时觉得它们还不够像，就跑到窗外去动手修整一番。可惜那些图形并不按真实的地图那样排列，它们构成了一个次序凌乱的新世界。当时我还不知道魏格纳的"大陆漂移说"，否则定会产生许多奇思妙想。

假如世上的窗户都像上面所说的那样丑陋，恐怕没有哪个诗人会有兴趣来吟咏它们。幸而世上还有许多幸福的人，他们看到了许多美丽的窗户，当然，更准确地说，是美丽的窗口。谢朓写过“窗中列远岫”的句子，杜甫也写道“窗含西岭千秋雪”，试想那是多么美妙的景致！假如从你家的窗口能看到高低起伏的山峰，甚至是闪耀着银光的雪山，岂不像在室内悬挂着一幅绝妙的山水画，而且是一幅“日出而林霏开，云归而岩穴暝”的变化多姿的山水画，你足不出户便可以尽情观赏美景，这与身在仙境又有什么两样！南朝的宗炳在室内的墙壁上画上他游历过的山水，“卧以游之”。那既费事，又终日面对一成不变的画中风景，哪里比得上从窗口观赏云霓明灭的真山真水？

美丽的窗口大多镶嵌在名胜之地的著名楼阁上，初唐的王勃在滕王阁上看到了“画栋朝飞南浦云，珠帘暮卷西山雨”，崔颢在黄鹤楼上看到了“晴川历历汉阳树，芳草萋萋鹦鹉洲”。杜甫在岳阳楼上看到的是茫无际涯的洞庭湖：“吴楚东南坼，乾坤日夜浮。”许浑在潼关驿楼上看到了山间的烟雨风云：“残云归太华，疏雨过中条。”宋代的赵抃在绍兴蓬莱阁上见到“天地涵容百川入，晨昏浮动两潮来”，苏轼在杭州有美堂观赏过“天外黑风吹海立，浙东飞雨过江来”，黄庭坚在太和县的快阁上悠然欣赏“落木千山天远大，澄江一道月分明”，陆游在泸州的南定楼上茫然面对“江山重复争供眼，风雨纵横乱入楼”。这类诗中写得最好的当推宋人曾公亮的

《宿甘露僧舍》，堪称写窗中景象的名篇。甘露寺建在长江边的北固山顶，山下就是一泻千里的浩浩江水。诗人夜宿僧舍，开窗一望，滔天银浪朝着窗口直扑过来，这是何等惊心动魄，又是何等雄伟壮丽！

我平生目睹的美丽窗口寥寥无几，印象最深刻的是在台湾日月潭边的涵碧楼上。那天我们入住涵碧楼时，已近黄昏。我一进房间，惊喜地发现它正面对着闻名已久的日月潭。我兴奋地跑出去告知同行的周勋初、陆文夫等先生，没想到他们也正为同样的理由而惊喜呢，原来此楼的所有客房都是朝着湖面的！我站在窗口，整个日月潭一览无余。湖中碧波粼粼，斜阳正照着对岸的山峰、宝塔，它们在湖中的倒影分外清晰。暮色渐降，湖光山色渐渐融入一片氤氲之中。次日清晨，我一大早就起床，静静地坐在窗前观赏风景。湖面上还没有游船，湖、山、树、塔都沐浴在熹微的晨光中，寂静幽美，恍若仙境。客房的窗口都对着湖面，这真是匠心独运的天才设计！

曾公亮诗中所咏的甘露寺在镇江，离南京很近，我曾去过多次。可惜“予生也晚”，如今的甘露寺已经离江甚远，即使侧耳倾听，也听不到长江的涛声，更不可能“开窗放入大江来”了。不过我也曾亲临过类似的一个窗口，那是在韩国东海岸的一个小酒店里。酒店建在紧靠大海的岩石海岸上，一扇巨大的玻璃窗面朝大海，我与全南大学的梁会锡教授及一群学生在那儿小酌。大家席地而坐，面对着那扇巨大的窗户。窗外看不到海岸，只见蓝天碧海。

海涛一阵阵向岸边扑来，在窗外激荡成几米高的波浪，然后碎成无数闪着银光的大珠小珠，喷洒在玻璃上。几十只海鸥随着海涛上下飞舞，发出“噢——噢——”的叫声。隔着玻璃，浪花不会飞溅进来，海鸥也没法俯冲过来抢食桌上的食品。我们安安静静地观看蓝天、碧海、浪花、海鸥，仿佛窗户就是一台巨型电视的屏幕，那是我平生见过的最美丽的窗口。可惜我没有曾公亮的诗才，否则一定会写出一首好诗来。

杜耒诗中“寒夜客来茶当酒”一句后来被人改动了一个字：“良夜客来茶当酒”，成为经常出现在人们口头的名言。其实此诗的后面两句尤其出色：月光把梅花的轮廓投影在窗户上，疏影横斜，纤毫毕现。闭目一想，岂不像元人王冕笔下的一幅墨梅！林觉民烈士的绝笔书中回忆他与妻子的“双栖之所”也有类似的景象：“窗外疏梅筛月影，依稀掩映。”这样的窗口小景，简直配得上王冕的题画诗：“我家洗研池边树，朵朵花开淡墨痕。不要人夸好颜色，只留清气满乾坤。”宋人陈与义咏衡州花光寺仁长老所画墨梅的诗中说：“晴窗画出横斜影，绝胜前村夜雪时。”王冕在《梅谱》中介绍了仁长老作画的过程：“老僧酷爱梅，唯所居方丈室屋边亦植数本。……月夜未寝，见疏影横于其纸窗，萧然可爱，遂以笔戏摹其影。凌晨视之，殊有月夜之思。因此学画，而得其无净三昧。”我因而猜测王冕自己画墨梅时也曾受到窗上的月光梅影的启迪。陈与义还曾咏过月光把竹影投在窗纱上的情景：“昨夜嫦娥更潇洒，又携疏影过窗纱。”这肯定会给画墨竹的画家带来灵感，清人郑板桥即自称他画竹是以纸窗上的竹影为师的:“于时一片竹影零乱，岂非天然图画乎！凡吾画竹，无所师承，多得于纸窗粉壁日光月影中耳。”梅影也好，竹影也好，它们都会随着月光缓缓地移动，还会在微风中摇曳生姿，它们在窗户上形成的画面有动态之美，这是王冕和郑板桥也无能为力的。自然真是最杰出的艺术大师！

杜耒所咏的梅影投窗的情景并不需要很苛刻的条件，只要窗外有树，又有稍大一点的空间能让月光斜照过来就行了。可惜我年过半百，还没有机会消受那样的清福。我幼年的一处住所窗外有一株桃花，但窗外的天井四周都是高墙，窗口又是朝北开的，从未见过月光照进窗户。我在赵浜边上曾有过一间属于自己的茅屋，窗口对着清清的河水，河对岸的竹林茅舍皆可入画，月光也会像水银一样泻进窗口，可是窗前没有树。如今我住在六楼，从书房的窗口往外眺望，远近都是林立的高楼。虽然也能看到几棵树，但是它们太矮，相距又远，月光无法把它们投影到窗上。……

既然如此，还是让我读读曾公亮和杜耒的诗吧。人生短促，所历之境本像过眼烟云，读诗之后再闭目遐想一番，心中也就有一个明亮、美丽的窗口了。营造美丽的幻景来抚慰读者的心灵，不正是诗歌的一种价值吗？

（2004年9月8日）

跋

几年前就想写这本书了，但一直抽不出空来。去年 5 月，我被学校拉壮丁似地任命为中文系主任。缺乏行政才干，又不愿敷衍塞责的我顿时陷入繁冗事务的重围之中，心烦虑乱，连早就选定题目的一篇论文也久久未能动手。烦恼了两个月后，我突然萌生了一个念头：既然无法静下心来撰写符合“学术规范”的论著，何不随意写些轻松、散漫的文字？于是我动笔写起“诗话”来。我的“诗话”本是随意所至的杂感，既不需锤炼观点，也不需搜集论据，只管信手写去就行。更大的好处是，这种“诗话”没有精深的内容，更没有严密的结构，根本不必一气呵成。我得空便写上一段，没空便停下笔来，即使时隔多日中断了先前的思路，也可以随意接续下去，因为它本来就没有中心思想。至于全书，更是毫无计划的一堆碎片，压根没有通盘的考虑，也没有安排章节的需要。我从去年 8 月下旬开始动笔，到今年 8 月中旬写完第四十篇，算算篇幅已够一本书了，便戛然而止。为了不让全书显得太零乱，我把它们按照内容重新排了次序，但并没有什么内在的逻辑性。我把每一篇的完稿日期记录在篇末，读者可以了解我原来的写作顺序。

既然编成了一本书，就要起个书名。古人的诗话，大多以作者的斋名或别号来命名。我的书房兼做起居室与储藏间，杂乱不堪，从未取过斋名。我又不是什么风雅之士，根本没有字号。我以往发表的任何文字都署父亲为我起的名字，今后也决心“行不更名，坐不改姓”。所以我径用我的姓名来命名本书，称之为《莫砺锋诗话》。好在古人也有这样的先例（比如《王直方诗话》），读者也许不会责备我懒惰或缺乏情趣吧。

我已向学校里递交了辞去系主任职务的申请，大约到 9 月便可卸任，本书的写作竟与我担任系主任的时间基本重合。一年来我一篇论文也没有完成，却写了这本“诗话”，这是得还是失？恐怕只有本书的读者才有资格回答这个问题，我盼望着读者朋友赐给我一个答案。

2005 年 8 月 15 日于南京大学南秀村寓所

补记

《莫砺锋诗话》是我用了整整一年时间写成的一本读诗感想。虽说我的写作态度相当认真，但由于说的都是一些老生常谈，我将它交付出版时颇有点忐忑不安，生怕读者会弃之不顾。因此我在本书的《跋》里说："一年来我一篇论文也没有完成，却写了这本'诗话'，这是得还是失？恐怕只有本书的读者才有资格回答这个问题，我盼望着读者朋友赐给我一个答案。"令我感到十分欣慰的是，读者朋友给了我十分肯定的答案。本书出版后，在报刊及网络上出现了十多篇书评，对本书多有称赞。有几十位读者朋友给我写了热情洋溢的来信，不但充分肯定本书，而且认为这比我本人写的学术论著更有价值。初印的六千册书售完后，还不断地有读者来信要求重印。当然，最令我高兴的不是本书得到了读者的肯定，而是它使我明白了古典诗词并不仅仅是学术界的研究对象，而是依然存活在人民群众心中的鲜活文字。一想到在这个浮躁的社会里仍有这么多读者朋友衷心热爱古典诗词，真让我这个以钻故纸堆为业的人感到欢欣鼓舞。乘此重印的机会，我把全书认真检查了一遍，纠正了一些内容上的错误，并改正了几处错字。我愿再一次向读者朋友“献芹”，衷心希望有更多的读者朋友喜欢这本朴实无华的小书。

2011年11月29日于南京美林东苑寓所